鲁迅文学奖获奖散文典藏书系

湮没的辉煌

夏坚勇 著

长江出版传媒 长江文艺出版社

图书在版编目（CIP）数据

湮没的辉煌 / 夏坚勇著. -- 武汉：长江文艺出版
社，2023.9
（鲁迅文学奖获奖散文典藏书系）
ISBN 978-7-5702-2603-0

Ⅰ. ①湮… Ⅱ. ①夏… Ⅲ. ①散文集－中国－当代
Ⅳ. ①I267

中国版本图书馆 CIP 数据核字 (2022) 第 049574 号

湮没的辉煌
YANMO DE HUIHUANG

责任编辑：周　聪　　　　　　　责任校对：毛季慧
封面设计：胡冰倩　　　　　　　责任印制：邱　莉　王光兴

出版：长江出版传媒 | 长江文艺出版社
地址：武汉市雄楚大街 268 号　　　邮编：430070
发行：长江文艺出版社
http://www.cjlap.com
印刷：长沙鸿发印务实业有限公司

开本：640 毫米×970 毫米　　1/16　　印张：20.75
版次：2023 年 9 月第 1 版　　　　2023 年 9 月第 1 次印刷
字数：259 千字

定价：52.00 元

自　序

冬日的下午，坐在窗下看宋人笔记，阳光有点暧昧，令人昏昏欲睡，突然看到一段，不觉心中一动：

> 秦会之当轴时，几务之微琐者，皆欲预闻，此相权之常态。然士夫投献，必躬自披阅，间有去取。吾郡德兴士人，姚敦临字公仪，能篆书，秦喜之，令作二十家篆《孝经》，上表以进，时绍兴十一年二月十九日也。许授以文资，未降旨间，会之招饮，姚喜，忘其敬，不觉振股，以此恶之。寻得旨，令充枢密院效士，办验篆文而已。
>
> ——（宋）张世南《游宦纪闻》

这段话中的信息量很大。会之是秦桧的字，其人的狭隘专横及姚某的不识眉眼高低且不去说，我感兴趣的是其中的一个细节——"振股"。"振股"就是我们老家土话中所说的"晃大腿"。老实说，我平时也不喜欢看到别人"振股"，当着别人的面"振股"，至少说明这个人的修养有问题。那个姚某在太师府晃了几下大腿，就把几乎到手的学士头衔给"晃"掉了，最后只被打发了一个"验篆"，该职务之卑微，从句末的"而已"中可以想见。在我看来，这个"振股"是如此地接地气，如此地具有当下性，又如此生动传神地折射了官场百态，我们甚至从中看到了宋高宗和他那个"绍兴和议"后从金国回来的生母韦氏的身影，因为秦桧叫姚某用篆书写《孝经》，就是为了拍高宗和韦氏的马屁，而姚某也正因为觉得自己奇货可居，才那般的小人得志以至大晃其二郎腿。所谓扯动荷花牵动藕，真正好文字也！

由此想到，一篇文章，一本书，总要有点东西让读者看了心中一动，当然最好是拍案叫绝。所谓大手笔，并不一定就要落笔惊风雨，能够把人情事理表达得很精当同样也可以称得上大手笔，例如宋人笔记中的这段"振股"。

是为序。

目 录

寂寞的小石湾

一

前些时看到一份资料，说抗清英雄阎应元墓在江阴小石湾。

我一直认为，如果要在明末清初的铁血舞台上推举出几个慷慨赴死的大忠臣，大凡有点历史知识的都能随口说出几个来；但如果要推举的是集忠臣良将于一身的人物，恐怕就不那么容易了，而阎应元便可以算是一个。偏偏历史对他一直吝啬得很，虽然中华英烈灿若繁星，这位小小的典史却一直只能出现在江阴的地方志上。这种遗之青史的不公平，常使我扼腕叹息。

世界上不公平的事太多了，叹息也没用，且到小石湾找阎典史去。

小石湾依偎在要塞古炮台下。在这个升平年头，又正值落日黄昏，一切都寂寞在夕阳的余晖里。衰草寒烟中，坟堆倒有不少，而且大多修葺得很讲究，但细细找过去，那些"先考""先妣"皆名讳凿凿，始终没有发现一块属于"典史阎公"的小石碑。问一位搞文物的老先生，说，当年阎应元不屈被杀之后，一位乡民把他从死人堆中背出来，偷偷葬在这里。兵荒马乱，又加月黑风高，自然没有留下标记，到底是哪座坟，搞不清了。

我无言，说不清心里是一种什么滋味。

二

一个小小的典史，按今天的说法，最多不过相当于一个正科级的县公安局局长。在那个民族危亡之秋，率义民拒二十四万清军于城下，孤城碧血八十一天，使清军铁骑连折三王十八将，死七万五千余人。城破之日，义民无一降者，百姓幸存者仅老幼五十三口。如此石破天惊的壮举，在黯淡而柔靡的晚明夕照图中，无疑是最富于力度和光彩的一笔。

然而，江阴城沸沸扬扬的鲜血和呐喊，在史家笔下却消融得了无痕迹，洋洋大观的《明史》和《清史稿》对此竟不著一字。倒是有一个在江苏巡抚宋荦门下当幕僚的小文人，于清苦寂寥中，推开遵命为主人编选的《诗钞》，洋洋洒洒地写下了一篇《阎典史记》。他叫邵长蘅，江苏武进人氏，武进是江阴的近邻，阎应元率众抗清时，邵长蘅十岁左右，因此，他的记载应该是史笔。

"当是时，守土吏或降或走，或闭门旅拒，攻之辄拔；速者功在漏刻，迟不过旬日，自京口以南，一月间下名城大县以百计。"这是邵长蘅为江阴守城战勾勒的一幅相当冷峻亦相当低调的背景图。大局的糜烂，已经到了无可收拾的地步。那种望风而降的景观，恐怕只有借用历史上一个巴蜀女人的两句诗才能形容：

十四万人齐解甲，
更无一个是男儿。

川人嗜辣，诗也辣得呛人，这个女人也是在亡国之后发出如许诅咒的。是的，腐朽的南明小朝廷已经没有一点雄性的阳刚之气了。

但史可法呢？这个鼎鼎大名的"忠烈公"，难道还不算奇男子、伟丈夫？

我们就来说说这个史忠烈公。

就在江阴守城战两个多月前，史可法以大学士领兵部尚书衔督师扬州，与清军铁骑只周旋了数日便土崩瓦解。史可法固然以慷慨尽忠的民族气节而名垂千古，但十万大军何以一触即溃，当史阁部走向刑场时，难道不应该带着几许迷惘，几许愧赧吗？

给史可法立传的全祖望比邵长蘅的名气可要大得多，这位在清乾隆年间因文字狱获罪幸而免死的大学者也确是文章高手。"顺治二年乙酉四月，江都（即扬州）围急，督师史忠烈公知势不可为……"《梅花岭记》一开始，作者就把文势张扬得疾风骤雨一般，让史可法在危如累卵的情势中凛然登场。

"势不可为"是客观现实。正如后来"史公墓"前抱柱楹联的上联所述："时局类残棋杨柳城边悬落日。"当时福王朱由崧昏聩荒淫，权奸马士英、阮大铖把持朝政，"文官三只手，武官四只脚"，上上下下都在肆意作践着风雨飘摇的大明江山。骁勇强悍的八旗大军挟带着大漠雄风，一路势如破竹，直薄扬州城下，而南明的各镇兵马又不听史可法调度。从军事上讲，孤城扬州很难有所作为。

史可法登场了。他的第一个亮相不是在督师行辕里谋划军事，也不是在堞楼城壕边部署战守，而是召集诸将，安排自己的后事。他希望有一个人在最后帮助他完成大节，也就是把他杀死，副将史德威"慨然任之"，史可法当即认为义子。又上书福王表明自己"与城为殉"的心迹，并当众再三朗读奏章，涕泪满面，部将无不为之动容。最后遗言母亲与妻子："吾死，当葬于太祖高皇帝之侧；或其不能，则梅花岭可也。"

这就是说，仗还没有打，自己就先想着怎么个死法，如何全节。

这如果是作为激励将士拼死决战的手段，本也无可非议，中国战争史上诸如破釜沉舟或抬着棺材上阵的先例都是很有光彩的。但史可法给人的只是无可奈何的庄严。兵临城下，将至壕边，他想得更多的不是怎样把仗打好，而是如何完成自己最后的造型。当年隋炀帝在扬州揽镜自叹："好头颈，谁当斫之！"那是末日暴君的悲哀。而史可法是统率十万大军的督师辅臣，不管怎么说，十万人手里拿的并非烧火棍，即使"势不可为"，也要张飞杀岳飞，杀个满天飞。说一句大白话：打不过，也要吓他一跳；再说一句大白话：临死找个垫背的，杀一个够本，杀两个赚一个。

可惜史可法不会说这些粗陋的大白话，他太知书识礼，也太珍惜忠臣烈士的光环，他那种对千秋名节纯理性的憧憬，在很大程度上影响了他对眼前刀兵之争的创造性谋划。可以想象，统帅部的悲观情绪将如何软化着十万大军的脊梁。这支本已惶惶如惊弓之鸟的御林军，无疑将更加沉重地笼罩在一片失败的阴影之中。

到了这种地步，战争的结局只是个仪式问题了。

仪式或迟或早总要走过场的，接下来是清兵攻城，几乎一蹴而就，史称的所谓"扬州十日"，其实真正的攻守战只有一天。史可法既没有把敌人"吓一跳"，也没有能"临死找个垫背的"，古城扬州的尸山血海，不是由于惨烈的两军决斗，而是由于八旗将士野蛮而潇洒的杀人表演。弄到后来，连史可法本人苦心安排的全节，也得靠敌人来成全他，"二十五日，城陷，忠烈拔刀自裁，诸将果争前抱持之，忠烈大呼德威，德威流涕不能执刀"，终于被俘。清豫王多铎劝降不成，冷笑道："既为忠臣，当杀之，以全其节。"史可法遂死。

平心而论，史可法不是军事家，这位崇祯元年（1628年）的进士，其实只是个文弱的儒生。儒家历来信奉的是"修、齐、治、平"之道，这中间，"修身"是第一位的。史可法个人的品德修养毋庸置疑，一个颇有说服力的例证是，他年过四十而无子，妻子劝他纳妾，可法叹息道："王事方殷，敢为儿女计乎？"终于不纳。这样洁身自好的君子，在那个时代的士大夫中相当难能可贵。若是太平岁月，让这样的人经纶国事自然没有问题，但偏偏他又生逢乱世，要让他去督师征伐，这就有点勉为其难了。在浩浩狼烟和刀光铁血面前，他那点孱弱的文化人格只能归结于灭寂和苍凉，归结于一场酸楚的祭奠和无可奈何的悲剧性体验。

在这里，我得说到一桩政治文化史上的逸闻。就在清军兵临扬州城下的几个月前，清摄政王多尔衮曾致书史可法劝降，史可法有一封回信，这封海内争传的《复多尔衮书》雄文劲彩，写得相当漂亮，今天我们捧读时，仍旧会感到那种澎湃涌动的凛然正气。可以想见，当初作者在起草回信时，必定是相当投入的。那大抵是一个夜晚——"二十四桥明月夜，玉人何处教吹箫"，这样的境界自然是没说的，多少文人曾把扬州的月色涂抹成传世佳句；或细雨凄迷，间离了尘世的喧嚣，将督师行辕浸润在宁定和寂寥之中，这也是写文章的理想氛围。当然，远处的城楼上会不时传来军士巡夜的刁斗声；而在北方的驿道上，快马正传送着十万火急的塘报，那急遽的马蹄声不仅使夜色惊悸不安，也足以使一个末日的王朝瑟瑟颤抖。但这些并不重要，重要的是一篇文章。此刻，史可法的文化人格挥洒得淋漓尽致。吟读之余，他或许会想到历史上的一些事情，古往今来的不少好文章都是两军决战前"羽檄交驰"的产物。首先是那位叫陈琳的扬州人，他替袁绍起草的《讨曹操檄》使曹操为之出了一身冷汗，久治无效的头风也因此大愈。丘迟致陈伯之的劝降书写得那样文采瑰丽，把政治诱导和山水人情交融得那样得体，"暮春三月，江南草长，杂花生树，群莺乱飞"，谁能相信这样清新明丽的句子会出现在冰冷的劝降书中呢？"初唐四杰"之一的骆宾王更不愧是大才子，他的那篇《讨武曌檄》，连被骂的武则天看了也拍案叫绝，惊叹不已。这些千古佳话，史可法此刻大概不会想不到，因此，他很看重这篇署名文章。事实上，就凭这一篇《复多尔衮书》，后人就完全有理由认定他是一位文章高手，而忘却他是南明弘光朝的兵部尚书、节制江北四镇的督师辅臣。

说史可法很看重这篇文章，还有一个颇有意思的旁证。据说史可法对自己的书法不甚满意，便四处征求书家高手执笔誊写。当时，书法家韩默正好在扬州，便到军门应召。关于韩默其人，我知道得很少，但从史可法对他的赏识来看，大概档次是不低的。韩默笔走龙蛇时，史可法和诸将都在一旁观摩，只见那素笺上气韵飞动，从头到尾一笔不苟，虽微小到一点一画，也不离"二王"的笔法。书毕，史可法赞赏再三，这才令快马送出。

今天我们很难猜测史可法站在督师行辕的台阶上，目送快马远去时的心态。对国事的惆怅？对明王朝的孤忠？对江北四镇防务的忧虑？实在说不准。但有一点大概是可以肯定的，即对刚刚发出的这封复书的几许得意。中国的文化人总是把文章的力量夸张到十分了得，似乎一篇檄文就可以让人家退避三舍，最典型的莫过于李白表演的"醉草吓蛮书"，凭半壶水的洋文便震慑住了觊觎唐帝国版图的番邦。《西厢记》的作者王实甫说，"笔尖儿敢横扫五千人"，牛皮吹得还不算大。诗圣杜甫就有点黢边了，"笔落惊风雨，诗成泣鬼神"，一支舞文弄墨的纤纤之笔，简直有如上帝的魔杖。既然文章有这样无所不能的造化之功，人们便生生世世地重视考究起来，斟酌推敲起来，咬文嚼字起来，好像一字一词的差异，就真能演化出天壤之别的大结局来。北宋末年，靖康城陷议和，赵桓（钦宗）递降表，文中有"上皇负罪以播迁，微臣捐躯而听命"之句，金将粘罕不满意，一定要叫易"负罪"二字为"失德"。讨价还价不得，战败者只好屈从。其实，"负罪"也罢，"失德"也罢，都改变不了战场上的事实。不久，赵桓父子全被敌人掳去，算是给用字之争下了一道注脚。

史可法给多尔衮复书大约是弘光甲申秋月，半年以后，清兵大举南下，扬州城破。

三

扯远了，还是回到江阴小石湾。

江阴和扬州完全是两种格调，两种情韵。这里没有扬州那么多的诗文书画和歌吹入云的绮丽风华。扬州是历史文化的渊薮，是令帝王、文士、妓女们销魂的舞榭歌台。只要是个稍微有点头脸的人到了扬州，便总要弄出点风流韵事来，舍此似乎对不起这里的清风明月。所谓"十年一觉扬州梦，赢得青楼薄幸名"，其中并没有半点忏悔的意味，十足是一种洋洋自得的炫耀。而江阴只是一座要塞，一片驰马冲杀的战场，战事多了，自然便无暇去吟风弄月。即使像王安石这样的大家站在这里，也只能挤出几句干巴巴的"黄田港口水如天"，这样的句子，应该说是相当蹩脚的。大词人辛弃疾在江阴做过签判，但令人遗憾的是，洋洋大观的《稼轩词》中，却没有一句是与江阴有关的。要看长江，他宁愿跑到京口北固亭去慨叹，"千古兴亡多少事，悠悠，不尽长江滚滚流"；要排遣胸中块垒，他宁愿登上建康赏心亭"把吴钩看了，栏杆拍遍"，你说怪也不怪？在文人眼中，江阴显得有点尴尬。这里的码头太小，豪放派往往来不及把这里的喧天激浪梳理成诗句，便匆匆解缆离去；婉约派又嫌它兵气太足，冲淡了风月情怀。江南一带从来就有"江阴强盗无锡贼"的说法，这里所谓的"强盗"，是指一种心理品性和地域性格，就正如扬州多的是书肆和船娘一样，江阴多的是炮台和壮汉，这里民风强悍，连方言也"冲"得很，全不像典型的吴侬软语那样奶油气。

我们就来看看这个"江阴强盗"阎应元。

阎应元是个粗人，他没有科举功名，在那个时代，这意味着在官场上很难有所作为。严格地说，他担任的那个典史算不上官，只能称为"吏"。在此之前，他还担任过京仓大使，这是个管理仓库的小吏。管理仓库至少需要两方面的素质：一要有武艺，施保卫之职；二要有协调统筹能力。我们在以后的江阴守城战中将会看到，阎应元如何把这两种素质发挥得淋漓尽致。

顺治二年（1645年）七月初九夜间，阎应元在潇潇细雨中悄然进入江阴东门，直奔孔庙大成殿后面的明伦堂，主持守城军务。从这个时刻开始，他就把自己和全城六万多人放到了一座巨大的悲剧祭坛上，他们将用自己喷涌的热血和强悍的生命作为牺牲，去祭奠那生生不息、怆然傲岸的民族精神。

江阴举事之初，阎应元已经离任，奉老母避居华士砂山，他是在战事开始一段时间以后，应义民之邀入城的。据说，在从华士赴江阴途中，他曾题诗于东门七里庙之壁，情辞慷慨，有易水悲音。三百多年以后，一个文化人发思古之幽情，沿着当初阎应元入城的路线从砂山出发，一路寻寻觅觅，力图找到当年那座七里庙的遗迹，却一无所获。他终于领悟到，自己的举动实在无异于刻舟求剑，所谓寺壁题诗很可能是后人的假托或杜撰。阎应元一介武夫，有没有那种寄志抒怀的雅兴，很值得怀疑。况且当时军情火急，城外到处是清军营寨，即便有雅兴也未必能尽情挥洒。中国人历来有一种根深蒂固的文化崇拜，他们心目中的英雄总应该有点儒将风度，起码也要能"上马击狂胡，下马草军书"，最高典范自然是那个在灯下披着战袍读《春秋》的关云长。因此，即使是目不识丁的村夫丘八，一旦留之青史，后人总要给他凑上几句打油诗，以显出几分文采风流的人格气韵。你看我们的阎典史从容地辗转于敌营之中，还能在寺壁上题上几句豪言壮语，实在够潇洒的了。但问题是，阎应元恐怕没有那样的情致，此刻，他根本没工夫去憧憬青史留名之类，而只会想着如何提着脑袋去冲杀。因此，只能辜负七里庙的那堵墙壁和后人为他附会的那几句绝妙好词了。

今天我们读着《阎典史记》时，不得不惊叹阎应元那卓越的军事天才，可惜历史只给他提供了这么一块小小的舞台。任何英雄都离不开造就自己的那块舞台，如果没有奥斯特里茨那个惊心动魄的夜晚，拿破仑最终可能只是法兰西历史上一个黯然无光的过客。同时，多少天才却由于没有自己的舞台而默默无闻，被深深湮没在风干的青史之中。历史学家从来就是一群浅薄而势利的观众，他们喜欢看热闹，他们的目光只盯着舞台上线条粗犷的动作，而对所有的潜台词不屑一顾。是的，阎应元脚下的这块舞台太蹙窄了，"螺蛳壳里做道场"，连闪展腾挪的余地也没有。弹丸之地的江阴城，一场力量悬殊、根本无法打赢的战争，悲剧性的结局是无可逆转的。但有时候结局并不重要，重要的是走向结局的过程。阎应元的天才就在于他把自己仅有的一点力量恣肆张扬地发挥到了极致，多少抗争和呐喊，多少谋略和鲜血，多少英雄泪和儿女情，把走向结局的每一步都演绎得奇诡辉煌，令人心旌摇动而又不可思议。这样，当最后的结局降临时，轰然坍塌的只是断垣残壁的江阴城楼，而傲然立起的则是一尊悲剧英雄的雕像。

作为有清一代著名的诗人和史学家，赵翼是个相当苛刻的人，有时甚至相当狂妄。他对大名鼎鼎的李白杜甫也不以为然："李杜诗篇万口传，至今已觉不新鲜，江山代有才人出，各领风骚数百年。"口气中大有取而代之的意思。但他站在阎应元的画像面前却不得不肃然起敬，他的那首《题阎典史祠》，把阎应元放在那个时代的大背景中，和明季的诸多忠臣义士、叛官降将进行对比，发出了"何哉节烈奇男子，乃出区区一典史"的慨叹，应该说是很有见地的。一场本来是一边倒的战争，却悲壮惨烈地进行了八十一天，孤城困守，六万义民面对二十四万清兵，并且让对方付出了七万五千人的代价，这在中外战争史上可以算得上一个奇迹。三十六计中能用上的计谋，差不多都用上了，诈降、偷营、火攻、钉炮眼、草人借箭、装神弄鬼、小股出击、登陴楚歌，无所不用其极，无不闪烁着创造性的光芒。最壮烈的莫过于派白发耆老出城假投降，把火药暗藏在放银子的木桶底层，等清军升帐纳降时，火发炮裂，当场炸死清军三千余人，其中有亲王一、上将二，清军为之三军挂孝。与此同时，江阴城头也响起了悲怆的炮声，那是在为慷慨赴死的乡贤耆老们致哀……

至此，我们也许会生出这样的设想：如果让阎应元站在扬州的城堞上……

可惜历史是不能假设的。

赵翼的诗中还有这样两句："明季虽多殉节臣，乙酉之变殊少人。"按理说"扬州十日"当是"乙酉之变"中最重大的事件，有壮烈殉国的大忠臣史可法在那儿，这"殊少人"就有点令人费解了。赵翼在对阎应元由衷赞赏的同时，有没有对史可法不以为然的意思呢？

这就很难说了。

四

同是与城为殉的南明英烈，史可法死后封忠烈公，名垂青史，扬州广储门外的梅花岭更是成了历代仁人志士朝觐的圣坛，而阎应元的光芒却要黯淡得多。这种死后哀荣的差距，是很值得我们深思的。

其实也无须深思，归根结底，恐怕还是两人生前的地位使然。史可法是南明弘光朝的兵部尚书，而阎应元只是一个小小的典史。山河破碎，民族危亡，大人物能以气节自许，便相当难能可贵，而小人物则合当提着脑袋去冲杀。阎应元站在江阴城头上回答清将刘良佐的劝降时，有一句地道的大白话："自古有降将军，无降典史。"阎应元是个粗人，他不会故作惊人之语，但这句大白话却石破天惊地撩开了历史的面纱：太平盛世，天下是达官贵人的天下，可到了国将不国的时候，天下便成老百姓的了。达官贵人一般都放达得很，他们有奶便是娘，人家打过来了，大不了弯一弯膝盖，换一副顶戴，仍旧堂而皇之地做他的官。而老百姓却没有这样放达，他们要认死理，脑袋可以不要，但膝盖是不能弯的。我们这位阎典史就特别珍重自己的膝盖，他城破被俘之后，在清军贝勒面前硬是挺立不跪，被活生生地用枪刺穿胫骨，于是"血涌沸而仆"，身子是倒下了，膝盖终究没有弯。有人说阎应元是下里巴人，虽然打了一场轰轰烈烈的大仗，却没有自己的纲领之类，那么他站在城头上讲的这两句大白话算不算纲领呢？可以毫不夸张地说，这足以胜过一打纲领，就是和史可法文采瑰丽的《复多尔衮书》相比，恐怕也不会逊色的。

但阎应元毕竟"略输文采"，这在很大程度上影响了他本身固有的光芒。因为历代的史书都是文人写的，胳膊肘朝里弯，他们对那些富于文化气质的志士贞臣当会有更多的欣赏。事实上，在那些宁死不折的明末遗民中，有相当一部分是江南的文化人，他们操着并不刚健的吴侬软语为反清复明奔走呼号，以彬彬弱质支撑着异常坚挺的文化人格。在朱明王朝那一段不绝如缕、凄怨悠长的尾声中，最具光彩的不是赳赳武夫，而是一群柔弱的文化人，这实在是一幕很有意思的历史现象。这中间，张煌言算得上是一个颇有影响的人物，但他除去和郑成功合师入江，在南京附近热闹了一阵而外，此后便再没有什么大的作为，只是跟着鲁王朱以海凄凄惶惶地东躲西藏，后来被清军俘获。但他是个文人，会作诗，字也写得相当不错，即使在狱中，也"翰墨酬接无虚日"。临刑前，有绝命诗两首，又举目望吴山，长叹道："好山色！"就这样文绉绉的一句慨叹，便托起了一个中国文人的终结性造型。是啊，吴山媚好，黛色空漾，这无疑是诗的境界，自己这些年为国事奔波，何曾好好看过眼前这景致。如今忠义已经尽了，身后的名节也是不成问题的，作为一介文士，最后能在这样的山光水色之间找到归属，也就无憾无怨了。于是张煌言整一整衣袂，飘然前行，他似乎并不是走向断头台，而是走入了如诗如梦的江南烟水，融入了中国文化的总体气韵之中。这样的造型，难怪后世的文人学子们要传为佳话了。反观阎应元，同是慷慨就义，只大呼："速杀我！"痛快则痛快矣，但在那些握着史笔的文人眼里，终究显得粗鲁，所见到的只是一片鲜血淋漓的悲壮，因而从人格气韵上讲，也就浅显得多了。

志士贞臣而又富于文化气质，这往往为后人提供了偌大的想象空间。张煌言就义后，葬在西子湖畔的南屏山下，与岳坟和于忠肃公墓（明代名臣于谦之墓）相去不远，"赖有岳于双少保，人间始觉重西湖"，连西湖也得借重于忠臣义士。如今张煌言也来了，后人也就把三墓并称，对张煌言来说，这是相当高的荣誉了。人们的想象也就到此为止，接下来又轮到史可法。史可法就义后，尸体一直没有找到，扬州梅花岭上只是一座衣冠冢，这就为后人留下了想象的空间。因史可法众望所归，具有相当大的号召力，以后若干年内，关于"史可法未死"的传说和冒充史可法之名起兵抗清的事一直连绵不断。闹到后来，"死诸葛吓走生仲达"，连清政府也跟着疑神疑鬼，搞不清真假了。于是便有了洪承畴和被俘的吴中义军首领孙兆奎的一段对话。洪承畴是明末第一号大汉奸，他在松山被俘降清，但崇祯皇帝起初听信传闻，以为他死了，曾下诏为他在正阳门建"昭忠祠"。这一段对话实在令人拍案叫绝。

洪问孙："你从军中来，知不知道在扬州守城的史可法是真的死了，还是活着？"

孙反问洪："你从北地来，知不知道在松山殉难的洪承畴是真的死了，还是活着?"

洪承畴狼狈不堪，急忙下令把孙兆奎杀了。

史可法不简单，人虽然死了，但他的人格力量仍然令敌人胆战心惊。

此后不久，洪承畴又遇上了被俘的一代名儒黄道周，但这次他连开口对话的机会也不曾有，便狼狈而返。

福建漳州黄道周石斋先生，以隆武朝武英殿大学士入江西募兵抗清，被执于婺源，后来又押解南京。当时洪承畴任清廷"招讨南方总督军务大学士"，也驻节南京。因为黄道周的名声很大，道德文章冠于一时，洪承畴想亲自到狱中劝降，庶几可分青史之谤。黄道周闻讯，自然不会给他机会，便手书楹联一副于囚室门枋，联云：

史笔流芳，虽未成名终可法；
洪恩浩荡，不能报国反成仇。

这位石斋先生不愧是国学大师，联语用谐音、嵌字的方法，暗寓"史可法忠""洪承畴反"的意思，看似信手拈来，实在妙不可言。洪承畴见了，羞愧得无地自容，哪里还有脸面劝降？随即下令将黄道周处决。黄道周遥拜孝陵，然后端坐在红毡上，神色自若。一弟子请他给家里留下遗言，他撕开衣襟一幅，将右手食指咬破，滴血书联云：纲常千古；节义千秋。

黄道周用血写下的这个"纲常"和"节义"，便是中国儒家文化中最为神圣的两块基石，之所以有那么多的文化人为反清复明矢志不移，其源盖出于此。要说这些人受了朱明王朝多少恩泽，实在没有根据，在此之前，他们大多"处江湖之远"，郁郁不得志。相反，倒是那些旧王朝的既得利益者，屁股转得比谁都快。因此，这些文人祭奠的实际上不仅仅是一个张三或李四的王朝，而是一种根深蒂固的文化。而江南又一向是文化人成堆的地方，当此旧王朝覆亡之际，江南的文化人自然成了送葬队伍中最为痛心疾首的一群。当时名满天下的一些学界巨子，几乎无一例外地加入了这个行列：黄宗羲、顾炎武、刘宗周，当然还有我们刚才说到的黄道周。只要大略看一眼这串在中国文化史上熠熠生辉的名字，吊死在煤山的朱由检也应该感到欣慰了。

新王朝的统治者起初只顾忙于杀伐征战，对这群不要命的文化人很有点不以为然，"秀才造反，三年不成"。几个手无缚鸡之力的书生，怕他作甚？但等到天下初定，甲胄在身的武士们或归顺或败亡以后，他们才意识到，并不是所有的事情都能骑在马上解决的，文人自有文人的厉害，"莫谓书生空议论，头颅抛处血斑斑"。杀几个文人固然不费劲，但问题是总杀不干净，你这边刀上的血还没有揩去，他那边又把脖子迎上来了。再一细看，原来他们手中虽没有吴钩越剑，却握着"批判的武器"，这武器就是巍巍荡荡的汉文化。

事情于是发生了变化，起初是南明的武士们在清军铁骑面前顶礼膜拜，现在却轮到新王朝的统治者在氤氲缠绵、云蒸霞蔚的汉文化面前诚惶诚恐了。这中间一个最明显的信号是：康熙二十三年（1684年），清圣祖玄烨带领文武大臣来到南京的明孝陵前，当今皇上的一切显赫和威仪都免了，一行人在陵前规规矩矩地下了马，不走正门不走中道，却从旁门步行，一路上行三跪九叩首礼节，到了宝城前，则行三献大礼。礼毕，又亲书"治隆唐宋"碑文，令江宁织造郎中曹寅刻石制碑，立于陵殿大门正中。对朱元璋的评价在唐宗宋祖之上，这不是一般的抬举了。当雄才伟略的康熙大帝在朱元璋面前躬身拜倒时，那身影所投射的，显然不仅仅是对一位前朝君王的礼节性尊重，而是传递了一种信息：以"外夷"入主中原的清王朝对汉文化同样是很推崇的。

康熙谒陵完毕，又继续南巡去了，接下来的工作让曹雪芹的祖父曹寅来做。曹寅不光是负责将皇上的御笔刻石制碑，那事情很简单。在长达数十年的江宁织造任上，他实际上负起了对江南知识分子进行统战的责任。从他给康熙的那些连篇累牍的奏折中可以看到，康熙想了解的是何等详尽，有些看来不应该出现于奏折中的琐碎小事，诸如风俗人情、街谈巷议、三教九流、诗酒趣闻之类，曹寅也都包包扎扎，用快马送往京城，那里面的口气，竟有如君臣就着一壶清茗拉家常一样。曹寅这样做，自然是得到康熙授意和鼓励的。康熙喜欢看这些花边新闻，大概不会是为了解闷儿，他是要把江南文人的一举一动都掌握无遗。同时也不可否认，当今皇上在津津有味地批阅从江宁府送来的奏章时，那种对汉文化难以抑止的热情也流泻得相当充分。

大约就在这个时期，清廷诏令表彰前明忠义，也就是说，对当年那些提着脑袋和他们拼死作对的人予以褒扬。应当承认，这种气度还是很难得的。于是，小小的阎典史才得以"跟哥哥进城"，在江阴的"忠义祠"里占了一席之位。此后，江苏学政姚文田又手书"忠义之邦"四个大字，刻嵌于江阴南门城楼之上，算是给了阎应元和江阴守城战一个"说法"。

五

但小石湾依然寂寞。

又有三两游人从那边过来了，或意态悠闲，或行色匆匆，夕阳下的身影拖得很长，惊起一群不知名的水鸟，凄惶逸去，那呼叫使得天地间平添几分苍凉的余韵。几年前，小石湾的江滩上出土了几尊清代道光年间的大炮，到要塞炮台的游客往往在归途中要拢过来看看，人们摩挲着古炮上铁锈斑驳的铭文，望大江，思荣辱，发出由衷的感慨。

他们当然不会想到，就在自己脚下的某个地方，民族英雄阎应元正孤独地安息着。

我唯有无言，说不清心里是一种什么滋味。"烟波江上使人愁"，此情此景，难道是一个愁字所能了结？

却又想起一桩不相干的事：不久前，有一位学者考证出，盛宣怀的墓可能在江阴马镇，一时上下都很振奋。因为谁都知道盛宣怀是武进人氏，与江阴原不沾边，若果真那把老骨头最后埋在江阴，就差不多算得上是半个江阴人了。盛宣怀何等人物！他是李鸿章的经济总管，是旧中国的三井、三菱式人物，在今天这个经理厂长脚碰脚的年头，一个地区若能和这样的经济巨擘（即使是一堆腐骨）攀上点缘分，"名人效应"自然是不用说的。于是，文化搭台，经济唱戏，论证会接着研讨会，忙得不亦乐乎。当然，接着还要修墓。

我真想大喊一声：阎应元的墓在江阴小石湾，这已经用不着你们论证研讨了。

但终究没有喊，隐隐约约总觉得气不壮：阎应元的墓修好了，能搭台唱戏三资合资投资吗？

呜呼！阎应元这次不光吃亏在"文化"上，还"略输"美元和港币……

江风大了，回去吧。

回来后，写成了这篇小小的文章。

但文章写完后，偶尔翻阅清代大学者俞曲园的《春在堂随笔》，见其中有这样一段记载：

> 史阁部复摄政睿亲王书，乃乐平王纲字乾维者代笔，见南昌彭士望《耻躬堂集》。余惟忠正此书，海内争传，然莫知其为王君笔也，故特表而出之。

文中的"摄政睿亲王"即多尔衮，而这位春在堂主人即一代红学大师俞平伯的曾祖父。

作为野史，这中间的真实性是大可怀疑的，但我却希望它是真的，我宁愿史可法不是一个文章高手，而是站在扬州城楼上苦心孤诣的督师辅臣。诚如是，则我在上文中的有些说法就无法立足了。

我真诚地希望春在堂主人的记载是千秋史笔。

驿　站

手头有一本《中国文化史词典》，上海师范大学古籍研究所编撰的，闲暇无事，随手翻翻，却见到这样一条辞目——驿站，诠释为：古时供传递公文的人或来往官员途中歇宿、换马的住处。后面还有一系列与此有关的辞目：羽檄、军台、置邮、驿丞、火牌、金字牌、急递铺、会同馆，林林总总，凡二十余条，在惜墨如金的词典中占去了差不多三页的篇幅，可见这词条的负载是相当沉重的。

渐渐地，心头也跟着沉重起来，窸窸翻动的书页，翻卷起一幕幕褪色的史剧，云烟漫漫，翠华摇摇，在车轮和马蹄声中联翩而过。那快马的汗息挟带着九重圣意和浩浩狼烟；凄清的夜雨浸润了整整一部中国文学史；车辚辚，马萧萧，洒下了多少瞬间的辉煌和悠远的浩叹。合上书页，你不能不生出这样的感慨：这两个藏在词典深处的方块字，竟负载着多么恢宏的历史文化蕴涵！

于是，我记下了这两个古朴的方块字：驿站。

一

词典上的解释似乎过于矜持，感觉深处的驿站，总是笼罩在一片紧迫仓皇的阴影之中，那急遽的马蹄声骤雨般地逼近，又旋风般地远去，即使是在驿站前停留的片刻，也不敢有丝毫懈怠，轮值的驿官匆匆验过火牌，签明文书到达本站的时间，那边的驿卒已经换上了备用的快马，跃跃欲试地望着驿道的远方。所谓"立马可待"在这里并非空泛的比附和夸张，而是一种实实在在的形象，一种司空见惯的交接程序。晴和日子，驿道上滚滚的烟尘会惊扰得避让的行人惶惶不安。此刻，在田间劳作的农夫会利用擦汗的机会，望一眼那远去的快马，心头难免一阵猜测：那斜背在驿卒身后的夹板里究竟是什么文书呢？是升平的奏章，还是战乱的塘报？或者会不会什么地方又发生了灾荒？那么，或许过不了几天，从相反方向驰来的快马，少不了要降下抽丁增税的圣旨哩。农夫叹息一声，西斜的日头变得阴晦而沉重。

若是在夜晚，马蹄在驿道上敲出的火花瑰丽而耀眼，于是在门前捣衣的村妇便停下手来，一直望着那火花渐去渐远，然后一切又归于沉寂。"九月寒砧催木叶，十年征戍忆辽阳。"西风初至，砧声四起，为久去不归的征人赶制寒衣，思妇心中该是何等凄苦！自从汉代的班婕妤写出《捣素赋》以来，捣衣的情境便成为闺怨诗久吟不衰的重要母题，砧声总是在秋夜响起，而寒衣一般都要送往塞外，诗人们穷极才思，把女子捣素的动作描绘得舞蹈一般婀娜多姿，并对那划破静夜的砧声特别做了牵人心魂的渲染。但有谁曾把这月下的砧声和驿道上的马蹄声做过类比和联系，写出思妇目送驿马远去时的悲剧性感受呢？

驿卒的神色永远严峻而焦灼，那充满动感的扬鞭驰马的形象，已经成为一幅终结的定格。对于他们，这或许只是出于职业性的忠诚，他们大抵不会意识到，一个古老而庞大的王朝，正在这马蹄声中瑟瑟颤抖。

这种颤抖，一些比较清醒的君王不能不有所感受。明崇祯帝朱由检是一位生逢乱世，却又力图振作的末代君王，国事日非，江河日下，使得他对报马的敏感几乎到了神经质的地步。每天，他既盼望着驿马送来佳音，又害怕接到的是坏消息，因此，对下边送上来的塘报，竟陷入了想看又不敢看，然而终究又不得不看的尴尬境地。心态惶惶，忧思如焚，竟然反映在他下令铸造的钱币上，这种方孔制钱上铸有奔马图案，民间称为"跑马崇祯"，原先的寓意是"马报（跑）平安""马到成功"。但无奈事与愿违，快马送来的总是坏得不能再坏的消息，弄到最后，崇祯自己不得不跑到煤山去上吊，临死前，还撕下衣襟，写下了"君非亡国之君，臣皆亡国之臣"的血书为自己辩护，可以说得上是死要脸的典型。于是民间传说，坏事都是因为那枚"跑马崇祯"，跑马者，一马乱天下也，而马进大门为闯，是李闯王攻进京城的预兆。又说，南明政权断送于奸臣马士英之手，恰恰也应在一个"马"上。这样的传说，很大程度上带有讽刺意味，如果真的把朱明王朝的覆灭归结于铜钱上的一匹报马，那无论如何是说不过去的。

当然，在大部分的升平年头，驿道上的报马虽然一如往常地佝偻匆忙，甚至有不堪疲惫倒毙路旁的，但带来的不一定都是黄钟毁弃的绝响，有时，那马蹄声的背后，或许只是一幕相当无聊的小闹剧。请看杜牧的这首《过华清宫》：

长安回望绣成堆，
山顶千门次第开。
一骑红尘妃子笑，
无人知是荔枝来。

这中间的本事，稍微有点历史知识的人大概都不会生疏的。杨玉环爱吃荔枝，这种个人的小嗜好本来无可非议，特别是一个长得很漂亮的女人，这点嗜好说不定还能增添她的个性魅力。但问题在于她不是一般的女人，而是"三千宠爱在一身"的皇贵妃，于是，个人的小嗜好便演成了历史的大波澜，搅得天翻地覆。据说为了进荔枝，一路上驿马踏坏了无数良田，而驿站中的马匹也跑死殆尽，驿官无法应差，纷纷逃去。当杨贵妃远望着"一骑红尘"而展颜一笑时，那笑容背后并没有多么深刻的含义，她只是觉得挺开心，最多也不过有一种"第一夫人"的荣耀感，或许还会勾起一缕思乡之情，因为荔枝恰恰来自她的巴蜀老家。她绝对不会想到，在驿马经过的漫漫长途中，有一个叫马嵬驿的地方，已经为她准备了一座香冢。

其实，千里迢迢地用驿马进献荔枝，唐明皇和杨贵妃都不是始作俑者。《后汉书·和帝纪》载："旧南海献龙眼荔枝，十里一置，五里一堠，奔腾阻险，死者继路。"有唐羌其人，当时任临武长，向朝廷冒死进谏，他说得比较入情入理："臣闻上不以滋味为德，下不以贡膳为功。""此二物升殿，未必延年益寿。"这位汉和帝倒不很固执，居然听进去了，下诏停止了这一暴政。《广州记》说："每岁进荔枝，邮传者疲毙于道，汉朝下诏止之。"是为旁证。汉和帝受用荔枝，大概只是为了延年益寿，没有多大意思，后人知道的也就不多。到了唐明皇那个时代，因为事情和杨贵妃有关，沾上了点桃红色，作为风流韵事，流传起来就很容易不朽。文人首先要抓住不放，借助这不朽的题材追求"轰动效应"，就连杜甫这样古板的人也忍不住要跟着吟诵几句："先帝贵妃今寂寞，荔枝还复入长安。"而杜牧的《过华清宫》更成了脍炙人口的名篇，以至于一千多年以后，一位住在重庆的文化人有感于时事，操起讽刺诗作武器时，也不由自主地套用了《过华清宫》的格调：

荒村细雨掩重霾，
警报无声笑口开。
日暮驰车三十里，
夫人烫发进城来。

小诗在重庆《新民报》一经发表，立即不胫而走，各家报纸纷纷转载。当时正值抗日战争最艰苦的年头，一边是最高当局高喊着"一滴汽油一滴血"，要国民勒紧裤带；一边却是高官政要们奢侈豪华，挥霍无度。比之于杜牧的《过华清宫》，这首小诗自然更带点打油的味道，但对权贵讽刺之辛辣，却着实令人拍案叫绝。

写诗的文化人其实是位小说家，他叫张恨水。

二

中国的文人历来有出游的嗜好。李白的狂放，除去金樽对月"将进酒"，就是仗剑浩歌"行路难"；而在细雨骑驴入剑门的途中，大诗人陆游肯定会有不同于"铁马冰河"的全新感受。相对于逼仄的书斋来说，外面的世界充满了缤纷浩阔的人生体验，"衣上征尘杂酒痕，远游无处不消魂"，这又是何等的令人神往！于是，他们打点一下行装，收拾起几卷得意的诗文（那大抵是作为"行卷"走后门用的），潇潇洒洒地出门了。一路上访友、拜客、登临名胜，走到哪里把诗文留在哪里。在当时的交通条件下，这些彬彬弱质的文人肯定会有相当一部分时间要消磨在旅途中，而驿站，便成了他们诗情流溢和远游行迹的一个汇聚点。

关于驿站，人们很难淡忘这样一幅古意翩然的风俗画：清晨，羁旅中的文士又要上路了，站在驿馆门前，他似乎有点踟蹰，似乎被什么深深地感染了。眼前细雨初雾，柳色清新，屋檐和驿道被漂洗得纤尘不沾。遥望前方，淡淡的晨雾笼罩着苍凉寒肃的气韵。文士的心头颤动了，一种身世之感顿时涌上来，他要写诗了。但行囊已经打好，就不愿再解开，好在驿站的墙壁刚刚粉刷过，那泥灰下面或许隐映着前人留下的诗句，那么，且将就一回吧。当他在粉墙上笔走龙蛇时，驿站的主人便在一旁给他捧着砚池，围观的人群中则不时发出啧啧的赞叹，文士酣畅淋漓地一挥而就，然后飘然远去。

这有点像王维的《渭城曲》，但又不全是。《渭城曲》是端着酒杯为朋友送行，一边说着珍重的话，大体上是纪实的。而这里的驿站题诗只是一种典型情境，典型情境可能发生在阳关，也可能在别的任何地方；远行者身边可能有执袂相送的友人，有举起的酒杯和深情的叮嘱，也可能没有。反正，对于那个时代，那些文人来说，兴之所至，在驿站的墙上涂抹几句诗是很平常的事，驿站的主人不会认为这有污站容，写诗的人也不觉得有出风头之嫌，围观者更不会大惊小怪。到底有多少诗就这样"发表"在驿站的墙壁上，恐怕谁也没有统计过。历来研究文学和文学史的人，总是把目光盯着那些散发着陈年霉味的甲骨、金石、简册、木牍、缣帛和纸页，所谓的"汗牛充栋"，大抵就是写满（或刻满、印满）了方块字的这些玩意。有谁曾走出书斋，向着那泥灰斑驳的墙壁看过几眼呢？特别是看一看那荒野深处驿站的墙壁。

是的，驿站的墙壁，这里是恢宏富丽的中国文学中的一部重要分册。

在这里，我无意对"墙头诗"作总体上的评价，那是文学史家的事。我要说的只是，当文士们站在驿站的墙壁前时，他们的创作心态一定是相当宽松的。人们大概都有这样的体验，一旦置身于一个完全陌生的环境，身心反倒自由了不少，在这里，你只是一个匆匆来去的过客，尽可以从原先的声名之累中解脱出来。行囊已经背在身上，你心有所感，就写上几句；意尽了，写不下去了，搁笔一走了之。因此，像李白的那种"眼前有景道不得"的顾虑是不存在的。这里不是文酒之会，没有硬性摊派的写作任务，用不着拼凑那种无病呻吟的应酬之作。而且，你也不必在诗中忌讳什么，讨好什么，即使像朱庆馀之流上京赶考经过这里，尽管他的行囊里藏着巴结主考官的《近试上张籍水部》，但站在这里，他也会表现出一个堂堂正正的自我，而不必像小媳妇那样，低声下气地问人家："画眉深浅入时无?"

文士们在墙壁上涂抹一阵，弃笔飘然而去，他自己并不怎么把这放在心上。那"发表"在墙壁上的诗，自有过往的文人墨客去评头论足。他们背着手吟读一回，觉得不怎么样，又背着手踱去，在转身之间，已就淡忘得差不多了。偶尔见到几句精彩的，便要伫立许久，品味再三，醍醐灌顶般怡然陶醉，日后又少不得在文友中传扬开去。

过了些日子，那字迹经过风吹雨打，剥落得不成样子了，店主便用泥灰粉刷一遍，清清白白的，好让后来的人再用诗句涂抹。主人照例给他在一旁捧着砚池，很赞赏的样子。

又过了些日子，文士和友人在远离这驿站的某个旗亭里喝酒论诗，唤几个歌伎来助兴，却听到歌伎演唱的诗句很熟悉，细细一想，原来是自己当初题在驿站墙壁上的，自然很得意。歌伎们传唱得多了，这诗便成了名篇名句，出现在后人编选的《诗钞》中。

在这里，诗的命运完全服从于流传法则，而绝大多数的平庸之作则被永远湮没在那层层叠叠的泥灰之下，无人知晓。这就是淘汰，一种相当公平，亦相当残酷的优胜劣汰。

大约在南宋淳熙年间，临安附近的驿馆墙壁上发现了这样一首诗：

山外青山楼外楼，
西湖歌舞几时休。
暖风熏得游人醉，
直把杭州作汴州。

这样大字报式的针砭时事之作，赵家天子肯定是不会高兴的。但作者并不怕当局上纲上线地追究，在诗的末尾堂而皇之地署上了自己的名字：林升。

这个林升，在文学史上如渺渺孤鸿，历代的《诗选》《诗话》对他的介绍无一例外地吝啬：生平不详。查遍了南宋年间的《登科录》，也没有发现这个名字。他的全部可供研究的资料，只有留在驿站墙壁上的一首诗。因为他能写诗，而且还写得相当不错，因此推断他是一个士人；又根据诗中所反映的时代氛围，推断他大概是宋孝宗淳熙年间人。如此而已。

但既为士人，当然不可能一辈子只写一首诗，那么他的其他诗作呢？姑妄再作推测，大致有几种可能：因为那些诗不是昭著醒目地"发表"在驿站的墙壁上，只是自己樽前月下的低吟浅唱，因此不为人们所知；或者因为不是站在驿站的墙壁前写诗，顾忌在所难免，有时不敢直抒胸臆，这样的诗，自然不会引起广泛的社会共鸣，时间长了，自然湮没无遗。

说到底，还是驿站的墙壁成全了他。

林升传之后世的作品只有这一首墙头诗，但这一首也就够了。

三

疾如流星的驿马渐去渐远，潇洒飘逸的文士翩然而过，终于，一群亡国后妃和失意臣僚走来了。

这些人原先都活得不坏，转眼之间却"归为臣虏"或"夕贬潮阳"，走上了被押解放逐的漫漫长途，心理上的落差是可以想见的。人生的痛苦大抵在于从一种生存状态跌入另一种低层次的生存状态，打击之初的创痛往往最难承受。关山逶迤，驿路迢迢，离往日的春风得意只在一夜之间，而前途则深渊一般冥冥难测，"多少恨，昨夜梦魂中"，似乎也只能在梦中玩味了。一路上的颠沛早已使思想成了一片空白，心灵的创痛，只有到了驿站之后，歇下来慢慢梳理。

驿站，笼罩着一片惨淡抑郁的悲剧气氛。

首先走来的是如花美貌的花蕊夫人。宋乾德二年（964年），宋太祖赵匡胤兴兵伐蜀，蜀主孟昶虽拥有十万军队，但这个连尿壶也得用珠宝装饰的花花太岁，此刻只有绕室彷徨而已，宋兵一至，立即奉表投降。计宋兵由汴京出发到攻入成都，前后才六十六天。孟昶和他的宠妃花蕊夫人都成了俘虏，被宋兵押送北行。亡国的哀怨与激愤郁结在花蕊夫人的心头，无以排解，驿站小憩时，化作一字一咽的《采桑子》词，题在驿壁上：初离蜀道心将碎，离恨绵绵，春日如年，马上时时闻杜鹃……

但才写了半阕，宋兵便催促上路，花蕊夫人只能回望几眼，惆怅而去，那没有写完的下半阕，便永远湮没在这位蜀中才女的愁肠中。根据这种词的一般路数，下半阕应当从眼前景物化的心境描写转入对身世和时事的慨叹。多年来，孟昶荒聩误国，蜀中文恬武嬉，她不可能不有所针砭。她是个有思想的女人，这在后来她面对赵匡胤即兴口占的一首七绝中可以看出来，特别是"十四万人齐解甲，更无一个是男儿"两句，从闺阁诗中脱颖而出，一洗柔婉哀怨的脂粉气，很有几分"女强人"的见识。据此，人们有理由相信，那未及写完的下半阕中，肯定会有石破天惊的奇崛之笔。

可惜这些我们永远看不到了，在宋兵凶神恶煞的呵斥声中，一个弱女子无奈地扔下了手中的笔，也给人们留下了文学史上一个不大不小的缺憾。

留下缺憾也好，没有缺憾就没有真正的悲剧美，至少它可以给后人留下一个瑰丽缤纷的想象空间。但偏偏有一个无聊文人经过这里，干了一件相当无聊的事，给花蕊夫人的《采桑子》续上了半阕：三千宫女如花面，妾最婵娟，此去朝天，只恐君王宠爱偏。

不难看出，下半阕与原词完全是两种格调，人们看到的只是一个轻薄的女人在搔首弄姿，似乎花蕊夫人在去汴京的路上就准备投怀送抱，并且以能够取得新主子的专宠而志满意得。这个续诗的文人不仅无聊，而且近乎无耻了。

花蕊夫人后来确实被赵家天子纳入后宫，但不久便抑郁而死。她留下的只有一首七律和半阕《采桑子》词。

花蕊夫人的《采桑子》究竟题于何处，史无记载，但从"初离蜀道心将碎"一句看来，大概是在南栈道（蜀栈）的北部终点附近。栈道天险，向来被倚为巴蜀的屏障，也是从中原经关中入川的唯一陆路通道。"献俘阙下"的宋军沿着栈道迤逦北去，对于花蕊夫人来说，则是在一步步远离自己的故国家园。一俟过了栈道，进入关中，那种永诀的感觉突然一下子现实而强烈起来：此一去，故国难归，家山难见，天上人间，永无相期之日了。正是在对巴山蜀水凄婉的回眸一瞥中，产生了催人泪下的《采桑子》词。

驿站，似乎负载着太多的忿郁和悲凉，而越是接近栈道的南北两极，这种情感负载便越是趋向极致。

花蕊夫人的身影消失在栈道北极两百多年以后，大诗人陆游来到了栈道南极的武连驿。他行进的方向和花蕊夫人正好相反，从关中南行入川，往成都去，但愤激悲凉的心境却和花蕊夫人惊人地相似。当然，他不能没有诗：

平日功名浪自期，
头颅到此不难知。
宦情薄似秋蝉翼，

乡思多于春茧丝。

　　这是七律《宿武连县驿》的前四句。时在乾道八年（1172 年）深秋，诗人的情绪也和节令一样萧瑟寥落。本来，他已经送别了栈道的崔嵬奇险，前面便是坦荡的成都平原，路是好走多了。但他却迟迟不愿走，前方那座绿树繁花中的"锦官城"对他没有一点诱惑力。在武连，他整整盘桓了三天，大约是为了让自己的情思越过千里栈道，和渭水岐山牵系在一起，他要最后再听听那沙场秋点兵的旷远回声。而一旦进入了成都平原，那不绝如缕的情思将何以依傍？那里的花太红，水太清，歌舞也太华丽，很难容得下他身上沾染的边关雄风，也很难找到一处说剑谈兵的厅堂。

　　在关中的大半年时光恍如梦幻一般。早春二月，四川宣抚使王炎驰书邀他前去南郑襄赞军务，共谋恢复大计。南郑是宋金西战场的中枢所在，而王炎既是义气慷慨的主战派将领，又是陆游的朋友，陆游曾把他比作汉朝的萧何和唐朝的裴度。对于急欲杀敌报国的陆游来说，这是他一生中得以亲临前线的唯一机会，诗人的振奋是可以想见的。关中大地，有如汉唐历史一样雄浑苍凉，在这里，诗人有铁马秋风的戍守，有指点关河的谋划，有南山射虎的壮举，还有强渡渭水、激战大散关的呼喊。戎马生涯方显男儿本色，满腹诗情撒入逐敌的马蹄，汇成宏丽悲壮的吟唱。文人总是容易得意忘形的，陆游踌躇满志，似乎蹉跎半生，从此风云际会，可以施展一番了。然而，大半年以后，王炎被当局莫名其妙地调离川陕，陆游也改任成都安抚使参议官，去坐冷板凳。"渭水岐山不出兵，却携琴剑锦官城"，这种迁徙看起来是"平调"，但对陆游来说，则无异于贬逐。从南郑经栈道去成都，一步步远离了他魂牵梦萦的抗金前线，这种心情和花蕊夫人远离故国的愤郁凄凉相去不会很远。"宦情薄似秋蝉翼，乡思多于春茧丝。"这似乎成了一种规律性的心态，贬放之际，越发感到官场没有什么意思，不如回去品味乡音的好。

三天以后，陆游离开了武连。当诗人眷眷回望时，他不可能不意识到，自己最为辉煌的一段人生被永远地抛在后面了，而这座栈道南极的小小的驿站，无疑是一个悲剧性的转折点。

四

现在，我们该走进驿站的门厅去看看了。

这里不同于普通的客栈，就所有制而言，它是官办的，大约相当于眼下的"干部招待所"吧。因此，贩夫走卒自然是不接待的，就是揣着斗大银子的富商大贾恐怕也进不去，这里面有个规格问题，不像现在只要有钱，便可以堂而皇之地踱进总统套房去消受。但贬官罪臣却可以进得，因为对这些人的流徙毕竟属于"官事"的范畴。另外，大约还有利于随时掌握他们的行踪，实施严密的监控。对于京师的当权者来说，那遍布全国的驿站和驿道，便有如拴着一串串蚂蚱的绳子，若是心血来潮，要追加什么处置，只需随便提起一串，指点着其中的一只，说一声"钦此"，缇骑顺藤摸瓜，省心极了。因此，即使像魏忠贤这样的巨恶元凶，在放逐途中也能享受驿站的接待。当崇祯要对他重新"逮治"时，传递诏书的圣差便沿着驿道，很容易地找到了那家下榻的驿站。这个极富政治敏感的宦官头子一听到门外的马蹄声，就知道皇上变脸了，为了不至于死得太难受，他索性抢先吊死在房间里。

这里的一切谈不上堂皇，处于深山僻野的驿站甚至显得简陋，但里里外外都收拾得极整肃。进了门，便有驿卒迎上来，指点着把牲口牵进厩里去喂料饮水，掀起青布门帘把客人让进房间，然后站着介绍吃喝拉住一应事宜。一阵忙乱之后，驿站里渐至安谧，伙房里的炊烟升起来，空气中洋溢着新鲜菜蔬和麦饭的香气。客人经过一天的劳顿，在这温馨的环境里当可以做一个不太坏的梦。

　　驿丞虽是个末流小官，但文化素养和处事能力都很值得称道。那门前告白上的书法或许相当不坏；客人有兴致时，他照例会向你介绍当地的风俗人情及掌故逸事之类，既不显得卖弄，也不缺乏书卷气。或拿出某某名士某某显宦留下的墨迹来炫耀，评论亦相当精到。因此，你也才能理解，为什么客人在驿壁上题诗时，他表现得那么赞赏，且在一旁捧着砚池。可以设想，他们本身就是读书人，或屡试不第，或在官场中没有背景，才干上了这养家糊口的差事。这些人大都有较多的阅历，客人进门了，他一看气象排场，大体上就能认定对方的身份，是升迁还是贬谪，是赴考还是下第，是春风得意还是颓唐落拓。对趾高气扬之辈，他自然得处处赔着小心；对失意者，他一般也不表现得那么势利。铁打的衙门流水的官，谁知道哪一片云彩上有雨呢？说不定什么时候上头一道圣旨，人家就腾达了、升迁了，又经过你这里哩。这些世态人情，他们看得多了，也就看得比较透。

　　当然，也有例外的情况。

　　明代成化初年的杨守陈就经历过这么一次。杨守陈官居洗马，这是个不小的官，一般担任皇太子的老师或随从，因此有"东宫洗马"或"太子洗马"的说法，级别大致在五品以上，算得上是高级干部了。其实，光看级别还不足以显示洗马的分量，一道显而易见的官场程式是：太子是预备着当皇上的，一旦登基，对当年的老师和故旧自然会有所提携，有的甚至被倚为股肱重臣（例如明代宣德、正统两朝的杨溥和万历朝的张居正）。因此，这头衔有时也被赐给那些年高德劭或功勋卓绝者，其实他们既不教太子读书，也不做太子的跟班，只纯粹是一种荣誉。但杨守陈这个洗马倒是实实在在的。一次，他回乡省亲，下榻于一所驿站，驿丞以为"洗马"就是管打扫马厩的，很有点不放在眼里，言谈举止，竟跟他平起平坐，还悻悻然地问他："公职洗马，日洗几何？"这就很不恭敬了。杨守陈却并不生气，相当平静地回答道："勤就多洗，懒就少洗，是没有定数的。"少顷，有人向驿丞报告，说有位御史即将来站，驿丞一听，御史比这洗马的官大多了，便催杨守陈赶紧把房间让出来，以便接待御史大人。杨守陈仍然很平静地说："这固然是应该的，但等他来了以后，我再让也不迟。"不久，御史驾到，进门一见到杨守陈，就跪下磕头请安，杨守陈一看，原来是自己的门生。接下来轮到驿丞大惊失色，连忙跪在阶下，口称有罪，乞求杨守陈宽恕。杨守陈却只是一笑了之，并不十分计较。

应当说，杨守陈这位洗马的肚量是很难得的，如果换了另外一个洗马，或别的什么大官，十有八九要把驿站闹腾得鸡飞狗跳，这位小小的驿丞也保管吃不着兜着走。但令人困惑的是，专司送往迎来之职的驿丞，何以会有眼不识"洗马"呢？大概这位老兄原先只是个市井之徒，因为和县太爷有什么裙带关系，开后门谋来的差事，小人得志，看人时难免带着一双势利眼。当然，也怪杨守陈太随和了，全没一点官架子。要是人家对他不恭敬时，他稍微晓以颜色，喝一声："大胆！"驿丞还敢放肆么？

除去现任官吏而外，驿站的另一类顾客是文人。在中国，文人历来是一个特殊的群体，他们离官僚阶层只有一步之遥，所谓"朝为田舍郎，暮登天子堂"，就是一幅通俗化的图解。但对于绝大多数文人来说，这一步却关山重重，始终可望而不可即。确切地说，文人是一群"候补官吏"，因此，他们在出游或赶考途中，踱进驿站是很自然的事。很难设想，如果失却了文人潇洒的身影和笑声，失却了他们在夕阳下的伫立和夜雨中的苦吟，失却了驿壁上酣畅淋漓的诗迹，只剩下过往官员粗暴的呵斥和驿丞小心翼翼的逢迎，驿站将怎样单调冷漠，有如舞台上临时搭设的布景，毫无生气，毫无历史的张力和文化气韵。

文人不仅在驿站题诗，还在驿站做梦，梦是他们人格精神的恣肆飞扬，这时候，心灵深处的渴求将冲决现实的种种樊篱而遨游八极，幻化出奇诡瑰丽的境界。我们看看元稹的这首《梁州梦》：

> 梦君同绕曲江头，
> 也向慈恩院院游。
> 亭吏呼人排去马，
> 忽惊身在古梁州。

作者在诗下自注说，一天晚上，他夜宿梁州驿馆，梦见与白乐天、李杓直诸友同游曲江，然后入慈恩寺诸院，忽然被人唤马嘶声惊醒，原来是信使出发前备马，这时天已破晓，他立即匆匆写成此诗，请信使捎走。

作为一段诗话，仅仅到此为止，意思恐怕不大。

但接下来还有。

白居易接到这首诗，屈指一算，感叹不已，原来元稹梦游曲江的那一天，他正好与李杓直等人同游曲江，且到了慈恩寺，不信，那寺院粉墙上有自己的《同李十一醉忆元九》为证：

> 花时同醉破春愁，
> 醉折花枝作酒筹。
> 忽忆故人天际去，
> 计程今日到梁州。

事情竟如此奇巧，白居易和朋友游曲江时还在念叨：如果微之

（元稹的号）在，该有多好，算算行程，他今天该到梁州了。而就在同一天，元稹恰恰在梁州驿站，梦中与白居易等作曲江之游，梦境与现实惊人地吻合。作为文坛佳话，后人一直怀疑它的真实性。但千里神交，息息相通，特别是在元白这样的挚友之间，心灵之约应该是可能的。

白居易当然也要把这首诗从寺壁上抄下来，请信使飞送元稹。当元稹在离长安更远的驿站里读到它时，又会有什么感慨呢？或者又会做什么梦呢？

五

元稹读白居易的诗，所感受到的必定是那种深沉而悠远的思念，峰回路转，山高水长，朋友情深如此，该是多大的慰藉！他大概不会把对方的寺壁诗和自己的驿站诗进行比较，且做出高下优劣的评判。

但我们不妨来做做这项工作，就此引出一个新的话题：关于驿壁诗和寺壁诗及酒楼诗的比较，从而寻找驿壁诗在文化坐标上的位置。

元稹和白居易都是做过大官的人，但一直总是磕磕碰碰的。官场的侧面是诗坛，官场失意而为诗，诗往往写得格外出色。元白始以诗交，终以诗诀，仅唱酬之作就达一千余首，这在中国文学史上是绝无仅有的。文友诗敌，难有高下之分，但仅就上文中所引的两首诗来看，平心而论，元诗恐怕更胜一筹，特别是"亭吏呼人排去马，忽惊身在古梁州"两句，奇峰突起，呼之欲出，弥漫着凄清苍凉的意蕴，境界相当不凡，比之于白诗的明白晓畅、深情蕴藉，无疑更具有震撼人心的艺术力量。

这种高下之分并不取决于两人的才力，而是由于写诗时特定的环境使然。孤独的远足，孤僻的驿站，孤苦落寞的心态，这一切都使得元稹越发思念远方的朋友。残灯无焰，荒野寂寥，现实的世界凄清而逼仄，只能去梦中寻觅了。梦中的天地是温馨而欢悦的，然而梦醒之后，惶然四顾，那种怅然若失的心理反差又使得思念更加铭心刻骨，如此开阖跌宕的感情体验，焉能没有好诗？而同样是对朋友的思念，白居易身边有李构直等人的陪伴，有芳菲灿烂的春景，说不定还有寺院方丈的恭维和招待，他们在赏花谈笑、品茗喝酒时，心灵深处感到了一种缺憾和呼唤，虽然这种感情相当真挚，但毕竟不像元稹那样孤寂无傍。因此，即使像白居易这样对诗相当讲究的人，也只能重蹈"折花作筹"之类屡见不鲜的意象，很难有神来之笔。

驿站，似乎总是与孤独相随。这里没有觥筹交错和前呼后拥，没有炫目斑斓的色彩，连日出也顾影自怜般羞怯。这里只有孤烟、夕阳、冷月和夜雨。但孤独又是一种相当难得的境界，只有这时候，人们才能从尘世的喧嚣中宁定下来，轻轻抚着伤口，心平气和地梳理自己的感情，而所谓的诗，也就在这时候悄悄地流出来。既然是在这么一个荒僻简陋的去处，没有什么可以描摹状写的，诗句便只能走向自我，走向内心，走向深沉。去看看驿壁上层层叠叠的诗句吧，那里面很少有花里胡哨的铺排之作，有的只是心灵的颤动和惋叹。

我们再把目光转向寺院的墙壁，那上面往往也写满了诗，而其中知名度最高的恐怕要数扬州惠照寺的"碧纱笼"。有关的本事早已脍炙人口了，大体情节带着浓重的世俗色彩：书生王播借住寺院，备受奚落，题诗墙壁以泄愤。三十年后穷书生已成了权倾一方的淮南节度使，衣锦重游，见昔日自己在寺壁上所题的诗句已被寺僧用碧纱笼罩起来。王播感慨万千，又提笔续诗一首，是为"碧纱笼"诗。应当承认，在所谓的"寺壁诗"中，这首"碧纱笼"算是写得不坏，其原因就在于势利眼的僧人给了王播相当真切的人生体验。"三十年来尘扑面，而今始得碧纱笼"，真是道尽了世态炎凉和科举制度下十年寒窗、一朝显达者的人生之梦。但绝大多数走进寺院的文人都不会有王播那样的体验，他们大抵已经成了名士，只是来走走看看，散散心。因为自唐宋以来，与僧人的交往，已成了文人士大夫一种颇为时髦的风气。他们来了，寺院里也觉得风光，方丈自然前前后后地陪着，听琴、赏花、品茗、下棋，有时还要互斗机锋，在参禅悟道的灵性上一比高低，气氛却还是友好的。玩得差不多了，为了附庸应酬，在墙壁上写几句诗作交代。或摹写寺院生活的清幽情趣，或体味山林风景中蕴含的禅机，感情难免浮泛。这些人虽然锦衣玉食，却往往在诗中大谈不如出家人自在，尽说这种言不由衷的话，诗又能好到哪儿去呢？

与寺院的清静形成对比的是酒楼。在有些人眼里，酒楼是至高无上的圣殿，"天子呼来不上船，自称臣是酒中仙"，坐在酒楼里，便可以满不在乎地睥睨人间的最高权威，文人因酒而狂放，以至于此。酒楼又往往是终结驿道的仪门，经过了漫长的苦旅，终于把最后一座驿站留在身后了，即使是被贬谪的官员或落第的学子，也会有一种如释重负的感觉。于是，三朋四友，意气相邀，径直来到那青帘高挑的所在。"将进酒，杯莫停"，酒入愁肠，心境越发颓丧，觉得世间万事都没有什么意思；酒入豪肠，又激昂慷慨，气可吞天，俨然要拥抱整个世界，这都是由于酒的魔力。这时候写诗，朱红小笺便太逼仄，铺排不开满腔的块垒，直须提笔向那堵粉墙上涂抹。因为在文友面前，有时还在千娇百媚的歌伎面前，他们得卖弄才气，也卖弄自己的伤感和豪放。那诗，便带着几分夸张和矫情，全不像当初站在驿壁前那样地行云流水般坦荡自然。至于那酒楼粉墙上的墨迹，绝对都是狂草，有如公孙大娘舞西河剑器一般。有时，夸张和矫情也会豁边，少不了要惹出点麻烦来，例如宋江在浔阳楼多喝了几杯，晕乎乎地在墙壁上题了几句诗，就差点丢了脑袋。我一直认为，像岳飞的《满江红》那样的词作，必定是用浓墨蘸着烈酒，挥洒在酒楼墙壁上的，不然，何以会有"壮志饥餐胡虏肉,笑谈渴饮匈奴血"那样标语口号式的句子?同样,如辛弃疾的"茅檐低小,溪上青青草"这类,则必定是闲倚竹篱,清茗在手,悠悠然随口吟出来的。他也肯定不会写在墙壁上,而是踱回书房,记在粉红色的薛涛笺上,笔迹亦相当流丽俊逸,有晋贤风味。

<h1 style="text-align:center">六</h1>

但驿站终于坍塌了,坍塌在历史的风雨中。

我曾经设想,如果有可能,我愿意跋涉在荒野的深处,去辨认每一座驿壁上斑驳的诗文。我只要一头毛驴、一根竹杖,沿着远古的驿道,年复一年地探寻历史的残梦和悠远苍茫的文化感悟。

可惜这已经不可能了。今天,你可以极随意地找到一座香火不很清淡的寺院,也可以找到各种风格的仿古酒楼,但到哪里去寻找一座古韵犹存的驿站呢?

于是又忽发奇想,好在现代科学已经出神入化了,如果能找到几堵尚未坍塌的驿站的墙,借助超显微技术的透视,我们将会看到隐没在其中的层层叠叠的诗篇,连带着鲜活灵动的历史人物和故事,其中的绝大多数以至全部你可能都是第一次见识。偶尔看到几首相当熟悉的,那就是经过流传的淘汰而得以不朽的好诗了。这时候,你才会发出由衷的慨叹:自己手头那些历朝历代的诗集,原来是多么贫乏而缺少色彩!

这设想有点像童话,一则关于驿站的童话。

湮没的宫城

一

近代的文化人看南京，常常会不自觉地带着唐宋士大夫的目光，眼界所及，无非六朝金粉，一如刘禹锡和韦庄诗中的衰飒之景，似乎这里从来不曾有过一个赫赫扬扬的明王朝。他们徘徊在明代的街巷里寻找王谢子弟华贵的流风；拨开洪武朝的残砖碎瓦搜求《玉树后庭花》柔婉的余韵。其实，他们只要一回首，明代的城墙便横亘在不远处的山影下，那是举世瞩目的大古董，一点也不虚妄的。作为一座城市，南京最值得夸耀的恰恰是在明代，它的都市格局也是明洪武朝规模建设的结果。因此，近代人看到的南京，实际上是一座明城，在这里访古探胜，亦很难走出朱明王朝那幽深阔大的背影。

那两年，我在南京大学的一个进修班挣文凭，住在离学校很远的后宰门。宿舍是大家凑份子租来的，"顶天"的一层楼统包了。开学第一天，大家正忙着洗扫收拾，忽听到一个南京本地的同学在阳台上叫起来："这下冤了，把我们打进冷宫了。"起初我不曾介意，以为他是冲着校方发什么牢骚。等到跑上阳台，顺着他手指的方向望去，心头便不由得打了个冷战：天，竟有这么巧的！

没错，这里大体上就是明代的冷宫，而西南边不远那片烟树葱茏的所在，便是明故宫的前朝三大殿——自然已经是废圮的了。我由于关注过明代的史料，对明故宫的大体格局还算比较熟悉。可以想见，六百多年前，这里曾浸透了多少深宫女子的血泪，在那一个个幽冥的静夜，当知更太监懒懒地用檀木榔头敲击着紫铜云板时，这掖庭东侧的角落里，该是怎样的落寞凄凉。

当然要去看看明故宫。

当年朱家皇帝面南而坐的金銮宝殿，现今连废墟也说不上了，只剩下几许供人凭吊的遗迹，绿树茂草，游人依依，一派宁和的秋景。那巨大的柱础和断裂的青石丹墀，使人想起当初宫宇的壮丽崇宏，也给人以无法破解的疑团：以六百多年前的运输条件，这样的庞然巨物是怎样从产地运往宫城的呢？唯一可以看出点立体轮廓的是金水河前的午门，但上部的城楼也已陨毁，现存的只有城阙和三道门洞，中间的一道是供皇上通行的，巨石铺就的御道被车轮辗出了深深的印迹，不难联想到当初銮驾进出时，那种翠华摇摇的威仪。午门前还应该有一个广场，所谓的"献俘阙下"大抵就在这里，但那样的场面不多。更多的场面是杀人，在旧小说和传统戏中，每当"天威震怒"时，常常会喝一声"推出午门斩首"的，自然是极刑了。但平心而论，在明故宫的那个时代，因触犯朱皇帝而被推出午门杀头，实在算得上是一种优待。那时候杀人的花样多的是，抽筋、剥皮、阉割、凌迟，甚至用秤杆从下身捅烂五脏六腑，总之不能让你死得那么爽快。最常见的是搡倒在地，噼里啪啦一阵死打，直打成血肉模糊的一堆，称之为廷杖。而相比之下，"喀嚓"一刀便了结性命，无疑是最舒服的了。因此，临刑的那位跪在阶下高呼"臣罪当诛兮谢主隆恩"时，那感情可能是相当由衷的。

这就是明故宫，一座因杀人无数而浸漫在血泊中的宫城，也是中国历史上唯一从南方起事而威加海内的封建王朝的定鼎之地，如今却只剩下一片不很壮观的遗迹，陈列在恹恹的秋阳下。

出明故宫遗址公园，遥望东去仅一箭之地的中山门（明代称为朝阳门），我心中不由得升上一团疑云：皇城这样鳞次栉比地紧挨着外城门，这于防卫无疑是一大禁忌，即使在当时，若用火炮架在城外，也是可以直接威胁大内的。那么，公园出口处的石碑上，关于明故宫不止一次地罹于兵火的记载，自然是与此有关的了。但令人费解的是：朱元璋是马上得天下的开国之君，以他的雄才大略，当初为什么竟疏于考虑呢？

二

公元 1368 年，寂寞了差不多四百年的应天府又风光起来。自从南唐后主李煜在这里仓皇辞庙以后，这座城市便一直不曾被帝王看重过，他们来到这里大多只是暂时驻跸，歇歇脚，对着六朝遗物发几句感慨，然后又匆匆忙忙地启驾离去。在他们看来，这儿的宫城里充满了兵气和血光，历来在这里停留的王朝没有一个不是短命的。南宋初年，那么多的大臣要皇上在这里建行都，"抚三军而图恢复"，但鬼精灵的赵构最终还是跑到临安去了。如今，一个束着红头巾的草头王却看中了这里，他要在这里长住下去，定都称帝。这个其貌不扬、脸盘像磨刀石似的黑大汉就是明太祖朱元璋。

他是从淮北皇觉寺的禅堂里走来的，带着满身征尘。当然，和差不多所有马上得天下的开国帝王一样，也带着一股王霸之气，这一点，只要随便看看他写的那些打油诗就可以知道了：

> 百花发时我不发，
> 我若发时都吓杀。

粗豪到了蛮不讲理的程度，也不能说没有一点气韵。再看：

　　杀尽江南百万兵，
　　腰间宝剑血犹腥。

　　几乎是瞪着眼睛吼出来的，活脱脱一个山大王的形象。现在，你看他站在钟山之巅，朝着山前的那片旷野做了个决定性的手势，作为帝祚根基的皇城就这样圈定了。

　　毋庸置疑，在当今皇上的这个手势背后，支撑着一种洋洋洒洒的自信。自汉唐以来，历朝都城皆奉行"皇城居中"的格局，这既符合帝王居天地之中的封建伦理信条，又有利于现实的防卫。而现在，他手指的那个地方紧挨朝阳门内，偏于旧城一隅，一旦敌方兵临京师，坐在乾清宫的大殿里也能听到城外的马蹄声。这些年来，朱元璋打的仗不算少，有好几次几乎是从死人堆里爬出来的，因此，对皇城的防卫问题，他不能没有深远的战略考虑。不错，皇城偏于一隅，于防卫是一大禁忌，但古往今来，有几个王朝是靠皇城的坚固而长治久安的呢？大凡让人家打到了京师脚下，这个王朝的气数也就差不多了，即使据皇城而固守，又能苟延多少时日？在金陵作为京师的历史上，这座城市从来就像纸糊一般地脆弱，艳情漫漫，血海滔滔，一旦强敌迫境，大都一鼓而下。只有南梁侯景之乱时，梁武帝固守台城，撑了一百多天，但最后还是没有守住，梁武帝倒始终没有退出宫城——他饿死在里面。到陈亡以后，隋文帝杨坚害怕南人再起，一把火烧了六朝宫阙。其实他也太多心了，一座宫城能顶鸟用？

　　在中国的历代宫城中，明故宫的摆布具有相当的特殊性，防卫高于一切的主导思想被淡化，"皇城居中"的传统格局遭到摒弃——虽然朱元璋的子孙后来迁都时，又把宫城严严实实地藏到了京师的中心。但至少在洪武初年，当朱元璋站在钟山上规划宫城时，他显然对刀兵之争看得不那么重要。他有这样的气魄。

那么，重要的是什么呢？

我们先来听听宫城上的"画角吹难"。

据明人都卬《三余赘笔》、董谷《碧里杂存》等史料记载，明宫城建成后，每天五鼓时分，朱元璋便派人在谯楼上一边吹着画角，一边敲喉高歌。画角是一种古老的乐器，其声激昂旷远。歌词凡九句，起首三句为"创业难，守成又难，难也难"，史家称为"画角吹难"。可以想见，站在谯楼上的当是一位老者，声调嘶哑而苍凉，带着一种穿透力极强的沧桑感。那旋律也许不很复杂，但反复强调的"难难难"却不屈不挠地浸漫得很远。寒星冷月，万籁俱寂，"画角吹难"颤悠悠的尾音在熹微的曙色中抑抑扬扬，有如历史老人深沉的浩叹。

这声音传入帝枕深重的后宫，君王惊醒了，他把温柔和缠绵留给昨夜，抖擞精神又坐到龙案旁。当他用握惯了马缰和刀剑的手批阅奏章时，这位开国雄主又似乎不那么自信了，你听那九句歌词，前三句就有四个"难"字，这皇帝也不好当呢，特别是开国皇帝更不好当，马上得天下而又不能马上治之，他不敢有丝毫懈怠。全国大大小小的政务，他必要亲自处理，不仅大权不能旁落，连小权也要独揽，那宵旰操劳的身影，该是何等疲惫？请看他自己记叙的一件琐事：

> 刑部主事茹太素以五事上言，朕命中书郎王敏立而诵之，至字六千三百七十，未睹五事实迹。于是扑之。次日深夜中，朕卧榻上，令人诵其言，直至一万六千五百字后，方有五事实迹，其五事之字止是五百有零。朕听至斯，知五事之中，四事可行，当日早期，敕中书都府御史台著迹以行。吁，难哉！

也真是难为皇上了，一篇万言书，读了六千三百七十字以后，还没有听到具体意见，说的全是空话，于是龙颜大怒，把上书人打了一顿。但万言书还得看下去，累了，躺在床上听人读。到了一万六千五百字以后，才涉及本题，建议五件事，其中有四件是可取的，即刻命令主管部门施行。本来用五百字就可以说清楚的事，却啰啰嗦嗦地说了一万七千字，惹得朱元璋一怒之下打了人，后来又承认打错了，并表扬被打的人是忠臣。在当时的条件下，一切政务处理、臣僚建议，都得用书面文件的形式上奏下谕，当皇帝的一天要看多少文件？"吁，难哉！"这叹息中透出一种与攻城略地的雄健完全不同的疲惫；一种如临深渊如履薄冰的谨慎；一种忧危积心日勤不怠的自觉。这叹息出自一位有作为的帝王之口，便相当流畅地演绎为每天清晨谯楼上的"画角吹难"。歌吹呜咽婉转，沸沸扬扬，越过王公贵族的朱红府第和苔藓湿漉的寻常巷陌，于是舟船解缆了，车轮驱动了，炊烟升腾了，市声人语在雾露凝滞中嫩嫩地扩散开来……

但"画角吹难"毕竟只是一种相当形式主义的宣传，谯楼上浪漫色彩的歌吹也不可能传遍王朝的每寸疆土。实际上，朱元璋更注重铁的手腕，他狠狠地把玉带撤到肚皮底下——据说这是他杀人的信号——于是午朝门外人头滚滚，弥漫着一片血腥气。

历史上有哪一个王朝不杀人呢？特别是一个新王朝开始运转的时候，总是需要足够的人血作为润滑剂的。战场厮杀、自相残杀、谋杀、冤杀、自杀、误杀、鬼鬼祟祟背后捅刀子杀、明火执仗堂而皇之地杀、为了借几颗人头做交易而闭着眼睛杀……杀杀杀，直杀得血雨飘零，浸润了厚厚一本史书。但翻开这本史书，明故宫恐怕算得上是杀人最多的宫城，这一点，连朱元璋的大儿子皇太子朱标也看不下去了，多次劝父亲刀下留人。朱元璋听烦了，把一根棘杖扔在地上，叫儿子拿起来，见儿子面有难色，朱元璋当下有分教："你怕有刺不敢拿，我把这些刺给你砍掉，再交给你，岂不是好？"

朱元璋扔在地上的那劳什子，无疑象征着朱家王朝的权杖，而他眼中的"刺"则不外乎三种人：勋臣贵族、贪官污吏和知识分子。他认为正是这三种人对朱家王朝构成了现实和潜在的威胁，因此要大杀特杀。仅在所谓的明初"三大案"中，倒在血泊中的死鬼便有十数万，流放者更加不计其数。平心而论，这中间确有该杀的，但杀得这样滥，这样残酷，这样不分青红皂白，这样株连灭族瓜蔓抄，却不能不归结于一种心理变态。这一杀，开国元勋和军界勇武几乎无一幸免，稍微有点名气的文人也差不多杀光了。青年才子解缙算是比较幸运的一个，当时朝野噤声，每个人的头上都悬着一把达摩克利斯之剑，不知什么时候就会要了自己的脑袋，他居然敢于上万言书，对杀人太滥提出批评，所谓"天下皆谓陛下任喜怒为生杀"，这话说得够重的了。但朱元璋看了，反而连夸："才子，才子！"在文字狱的罗网和大屠杀的恐怖气氛中，解缙何以能这样如鱼游春水呢？当然，他有才气，在文坛上有影响，这是本钱。但比他才气大影响大的人（如"吴中四杰"的高启、杨基、张羽、徐贲），不是照样做了刀下之鬼吗？这实在是很值得玩味的。据说，一次朱元璋在金水河边钓鱼，半天也没钓到一条，令解缙赋诗解闷。解缙应声吟成七绝一首，其中后两句为"凡鱼不敢朝天子，万岁君王只钓龙"，这种马屁诗实在蹩脚透顶，特别是出自才华横溢的解缙之口，实在令人赧然，但朱元璋听了很高兴，这就够了。中国的文人——特别是明清以来的文人——就是这般可悲，你得先学会保护自己。一般来说，解缙是个相当狂放亦相当富于正义感的人，绝非吹牛拍马、趋炎附势者流，他那种只图博取君王一笑的帮闲马屁之作，大抵不会收进自己的文集，也不会示之于圈子内的文友，这点廉耻感和艺术良心他还是有的。《明史》中说他"才气放逸，工诗文"，其根据也肯定不会是这种马屁诗。但问题是，没有这种马屁诗，他能上万言书批评时弊吗？他能搞自己那些成名成家的"纯文学"吗？他能活到若干年后主持编撰中国文化史上破天荒的皇皇巨制《永乐大典》吗？这是中国文坛上的一种悖论：文学的前提是伪文学，而正义感的伸张则要以拍马屁作为代价。中国的文人就在这种悖论的夹缝中构建自己的文化人格。这样的时代，文人可以坐在书斋里勘误钩沉做学问，也可以根据民间传说和话本编杂剧、写小说（例如罗贯中和施耐庵那样），却绝对出不了真正的诗人。真正的诗人，绝对需要心灵的解放和个性的恣肆张扬，因为诗说到底是一种生命的符号，诗情的勃动，有如早春初绽的花瓣，每一点微小的翕动都极其敏感而娇憨，"南园满地堆轻絮，愁闻一霎清明雨"，那肯定不消生受。因此，诗往往最直接地体现了一个时代的气象。李白仗剑浩歌，绣口一吐就是半个盛唐；而即使像苏东坡那样的浪漫派大师，从他雄奇豪迈的行吟中也不难发现宋王朝衰微的阴霾。可以断言，一个让文化人谨小慎微，整天战战兢兢地仰视政治家眼色的时代，是断然出不了大诗人的，它只能出小说家、戏剧家和学者。而诗人解缙恰恰生活在这样一个时代。

另一个叫袁凯的诗人采取的方法和解缙不大相同。这个少年得志、以一首《白燕》诗走上诗坛、从而被人们称为"袁白燕"的怪才，为了逃避朱元璋的迫害，只得假装疯癫，自己用铁链锁了脖子，整天蓬头垢面，满嘴疯话。但朱元璋还是不相信，派使者去召他做官，却见袁凯趴在篱笆下大嚼狗屎。使者据以回报，才不曾追究。其实这一回朱元璋受骗了，原来袁凯料定皇帝要派人来侦察，预先用炒面拌糖稀，捏成段段撒在篱笆下，好歹救了一命。但作为诗人的袁凯却永远地消失了，消失在封建专制的罗网下。一个脖子上套着锁链，满口疯话的诗人，纵有旷世才华，也绝对写不出诗来了。与之相比，当年的陶渊明倒是幸运得多，他不愿为五斗米折腰，家门前的竹篱下还有一方属于自己的天地。你看，"欢言酌春酒，摘我园中蔬"，生存空间有了；"采菊东篱下，悠然见南山"，文化空间也有了，他的田园诗也因之写得相当精致，还有什么不惬意的呢？而到了袁凯这个时候，竹篱下早已失却了清新闲适的意趣，零落芜秽，一派阴森肃杀之气。那根血迹斑斑的铁锁链，不光是套在袁某人的脖子上，而是套在一个时代，套在整整一代中国文人的脖子上。

一个诗人，就这样疯疯癫癫地走在大明的京城里，脚下是六朝碑板（朱元璋曾下令用六朝碑板铺街，以致"城内自夫子庙以外绝无宋元之碑刻"），这是一种多么惊心动魄的奢侈！真草隶篆，琳琅满地，走在上面，每一步都踩着一截历史、一阕绮丽风华。远处的宫城在烟雨凄迷中只剩下一抹淡淡的影子，景阳钟响起来了，是不是又要杀人呢？

三

冤死在宫城下的还有一些女人。在一个男性的世界里，她们大都因为是罪臣的家属而株连被祸的。但有时也不尽然，例如有个叫硕妃的女人——她自然是当今皇上自己的家属了——也死得很惨。她的罪过是为朱元璋生了个儿子，朱元璋算算妊娠期只有八个月，怀疑不是龙种，但又仅仅是怀疑，查无实据，只得采取双重标准，儿子还是承认的，老婆却被打入冷宫，受铁裙之刑。今天我们已无法想象铁裙是一种什么刑具，而一个女人日夜穿着铁裙将是什么滋味，反正硕妃被活活折磨死了，她留下的那个儿子叫朱棣，几十年以后，他率领大军攻进了南京城。

他当然不是来为母报仇的，因为他从来不承认自己是庶出，"朕，太祖高皇帝嫡子也"。他到南京来是为了争夺皇位，而当时的皇帝是朱元璋的孙子建文帝朱允炆。这场朱家叔侄之间的战争史称"靖难之役"。结果侄子失败了，在宫城的一片大火中，建文帝不知所终。朱棣堂而皇之地登上奉天殿，改元永乐——仅从这个年号，就是足以令人想起中国历史上许多大事的。

作为悲剧人物的建文帝，其下落一直是历史上扑朔迷离的疑案。说法颇多的是，他并没有在大火中烧死，而是从地道出了城，流落川康云贵当和尚去了。前两年，我又看到某学者的两篇考证文章，说建文帝出家的地方就在苏州附近的穹窿山，旁征博引，言之凿凿。这样的结论即使从史料角度能自圆其说，也根本有悖于人物的性格特征。试想，苏州南京近在咫尺，建文帝居然就在朱棣的眼皮底下优游了几十年，如果真有这样的胆量，当初何至于失败得那样一塌糊涂？一般来说，后世的文人对建文帝倾注了相当大的同情，这个性格仁柔的皇太孙登基以后，从科场中起用了一批儒生，试图对朱元璋的"严猛之政"有所调整，但因此也激化了和分封在各地的一大群叔叔之间的矛盾。这种矛盾，说到底是江南文人集团和贵族亲王军事集团的矛盾，结果是，文人的清谈敌不过藩王的铁甲长戈。秀才遇到兵，有理说不清，倒霉的永远是文人。

朱元璋当年的那种心态现在又轮到朱棣来体验了。进入南京以前，他还比较自信，因为在军事上他比较有把握。但自从跨入皇城的那个时刻开始，一种危机四伏的感觉便时时侵扰着他，皇帝也不好当呢，特别是一个背着"篡"字的皇帝更不好当。心理上的虚弱往往转化为手段的残酷，还是老办法：杀人！

杀什么人？杀文人。

中国的文人又面临着新的一轮屠杀。所不同的是，洪武年间的文人面对屠刀一个个都想躲，他们或装傻卖乖，或遁迹山林。但躲也难，终究还是丢了脑袋。这次却一个个伸着脖子迎上来，有几个甚至身藏利刃与朱棣以死相拼（例如御史大夫景清、连楹），因为建文帝对他们有知遇之恩。文人其实是很脆弱的，他们容易受宠若惊，容易因一句"士为知己者死"的古训而豁出去。本来，在战场上和朱棣拼死作对的是武人，但武人反倒比较聪明，谁胜谁负，横竖都是姓朱的当皇帝（用朱棣的话说，"此朕家事"），因此，势头不对，干脆倒戈迎降。只有魏国公徐辉祖象征性地抵挡了一阵，然后跑进父亲徐达祠中静观事态。他不怕，家里有老皇帝当年赐的"铁券"，可以免死；自己又是朱棣的"孩子他大舅"，估计朱棣也不会拿他咋的。这样，剩下的便只有一群认死理的文人，等着吃人家的打击报复。

朱棣的打击报复毫不含糊。作为建文帝股肱重臣的齐泰、黄子澄皆磔死——关于这个"磔"，我不得不翻了一会词典，才弄清是由秦始皇那时候的车裂演化而来的一种酷刑。全国知名度最高的大学者方孝孺诛十族。礼部尚书陈迪一家被戮前，朱棣竟然叫人将其几个儿子的舌头和鼻子割下来炒熟，强塞给陈迪吃，还丧心病狂地问他"香不香"……

午朝门前这些血淋淋的场面实在过于阴森恐怖了，那么，把目光移向冠盖云集的朝廊，看看御案上那些堂皇的圣旨吧。

副都御史茅大方被杀后，其妻张氏年已五十六岁，仍被发送教坊司"转营奸宿"，不久死去。有关方面负责人奏请处理，朱棣下旨云："着锦衣卫吩咐上元县抬去门外，着狗吃了，钦此！"

齐泰的妹妹和两个外甥媳妇及黄子澄的妹妹，也被发送教坊司。四名无辜妇女，每天被二十多条汉子看守，都被轮奸生下孩子。有关方面又奏请旨意，朱棣下旨云："依由他，小的长到大便是个淫贱材儿，钦此！"

原北平布政使张昺的亲属被押赴京师后，朱棣下旨云："这张昺的亲属是铁，锦衣卫拿去着火烧。"

当然又是"钦此"！

这种流氓气十足的丑行秽语，竟然出现在堂堂正正的文件中，实在令人毛骨悚然。我们不知道朱棣在写下这一个又一个"钦此"时是一种什么心态，他濡濡墨，望着宫城巍峨的殿角，或许有一种报复狂的快感和胜利者的洋洋自得。"钦此"，君王潇洒而果决地在杏黄色的桑皮纸上笔走龙蛇；"钦此"，宣旨太监那充分女性化的嗓门在宫城内拖着尖利的尾声；"钦此"，带着铁环的鬼头刀在夕阳下划出一道道血色的弧线……

"钦此"代表着一种为所欲为而不可抗拒的权威。

但至少有一个女人对这种权威提出过挑战。

她是朱棣的"孩子他阿姨"，也就是中山王徐达的小女儿徐妙锦。朱棣的妻子徐氏早亡，他看中了小姨子，这本来是不成问题的问题。但徐妙锦偏是个有思想有骨气的女人，她对朱棣的人格极为反感。朱棣的"钦此"可以遮天盖地，却遭到了一个女人毫不含糊的拒绝，泼皮无赖相立时暴露无遗："夫人女不归朕，更择何婿？"意思很明显，天下都在我的手里，你不嫁给我，还有谁敢要你？这种讹诈当然是很现实的。好一个徐妙锦，当下铰去满头青丝，走进了南京聚宝门外的尼姑庵。

对徐妙锦的抗婚显然不应作过高的评价，她不是祝英台和刘兰芝，甚至不是在金兵薄城时毁家纾难的李师师。在她出家为尼的动机中，羼杂着众多的政治和个人恩怨的情绪因素。例如，她大抵是从封建正统观念出发，对朱棣的夺位持激烈的否定立场；例如，她的父亲徐达实际上是被朱皇帝以一盆蒸鹅赐死的，她的长兄徐辉祖也因抵抗燕师入城而被削爵幽禁，郁悒而死；例如，朱棣是她的姐夫，她从姐姐那里有可能知道一个表面堂皇的形象的另一面，等等。而所有这一切深层次的情绪积累，都因浸渍了午朝门外过多的鲜血而膨胀发酵，促成了一个贵族少女的终极选择。为了逃避那座充满了血腥味的宫城，她义无反顾地走进了青灯古佛的庵堂。

宫城内外的血腥味，朱棣自己也感觉到了。在这里他杀人太多，积怨太深，冥冥之中总见到一双双怨愤的眼睛包围着他，他要冲出这种包围。于是，他一次又一次地出巡、亲征，把宫城作为一堵背影冷落在身后。对这座江南的宫城，他有一种本能的隔膜感，虽然这里是父亲的定鼎之地，但他自己的事业却是从北方开始的。"人人尽说江南好，游人只合江南老"，这都是文人的屁话。这里的山水太小家子气，连气候也令人很不开心，一年四季总是潮滋滋的，午门前杀几个人，血迹老半天也不干；多杀几个，便恣肆张扬地浸漫开去，銮驾进出，车轮辗出一路血红，沿着御道逶迤而出，一直延伸得很远，这似乎不是圣明天子的气象。因此，无论是出巡还是亲征，他总是往北方跑。那雄奇旷远的大漠，好放缰驰马，也好尽兴杀人。黄尘滚滚，风沙蔽天，纵是尸山血海，顷刻间便了无痕迹。在这期间，他先是选定了昌平黄土山的一块风水宝地为自己经营陵墓，又下令在北平建造新的宫城。几年以后，他下诏迁都，回到他"肇迹之地"的北平去了。

离开南京之前，朱棣还心思念念地惦记着江南的文人。当初从朱元璋的屠刀下得以幸存的才子解缙，前几年因得罪朱棣被囚于锦衣卫狱，朱棣查看囚籍时发现了这个熟悉的名字，皱了皱眉头："缙犹在耶？"语气中流露出显而易见的杀机。锦衣卫的官员和解缙有点私谊，破例采取了一种比较有人情味的做法，让解缙喝醉了酒，埋在积雪中捂死了。这是朱棣对江南文人的最后一次报复。

但这一次绝对没有流血，午朝门外只有一堆晶莹的白雪，埋葬着一个正直狂傲的文人。在他的身后，那座在潇潇血雨中显赫了半个多世纪的明宫城的大门，缓缓地关闭了。

四

主角一走，南京宫城便有如一座被遗弃的舞台，立时冷落下来。但场面还不能散，生旦净末也都按部就班地预备着，因为这里仍然是南北两京之一，六部内阁一个不少，只是少了一个皇上。当然，这里的尚书侍郎们大都属于荣誉性的安排，他们可以看相当一级的文件，可以领取一份俸禄，可以受用部级干部的车马品服，却没有多少实际权力。京城离他们太远，皇上的声音通过快马传到这里时，已经不那么朗朗威严。留守官员们与京官虽然免不了那种千丝万缕的瓜葛，但毕竟不在政治斗争的漩涡中心，因此，只能从邸报上揣测京师那边的连台好戏：某某倒台了，某某新近圣眷正隆，京城的米价看来涨得挺厉害，等等。放下邸报，他们感慨一阵，说几句不痛不痒说了等于没说的官话，然后早早地打道回府。京城里的事情太多，乱哄哄你方唱罢我登场，皇上很少顾得上向这里看几眼。而且自迁都以后，历代的皇上都没有永乐大帝那样的精力，一个个都病恹恹的，因此也根本不会想到巡幸南都。南都在冷落和无奈中已见出衰颓的样子，大树砸坍了殿脊上的龙吻，廊柱上的金粉一块一块地剥蚀了，午朝门正中那专供銮驾进出的宫门年复一年地紧闭着，黄铜门钉上的锈迹正悄悄地蔓延开来，如同老人脸上的寿斑。值宫太监迈着龙钟的步态在宫城内踽踽独行，夕阳下拖着长长的身影。

皇上大概是不会再来了。

南京宫城的大门整整关闭了一百年，正德十五年（1520 年），皇上终于来了。

来的自然是正德皇帝朱厚照，他是朱棣的六世孙。大概有愧于几代先人的脚头太懒、欠债太多，他在这里一住就是一年，并且在午朝门外导演了一场相当具有观赏价值的好戏。

中国历史上的皇帝，什么样德性的都有，好玩的也不少，但是像正德这样玩得出格，玩得豪爽阔大，玩得富于浪漫色彩的恐怕绝无仅有。他是皇上，富有四海，这份大家业足够他挥霍的。但皇上自有皇上的难处，那一套从头管到脚的封建礼法也实在令人不好受。正德的潇洒之处在于，他既充分张扬了家大业大手面阔绰的优势，又把那一套束缚自己的封建礼法看得如同儿戏。七八年前，我看过一本台湾作家高阳的历史小说《百花洲》，写的是唐伯虎在南昌宁王府的一段经历，也涉及正德，内容提要第一句这样写："正德是个顽童。"说得很有意思。这位顽童虽贵为天子，却颇有几分真性情，他并不很看重自己的身份，也不大拿架子。且看《明良记》中的一段记载：

> 武宗在宫中，偶见黄葱，实气促之作声为戏。宦官遂以车载进御，葱价陡贵数月。

这种以黄葱或芦膜之类"实气促之作声"的儿戏，相当多的儿童都玩过。但作为皇帝来玩，且玩到"以车载进御，葱价陡贵数月"的程度，算不算有点出格呢？

这还只是在宫城内小玩玩。

要大玩就得走出宫城。他常常简装微服。一声不响，一个人一走了之。如果有什么人来劝阻，对不起，那就请他吃家伙——廷杖。去得最多的地方是口外的宣府大同，据说那里的女人水色特好，这正对寡人的口味，什么样的女人都像皮匠的针线逢着就上。京戏《游龙戏凤》所演的，就是他在宣府的一段艳遇。既然上了后世的舞台，可见是盖棺论定的了。戏中的那些调情场面自然意思不大，却有一段台词相当不错：正德说京城里的皇宫是"大圈圈里的小圈圈，小圈圈里的黄圈圈"，他一概住不惯——倒很有几分个性解放的味道。

现在，他到南京来了，带着一个从口外嫖来的叫"刘娘娘"的妓女。

正德这次南下，有一件很风光的事，不久前，宁王朱宸濠伪称奉太后密诏，在南昌起兵反叛。这场闹剧来得快去得也快，前后不过四十三天，赣南都御史王守仁只用三千人马，就把朱宸濠捉进了囚车。但正德却偏要小题大做，下诏御驾亲征，他是想借机到南方玩玩。大军刚出了京师，就已经得到了王守仁的捷报。正德怕搅了南游的好事，命令封锁消息，继续前进。一路上旌旗蔽日，翠华摇摇，十数万大军实际上成了皇上的仪仗队，这样的大排场真是少见。

凄清冷落的南京宫城立时冠盖如云，午门正中那锈迹斑斑的大门打开了，阳光喧嚣而入，铺满了苔藓阴湿的御道。六部的官员们翻箱倒柜，寻找自己的补服和朝笏。平日闲得无聊的太监忙得颠儿颠儿的：皇上要在这里导演一场"献俘阙下"的好戏哩。

那么，就拉开帷幕，轰轰烈烈地开场吧。

"献俘阙下"本来有一套固定的程式：俘虏从前门经千步廊、承天门、端门解至午门，沿路禁军森严、刀剑林立，呼喝之声如山鸣谷应，那种凛然至尊的威慑力令人不寒而栗。皇帝则在午门城楼上设御座，一面展示天威，亲自发落敌酋，一面嘉奖有功将士，这场面不消说是相当威武壮观的了。但正德还觉得不过瘾，他是大玩家，玩就要玩个刺激，而不仅仅满足于一幕走过场的仪式；他自己也应该走下城楼，做一个威风八面的参与者，而不仅仅是呆坐在城楼上审视裁判。于是，他设计了这样的场面：朱宸濠等一干叛臣从千步廊外押过来了，只见当今皇上戎装罩甲，立马于旗门之下，喝令将叛臣一律松绑，任他们满场奔逃，皇上则策马扬旗，指挥将士分兵合击，在惊天动地的金鼓和呐喊声中一举将其抓获。这样一铺排，自然精彩且绝伦矣。可正德兴犹未尽，又别出心裁，要移师玄武湖，把朱宸濠投之湖水，让自己亲自生擒活捉（那个倒霉鬼是在鄱阳湖中被俘的），因是日风浪太大，臣下再三劝阻，才不得不作罢。

尽管如此，午朝门前的这一幕活剧，从创意到表演，从排场到气氛，都玩得相当圆满。经国伟业，治平武功，竟如此轻松地演化为一场游戏，当今皇上总算让南都的臣僚们开了一回眼界。

明代的皇帝，大体上是麻布袋草布袋，一代不如一代。到了正德皇帝朱厚照这个时候，开国之初那种叱咤风云雄视高远的自信已经消磨得差不多了，内忧外患，危机四伏，整个王朝的架子虽没有倒，内囊却也空了。正德既然没有中兴振作的能耐，便只能借助于午朝门外这种虚张声势的表演，来作为自己脆弱的心理支撑，这实在算得上一个时代的气象。可以设想，在朱元璋和朱棣那个时代，对献俘大概是不会这么看重的，他们打了那么多的仗，有些仗甚至在中国战争史上都是很值得一提的。俘虏进京了，很好，该杀头的杀头，该流放的流放，一道朱批便发落了。他们也不缺乏参与意识，一次又一次地亲征，骑着烈马，操着长戈，在血雨腥风的搏杀中展示自己的豪强和雄健，根本用不着在午朝门前来一番表演，那没有多大意思。因为他们有一种喷薄跃动的自信，而正德恰恰失却了自信。一座行将倾颓的舞台，一群底气不足、强打精神的演员，一幕纯粹属于表演性质的儿戏，这就是16世纪中期的明王朝。

是的，明王朝已经相当疲惫慵倦了，这从皇上离开南京时的步履可以看出来。一年以后，当正德回跸京师时，远没有他的祖先朱棣北上时那样虎虎有生气，虽然他比朱棣当年整整年轻了三十岁。而就在他离开南京三个月后，这位浪荡子就在他寻欢作乐的豹房里"龙驭宾天"了。

南京宫城的大门又关闭了，午朝门前的那一幕好戏，成了一茬又一茬的留守官员们永恒不衰的话题。不管怎么说，这是一次堪称空前绝后的壮举，因为从此以后，即使作为一种表演，这种机会也再不曾有过，从战场上送来的大多是一败涂地的塘报，从来只有自己的总兵督抚被人家杀头俘虏的份儿。在后来的几代君王眼里，那标志着圣朝武功的献俘大典，已经成了一种相当奢侈的憧憬，一个沉埋在风尘深处的遥远的梦。

自正德以后，明王朝又经历了六代帝王共一百二十余年，这中间，除亡国之君崇祯而外，没有一个不是玩家。但说来可怜，国事日非，风雨飘摇，世纪末的靡废感年复一年地浸淫着宫城，这几位君王的人格精神也日趋宵小猥琐。他们已玩不出正德那样阔大的气派，而只能演化为深宫一隅的自虐，一种心理变态者的怪癖。嘉靖玩方术，最后把自己的老命也搭上去了；万历亲政三十八年，竟有二十五年是躺在烟榻上的；天启本是个懦弱无用的窝囊废，便只能玩玩斫削雕琢之类，他似乎有希望成为一个不错的木匠，国家却治理得一塌糊涂。至于玩女人，这个绝对古典主义的保留项目，玩到啥时候也是新鲜的。反正国事已经不可收拾了，管它怎的，豁出去玩个痛快得了。这样，到了不大会玩的崇祯执政前，前人欠下的烂污账却一齐要他承担，他只得去上吊。好端端的一份大家业终于玩光了。

这是公元 1644 年春天北京的一幕戏。

五

接下来轮到南京的戏了。

对于中国历史上的好多王朝来说，南京可不是一处"吉宅"，这里演惯了凄婉动人的亡国悲剧，一个个短命的王朝在这里最后落下收场的帷幕，一队队"面缚舆榇"的末代君臣从这里的宫门鱼贯而出。

本来，明王朝已经曲终人散了，可偏偏还要到这里来续上一段不绝如缕的尾声。

皇上在煤山吊死了，不碍，三只脚的蛤蟆难找，朱家宗室里想当皇帝的凤子龙孙多的是。不久，一个从河南洛阳逃难来的藩王进入了南京城。这位整天哈欠连天、萎靡不振的藩王叫朱由崧，他坐上了南明弘光小朝廷的金銮殿。

这个弘光实在糟糕透顶，国事已经到了这步田地，他念念不忘的仍旧是玩。他当皇帝总共不过大半年时间，这期间干得最起劲的一件实事就是发动老百姓抓蛤蟆，为了用蛤蟆配制春药，闹得全城鸡犬不宁、怨声载道，他自己也因此得了个"蛤蟆天子"的称号。朝政已经败坏到了极点，群小弄权，鼠窃狗偷，宫城内弥漫着一股黯淡柔靡的陈腐气息，有如一座阴森森的古墓。这里没有议政的庄严，没有御敌的慷慨，甚至连几句欺世盗名的高调和清谈也没有。每到夜晚，宫墙内笙歌低回，舞影凄迷，与宫墙外捉蛤蟆的灯火遥遥相望，常常有被奸死的女孩子被扔出宫门。新鬼烦冤旧鬼哭，任何人都会感到这种末世的不祥气象。弘光自己倒是坦然得很，他的思维方式相当实际：反正这皇帝是捡来的，不玩白不玩。再说清兵已经饮马淮河，说打过来就打过来了，到那时想玩也玩不成了。就这种德性，送他一句"荒淫误国"也太抬举了，因为国家本来就不是他的，他是在挥霍别人的家业，所以唯恐来不及。这是南京历史上任何一个末代皇帝也不曾有过的腐朽。陈后主的昏聩，还能写出相当不错的《玉树后庭花》，让后人传唱；李煜即使在肉袒出降前，还留下了一首未完成的《临江仙》词，那种对艺术的痴迷，亦令后人感慨不已。弘光什么也没有，他已经完全蜕化成了两脚兽，只有近乎变态的肉欲。这样一个皇帝，这样一个南明小朝廷，当年那么要强的朱元璋也只能躲在钟山一隅暗暗饮泣吧。

南京宫城坍塌了，坍塌在"窝里斗"的闹剧和笙歌舞影之中。事实上，从袍笏登场的那一天开始，南明的权力中心就不在这里的朝廊和大殿里，而在远离宫城的鸡鹅巷和裤子裆。这是两条偏僻的深巷，名字都不怎么雅，但在当时是很显赫的，因为这里住着两个权倾一时的大人物：马士英和阮大铖。马阮联手，把弘光朝的政坛搅得乌烟瘴气。其实这两位倒也是文人的根底，马瑶草的书法和诗文都说得过去；阮大铖甚至可以列入戏剧家的行列，他的《燕子笺》《春灯谜》等剧作在当时达到了相当高的水平，对后世的影响也不可低估。"谈兵夜雨青油幕，买笑春风锦瑟房"，这虽说有点王婆卖瓜的味道，但不可否认，他确实是很有才气的。如果把他算作一个文人，那么便是坏文人的典型。在某种程度上，坏文人比其他的什么坏人都更可怕，因为他们有才，更懂得怎样钻营，怎样整人。这个阮大铖，早年和魏忠贤贴得很紧，却"内甚亲而外若远之"，这可不是一般人所能做到的。至于"每投刺，辄厚赂阉人毁焉"，这就更厉害了，既上书讨好权贵，又不留下把柄，马上买通门人把效忠信给毁掉，所以后来魏忠贤事败抄家时，就抓不住他投靠的证据。在那个民族危亡的多事之秋，城南聚宝门外的那条深巷里却每每流泻出抑扬宛转的歌吹和苏白，矮胖而多须的阮大铖一边拍着檀板，导演家妓上演自编的剧本，一边盘算着怎样整人，怎样敛财，以至于日后怎样改换门庭投靠"建虏"。这是当时宫城外的一幅相当富于时代感的画面。

真正站在南明政治舞台中心的是一群有骨气的文人，他们每个人的身边大抵还站着一位深明大义的青楼女子。在这里，他们的聚会超越了痴男怨女的小悲欢，呈示出慷慨嘹亮的主调。一辆辆马拉的青油包车或轿子在秦淮河畔的青楼前停下，晚明政治史上的一系列大情节也由此悲壮地展开。包车和轿子里走下侯朝宗、陈子龙、冒辟疆、方以智等复社名流，他们大抵披着那个时代的贵公子所流行的白裕春衫，极是倜傥潇洒。门楣下则迎出李香君、董小宛、柳如是等秦淮名姬，于是脂香粉腻，说剑谈兵，才子佳人的艳歌中流动着民族复兴的宏大主题。这中间，最为哀艳动人的莫过于《桃花扇》的故事。孔尚任真是大手笔，把一个天崩地坼的时代浓缩于笙歌红裙之中。上上下下都在忙着卖国求荣，卖友求荣，卖身求荣，只有那椒兰红粉、烟花世界之中还保存着一腔未被污染的气节，这是多么深沉的悲哀。一般来说，在中国的古代社会中，女人面对的永远是男人，选择新主子还是旧主子，主要是士大夫的事情，即使国难当头，女人所感受的痛苦，一般还是以家难的形式表现出来的。李香君的不同"一般"，就在于她的爱憎具有更为广阔的时代和社会的内涵。"桃花扇底送南朝"，当一个青楼女子倒地撞头、血溅扇面时，这就不仅仅是对权贵的抗争，同时也撞响了南明小朝廷灭亡的丧钟。

弘光的预计大致不差，清兵说打过来就打过来了。不过人家没用得上怎么"打"，是堂而皇之地开进南都的。城门两侧跪满了迎降的南明显贵，当年朱元璋耗费了那么多的人力物力所筑的城墙，到这时纯粹成了一圈纸糊的摆设。而紧挨着朝阳门的大内宫城，这时也根本用不着担心防卫问题了，这一点似乎早在朱元璋的预料之中。当然，这位刚愎专横的老皇帝也有始料未及的：当年自己最不放心，因而也杀得最多的文人，在明王朝人去场空时，却成了送葬队伍中最为哀戚的一群。

六

清兵过了长江，很快就把明宫城丢在身后，又马不停蹄地向南征讨去了。据说迎降的南明官员为了拍马屁，曾请豫亲王多铎下榻于明宫城，被多铎以"僭越礼法"而拒绝。这里是皇权的象征，岂是可以随便住得的？他怕引起摄政王多尔衮的疑忌。因为清廷已经有了一座北京的宫城，不再需要宫城了。

那么，就把它冷落在一边，让它慢慢地圮毁湮灭吧。

过了差不多两百年，到了清咸丰二年（1852 年）的三月，随着凤仪门下的一声轰然大响，又一个束着黄头巾的草头王进入了南京城，这位从广东来的私塾先生叫洪秀全。

现在轮到洪秀全站在钟山之巅来规划宫城了，在可供选择的方案中，明故宫无疑具有相当的竞争力，但洪秀全断然否决了这座没落的宫城，其原因恰恰是当年朱元璋所不屑考虑的：宫城位置太偏，不利于防卫。

历史似乎在磨道上蹒跚了五百年，又兜回到原来的地方。五百年后的洪秀全挥手之间否决了朱元璋的选择，在重提"防卫问题"的背后，朱元璋那种透着王霸之气的自信和进取意识早已成了历史的陈迹。

洪秀全是到南京来当皇帝的，站在这里，他看到的只有江南一隅的富庶繁华和城高池深，所谓经营八表以取天下的念头已经相当淡薄了。因此，他下令把新建的天王府深深地藏进京城的腹地，这样，他在金銮殿里可以清静些。

明故宫拆毁了，一座座当年由江淮工匠营造的崇宏巨殿，被一群来自广西湖南的农民闹哄哄地肢解，那些巨大的梁柱和石料被运往天王府工地，去构建一个新王朝的仪仗。龙吻依旧，鸱尾威严，只是廊柱上重新涂上了一层金粉。

但清静却从来不曾有过。几乎所有的攻防都围绕着天京而展开，奔腾湍急的农民战争巨流，一下子汇成了以天京为中心的回浪浅滩。定都以后，太平天国虽曾有过北伐、西征之举，但西征意在经略上游，屏障天京；而北伐则是以偏师孤悬险地，与其说是犁庭扫穴，不如说是以攻为守。造反而以战略保守为能事，这是令后人不能不为之扼腕叹息的。与此同时，六朝绮罗滋长了天朝内部的安富尊荣意识，随之而来的是人间天国的急剧封建化。忠王李秀成似乎比较清醒，面对清军潮涨潮落般的围攻，他曾多次提出放弃天京，以运动战经略东南的建议，所谓"陛下在外，犹能腾骞天际。若守危城，譬处笼中"，无疑是很有见地的。但是洪秀全已经尝到了坐在宫城里当皇帝的滋味，根本不愿再骑上战马颠儿颠儿地"运动"了，他已经失去了那种席卷千军的锐气。完蛋就完蛋吧，天京龙盘虎踞，足够守一阵子的，死了就埋在宫城下，好歹当了一回皇帝。但"清妖"却不肯让他入土为安，曾九的湘军进城后，洪秀全被掘尸焚灰，又和以火药，入炮轰散。然后一把火烧光了天王府。黄钟毁弃，天倾东南，大火七日不绝。

所有这一幕幕悲剧，早已成了一片废墟的明故宫都看在眼里，它静静地躲在京师一隅，没有悲哀也没有迷惘。世事如棋，天道轮回，转来转去总转不出那个小圈圈。远望着天王府里冲天的火光，它叹息一声，更加深深地藏进荒烟茂草之中。

时在公元 1864 年 7 月，甲子当头。

又过了两轮甲子，我到南京来挣文凭，在明故宫的东北角住了两年。考证下来，那地方当是明代的冷宫。那两年过得很平淡，百无聊赖，就去看看明故宫遗址，其实现今已没有什么可看的了，只有一座午朝门，当年杀人的地方。

东林悲风

一

江南的仲秋还是丰腴健朗的，大略望去，草木仍旧苍郁葱茏，只是色泽不那么滋润饱满，有如晚间落尽铅华的少妇，稍稍显出疲惫和松弛，那当然须得细看。但茂林秋风的磅礴却是四时独有的，要说肃杀，那不光是山水的意味，更多的可能是一种由憔悴人生而触发的心境。

东林书院的名字会令人想到秋林古色的气韵，只是眼下林木已不多见，而且那横贯在"东林旧迹"石牌坊后的大红会标也过分耀眼了，很有点艳帜高悬的做派。书院刚刚修葺一新，有一个揭幕仪式要等到下午。四周很静，只有飒飒的秋声，渲染出秋风入户、秋草绕篱的冷寂。正是上午巳牌时分，一个老人在书院内踽踽独行，枯瘦的身影映在铺地的方砖和嵌着联语的门柱上，庭院深深，廊庑曲折，老式的布底鞋缓缓地踱来又悄悄地逸去，有如微风中瑟瑟飘动的落叶。最后，他站在回廊上一块不大的碑刻前，指着上面的一个名字，说："这就是我。"

这是一块民国三十六年（1947年）募捐重修东林书院的纪事碑，密密麻麻地刻满了捐款者的名字和钱款数。老人指点的那个名字是这次活动的首倡者，叫"顾希炯"。博物馆的同志跑过来介绍道：这位顾老先生是顾宪成的第十四代孙，今年八十三岁。

我不禁肃然。顾宪成这个名字，是与一个天崩地坼的历史大时代，与一代文化精英的探求、呼喊、抗争和彪炳千古的气节，与一场冷风热血、洗涤乾坤的改革壮举和悲剧维系在一起的。这些年来，我因为留意于文化史方面的资料搜集，曾有幸见过不少历史名人的后裔，其中有几位的祖先甚至是中国历史上有相当影响的大人物。例如，就在离我住所不远的一个乡村里，两年前发现了苏东坡的家谱和后裔，我曾专程探访，在树影婆娑的农家小院里与一位苏姓乡民进行过相当愉悦的交谈。在南方某省，我也曾见过民族英雄岳飞的三十几代孙，那位文质彬彬的政协委员据说是岳钟琪一系的嫡亲传人。岳钟琪是清雍正年间的川陕总督、奋威将军，在平定青海时立过大功的。但说实话。那几次我的心灵都不曾像今天这样颤动过。那不仅因为过分遥远的血缘流泽多少冲淡了我的景仰，我无法把一个农家小院里的乡民和历史上铜琶铁板唱大江的文坛巨星联系在一起；也不仅因为岳钟琪曾协助雍正制造过那桩震惊朝野的文字大狱——曾静、吕留良案，那件事情的历史背景比较复杂，我们不能用僵化的民族意识来评判他的气节；更因为今天这种特殊的情境，我和他——顾宪成的十四代孙——面对面地站在东林书院的回廊里，握着老人枯骨嶙峋的大手，我仿佛握住了一段冷峻的历史，在这一瞬间，自己也似乎和这座书院产生了某种庄严的联结。秋色满目，秋声盈耳，漫天的浮躁已经消退，化作了凝重的思索，眼前恰是那副脍炙人口的对联：

风声雨声读书声声声入耳
家事国事天下事事事关心

古往今来的书院联或许成千上万，其中亦不乏大师名流们运思精巧的杰作，但我敢断言，没有哪一副比眼前这副对联更加深刻地楔入了我们民族的政治文化史。再看看落款："公元一九八二年廖沫沙书。"一般来说，落款是用不着这么冗繁的，他完全可以简略得很潇洒，例如，用"壬戌"或"壬戌年"便足矣。之所以这么不潇洒地写出"公元一九八二年"，其中的意味恐怕不难揣测。是的，在整个人类文明的大坐标上，"公元"比天干地支的"壬戌"更具有严格的确定性，在这里，"公元"体现的是一种恢宏而沉重的历史感，而刚刚从一场浩劫中苏醒过来的"公元一九八二年"是多么需要这种历史感的提示！众所周知，那场人类文明的浩劫恰恰是从这副对联开始发难的。对联的落款没有名章，也没有闲章，只有淋漓的墨迹。廖公显然不想让它太艺术化，太艺术化会排斥艺术以外的负载，因而显得太轻飘，不足以体现"尺牍书疏，千里面目"的情怀。

这副对联的作者就是顾宪成。当初，他把这两句大白话写在东林书院门前时，或许没有想到它会千古不朽，也没有想到日后它会惹出那么多的政治事端。

时在明万历三十二年（1604年）。

二

明史上的万历三十二年并不十分引人注目，完全可以用上一句旧小说中的套话："当日四海升平，并无大事可叙。"几位曾播扬过轰轰烈烈的一代天骄都已匆匆离去。最先是张居正的病殁，皇帝本来就烦他那些改革，人一死，马上变脸，差点没把故太师从棺材里拖出来枭首戮尸。接着是威风八面的戚继光在贫病交加中死去，这位有明一代的军事奇才逝去前，连结发妻子也遗弃了他，可见晚景之凄凉。将星西殒，也就没有人再磕磕碰碰地说剑谈兵了。孤傲狂悖的思想家李贽则在狱中用剃刀割断了自己的喉管，他那惊世骇俗的狂啸自然也就成了一个时代的绝响。改革夭折了，武事消弭了，思想自刎了，只剩下几个不识相的文臣在那里吵闹着"立国本"，结果一个个在庭前被打烂了屁股，又摘下乌纱帽发配得远远的。于是皇帝从万历十四年（1586年）就不上朝了。还有什么值得操心的呢？昌平的陵墓早已修好，内府的银子发霉了，自有人搬出来过太阳，干脆躺在深宫里，让小老婆侍候着抽大烟得了。皇帝带头躺倒不干，几十年不上班，这样的现象在中国漫长的封建社会绝无仅有。一个庞大的王朝也就和它的主人一样，躺在松软的云锦卧榻上昏昏欲睡。

君王高卧，朝野噤声，大概只有读圣贤书才是不犯天条的。那么就读书吧。

万历三十二年（1604年）九月九日，无锡东门苏家巷，顾宪成领着一班文化人走进了东林书院。

这场面也许不很醒目，特别是和午朝门前那经邦济国的大场面相比，更谈不上壮观。但历史将会证明，正是这座并不宽敞的小小书院，这群彬彬弱质的文化人，给柔靡委顿的晚明史平添了几分峻拔之姿和阳刚之气。

顾宪成已经五十五岁了。一个经历了宦海风涛的老人归隐故里，走进书院讲学，这样的归宿在由文人出仕的官僚中并不鲜见。一般来说，到了这时候，当事人的火气已打磨得差不多了，讲学与其说是一种造福桑梓的善举，不如说是一种消遣，至多也不过是一种仕途不得意的解脱。但顾宪成还没有修炼到这般境界，他是个使命感很强的人。万历十五年（1587年），他因为上疏得罪了朝廷，被贬谪到湖广桂阳州。南国的蛮荒烟瘴之地，历来是朝廷安置逐臣的所在。说起来令人惊栗，这些逐臣中有些甚至是中国文化史上的第一流人才。桂阳附近的永州是柳宗元生活过的地方，而苏东坡的晚年差不多有十六个年头是在岭南度过的。如今，顾宪成也来了，追寻着先贤们生命的轨迹，他的心情比较复杂。青衫飘然，孤愤满胸，他在历史的大坐标上寻找人生的定位。他把自己的书斋命名为"愧轩"，含有高山仰止的自愧之意。但敢于把自己与柳宗元和苏东坡一流人物放在一起，又不能不说是一种自负。在那个天崩地坼的时代里，这种自负往往体现为仗义执言和力挽狂澜。那么就让他自负吧，甚好，从广西回京后，他担任了吏部文选司郎中。文选司郎中品级不高，但肩负的却是考察和选拔官员的重任。明代的官场中有一句说法："堂官口，司官手。"可见司官的实权是很大的。这样一个权柄在握的文选司，主政的偏又是自负而使命感极强的顾宪成，其悲剧性的结局是可以想见的。万历二十二年（1594 年），在会推阁臣中，他又得罪了朝廷，比他更自负的君王从烟榻上微微欠起身，御笔一点，顾宪成忤旨为民，回到了无锡张泾的老家。

张泾在无锡东北乡，如今，顾宪成故居的"端居堂"犹在，青石柱础上的楠木覆钟柱质和月梁间的飞云纹饰，都是典型的明代建筑风格。却不很高敞，可以想见当初那个卖豆腐起家的门庭并不十分富有。穿过门前的弄堂，步下石级码头就是泾水，这条宽不过数丈的小河是无锡到东北乡的主要通道。顾宪成中举入仕以后，停在这埠头的大小船只想必不会少，雕窗朱栏的画舫中夹着几条简陋的乌篷船，煞是闹猛。四面八方的官吏、文士、亲朋故旧在这里系好船缆，整一整衣冠拾级上岸。来客了，家人忙前忙后地一溜小跑，弄堂里的麻条石板上响得热烈而风雅。这响声一直在泾水上飘得很远，引得过往的艄公船娘倚舵停篙，向这座临河的宅院投以意味深长的一瞥，一边想象着当初这河房里的读书声和那副很有意思的对联。说的是某个夜晚，有一艘官船经过这里，受阻于风雨靠岸停泊。主人推窗看景，但闻风吹梧桐，雨打新篁，映衬着临河茅屋里的琅琅书声，不由得触景生情，随口吟出一句："风声雨声读书声声声入耳。"不想茅屋里书声稍息，即飞出一句下联："家事国事天下事事事关心。"这茅屋里深夜苦读的少年即顾宪成，而关于官船的主人则说法颇多，有陈阁老、陈御史、陈布政使等，总之不是等闲人物。接下来自然是陈阁老（或陈御史、陈布政使）慧眼识英才，顾宪成腾达有期。这是中国俗文化中的一种思维定式，大凡一个布衣寒士出息了，总会连带着不少传奇性的说法，这些说法又不外乎"寒窗苦读"和"得遇贵人"之类，至于这中间的真实程度，也就不去追究了。波光桨声中，小船已悠然远去，连同那些意味深长的目光和想象，一并溶入了如梦的烟水之中。

站在顾家门前的小石桥上，我很难想象，这条柔姿袅袅的泾水曾负载过那么多铁血男儿的聚会和气吞万里的抱负。当年顾宪成在东林书院讲学时，经常坐着小船回到张泾，就是从这条小河上来往的。这是一幅极富于软性美的水乡归舟图，小桥、流水、桂楫、晚钟，还有沿途那风情绰约的江南村镇，曾激发了多少文人学士的才思和遐想，多少华章文采从这里流进了中国文学的皇皇巨帙。但顾宪成倚在窗前，此刻想到的大约不是"急橹潮痕出，疏钟晚色生"那样的清词丽句，而是朝政、时事和民生疾苦，是经济天下的宏愿大志。四方学子慷慨纵横的议论犹在耳畔，忧时救世的紧迫感填满了胸襟，心情自不会那样恬淡闲适。张泾离无锡大约四十里，经常早出晚归，总有好一段时间要盘桓在这条水路上的。小船在一座座缺月弯弓的石桥和扑朔昏黄的渔火间行进，橹桨过处，搅起一道道轻波银涟，中国晚明史上的一系列大事就在这波涟中闪现出最初的光影。

现在，我们该随着顾宪成的小船驶进无锡东门水关，走进东林书院了。

中国的书院，大致始于初唐而盛于南宋，像朱熹、张绂、吕祖谦、王阳明这样一些大学者都与书院有着终身性的联结。但在中国文化史上，无锡东门的这座书院却有着独特的光彩。东林书院与传统的聚徒式书院不同，它实际上是一个文人沙龙，这里的"丽泽堂"内有一幅"会约仪式"很有意思，好在行文并不古拗，且摘几章看看。

> 每会推一人为主，说"四书"一章。此外，有问则问，有商量则商量，凡在会中，各虚怀以听，即有所见，须俟两下讲论已毕，更端呈请，不必搀乱。

可见这沙龙里的学术气氛相当宽松，亦相当活跃。讲学、切磋、研讨、辩论，真正的群言堂。连首席讲师的交椅也是轮着坐的，并不定于一尊。

下面一章就更有意思了：

> 各郡同志临会，午饭四位一席，二荤二素。晚饭荤素共六色，酒数行。第三日之晚，每席加果四色、汤点一道。亦四位一席，酒不拘，意浃而止。

完全是"工作餐"的标准，即使第三天晚上的告别宴会（东林会讲每月一次，每次三日），也只是加几碟果品意思意思，并不铺张。酒可以喝一点，却不准闹，"意浃而止"，很实惠的。

一群文化人，在这种宽松活跃的氛围中，吃着"工作餐"，睡着硬板床，开始了他们悲壮的文化远征。这里不是遗老遗少们的"诗酒文会"，不是空谈心性的象牙之塔，也不是钻营苟且的名利之场。这里是一群血性男儿神圣的祭坛。在这里，他们讽议朝政，裁量人物，指陈时弊，在风雨飘摇中为一片明朗的天空而大声疾呼；他们躬行实践，高标独立，研究经世致用之学，于万马齐暗中开启了明清实学思潮的先河；他们还留心剖示地方事宜，以民生疾苦为忧，以乡井是非为念。万历三十六年（1608年），太湖流域遭遇特大水灾，洪涝被野，灾民流离，锦绣江南在淫雨中呻吟。东林学子忧心如焚，琅琅书声沉寂了，滂沱大波中流淌着一群文化人伤时忧世的泪水。顾宪成一面写信给巡抚江南的地方官周怀鲁，因周怀鲁比较体察民情，有"善政满江左"之誉，请他代呈灾情，上达朝廷，以便及时赈恤灾民。同时又致函同为东林党人的李三才，通报了"茫茫宇宙，已饥已溺"的灾情，信中说得很动情：

> 此非区区一人之意，实东南亿万生灵之所日夕嗷嗷，忍死而引颈者也，努力努力！此地财赋，当天下大半，干系甚大，救得此一方性命，茧丝保障，俱在其中，为国为民，一举而两得矣。

这封信几乎是蘸着泪水写成的。东林书院门前的那副对联或许已在漫天秋雨中凋零，但家国天下之事却时刻念念于怀，片纸尺牍背后凸现出的强烈的忧患意识，令人五内沸然。顾宪成已经罢官归里，既没有直接上书朝廷的资格，也没有部署赈灾的权势，君门万里，殿阙森严，一介寒儒，何以为力？他只能动用自己的人际关系来通融接济。他的声音或许很微弱，却贯注着巨大的人格力量。当京城的中枢大员们从奏章的附件中读到这些时，不知该作何感想。而那位在烟榻上已经躺了二十二年的皇帝是不是该欠起身，向江南大地看上几眼呢？

皇帝当然是要看的，而且那目光相当机警睿智，但关注的却不是那里疮痍满目、民不聊生的灾情，那没有什么了不起，中国这么大，每年总免不了有点水旱失调，区区小事，自有下人去处置，何用寡人劳神？他关注的是那里一座不大的书院，聚集着一群狂悖傲世的文化人。"当是时，士大夫抱道忤时者，率退居林野，闻风归附，学舍至不能容。"这么多文化人扎堆儿在一起干什么？很值得注意！更有甚者，一些学者竟从北京、湖广、云贵、闽浙等地千里趋附，他们乘着一叶扁舟，餐风露宿、颠沛荒野，历经一两个月赶到东林书院去赴会。似乎全中国的政治中心不是寡人的金銮宝殿，而是东林的熙熙学馆；似乎全中国都在倾听一个削职司官的声音，这如何了得？既为书院，你们读书便读书得了，研习八股，穷章究句，那都是正经学问，读读读，直读成十三点二百五神经病痴呆症都无妨，竟敢讽议朝政，指陈时弊！朝政和时弊岂是由得你们指手画脚的？一定要指手画脚，那好，结党乱政，煽风点火，小集团俱乐部，这些现成的政治帽子随手就可以赏给你一顶。

皇帝的目光变得阴冷起来。

三

皇帝阴冷的目光，东林书院里的文化人并没有十分在意，他们太天真，也太自信。在他们看来，自己耿耿忠心可昭日月，之所以指手画脚，目的全在补天。即使有些话说得不怎么中听，也是为了让国家好起来。对于读书人来说，这是一种生命的自觉。况且，自唐宋以来，自由讲学的风气就一直很盛，当局一般也并不干预，有时还题词送匾以示褒奖。不客气的时候也有，例如南宋的"庆元党案"就是冲着岳麓书院和朱熹来的，但时间不长，很快就平反了，而且朱熹从此备受推崇，几乎到了和孔圣人比肩齐名的高度。又如元代，当局担心自由讲学会激发汉人的民族意识，对书院比较忌讳，但采取的手段也只是由官府委派山长，用"掺沙子"使书院官学化，并不曾横加禁毁。这些历朝历代的往事，东林同志记得很清，却偏偏忘记了自己生活在那个以严猛峻酷著称的朱明王朝。从朱元璋开始，历届圣主的目光从来就不曾慈祥过。书院是文化构建，毁书院，杀学人，终究不是什么圣德，因此这些事正史中不载。但翻开地方志，这座书院"毁于洪武某年"，那座书院"毁于永乐某年"，虽语焉不详，含糊其词，却不难闻到那股浓烈的血腥气。就在万历七年（1579 年），张居正还迫害过讲学的文化人。张居正是改革家，对历史有大贡献的，但中国历代的改革家似乎无一不是铁腕，同样容不得别人指手画脚。常州龙城书院的学子们对张居正父丧夺情提出批评，张居正身为宰相，但宰相肚里不一定都能撑船，他马上以朝廷名义下诏将龙城书院毁废，且进一步殃及天下书院六十四处。张居正指责书院"科敛民财"。他很聪明，整你是因为你有经济问题，并不是我张某人批评不得。顾宪成当时就是龙城书院的活跃分子，在那些关于张居正贪位揽权的议论中，想必他的声音也是不小的。

就在东林学子们天真而自信地讲学议政时，北京的宫廷里也好戏连台，明史上著名的三大案：梃击案、红丸案和移宫案，一幕比一幕热闹，皇帝已经换了好几个，年号亦由万历而泰昌而天启，但皇帝注视东林的目光却越来越阴冷了。

到了天启初年，皇帝决心要晓以颜色了。

事情的起因似乎是关于"外行能不能领导内行"。东林党人周宗建上疏究论权阉魏忠贤。魏忠贤这个人，只要对明史稍有涉猎的人都是不会忘记的，在中国这块土地上，以宦官而位极人臣者不少，但是像魏忠贤那样把权势玩得遮天盖地而又堂而皇之的，恐怕不多。东林党人既以天下兴亡为己任，自然不会坐视魏忠贤专权误国。周宗建这封长达千言的奏章的底稿，至今仍然完好地保存在东林博物馆里，透过陈列柜的玻璃，那淋漓的墨迹令人惊心动魄。特别是痛斥魏忠贤"千人所指，一丁不识"那八个字，更透出一股执著的阳刚之气。我相信，每一个对这段历史有所了解的后人站在这里，都会从那龙飞凤舞的章草中仔细找出这八个字，并对之久久端详，生出无限感慨的。中国历代的统治者都标榜以文化立国，一个不识字的太监，凭什么在那里左右朝政、操纵生杀，指挥满腹经纶的六部九卿？周宗建的这八个字实在够厉害的，连魏忠贤本人看了也吓出了一身冷汗。但不久人们将会看到，为了这八个字，上书者将要付出怎样的代价。

皇帝现在面临着一项选择，是站在有文化的东林党人一边，还是支持听话的文盲魏忠贤。他并不急于表态（这是政治家们常用的技法），只是态度暧昧地皱了皱眉头，把上书人夺俸三个月，以示"薄惩"。他还要再看看事态的发展。

果然，另一个"有文化"的东林党人又跳了出来，他是左副都御史杨涟。这位监察部副部长在奏章中一口气列举了魏忠贤的二十四条罪状。在他的号召下，"一时东林势盛，众正盈朝"，讨伐魏忠贤的奏章争先恐后，数日之内，竟有一百余疏，大有京华纸贵的气氛。

魏忠贤毕竟是个小人，他沉不住气了，据说他曾暗中用重金收买敢死之士，伺机对杨涟下手。某日，杨涟发现有一不速之客从屋檐上飞蹿至堂前（果然身手不凡），准备行刺。他为之一颤，但马上镇静下来，说："我即杨涟，杀止杀我，毋伤吾母。"该刺客并非人们常说的那种冷面杀手，听了杨涟的话居然为之汗颜，嗫嚅应道："我实受人指派，感君忠义，何忍加害？"言罢即惶惶离去。这样的情节也许太富于传奇色彩，但对于魏忠贤那样的人来说是绝对做得出的。

其实魏忠贤是过于紧张了，因为皇帝已经拿定了主意：这么多人抱成一团反对一个人，这很不正常。魏忠贤仅一家奴耳，且目不识丁，即使有点问题，谅与江山社稷无碍。可怕的倒是那些抱成一团的文化精英，你看他们振臂一呼，朝野倾动，招朋引类，议论汹汹，这帮人究竟意欲何为？难道寡人的宫阙也成了他们恣肆纵横的书院不成？得，我且小试刀锋，镇一镇他们的气焰。就是刀下有几个冤鬼，大不了过些年再平反昭雪，给他们立块忠义碑得了。到了那时，岂不又显出寡人的英明大度？

刀还没有砍下去就想到将来给人家平反，这是多么高瞻远瞩的预见！不要以为这是作者的主观揣测，古往今来，这样英明大度的政治家难道还少吗？仅凭这一点，一般的芸芸之辈就玩不成政治家，你缺乏那种超越性的思维，缺乏那种明知不该杀也要坚决杀的大无畏气概，也不可能那样永远占有真理：当初杀你是对的，现在平反也是对的，你还得对我感激涕零呢。

在一本叫《碧血录》的书中，我见到了一份《东林党人榜》。在当时，这是以朝廷名义向全国发布的通缉令，所列钦犯共三百余人，最后的判决是："以上诸人，生者削籍，死者追夺，已削夺者禁锢。"这中间没有说到"处决"，更没有"枭示""戮尸""凌迟"之类，这样的处理似乎还比较文明，"一个不杀，大部不抓"，只是给你一点名誉和人身自由的损失。其实刽子手们的险恶歹毒恰恰就在这里。

我们且来看看在这种文明的背后……

杨涟因上书列数魏忠贤二十四大罪状，被魏忠贤称为"天勇星"，列入东林"五虎将"，此番自然首当其冲。天启四年（1624 年）十月，他和另一位东林主将左光斗被削职，敕令即刻离京。这算不了什么，一个文人，不当官了，正可以流连山水，啸傲烟霞，照样活得很潇洒。但魏忠贤的本意不是要让你潇洒，他有他的打算。你杨涟、左光斗身为朝廷二品大员，这几年的官俸财物一定相当可观，等你们车载船装，珠光宝气地出了京城，我这里令锦衣卫在半路上来个突然拦截，先把证据拿到手，再逮回来慢慢整治。但后来他从杨、左守门的差役那里得知，这二位书呆子堪称两袖清风，并没有什么积蓄。再看到二人出京时，仅青衣便帽，只携带很少几件衣物从容上道时，才感到好生没趣。

经济问题一时抓不到把柄，那就先逮起来再说。天启五年（1625年）春，已经罢斥归里的杨涟、左光斗等"东林六君子"被押解京师，入北镇抚司收审。

这个北镇抚司俗称诏狱，一听就令人毛骨悚然。说是收审，其实就是棍棒伺候，打你不是没有理由的，因为已认定你贪赃纳贿，要你交出赃款，而且都是天文数字。明知你没有钱，偏要你拿出几万两银子来。这样审下去，你必死无疑。

打！打你个傲骨嶙峋，打你个廉明清正，打你个忧时济世，打你个满腹经纶。

起初，"六君子"还抗辩、痛骂、呼天抢地。杨涟甚至在公堂上大声对家人说："汝辈归，吩咐各位相公，不要读书。"这显然说的是气话，意思是既然自己因读书得罪，那就叫子孙不要读书。这种气话简直天真得有如童话，他以为"不读书"是一种很有力量的反抗，其实那些人根本不稀罕你读书，人家只是轻蔑地一笑，喝令再打，直打得你哀号无声，欲辩不能。不久，"六君子"中的周朝瑞、袁化中、顾大章被活活打死。

到了这时，杨涟才意识到对手其实是要置他们于死地，他私下与左光斗、魏大中商量道："我们如不胡乱招供，必会被他们活活打死。不如暂且屈招，等案子移交法司定罪时，再行翻供，讲出前因后果，或许可以一见天日。"

按照一般的浅层逻辑，这不失为一种权宜之计。但事实上，杨涟又一次犯了天真的错误，其错误就在于自己是监察部副部长，他太相信法律程序，而不知道他的对手是全然不顾那一套程序的。还要移交法司做什么？既然你承认有纳贿行为，那么就追赃，把钱拿出来。拿不出，很好！知道你肯定"拿不出"，要的也就是你这个"拿不出"，来呀，往死里打！

打！天启五年（1625年）的夏天，整个中国都在呼啸的棍棒下呻吟。棍棒声中，华北和甘陕大地饿殍遍野，昏黄的天幕下，灾民们在拣拾树皮、草根、观音土甚至粪便填充饥肠。那个二十年后将要戴着一顶斗笠闯进京城的李自成，因为借了富绅的"驴打滚"无力偿还，此刻正被木枷铁镣地绑在毒烈的太阳下示众。而山海关外，努尔哈赤正在调动他攻无不克的八旗子弟，向着宁远——这座明王朝在关外的最后一座据点——悄悄地完成了战略包围。

杨涟被打死时，"土囊压身，铁钉贯耳"，打手们又故意拖到几天以后才上报。当时正值盛夏溽暑，赤日炎炎，尸体全都溃烂，等到收殓时，仅得破碎血衣数片，残骨数根。"六君子"中的魏大中死后，魏忠贤拖了六天才准许从牢中抬出，尸体实际上已骨肉分离，沿途"臭遍街衢，尸虫沾沾坠地"。

写下这些惨不忍睹的情景，需要相当大的心理承受力。我实在找不出一个恰当的词句来形容中国文明史上曾经发生过的这一幕暴行，也弄不清这些迫害狂们究竟是什么心态。如果单单为了消灭政治上的对手，那么对一具没有任何意志能力，也构不成丝毫现实威胁的腐尸又何必这般糟践呢？

答案就潜藏在下面这一段更加残忍的情节中。杨涟等"六君子"被残害身死后，打手们遵命用利刀将他们的喉骨剥削出来，各自密封在一个小盒内，直接送给魏忠贤亲验示信。有关史料中没有记载魏忠贤验看六人喉骨时的音容神态，但那种小人得志的险隘和刻毒大约不难想见。《三国演义》中写孙权把关羽的头装在木匣子里送给曹操，曹操打开木匣子，对着关羽的头冷笑道："云长公别来无恙？"我一直认为，这是关于曹操性格描写中最精彩的一笔。但曹操这只是刻薄，还不是刻毒，魏忠贤是要远甚于此的，他竟然把"六君子"的喉骨烧化成灰，与太监们一齐争吞下酒。

为什么对几块喉骨如此深恶痛绝？就因为它生在仁人志士的身躯上，它能把思想变成声音，能提意见，发牢骚，有时还要骂人。喉骨可憎，它太意气用事，一张口便大声疾呼，危言耸听，散布不同政见；喉骨可恶，它太能言善辩，一出声便慷慨纵横，凿凿有据，不顾社会效果；喉骨亦可怕，它有时甚至会闹出伏阙槌鼓、宫门请愿那样的轩然大波，让当权者蹀躞内廷，握着钢刀咬碎了银牙。因此，在中国历史上，从屈原、司马迁到那个在宣德门外带头闹事、鼓动学潮的太学生陈东，酿成自己人生悲剧的不都是这块不安分的喉骨吗？禁锢、流放、鞭笞、宫刑，直到杀头，权势者的目的不都是为了最大限度地扼制你的喉骨，不让你讲真话吗？魏忠贤这个人不简单，他对政敌的认识真可谓深入到了骨髓：你们文人其实什么也没有，就有那么点骨气，这"骨气"之"骨"，最要紧的无非两处，一为脊梁骨，一为喉骨。如今，脊梁已被我的棍棒打断，对这块可憎可恶亦可怕的喉骨，我再用利刀剔削之，烈火烧化之，美酒吞食之，看你还有"骨气"不？

这是一群没有任何文化底蕴的政治流氓，一群挤眉弄眼、捏手捏脚的泼皮无赖，一群得志便猖狂、从报复中获取快感的刁奴恶棍。在种种丧尽天良的残暴背后，恰恰透析出他们极度的虚弱和低能。他们不讲人道，没有人格，更没有堂堂正正可言。当初听说杨涟究论他二十四大罪状时，拦在宫门外可怜巴巴地以头触地，哀哭求情的是魏忠贤；如今一旦得势，不惜对死尸大施淫威的也是这个魏忠贤。对于他来说，摇尾乞怜与耀武扬威都没有丝毫人格负担。前面提到的那个首先上疏弹劾魏忠贤的周宗建临死前，打手们一边施刑，一边刻毒地骂道：尚能谓魏公一丁不识否？鞭声血雨中飞扬着一群险隘小人的狞笑，这狞笑浸染了中华史册的每一页，使之变得暗晦而沉重……

这帮险隘小人当然忘不了江南的那座书院。

天启六年（1626年）四月，正是绿肥红瘦的暮春时节，圣旨由十万火急的快马送到江南："苏常等地书院尽行拆毁，刻期回奏。"昔日学人云集、文风腾蔚的东林书院被夷为一片废墟，不许存留寸椽片瓦，连院内的树木也被砍伐一空。令人深思的是，所拆毁的木料与田土变价作银六百两，被全部赍解苏州，为魏忠贤修建虎丘山塘的生祠去了。

此时顾宪成已死，主持讲会的是高攀龙，面对东林废院，他的愤慨是可以想见的。但信念之火并未熄灭，在《和叶参之过东林废院》一诗中，他的声音仍然朗朗庄严，他倔强而自信地宣告：

纵然伐尽林间木，
一片平芜也号林。

是的，权势者只能废毁有形的构建，但东林的声音已经汇入了整个民族精神的浩浩长河，从这里走出去的一代文化精英将支撑起风雨飘摇的晚明江山，上演出一幕幕惊天地泣鬼神的活剧来。

四

后人一般把对东林党人的迫害归结为"阉党矫旨"，似乎恨东林的不是皇帝，而是几个弄权的太监，这实在是对魏忠贤太抬举了。殊不知，有明一代，由于朱元璋的苦心经营，皇权已到了至高无上的地步，那一套铁桶似的专制模式是历朝天子所无法比拟的。臣子尽管有点权势，甚至可以胡作非为，但还是要看皇帝的脸色；皇帝尽管昏聩无能，尽管躺在深宫里抽大烟泡女人玩方术，但哪怕无意打一个喷嚏，顷刻之间就是满天风雨。从个人品性上讲，天启皇帝确实懦弱，但在一种极端的独裁体制下，君主的懦弱，却无损于他对政治的影响力，而只会把事情干得更荒唐。毁几处书院，杀几个读书人，这便是小小地荒唐了一下。偏偏被杀的读书人却不认皇上这笔账，更谈不上怨恨。这就很值得深思了。

我们先来看看高攀龙临死前的那份遗书。

对于死，高攀龙是有思想准备的，风声越来越紧，校骑已经到了苏州，打探消息的家人回报说，老爷也在黑名单内，一时举家惊惶。高攀龙却与几个门生在后园里赏花谈笑，镇静如常。不久，又有人回报，说缇骑将至。高攀龙这才移身内室，与家人款语片刻，打发他们离去后，自己到后园投水自沉。投水前，用黄纸急草《遗表》一封，略云：

> 臣虽削夺，旧系大臣，大臣受辱则辱国，故北向叩头，从屈平之遗则，君恩未报，结愿来生。臣高攀龙垂绝书，乞使者执此报皇上。

外面大概已听到缇骑的哄闹了，只能打住。

如今，高攀龙投水的遗迹尚在无锡市第七中学内，近旁假山错落，林木依依，站在郭沫若所书的"高子止水"石匾前，我很难想象那么从容的自沉竟发生在这块如此逼仄的小水潭里。一汪涸泉倒映着树影，清则清矣，毕竟不那么浩阔。在离这里不远的五里湖畔，高攀龙不是筑有一所水居吗？在那里，他曾取屈原《渔夫》中的"沧浪之水清兮，可以濯吾缨；沧浪之水浊兮，可以濯吾足"之意，吟过"马鞍巅上振衣，鼋头渚边濯足，一任闲来闲往，笑杀世人局促"的诗句，潇洒放达中透出相当清醒的生死观。如果让他选择的话，他大概更愿意在那里完成自己悲壮的一跃，那里包孕吴越的湖光山色正可以接纳自己孤傲旷达的情怀，纵然是走向死亡，那也是一种人生的大手笔，可以毫无愧色地比之于汨罗江畔屈原的身影。但高攀龙却走向了这块"局促"的小水潭，我想很有可能是最后来不及选择了。在此之前，他或许并没有真正想到会死，皇上圣明，宸衷英断，会在最后一刻觉察阉党的阴谋的。但家人送来的消息终于粉碎了他虚幻的侥幸，皇上不会救他了，那么就以死相报吧。因此，当他站在这水潭边时，并不见得很从容，他会想得很多，而且肯定会遗憾地想到烟波浩瀚的五里湖。但这不是皇上的过错，"君恩未报，结愿来生"，到了这时候，想到的仍然是皇上的好处。读着这样的遗书，真令人不知说什么好，在景仰和痛惜之余总有一种深沉的困惑，因此，面对着那个跃向清潭的身影，我们只得悄悄地背过脸去。

其实又何必背过脸去呢？我们面对的就是这样一群历史人物，他们是道德理想主义的献身者，又是在改革社会的实践上建树碌碌的失败者；他们是壮怀激烈的奇男子，又是愚忠循礼的士大夫；他们是饮誉天下的饱学之士，又是疏于权谋的政治稚童。在他们身上，呈现出一种相当复杂的历史和道德评判的二重奏，17 世纪的社会环境使他们走到了封建时代所能达到的最高点，他们却终于未能再跨越半步，只能以惨烈的冤狱和毁家亡身的悲剧震撼人心，激励后辈越出藩篱，迎来新世纪的曙光。

正是基于这样的认识，我们不得不又一次转过脸去，理性地审视如下一幕幕令人难堪的场景。

杨涟被捕时，当地民众数万人奋起援救，打得缇骑四处逃生。肩披钮锁的杨涟也跟着东躲西藏，不是为了逃避逮捕，而是逃避援救他的民众。他老泪纵横地向群众求情，要人们成全他的大节。在他看来，自己个人的生死荣辱无关紧要，万一激起民变，破坏了封建王朝的法统可是塌天大事。这位在金殿上浑身是胆、威武不屈的监察部副部长，这位在奏章中一次次为民请命、正气凛然的青天大老爷，此刻却在民众热切的拥戴中胆战心惊。他步履踉跄、狼狈不堪地到处乱跑，唯恐和逮捕他的缇骑走散，也唯恐失去自己身上的锁链。他以自己毫不矫情的眼泪消弭了民众的反抗，跟着缇骑从容就道，一步步走向京城的诏狱。在他的身后，是乡亲们纷飞的泪雨和悠长的叹息。

这种令人扼腕的情节还在不断发生。不少东林党人在被捕前以自尽维护自己的尊严，却留下遗嘱，要家人典当器物，给执行逮捕任务的缇骑作回京的路费，因为他们毕竟是代表朝廷来的，是皇差。更有甚者，抓人的皇差把朝廷开出的逮捕证搞丢了，被抓的人却自己穿好囚衣，对着京城叩头谢恩，乖乖地跟着他们上路。江南的民风并不算强悍，苏州人更以其吴侬软语般的清柔著称。但在逮捕东林党人周顺昌时，这里却暴发了撼天动地的"开读之变"，十数万市民自发行动起来，声援东林，抗议阉党的暴政。民情汹汹有如干柴烈火，若是东林中有人站出来振臂一呼，他肯定将是李自成、张献忠一流人物，晚明的政治史也极有可能是另外一种格局。但他们没有，当愤怒的市民号呼蜂拥，追打缇骑时，他们只是坐守庭院与亲朋垂泪话别，大谈其"死于王家，男儿常事"的气节。事后，带头闹事的颜佩韦等五人被残害身死，又砍下头颅悬挂在城墙上。这五位义士都是市井小民，并没有受过诗书礼乐的教育。小民的大义并不示于慷慨高谈，而是凝聚在危难之际的奋然一搏。他们死后，苏州民众花五十两银子把挂在城墙上的头颅买下来，与尸身合葬于虎丘山塘。复社魁首张溥为之写了墓碑，这篇很有名的《五人墓碑记》至今依然出现在中学的语文课本里。复社是继东林之后而起的政治团体，其宗旨为"复东林也"，在明清之际的政治舞台上是很有过一番作为的。张溥的这篇墓志铭写得很动情，对五位义士的评价也相当高，但其中有这么一段却颇耐人寻味：

而五人亦得以加其土封，列其美名于大堤之上，凡四方之士

无不过而拜且泣者，斯固百世之遇也。不然，令五人者保其首领
以老于户牖之下，则尽其天年，人皆得以隶使之，安能屈豪杰之
流，扼腕墓道，发其志士之志哉！

给人家写墓碑还忘不了显摆自己那种士大夫的优越感，似乎这五
个人之所以有如此大红大紫的荣誉，是沾了东林党人的光，不然，像
他们这样的引车卖浆者流，只能"老于户牖之下""人皆得以隶使
之"。这样说就好没意思了。

真正有点意思的是，五位义士的墓是拆毁魏忠贤的生祠建造的，
而魏忠贤的生祠又是当初用拆毁东林书院的钱建造的，在这繁复的拆
建之间，不仅隐藏着一段不平常的政治史，而且昭示着一种相当深刻
的历史必然性。东林党人不会揭竿而起，这毋庸苛求；颜佩韦等义士
也不会成为李自成和张献忠，面对着一场大规模的血腥报复，他们选
择了投案自首以消弭事端，而不是拉起杆子对着干，这也不能简单地
归结于江南民风柔弱。李自成和张献忠只能出现在西北的黄土高坡，
而东林党那样的文人士大夫，甚至颜佩韦那样的义士，则只能出现在
江南的市井巷间。这是一块商风大渐，市民阶层开始显露头角的舞台。
但刚刚萌芽的商品经济又深埋在封建经济的土壤之中，市民阶层的脚
跟也相当软弱，他们只能附和在别人之中隐隐约约地喊出自己的声音。
对着皇权喊一声"反"，他们大概是想都不敢想的。他们只能枕着一
块忠义石碑，在秀色可餐的江南大地上悄然安息。

东林党人和江南的市民阶层不敢想的事，西北黄土高坡的农民却
轰轰烈烈地干起来了。就在张溥为五人书写墓碑时，陕西澄城县的农
民高举着棍棒锄头冲进了县衙，揭开了明末农民战争的序幕。差不多
也就在同时，努尔哈赤的儿子皇太极开始对宁远发动了第二次攻击，
与明王朝的最后一位军事奇才袁崇焕激战于松辽大地。兵连祸结，天

崩地坼，距紫禁城不远的一棵老槐树上，已经为疲惫的朱家皇帝预备了上吊的环扣。

五

在顾宪成故居的纪念馆里，我还见到了一幅署名"后学韩国钧"的七绝。韩是我的老家海安人，民国年间当过江苏省省长兼督军。但其一生中最为辉煌的闪光却是垂暮之年不当汉奸，以及新四军东进以后与陈毅的合作。电影《东进序曲》和《黄桥决战》中都有他的艺术形象。这首七绝写得很平朴：

> 东林气节系兴亡，
> 遗墨犹争日月光。
> 二月春风惠山麓，
> 万梅花下拜泾阳。

"泾阳"是顾宪成的号。诗写得不算好，但这位紫石先生站在端居堂前时，鼓荡于心胸的正是东林党人那种高山景行的气节。韩国钧写这首诗时已经六十四岁，二十年后，当他严词拒绝日寇的威逼时，不一定会想到这四句小诗，也不一定会很具象地以历史上的某位英烈作为楷模。但他那凛然正气中，确实贯注着东林先贤的流风。一个封建遗老，在那个民族垂危之秋闪现了自己生命的光华，他以八旬之躯为抗战奔走呼号，在病情弥笃时仍嘱咐家人："抗战胜利之日，始为予开吊，违者不孝。"陈毅将军曾赠他一联："杖国抗敌，古之遗直；乡间问政，华夏有人。"肯定的也正是他身上所体现的那种堪为民族脊梁的气节。韩国钧也是一个文人士大夫，文人自应有文人的一份真性情。魏忠贤说得不错，你们文人其实什么也没有，就有那么点骨气。但反过来说，若什么都有，就是没有骨气，那还不成了一堆行尸走肉？

由此我不禁想到，对于任何一个人物或群体来说，历史评价总是有时限的，而道德评价却有着相当久远的超越性。一座小小的东林书院算什么呢？它是那么脆弱，战乱和权谋可以让它凋零，皇上一个阴冷的眼色可以使它片瓦无存。书声琅琅，似乎很清雅，那只是出自读书人良好的自我感觉；评时议政，似乎很热闹，也只是书生意气，徒然遭人猜忌。但它又那么倔强地坚守在江南的那条小巷里，并在中国文化史上留下了一个相当醒目的坐标。它留给后人的不在当时当地的是非功过，而是为国为民的道义和良知，是中国知识分子那种积极入世、高标独立的人格力量。正是这种人格力量在铁血残阳中鞭霆掣电、拔山贯日，支撑起明末清初一大批雄姿英发的伟丈夫。我们只要随便说出几个，便足以令人肃然起敬。例如，左光斗的节操影响了他的学生史可法，而史可法在扬州殉国的壮举又极大地震撼了江东才俊，松江的陈子龙便是这中间的一个。陈是几社的领袖人物，他和柳如是的交往和热恋不仅是一段才子佳人的风流佳话，更使青楼女子柳如是得到了一次"天下兴亡，匹'妇'有责"的思想升华。陈子龙后来为抗清牺牲，柳如是又用这种思想影响了钱谦益。钱谦益这个人的口碑不怎么好，他身为后期的东林党魁、文坛宗主，却在清兵进入南京时带头迎降。柳如是劝他投水自尽，他说了一句很有意思的话："池水冰冷，投不得。"他不想死，但降志辱身的秽行一直折磨着他的晚年。他和柳如是后来都为抗清做了不少事情，钱谦益因此几乎丢了性命。郑成功从崇明誓师入江时，如是以蒲柳之躯亲自到常熟白茆港迎候，站在冷风中苦苦地远眺故国旌旗。"还期共复金山谱，桴鼓亲提慰我思。"这位原先的烟花女子热切地期盼着像当年梁红玉那样桴鼓军前，报效于抗敌救国的战场。山河破碎，民族危亡，东林党人大多死得很壮烈，受他们影响的后人也大多是爱国的，这是历史上的不争之论。

文章的开头曾提到一块民国三十六年（1947 年）募捐重修东林书院的纪事碑，我留意了一下，在募捐者中，以杨、荣、薛三姓居多，数额也最大。这三个家族不仅是无锡巨富，在中国近代民族工业的发展史上也是很值得一提的。我曾粗略地翻阅过他们的家族史，发现其中有一条大致相同的发展轨迹：最初由读书入仕，而后官商兼备成为儒商，到二十世纪初叶开始弃绝官场兴办实业，成为中国民族工业的巨子。也就是说，他们都有着相当深厚的文化底蕴。例如其中的薛家，其父辈即清末著名外交家、思想家和文学家，被称为"曾门四弟子"之一的薛福成，这种现象很值得我们玩味。一般的论者认为，明末东林党人的崛起标志着旧时代的终结。这固然是不错的，但我认为这还不是新的起点。终结和起点一步之遥，却不是一两代人所能完成的。今天，当我站在东林书院的回廊里，仔细计算着无锡三大家族的捐款数时，突然产生了一种奇特的联想：中国的民族资本主义为什么首先发端于江南，中国近代民族工业的巨子为什么出现在无锡，是不是与面前的这座书院有着某种割舍不开的渊源呢？或者说，这募捐碑上的杨、荣、薛三姓"大款"是不是可以看作东林后学呢？

出东林书院的后门便是苏家巷。据无锡博物馆朱文杰先生考证，当年顾宪成起居的小辨斋就在这里。有了这处小辨斋，顾宪成才省去了每天乘着小船来回张泾的辛劳。但后来因家境不好，这所房子又以四百两银子典当出去了，可见文人都是很清贫的。小辨斋与东林书院近在咫尺，顾宪成主持东林讲会期间经常止息于此，与门人论学议政。如果说东林书院是 17 世纪初的"江南政治学院"，那么这里便是政治学院的"教授楼"。可惜现在知道它的人已经不多了。

我徘徊在这条僻静的小巷里，一边想，忘记了小辨斋不要紧，忘记了文人的清贫也不要紧，只要别忘记这里的东林书院就好。

小城故事

一

"白发才人鸠首杖,红牙女部柳枝词",这是《桃花扇》的作者孔尚任写冒辟疆的两句诗,色调很艳丽,不大像是写一个古稀老人的。冒辟疆是"明末四公子"之一,他和秦淮名妓董小宛的婚恋又被渲染得那样风流旖旎。从诗中看,直到晚年,他的小日子似乎仍旧很滋润。孔尚任比冒辟疆小三十多岁,原先也没有交往,这次他奉旨到里下河治水,邀冒辟疆来聚会,很大程度上是为了创作《桃花扇》搜集南朝遗事。在他眼中,冒辟疆大概仍是那个潇洒脱尘的贵公子,安度着倚红偎翠的遗少生涯。其实冒当时已相当落魄,一个百无一用的文人,又抱着不仕新朝的气节,在那个时代不会很得意的。

冒辟疆是江苏如皋人,他和董小宛的香巢水绘园在如皋东门。今天,当我不经意地注视那里时,突然觉得通达其间的曲径回廊竟是那样熟悉。在这一瞬间,我感到一阵悚然。三十年了,为什么转来转去又回到了那里的朱门红楼?往事依稀,如烟如梦,是那片浸渍过我们泪水的雕栏粉墙么?是那些抛掷得漫天飞落的扇面条幅么?是那条在浮躁的脚步下颤抖的白石甬道么?是那座湮没在如血残阳中的湖心小亭么?久违了,水绘园,听说今天你游人如织,红男绿女络绎不绝,那是你的风采和韵致使然，可你为什么要用洗钵池边轻曳的柳枝来撩拨我这韶华不再的鬓角和已然苍老的情怀呢？

走进水绘园，是在三十年前那个秋天的下午。比起先前参观过的类似展览，这里当然要更加恢宏精致，也更具艺术色彩。半个多世纪的深仇剧痛被镶嵌在一座极尽工巧的古典园林里。深院静，小庭空，这里本来该是佳人移步、月华弄影的安恬所在，眼下却陈列着收租院里带血的镣铐和账册，这种反差本身就很有震慑力。印象最深的是，在一间帘栊深重的闺房里，展示着地主用烙铁拷掠农民的场景，制作者别出心裁地在火炉里使用了电光装置，造成炉火腾腾欲燃的感观效果，当时在我们看来，这无疑是相当先进的高科技了。站在那阴森森的泥塑前，我和不少同学都哭了，哭得很真诚——那时候，我们大抵还不懂得什么叫矫情。

走出展览馆时，一个如皋本地的同学突然轻声说："这里原先是冒辟疆的别墅，叫水绘园。刚才第二展厅那里，就是他和董小宛住的水明楼。"

冒辟疆和董小宛是何许人呢？我是从邻县一个偏僻的乡村走来的，刚刚考取这里的省立高中，诚惶诚恐地走进了这个末等都市。一个乡下的农家子弟，无论是对宏观意义上的中国文化史，还是对古城如皋的地杰人灵都知之甚少。在这以前，我并不知道这两个如皋人的名字，不仅是我，周围的绝大多数同学也都不知道。我们当然不难想象，那个曾经盘踞在水绘园里的冒辟疆，大抵就是展览中那种大腹便便、捧着紫铜水烟袋、戴着瓜皮小帽的土财主，或者干脆就是那个举着通红的烙铁逼向农夫胸脯的恶棍。而董小宛则是个妖里妖气的地主婆无疑。

那位同学望着洗钵池里楼台的阴影，又轻轻地念了两句古诗，那语调和神采，很投入的样子。现在想起来，大概是杜甫的"四更山吐月，残夜水明楼"吧。他是全校公认的才子，平时有点小布尔乔亚式的多愁善感，因此，他知道冒辟疆和董小宛，也能在那种情境下随口念出两句关于"水明楼"出典的杜诗。我当时没有想到，正是这种气质，酿成了他后来人生的大悲剧。

暮色已经很浓了，落叶萧萧，做弄出深秋的清洌。1965 年的秋天似乎特别短暂，时令才是 10 月，不该这样肃杀的，难道它也有某种预感么？不几天以后，上海的一家报纸就发表了姚文元评新编历史剧《海瑞罢官》的文章，中国大地上一个漫长的冬季就要降临了。

那一年，我十五岁，当青春的第一步刚刚迈出的时候，我走进了水绘园。命运似乎注定，我今后的人生道路将要和这座园林产生某种阴差阳错的牵系。

又是一年的深秋，我背着只挎包——是那个年代很流行的草绿色仿军用挎包——独自来到了水绘园前。洗钵池边万木萧疏，池水里漂荡着大字报的碎片。在那扇紧闭的大门前，我徘徊了许久，才找到了一处偏僻的小门。那么就走进去吧，在这堵灰褐色的旧墙背后，或许隐藏着一份与外面的狂躁悖然有别的宁静。

为什么要走到这里来呢？难道仅仅是为了寻找一个宁静的角落，寻访两个在这里深居简出的同学吗？我说不清。在整整一个夏季和秋季，我都处于这种无所适从的"说不清"之中。我是个天生孤独而懦弱的乡下人，这可能应归结于从小没有父亲，性格中缺乏强悍的阳刚之气。我不敢在一堆古今中外的名著下燃起一把大火，不敢把棍棒扫向寺庙里衣褶飘然的神像，也不敢带头喊出一声"打倒"某老师的口号，或揪着他的头发让他请罪。每当这时候，我总会感到一种良知的召唤，为此，我经历了不知多少次自我谴责和自我激励。很好，一场急性肝炎把我送回了乡村，等到病愈回校后，校园里已一片空寂。经过那阵所向披靡的横扫，泼墨淋漓的发难和金刚怒目的批判之后，同学们又打起背包，呼啸一声串联去了。我辗转打听，才知道班上只有两个同学没有走，他们是第一批"公派"的赴京代表，接受了伟大统帅的检阅回来后，在水绘园看守破"四旧"的抄家物资。

那两位老兄在这里大抵也是很无聊的，见我来了，有如孤岛上的鲁滨逊遇上了未开化的土人"星期五"一般，津津乐道地向我展示着这里的"奢华"。确实，一座文化古城的抄家物资，若稍加拾掇，装备一家星级宾馆再加一座博物馆是绝对不成问题的，足够二位受用的了。光是那床上，就叠着两张钢丝弹簧垫（现在叫"席梦思"的那种），又盖着不下七八条锦缎棉被，真有点暴殄天物。坐在那松软的钢丝床上，我突然感到一阵困惑，这么多棉被盖在身上，不会压迫得难受吗？两个世代赤贫的农家子弟整天泡在这里，伸手所及，说不定就是件价值连城的玩意，时间长了，这里的一切变成了寻常生态，他们还能走出这堵旧墙吗？这似乎是一个带着理性色彩的人生哲学问题，我不愿去多想，因为一位同学又抓起一幅字画，诡谲地对我说："你看这是谁的？"

那是一幅不大的扇面，画意大约是香草美人之类，下钤"董白"小印，并不难认。

"这个董白就是董小宛。骚娘们，臭美！"他潇洒地用手指一戳，美人的裙裾豁然裂开，便扔一边去。又说："这么乱七八糟的一大堆，除去牛鬼蛇神就是才子佳人。还有冒辟疆的字呢？那老东西倒是写得不坏。"当下又拣出几幅，可都不是那"老东西"的，他念一下落款，或董其昌，或吴梅村，甚至还有那个口碑不算很坏的史可法，照例用指头一戳，扔一边去。如斯者数次，不由得有些恼了，便摆开一个架势，极英雄气地飞起一脚，刹那间，那满天飞扬的董其昌和吴梅村，哗啦啦地煞是壮观。多么扬眉吐气啊！斯文落地，书画飘零，飘零在深秋黯淡的残阳下，飘零在我十六岁的记忆里。

当晚，我住在水绘园。躺在那由善本书和明清字画簇拥的雕花床上，心头却涌上一阵莫名的漂泊和幻灭感。窗外风声飒飒，远近楼台的阴影有如水墨画一般。无疑，这座深宅大院曾经是一个相当贵族化的生命空间，这里也一定发生过不少古典式的世俗故事。那么，是"西厢"式的才子佳人的缠绵，还是"聊斋"式的人鬼同台，抑或是"水浒"式的月黑杀人、风高放火呢？我不敢再想下去了。辗转反侧之际，随手抽出一本旧书，就着灯光胡乱翻了几页，却看不大懂。再看看封面，书名是《影梅庵忆语》，民国年间商务印书馆的版本，作者冒襄。

这个冒襄大概就是冒辟疆了。

二

在明末清初的历史舞台上，冒辟疆算不上叱咤风云的大人物。之所以不"大"，很大程度上是由于明亡以后他弃绝仕途，与一个大时代的政治风云若即若离。一座小城的故事，无非飘荡于坊巷街闾之间的"一地鸡毛"，最后悄然湮没在岁月的风尘之中。即使是闹腾得沸沸扬扬的倾城大事，若站在一个更高的层面上审视，也不过杯水风波而已，绝不会有倾国之虞。但最近看到报纸上的一则花边新闻，由此却想到那个时代的很多大事。新闻说，在贵州一个叫马家寨的地方，新近发现了陈圆圆的墓。陈圆圆是吴三桂的爱姬，吴三桂败亡后，清王朝下旨灭吴氏九族，陈圆圆携带儿女逃亡到这里，归隐于现在的马家寨。为了让后人不忘祖宗，又不至暴露真情，吴氏采取了秘传之术，每代只传一至二人，至今已传到第十二代。由于严守族规，竟一隐三百余年。

陈圆圆与吴三桂的故事无疑维系着一个天崩地坼的大时代，所谓"恸哭六军俱缟素，冲冠一怒为红颜"，说的就是这件事。其实，陈圆圆本来是不该出这么大风头，也不该当这么大责任的。她的真正爱情意义上的恋人是冒辟疆，如果不是几桩阴差阳错的偶然事件，她已经被冒辟疆娶回如皋，藏娇于水绘园了。那样的话，后来也就不会有吴三桂的"冲冠一怒"，晚明的历史也极有可能是另外一种格局。

冒辟疆和陈圆圆相识于崇祯十四年（1641 年）春天。当时冒父冒起宗任衡永兵备道，冒辟疆去衡阳省亲路过苏州，两人一见钟情。平心而论，不管用什么眼光看，这两个人的互相倾心都在情理之中。陈圆圆色艺双绝，名动江左，又兼蕙心纨质，淡秀天然，即使在秀色如云的南国佳丽中也被公认是最漂亮的一个。而冒家则是江淮巨族，世代簪缨，冒本人又风流俊朗。他十四岁时就有诗集《香俪园偶存》问世，时任南京礼部尚书的大学者董其昌看到后大为赏识，认为"才情笔力，已是名家上乘"。既然是才子佳人，天作之合，那么就抓紧进行吧。当年秋天，冒辟疆奉母回归，小憩苏州时，双方的恋情便进入了实质性的阶段。陈圆圆曾亲见冒母，表示了自己矢志不渝的情愫，对于一个风华绝代的少女来说，这是相当难得的了。冒母对陈亦很满意，表示一俟回到如皋，便来苏州议婚迎娶。至此，一对有情人的好事似乎万事俱备，没有什么问题了。花好月圆，只待佳期。

殊不料风波横生，佳期无望。

冒辟疆回到如皋，忽然接到父亲奉旨调赴襄阳，任左良玉大军监军的消息。从军分区司令员调任集团军政委，看起来是提升，其实这中间隐藏着政敌借刀杀人的阴谋。当时的情势是，张献忠刚刚在半年前攻占襄阳，杀了当今皇上的叔祖父朱翊铭，旋即主动撤出。李自成又从伏牛山南下，打算占领襄阳定都称王，两股农民军对襄阳形成南北夹击的态势。这时候"提升"到那种地方，无疑是去送死：不是被农民军杀死，就是被骄横跋扈的左良玉害死，更大的可能是因为守不住襄阳而被朝廷处死。在此之前，东阁大学士杨嗣昌就是因为襄阳失守而被迫自尽的。为了让父亲尽快调出襄阳，冒辟疆连忙北上京师，泣血上书。又四处奔走投诉，托人情通关节，前后经历了半年时间，花费的银子自然不用说了，冒起宗才得以挪了个位子易地当官。冒辟疆喘息未定，又赶到苏州去接心上人，可胥门外的横塘寓所已经人去楼空，陈圆圆恰恰在十天前被国丈田弘遇"以势逼去"。青溪桃叶人何在，月冷妆楼杨柳疏。冒辟疆只能站在空寂的小楼前怅惘无及。在这以前，这位贵公子或许没有真正认识到陈圆圆的价值，他太自信，太稳操胜券。如今一旦失去，才感到失去的是多么珍贵。那么就让他追悔吧，他的这次迟到，不仅酿成了个人感情史上永远的缺憾，而且铸就了晚明史上一次惊天动地的大事。

冒辟疆是应该追悔的。就在他为父亲的调动奔走期间，陈圆圆则在苏州一往情深地倚门相望，她曾数次去信催促，北雁南飞，秋去冬来，纵然是望穿清溪水，望断横塘月，冒辟疆竟无一字回音。作为一个青楼女子，她自然会想得很多，一腔炽热的情爱在寂寞的等待中渐至消磨，她极有可能是怀着对冒辟疆的怨恨和失恋后的绝望凄然北去的，在她眼里，冒辟疆无疑是一个始乱终弃，没有任何感情负担的轻薄纨绔。山盟犹在，锦书难觅，这世界上还有什么值得信任的呢？这种怨恨和绝望，在很大程度上规范了她后来的人生态度，从吴三桂对她那样如痴如迷的宠爱中，我们大约不难想象她对吴也是倾心逢迎的。一个纯真明丽的女人毁灭了，与其说毁灭在权贵的淫威之下，不如说毁灭在一次无可奈何的失约之后，毁灭在对情人爱极而恨的误解之中。一个女人的力量有时确能倾城倾国，作为明帝国"北门锁钥"的山海关正在这个女人的嫣然一笑中瑟瑟颤抖，一场天崩地坼的大悲剧已经逼近了。

吴三桂最初是打算归降李自成的，有关史料记载了他与父亲吴襄派来劝降的仆人的一段对话，虽寥寥数语，却透析出一个军阀兼政客复杂的内心世界，特别是人的情感因素对一个历史大事件的驱动力，确实相当传神：

吴三桂问父亲的情况，仆人答道："已被逮捕。"吴并不在乎："我到北京后，就会释放的。"

又问财产情况，仆人答道："已被没收。"吴仍不在乎："我到北京后，就会发还的。"

再问爱妾陈圆圆的情况，仆人答道："已被刘宗敏抢去。"

吴三桂不能再"不在乎"了，作为一个男人，还有什么比夺走自己心爱的女人更值得不共戴天的呢？吴三桂首先是一个男人，然后才是汉奸，他的"冲冠一怒"是可以理解的。

写到这里，我不由得要搁笔为之惊栗了，这种阴差阳错的偶然性事件，人们大抵都是不难遭遇的。在大多数人的经历中，它的出现有如朝露流霞，无声无息，其中的悲欢感触并不能激起多大的涟漪，更不能影响一个历史大时代的。但有时，它却能相当有力地扭曲所谓的"历史必然性"，使这种必然性演绎得更加回旋曲折，波诡云谲。设想一下，如果朝廷调动冒起宗赶赴襄阳的圣旨晚下一段时间；如果冒辟疆把银子花得更慷慨，其父能早一点调出襄阳；如果到江南强买歌儿舞女的那帮人在杭州多耽搁几天，甚至，如果冒辟疆母子当年秋天从衡阳回归路过苏州时就把陈圆圆带走……总而言之，如果冒辟疆赶在田弘遇之前把陈圆圆娶回了如皋，那么事情将如何呢？这些"如果"从严格意义上讲，并不违背历史的大逻辑，它或许只是源于当事人对着袅袅茶香的一缕思绪，或对着林间随意飘过的一片落叶心有所感。偶然为之的某一生活瞬间，就这样化为了惊心动魄的久远，定格在历史的峰峦上。当然，一个女人的归宿，并不能从根本上影响明王朝灭亡的结局，但其走向结局的过程将会展现出另外一些情节，这大概可以肯定。

陈圆圆没有走进如皋冒家的水绘园，走进水绘园的是董小宛。

　　在明末的江南名妓中，陈圆圆以姿质胜，柳如是以才情胜，李香君以品节胜，董小宛则以温柔贤淑见长。她对冒辟疆的追求远在陈圆圆之前，但冒辟疆一直对她若即若离，用现在的话说，就是找不到感觉。董小宛不像陈圆圆那样风情万种，当然也不能像陈圆圆那样疾风暴雨式地征服男人。她的那种端庄淡雅是需要男人慢慢地品味的。那时候，冒辟疆大抵还没有"品"出味来。直到陈圆圆被掳北去，冒辟疆陷入极大痛苦中的时候，董小宛才走进了水绘园。他们的结合，董小宛执著的痴情起了决定性的作用，而冒辟疆则是不得已而求其次，这样的结合，注定了属于先结婚后恋爱的类型。婚后不久，适逢清兵南下，夫妇颠沛于骨林肉莽之中，几陷绝境。秋水寒山落日斜，江南江北总无家。在凄苦仓皇的奔波中，董小宛不仅给了冒辟疆一个女人深挚的情爱，而且以不同于一般女流之辈的气节影响了夫君。回如皋后，冒辟疆一直抱着不入试、不应召、不做官的"三不主义"。水绘园里的生活是平静的，平静中蕴含着相濡以沫的温馨。"多少楼台人已散，偕归密坐更衔卮。"有这样的风尘知己相伴，从翩翩贵公子跌入生活底层的冒辟疆应该满足了。

　　但冒辟疆总是难以抹去陈圆圆的倩影，那个女人现在正生活在另一个男人的世界里。她是那样迷人，绮罗香泽，秋水波回，婵娟双鬓，淡然远岫。她一定对自己是很怨恨的，因而把百倍的风情献给现在的男人，这是自己的过失，而且正由于自己的过失，引来了黄钟毁弃的大结局。这种忏悔和失落感一直苦苦地折磨着冒辟疆的后半生，即使在为董小宛早逝而写的《影梅庵忆语》中，仍时时飘逸出陈圆圆的风采。且看那笔下流露的情致：

　　　　其人淡而韵，盈盈冉冉，衣椒茧时，背顾缃裙，真如孤鸾之在烟雾。

又如：

> 妇人以姿致为主，色次之，碌碌双鬟，难其选也。蕙心纨质，淡秀天然，平生所觏，则独有圆圆耳。

在一篇追悼亡妻的文章中出现对另一个女人这样倾慕的文字，似乎是不合适的。其实，冒大公子的怀念中包含着一种比儿女情长更为深广的内涵，这是对一段已经逝去的人生，特别是一段国破家亡的痛史的反思，因为那一段人生和历史都和那个女人联系在一起。因此，冒辟疆怀念的陈圆圆，更多的是一种美好的意象，一尊理想化的情感雕塑，一段凄婉而温丽的过去。"今宵又见桃花扇，引起扬州杜牧情"，一个家道中落的贵公子和不仕新朝的末代遗民，其心态大致如此。唯其如此，他的怀念才能那样"欲仙欲死"，他的失落也才能那样铭心刻骨。

但后人似乎并不理解冒辟疆的心曲，他在《影梅庵忆语》中这段"不合适"的文字，后来却引出了一场扑朔迷离的冤案，这实在是冒辟疆本人始料未及的。

三

那本《影梅庵忆语》后来被我带出了水绘园，天理良心，那完全是出于无意。过了好些时候，我用拎包装传单，才发现了它，大概是那天夜里翻看以后，随手揣进去的。一旦走出了水绘园的那堵旧墙，这种书是见不得光天化日的，当时我心头有点发冷，连忙塞进了箱子底层。

在我的青春年华中，有相当一段时间就这样背着只黄挎包，整天在街上闲逛，挎包里装着自己这一派组织编印的传单，其中多是新出的"战报"。我们把它贴在那些层出不穷的"声讨""砸烂"和"北京来电""首长讲话"旁边，有时也会在对方一派的传单上批上"造谣可耻""放屁"之类，笔势龙飞凤舞，相当放达。

我们这些"战报"中的文章，有不少出自 A 君之手。A 君就是那位在水绘园外随口念出两句杜诗的才子，他的文章确实写得好，洋洋洒洒，几乎总是一挥而就，很少要回头修改的。又能把当时声嘶力竭的豪语镶嵌在秀逸流畅的文笔之中。间或引用几句古典诗词，亦很见神采。晚上，我常常喜欢走进那间拥挤的编辑部看他们忙碌。编辑部是原先的生物实验室，四壁的立橱里陈列着各种动物标本，最醒目的是一条扬子鳄，大约还有一只丹顶鹤，A 君就在扬子鳄和丹顶鹤的注视下"指点江山，激扬文字"。他写东西时并不作深沉状，不时会和旁边的同学交谈几句，但笔下又并不大停，仍旧一路潇潇洒洒地铺陈开去。旁边的同学是编辑部的一位才女，无论文章还是那一手钢板字，都很有几分阳刚之气。常常是 A 君写好一张，她就接过去刻。A 君写完了，站起来，很有风度地向后捋捋头发（他那一头黑发确实漂亮），然后去调试油印机。调试好了，那边的才女也刻好了，于是两人一起愉快地印战报。有一次，A 君握着油墨滚子，突然才情奔突，脱口吟出一首"枪杆诗"来，记得那最后几句是：

啊，革命的轧路机，
你开辟，开辟，
开出条条道路，
通向最后的胜利！

从油印机联想到轧路机，这大概就是所谓通感吧。当时，我由衷地感到这就是好诗。

不久便听说，A君和那位才女似乎有点意思，这是很正常的，因为他们很般配。政治热情加上爱情朦胧的召唤，使A君的文章越发才华横溢。外面战火连天，口号入云，"编辑部的故事"却充满了浪漫情调，这是很令人钦羡的。

在我们这一代人的记忆中，大抵到了1968年的春天，"文化大革命"就没有什么意思了。有如惊心动魄的大潮退去以后，弄潮儿孤零零地站在海滩上，目光中透出难耐的迷茫。但精力和热情总得有所排解，那么就搜集领袖纪念章和各种版本的语录吧。搜集的手段可以相当自由，乃至到了"不择"的程度。在南京上大学的姐姐寄给我一本《马恩列斯毛语录》，大开本的，很是气派，一时成了诸家高手争夺的目标。为了躲避那些虎视眈眈的目光，我只得脱下那塑料封皮，套在另一本不相干的书上，而把宝书的内瓤藏在箱子一角。我认为这一手玩得相当漂亮，不料后来却为此受了一场大惊吓。

这事情说起来有点离奇。村头的陈先生在如皋旧货商店寄售了一辆自行车，我回家时，他把发票交给我，托我有空到商店去看看，卖掉了，就替他把钱拿回来。陈先生不轻易托人办事的，怕受人家的冷面孔，大概是看我厚道吧，竟然把这件事托付给我。我为了保险，把发票藏在那塑料封皮里。一次去旧货店打听，说已经卖出，回来取发票时，那塑料封皮却怎么也找不着了。天哪！自行车的寄售价是九十多元，在当时是一笔相当不小的数字。简直难以想象，如果别人拿着发票把钱取走了，我，以及我那终年劳碌在田头的羸弱的母亲，还有我家那三间破败的草房，将如何承受这场塌天大祸。我只觉得昏天黑地，仿佛整个世界都坠入了冥冥深渊。A君来了，问了句什么，我没有答，他便指着自己的箱子说："你找的那件东西，我拿来了。"一时间，昏天黑地又转化为朗朗乾坤，我禁不住一阵绝处逢生的狂喜，连忙告诉他那里面有一张拿钱的发票。他先是定定地看着我，然后脸上便红了，讷讷地说："我不知道有发票，真的不知道。"当下取出来一看，那张宝贝发票果然在里面。也就在这时，我和他都对着那大红塑料封皮的内瓤愣住了。

那是冒辟疆的《影梅庵忆语》。

他是用细铁丝打开我的老式铜锁，拿走语录本的。情急之中，也没有发现书的内瓤有诈，便塞进了自己的箱子。

A君抓起那本书翻了翻，并不在意，随手丢进了我的箱子。又微微扬起脸，轻声念道："'青天碧海心谁见，白发沧江梦自知。'冒辟疆真是才子。"他念的大概是书中的两句诗吧。我突然觉得有点对不起他，一定要送他那本语录。他不要，推了几个来回，终究是不要，只是叹了口气，默默地走了。我怎么也不会想到，他这一走，竟再也没有回来。

过了十多天，在那个7月燥热的下午，宿舍里的一个同学突然回来说，A君死了，是自杀的。

我呆住了，这怎么可能呢？那位曾在暮色中吟诵"残夜水明楼"，倚着油印机高唱"我们开辟"的青年才子，那位在扬子鳄和丹顶鹤下一边挥笔疾书一边和同伴交谈的儒雅书生，那位常常用手指潇洒地向后捋捋头发的健伟男儿怎么会死，而且是自杀呢？

但A君确实死了，他吊死在水绘园对面的湖心亭里。湖心亭四面环水，外人进不去，直到公园里的一个老人闻到那股恶臭，才发现了我们的A君。算起来，他走进那里已经十多天了，那具曾充满了青春活力的身躯，已经溃烂得不忍目睹。

同学们都去了现场，但我没有敢再看一眼A君最后的形象。傍晚，他乡下的父亲来了，老人什么也没有说，步履蹒跚地护送自己的儿子回乡下去了。

A君已经回去了，在乡下的老家，当会有他的一方青冢。同学们也已散去，将种种推测和惋惜潜入各自的心底。只有我独自徘徊在湖心亭前。进入湖心亭的通道日常是上锁的。A君在涉过这宽可数丈的水面走向生命尽头时，心里都想了些什么呢？他可能会想得很多，也可能什么都没有想。该想的那些都已经想过了，剩下的只有一片苍白的绝望。同学们大都认为，促成A君自杀的原因是失恋，"编辑部的故事"已经终结，昨日的温馨不堪回首，为那个倾心相爱的才女去死，当然是值得的。但支撑一个人生命意志的基石不光是爱情，至少还有与事业维系在一起的前程。坍塌了其中的任何一块，一般还不至于崩溃，他可以把重心移到另一块基石上寻求寄托和解脱。龚自珍诗云："风云才略已消磨，甘隶妆台伺眼波。"那么反过来说，如果失去了"妆台"旁多情的"眼波"，全身心地去磨砺自己的"风云才略"，同样也可以走向生命的坦途。因此，A君的死，绝不仅仅是由于情场失意，还要加上由情场失意而引发的人生幻灭感。在那个夏季，我们都曾或多或少地体味过这种幻灭感。"最新指示"已经传下来了，我们这些被称为"知识青年"的人都将要到农村去。冷峻严酷的生存现实，一夜之间就粉碎了理想化的政治热情。打起那曾伴随你长征串联的背包吧，到农村去，到那个终年面朝黄土背朝天的农村去……对于A君这样有才华有抱负的农村青年来说，上大学，跳农门，大抵是他多少年来魂牵梦萦的人生构想，即使在他洋洋洒洒地为"战报"撰写那些社论时，这种构想也不曾彻底幻灭过。而且，他的构想中大抵也抹不掉那层"才子佳人"的艳丽底色的。现在，当这一切都被无情打碎的时候，他只能选择死亡。于是他来到了水绘园前，这里演绎过的那一幕才子佳人的故事，他肯定是相当熟悉的。追寻着先人的身影，他悄悄地来了，他不想惊骇任何人，包括那位让他爱也无奈恨也无奈的女友。在这里，他完成了悲剧的最后一个造型。

一个才华洋溢的青年死了，不是死于武斗的棍棒，也不是死于缠绵病榻。他是我们唯一死于"文革"中的高中同学。不久以后，同学们也纷纷卷起铺盖到农村去了，走得都很匆忙。分别时，没有依依的泪水，没有珍重的叮咛，大家似乎都有点麻木了，却又故作洒脱。母校如梦如狱，化作了一道淡远而又抹不去的背影。

四

"多少南朝事，楼头幕府山。"司马睿和陈霸先都是历史上有名的复国英雄，他们的功业也都和金陵的幕府山联系在一起。冒辟疆在诗中用这样的典故，反映了那种相当典型的遗民情绪。史可法督师扬州时，他曾前去帮助参赞军事，那可能是他一生中最为得意、也最为痛苦的日子。文人大抵都有虎帐谈兵的夙愿，认为那是一种人生的大放达，更何况一个壮怀激烈的文人，在那个国难深重的年代呢？也有人认为，史可法那封著名的《复多尔衮书》就是由他代笔的，这当然只是猜测，但后人为什么总喜欢在一封信的作者问题上制造秘闻，把一桩并不复杂的事情搞得扑朔迷离呢？这固然是因为那封信写得太漂亮了，另外也可以说明在那个民族危亡的年代，确实有一批文化精英簇拥在史可法麾下的。如果确实是冒辟疆所写，那么就太传奇，也太残酷了，因为这中间的另一个情节是，多尔衮的那封《致史可法书》，真正的作者也不是多尔衮，而是桐城才子李舒章。这个李舒章与冒辟疆曾是过从甚密的文友，当年在虎丘大会上，两人又同为复社领袖。而今历史偏偏又让他们面对面地站着，背景是血色残阳下的骠骑和城堞，让他们用各自的华章文采去揭开一场血雨腥风的序幕。但冒辟疆并不知道这些，他只是想着在扬州实现自己的人生价值。后来史可法发现势不可为，留在扬州也是送死，硬是要打发他远走。这位阁部大人很讲义气，他和冒起宗是同榜进士，他不能对不起自己的老朋友。当然冒辟疆当时也不想跟着史可法殉国。那么就回去吧，如皋好歹还有一份家业，虽历经劫难，大多被毁，但小日子还是过得下去的。身边又有董小宛这样的多才且贤淑的好女人相伴，红袖添香的雅趣可以想见。南明弘光政权垮台后，阮大铖的家乐班子逃来如皋，亦被冒家收留，其中有后来被曹寅称为"白头朱老"的著名乐师朱仙音。"念家山破定风波，郎按新词妾唱歌。"冒辟疆就这样一边在水绘园里优游岁月，一边做着他的复国梦。

新王朝的官他是坚决不当的。为了明志，他自号"巢民"，话说得很决断：宁可在树上结巢而居，也不生活在异族统治的土地上，当然就更不用说当官了。像他这样的人，当时有一大批，但面对着新王朝的橄榄枝，冒辟疆的心情可能要更复杂些，除去"夷夏之辨"的民族气节外，他还多了一层所谓的"恋人情结"。自己心爱的女人被吴三桂夺去了，吴现在是清廷的"平西王"，和情敌无论如何是"不共戴天"的。再说，即使当了官，你还能像人家那样官居一品，炙手可热吗？人的感情有时真是奇怪得很，那个女人早已离他远去了，但当初的一颦一笑却仍然闪现在他的精神世界里，隐隐约约地支配着他的潜意识。好在清王朝倒也大度，你不愿出山，他也不过分勉强，让你在家喝酒赋诗发牢骚。不像明王朝的老祖宗朱元璋那样，戴着镣铐来请你，若不赏脸，对不起，提头来见。

注视着故国的残山剩水，他不像阮步兵那样冷眼斜睨，而是流泻出热切的关注和期待。有几次，"海外来人"传递的消息甚至让他很振奋了一阵子。顺治十四年（1657年）夏秋，郑成功誓师入江时，冒辟疆看到那"击楫闽粤之抓，小视江东"的檄文，预先就等在南京丁氏河房，并召集了一批抗清志士的子弟谋为内应。但想不到郑成功的三万大军竟溃于一旦，让他空欢喜了一场。而且从此以后，连这样的"空欢喜"也不再有了。"白头庾信肠堪断，黄叶江南一片山。"海外的消息越来越少，也越来越令人无奈，冒辟疆只能做点救助抗清烈士遗属的工作。这中间有一件事最为时人称颂，如皋秀才许元博因抗清事泄，被逮送南京处死，其妻朱氏亦流放满洲配旗。冒辟疆和董小宛筹集了一笔重金送给解卒王熊，请他相机救助。王熊便私下用自己的妻子代替朱氏北去。这件事我看后深为感动，但感动之余又总觉得不是滋味，王熊身为解卒，他要救助朱氏，照理是有办法的，为什么一定要把自己的妻子推入苦难和屈辱的深渊呢？如果他确实没有别的办法，那么，用一个无辜的女人来替代另一个无辜的女人，这样的义举，老实说只能令人可叹而不可敬。

好在还有些朋友经常走动，使水绘园里不至于太寂寞。这一年，老朋友谭友夏的儿子谭笈北上路过如皋。谭友夏当年是抗清志士，最后贫病而死。如今，他的儿子却要去清廷做官了，这位世侄甚至劝冒辟疆也应征出山，在这样的情况下，冒辟疆心里大概是不大好受的。但他能说什么呢？"君言尽室必归吴，我意空拳定张楚。"唱几句南明小朝廷未必覆亡的高调，只是一种主观的内在挣扎而已，连他自己也未必相信的。他叮嘱谭笈，如果官场不得意，就及早回头，却没有反对他北上为官。复明是没有指望的了，应该允许年轻人走自己的路。

命途多舛又加上家难迭起，我们这位从来不知生计为何物的"巢民"先生，终于感到了这两个字的沉重与艰辛。康熙十五年（1676年），一个庶出的弟弟为了争夺家产，告发冒辟疆"通海"（和南明小朝廷暗通声息），这在当时是一顶相当吓人的政治帽子。冒辟疆只得忍辱退让，到江南的朋友家住了两年。回来以后，命运仍然死死纠缠着和他过不去，不久，一场大火烧光了他多年珍藏的鼎彝书画。跟着，一蒙面刺客闯进他的房间，多亏儿子和婢女拼死相救，才保住了一条老命。凶手供出，指使者就是冒辟疆那位庶出的弟弟。为了息事宁人，被害人反倒痛哭流涕地请求官府不要追究，自己又跑到泰州去避难。这样几经折腾，家产已荡然无存。这位才华旷代的大诗人，只得每夜在破屋残灯下写蝇头小楷，让家人第二天拿出去换几升米来度日。他是大书法家董其昌的及门弟子，字自然是写得极好的。但到了粮油市场上，人家习惯于用那油腻腥臭的手来掂斤播两摩挲质感，然后用浸透了利欲的目光论堆儿喝价钱，还有谁来体味一点一画中的奇险奔放和淡远古拙呢？你那苦心孤诣地追求了几十年的笔墨趣味，你那流泻于笔端燃烧于尺幅的强烈的生命意识，你那让圈子里的同人叹为观止的艺术感觉和精神气韵，这时候统统成了不切实际的奢侈。"闲时写长幅，不换一升粳"，艺术一旦沦为商品，艺术家一旦沦为商贾的婢女，其下场就是这般可悲。

到了晚年，冒辟疆对官场的心态比较微妙。康熙十八年（1679年），清廷第二次开设"博学鸿词科"，据说应试的人很多，考场的位子都挤满了，后去的被推到门外。有人吟诗挖苦道："失节夷齐下首阳，院门推出更凄凉。从今决计还山去，薇蕨那堪已吃光。"冒辟疆却没有去，"失节夷齐"他是不做的。但差不多就在同时，他又满怀期待地送两个儿子和长孙分赴南北乡试。角逐科场的目的当然是为了当官，这是不用说的。这么多年了，当初那种铭心刻骨的仇恨和失落感已渐渐湮没在世事代谢之中，南明政权早已销声匿迹，吴三桂大红大紫了一阵后也已败亡，陈圆圆亦不知所终。冒辟疆这时的不仕新朝，很大程度上是源于一种独善其身的惯性力，因此，在自己坚持"三不主义"的同时，他又热切地希冀子孙能在仕途上有所作为。遗憾的是，几个子孙在科场上的表现都很平庸，只有一个叫冒浑的小孙子被人介绍到靖海侯施琅幕中，跟着施琅攻打台湾立了军功，正在"议叙官衔"。我们还记得，当初郑成功高举复明大旗从海路北上时，冒辟疆是何等欢欣鼓舞。而今，当他的孙子因征讨郑成功的孙子而有可能捞个一官半职时，他又同样鼓舞欢欣。但冒浑的一官半职也不那么容易到手，当务之急是需要一笔钱"取结"，也就是上下打通，于是千里迢迢派人专程回家要钱。冒辟疆得到消息，真可谓喜忧交集，且看他给孙子的回信：

> 五千岭海，囊乏身孤，何日得竟怀抱……即刻求关帝签，以决尔之终身大事，仍是"苏秦三寸足平生"，则尔之必题，功名必显，万无一失矣，不胜欢喜。
>
> 我一夏脾病，秋来渐好，终年无戏做，遂无分文之入，苦不可言……金公五十，无人可寄一物，先书一缕……

老头子有什么办法呢？孙子能当官，自然是大喜事，可他实在拿不出钱来给他活动。本来，家中的戏班子供人宴乐可以收点小费，近来偏偏又接不到生意，"遂无分文之入"。金世荣是把冒浑介绍到施琅幕中的大恩人，可人家50岁生日也送不出一件像样的礼物，秀才人情纸半张，只能送几个字意思意思。万般无奈，老人到关帝庙去替孙子求签，希冀菩萨保佑。

远在"五千岭海"之中的冒浑接到这样的家书，当然能体谅祖父的苦衷。但他已经到了官场的门槛前，取结刻不容缓，这笔投资无论如何是少不得的，踟蹰再三，又再次向家中求助。我们只得强抑住心头的酸楚，大略看看冒辟疆的第二封回信：

> 尔父奔走半月成病，毫无所得，我即亲到平日相关诸友家，每人十金，请十人一会，挖尽面皮，竟无一应。只得出门求边、

崔二公，岂知边忽亡，崔又欠课，止得银十两。我吊边，又备祭路费，用去二十金。

　　昨十月初二，在通恐无银来，尔事不济，又求得"英雄豪杰本天下生"，知万万决不到失意田地……你见我字，应为我下泪也。

　　冒浑是应该为祖父的困窘而下泪的。一个年近八旬的老人，到处捱尽面皮仍求告无门，好容易借得了一个朋友的十两银子，偏又碰上另一个朋友亡故，吊丧用去二十两。走投无路之际，还是走进关帝庙去求菩萨。

　　在这里，我真禁不住要问一声：巢民先生，你这样凄凄惶惶是何苦呢？不就是为了小孙子的一顶乌纱帽吗？先前，你不是一直弃之如草芥，认为沾了那玩意便辱身降志吗？

　　可我又实在不忍心发出这样多少有点刻薄的议论。对传统的中国文人来说，当官毕竟是一条相当不错的人生道路。不当官，你纵然有盖世才华，满腹经纶，也不能像人家那样活得潇洒滋润。冒家已经三代未仕了，当然也就尝尽了三代穷困，三代寒碜，三代受别人白眼的卑贱。那么就当官吧，为了当官，暂且把人格和自尊放到一边，花几个钱是值得的。

　　两年以后，冒浑总算封了个从三品的游击将军。喜讯传来，一时冒家蓬荜生辉，水绘园内又是庆贺，又是唱和，很热闹了一阵。

　　又过了两年，冒辟疆在贫病交加中逝去，撒手前"令诸童度曲，问窗前黄梅开否"，文人性情终是不改。而在冥冥黄泉中，早夭的董小宛已经苦苦等了他四十二个年头。

五

董小宛死于顺治八年（1651 年），年仅二十八岁。

一个做妾的女人死了，周围的朋友照例写了几首悼亡诗，虽然都写得冷艳凄婉，却也是文人写惯了的陈词滥调，过几天送到坟头上烧掉，事情也就过去了。这中间，以吴梅村的几首写得较好，其中有一首是这样写的：

> 江城细雨碧桃村，
> 寒食东风杜宇魂。
> 欲吊薛涛怜梦断，
> 墓门深更阻侯门。

吴梅村是当时的诗坛领袖，江左三大家之一，因此，他的诗也就格外流传些。但想不到这一流传，后来却引出了一段关于董小宛结局的争论，且被列入"清初三大史学疑案"之一，这就很有点意思了。

这说法很离奇，说董小宛并非死于如皋水绘园，而是被清朝掳入宫廷，成了顺治皇帝的董鄂妃；又说曹雪芹的《红楼梦》就是为清世祖与董鄂妃写的，也就是说，贾宝玉即顺治皇帝，林黛玉即董小宛。因此，吴梅村的诗中才有"墓门深更阻侯门"的叹息。

那么，何以解释冒辟疆在《影梅庵忆语》中白纸黑字的记载呢？答曰：这叫难言之隐。老婆被皇帝抢去了，他不敢说。而且张扬出去也有损书宦之家的名声，只能打落门牙朝肚里吞。但一点不说又不服气，那就用曲笔吧。所谓曲笔，就是我在前面说到的那段"不合适"的文字——既然是悼念董小宛，为什么要无端扯到陈圆圆呢？从文理上是说不通的，可见此中有隐情在焉。这是用陈圆圆被掳北上暗示董小宛的结局。

这场争讼从清末民初一直延续到现在。其中，像蔡元培、陈寅恪这样一批学富五车的大学者也都附和"入宫说"，可见不是信口开河。抗战时期的陪都重庆，曾上演过一出叫《董小宛》的话剧，当然是以"入宫说"为蓝本的。不入宫，就没有戏了。由此，报纸上又重提关于董小宛结局的公案，当时的《新民报》副刊上曾有人写诗感叹道："梅家诗案冒家冤，今日伤心水绘园。"他也认为冒家是"冤"了，因为董小宛并不曾入宫。

其实，冒辟疆冤就冤在不该在悼念董小宛时，说那些"不合适"的话，这怪得了谁呢？至于"梅家诗案"，那是专家学者们的事。但在我看来，这句"墓门深更阻侯门"并不是任人揉捏的朦胧诗，根本用不着那么繁冗的训诂考据。简单地说，就是死别甚于生离，人死了，比身入侯门相隔得更远。之所以有"侯门"一说，是因为当初田弘遇之流在江南寻访佳丽时，也曾打过董小宛的主意，董小宛历经风险，才侥幸脱逃。也就是说，董小宛差一点入了"侯门"。如此而已。

人死了，还留下了这么多说法，让后代这么多有头有脸的人争论得唇干舌燥，冒辟疆和董小宛真是不简单。

这一切，我是在回到农村很久以后才知道的。在那个秋天的早上，当我背着铺盖卷走向故乡的老屋时，背包里只夹着两本书，一本是姚文元的《论文学上的修正主义思潮》，一本就是《影梅庵忆语》。这两本色调形成强烈反差的书放在一起，恰恰折射出当时我们这一代人的文化心态是多么芜杂。在乡下的那几年，这两本书几乎成了我精神生活中的奢侈品。一天劳累过后钻在被窝里，一边抚着伤痛的肩膀，一边翻动书页，从中寻找一个心灵的世界。姚文元的那本书是我从学校图书馆偷来的，虽然是反右期间的大批判文章，但其中涉及了相当多的作品，而且这些作品大多是我以前从未接触过的。拨开政治批判的烟瘴，我小心翼翼地走向一部部被肢解的文学名著，有时甚至还能有幸从引文中读到原汁原味的作品段落。例如，我翻阅了莎菲女士零零碎碎的日记，女主人公的精神苦闷和孤独感是那样令人战栗，这些无疑和我当时的心境取得了深层次的共鸣。一段时间以后，我几乎能把全书中带引号的段落倒背如流。这也可算是那个时代一种畸形的文化现象吧。《影梅庵忆语》我是作为文言小说来读的。正因为是文言文，我才有了半懂不懂中的倾心揣摩，这时候，诗一般精炼的文本和读者的体味互为扩张，使这本薄薄的小册子幻化出无限的丰富性。很难想象，如果没有这两本书，我将如何打发小油灯下的每个夜晚，我的精神世界将怎样的荒匮贫瘠。

终于有一天，这本薄薄的小册子被陈先生看到了。我在前面已经说过，陈先生虽然是个地主分子，但他不是一般的土财主。他上过大学，在扬州开过商行，还参加过政治活动，与国共双方的关系都不错。人们都认为他是很有学问，也是很有见识的，因此并不把他当一般的"四类分子"看。就在那一次，他给我讲了以上一段关于董小宛结局的公案，并且发表了那一番"不简单"的感慨。

我也由衷地认为当一个文人"不简单"，能用自己的笔写出那么多人生的况味、命运的沉浮、心灵的悸动，让人们久久地掩卷难忘，唏嘘感慨，还有什么比这种劳动更令人神往的呢？那么，就学着当一个写书的文人吧。现在想起来，这实在是一场历史的误会。试想如果那次我不走进水绘园，也许现在正干着另外一份工作，而且肯定也津津有味，相当投入。这种人生偶然性的后果，该轮到我来咀嚼了。

前些时候，我回了一次母校，当然也去看了水绘园，却觉得很失望。湖心亭四周的水面似乎逼仄了许多，几乎可以一蹴而过。那曾经把一个年轻人引渡到生命的彼岸，簇拥着他走过那段漫长的心灵历程的沧浪之水，竟是这么一塘污垢么？只有那湖心亭还是当年的格局，却也有些破败了。进入亭子的通道仍然锁着，人们大概早就忘记了这里的风景，也忘记了锁在这里的故事。

回到招待所，我翻开母校的校庆纪念册，从前面的纪念文章中，我突然看到了一个熟悉的名字，她是 A 君当年的女友，如今是该市的一位领导。盯着那个名字，我想了很多。当了官，当然不一定就能说明水平能力之类的出类拔萃，但作为一个女人，至少可以说明她在人格上有着超乎寻常的坚强。而且我坚信，A 君的悲剧，肯定给了她的人格一次强有力的锻打。也许正是在那一刻，她从心灵的废墟上站立起来，完成了一次悲壮的涅槃。从此以后，纵然是雨鬓风鬟，千难万险，她也足以承当，不会退却了。

哦，我们这一代人，我们这一代人的故事呵！

走进后院

一

回顾明末清初的历史很难避开吴三桂这个人物，在中国历史上为数不多的几个特级汉奸中，他大概也是可以排在前几位的。其实，吴三桂的名声，很大程度上得之于他和陈圆圆的那段风流韵事。一个赳赳武夫，后来又当了汉奸，身边却伴着一个绝代佳人，这就很有点意思了，而这佳人又似乎并不讨厌他，甚至死心塌地追随他，终于演出了那场天崩地坼的大波澜。"恸哭六军俱缟素，冲冠一怒为红颜"，吴梅村的《圆圆曲》是写实的，有点怜香惜玉的味道，自然也揭了吴三桂的老底。吴三桂那时已经当了清朝的平西王，权势日隆，对文人的几句小诗却奈何不得，只好派人悄悄送一千两黄金过来，请求作者把这两句删去或改掉。一千两黄金买两句诗，可见当时的文化人创作还比较自由，在社会上也挺吃得开，以至于权势者也不得不有几分买账。但吴梅村并不缺钱花，他以那种典型的名士派头拒绝了馈赠（其实是贿赂），相当潇洒地维护了作者的正当权益，也维护了自己的文化人格。

吴梅村和陈圆圆都是江苏人，江苏出文士、出美女，这是水土使然。可直到最近我才听说，原来吴三桂也是江苏人，这很使我惊讶。

当下查对资料，没错，果真是江苏人，祖籍高邮，这就更使我惊讶了。

他怎么会是高邮人呢？

高邮，就是那座隐映在运河烟柳和芙蓉帆影中的古驿站么？就是那首甜糯诙谐，听醉了南来北往的艄公船娘的《鸭蛋谣》么？就是那个站在文游台上低吟"山抹微云"的婉约派词人秦少游么？就是那群从大淖边走来，挑着紫红的荸荠、碧绿的菱角、雪白的连枝藕，风摆柳似的穿街过市的姑娘小媳妇么？那明明是一块女性的乡土、文化的渊薮，清纯得有如荷叶上的水珠一般，怎么会走出那个粗悍奸诈的吴三桂呢？如果把吴某人的籍贯再往北挪上几百里，说他来自那个曾产生过《大风歌》，走出过一个无赖皇帝和屠夫大将的丰沛之乡，那还勉强说得过去，他怎么会是高邮人呢？

单凭这一点，就应该到高邮去走一趟。

城市的性格大抵都不在通衢大街上，那里往往被铝合金、霓虹灯、广告牌和玻璃幕墙包装得千篇一律。就有如晚会上的女人，一个个都脂香粉腻、彬彬有礼，而所谓的真性情只有在寻常居家的陋室里，在女人洗尽铅华、系上围裙走进厨房的一颦一笑中才能领略。城市的真性情则潜藏在小巷深处。高邮的小巷固然是古色古香的，一式的青灰瓦檐，门楣上嵌着老气横秋的牌匾，不时可以见到几个世纪以前的遗物，令人想起农耕时代一个小州府里那种自足平和的生活情调。徜徉其间，你几乎不敢把脚步放得很重，生怕惊醒了那个温馨的旧梦。但仅仅用古色古香来形容高邮的小巷又显得太宽泛、太缺少个性。比之于江南小巷的古色古香，这里多了几分朴实坦率，较少雕琢的典雅和小家子气。就有如里下河与江南同为水乡，也同样称得上风情绰约，但这里的水似乎更注重气势而疏于色调。即使同是一条古运河，在这里也是恣肆浩荡的，一俟过了长江，才变得纤巧柔媚起来，所谓"江枫渔火对愁眠"和"夜半钟声到客船"的意境，也只有在姑苏城外的古运河边才能领略，如果有了惊涛裂岸，诗人还能把渔火和钟声体味得那样冲淡空灵、富于烟水气么？不信你到高邮去看看，"望中灯火明还灭，天际星河淡欲无"，境界就开阔多了。切莫以为萨都剌不解婉约，人家也坐过江南的乌篷船，吟过"吴姬荡桨入城去，细雨小寒生绿纱"的。

那么，就走进这条叫西后街的小巷，去看看两个高邮人的故居吧。

二

这两个高邮人是王念孙、王引之父子。王氏父子都做过中央部长级的大官，因此，高邮人习惯上把他们的故居称为"王府"。新近开放的王氏纪念馆即是在"王府"的基础上兴建的。说是故居，其实仅存几间厢屋、一口古井而已。房子的进深很逼仄，用料也不大，可以想见当年的王府并不怎么富丽高敞。事实上，一个穷京官，又喜欢钻故纸堆，不懂得把精力用于钻营和聚敛，是很难发财的。好在旧式的官僚在乡下大都有一份田产，足以维持家用，每年收了租子，还可以折换出几百两银子送往京师，补贴老爷做学问及著书刊刻之用。因此，那京官便不至于囊中羞涩，可以心态平和地把学问做得很精深。

一门父子或兄弟，同领一代风骚，这种现象在中国文化史上并不多见。王氏父子在学术上的成就，历代的评价实在不少，其中最精当的无疑是章太炎的那几句大白话，他认为：古韵学到了王氏父子，已经基本上分析就绪了，后人可做的只不过是修补的工作。太炎先生也是国学大师，而且生性狂傲，但面对着王氏这样的学界巨人，他就像当年李白站在黄鹤楼下一样，有点"崔颢题诗在上头"的味道。他这么一总结，别人再跟着说什么"大师""绝学""博大精深"，就没有意思了，因此梁启超干脆把训诂学称为"王氏高邮学"，将整个一门学问都包给了王氏父子，这种推崇大概也是绝无仅有的了。

对于历史上的王氏父子来说，后人推崇与否并不重要，重要的是他们要对浩如烟海的中国文化负责，并在这种负责中把自己生命的意志力张扬到最大限度。王氏父子都不是职业学者，他们在公众前的身份是政府官员。我们很难想象，他们是如何一边应付枯燥冗繁的政务，一边潜游于浩浩学海之中的。这完全是两种世界：一边是繁文缛节，站班叩头，政潮起伏，祸福无常；一边却是朗月清风，曲径通幽，天马行空，神游八极。据纪念馆里的有关资料介绍，王念孙为《广雅》作注时，每日注三字，十年成书，嘉庆六年（1801 年），著成《广雅疏证》二十三卷。每日注三字，看起来似乎下笔颇为矜持，但若把这三个字置于中国文化的特定情境之中，却每个字都支撑着万卷书的学养和异常坚挺的文化人格。这是怎样力重千钧的三个字啊，和他白天处理的那些官话连篇的公文相比，和朝廷发布的那些洋洋洒洒的诏书谕旨相比，和同僚之间那些辞藻华丽的应酬诗词相比，这所注的三个字的重量肯定远远超出了它们的总和。如果说白天的官场政务只是一种被动性的生存手段，那么，只有到了晚间，在摘去顶戴花翎、布衣便鞋地走进书房以后，他那潜心面壁的苦思和神采飞扬的吐纳才充满了人生的主动精神。这时候，一个个僵硬古板的文化符号，经过他小心翼翼地求证和梳理，渐次变得鲜活灵动起来，而博大古奥的经典史籍，也在他的笔下折射出云蒸霞蔚的万千气韵。

现在我们可以认定，对于官，王氏父子是看得很淡的。因为看得淡，他们才能超脱于逢迎巴结标榜拉拢之上，超脱于派系倾轧攻讦排挤之上，超脱于伴君如伴虎的惶然拘谨之上。这种超脱说到底是由于无所谓和不用心。有些把官场技巧玩得很圆熟的政客也可能表现得相当超脱，这和王氏父子绝对不是一回事。但"不是一回事"的初衷却可能有大致相同的结局，即他们的官运都比较畅达。平心而论，王氏父子在仕途上都没有经历多大的颠荡，王引之先后担任过工部、户部、吏部和礼部尚书。六部都堂，只有兵部和刑部没有坐过，大概那两个所在都带着点血腥气，文人不宜。这些职务大多是显赫而抢手的肥缺，可见他绝非那种不识时务的书呆子，朝野上下对他的印象也不错。超脱不等于无为，不等于阿弥陀佛的老好人。王念孙当给事中时，曾带头参倒了权倾一时的奸相和珅，他那道奏章写得相当精彩，一时天下争传，从中我们亦可以看出王氏为官的机敏练达。本来，嘉庆对和珅的讨厌是明摆着的，只是因为太上皇乾隆的庇护，和珅才有恃无恐。乾隆一死，和珅的倒台便只是时间问题了。但尽管如此，王念孙的一道奏章仍旧功不可没，因为他摸准了嘉庆的一块心病：先帝尸骨未寒，就迫不及待地杀他的宠臣，会给天下人落下不孝的名声，《论语》中不是有"三年无改"之意么？那么，就给皇上找一条理论根据好了。且看王念孙在弹劾和珅的奏章中是怎么说的：

> 臣闻帝尧之世，亦有共骧，及至虞舜在位，咸就诛殛。由此言之，大行太上皇帝在天之灵，固有待于皇上之睿断也。

这个王念孙不简单，他这么一比附，和珅就成了上古时代的奸臣共工和骧兜，而乾隆和嘉庆则无疑是帝尧和虞舜。打倒和珅，嘉庆只不过是按既定方针办，完成先帝的未竟之志而已，不这样干倒反而是大大的不孝了。这下和珅的脑袋还保得住么？

当官其实并没有太大的学问，无非是揣摩上司，投其所好。以王氏父子的智商，他们都可以在官场上玩得相当潇洒。但他们不愿把过多的精力泡在那里面，而要用于做学问。训诂也是一种揣摩，只不过这种揣摩需要学富五车和矢志不移，一般的官僚自然没有这样的根底；与之相伴的又往往是清贫和寂寞，这就更不是一般的官僚所能忍受的了。王氏父子的选择是基于一种睿智清醒的价值判断。历史也似乎感到官场上的芸芸之辈太拥挤了，有意要把两个完全可以有所作为的行政官员成就为学术界的一代宗师，让后代的文人学子在官僚面前也多了几分自信，不至于总是卑躬屈节看人家的脸色。

到王氏纪念馆参观的人不多，庭院里静得很，这没有什么不好。这里本来只是一处学者的憩息之地，本来就不是车马喧腾前呼后拥的所在，应该这样静的。就这么一所庭院，曾经包容和消化过那么多古奥深僻的诗书典籍，让浩浩茫茫的中国远古文化在这里变得清澈流畅，变成既可以濯吾缨、又可以濯吾足的沧浪之水，这就够了，用不着再有摩肩接踵的游人来捧场。如果也和别的旅游景点一样，一样的红男绿女，门庭若市，那就不是王氏纪念馆了。王氏父子生前向往的其实只是一处宁静的书斋。宁静不仅仅是一种外在的氛围，更是一种让千般意蕴渗发其间的世界。最伟大的精神总是宁静的，宁静是一种积贮和酿发，一种默默的冶铸，一种与浮嚣波俏悖然有别的大家风度。同时，也只有虔诚地膜拜历史和自然，善于总体地把握人生的思想者，才能从容地进入这一境界。

京城毕竟不是做学问的好地方，那里太嘈杂，又太死寂，一个学者的情怀在那里很难自由地吐纳。那么就乘上官船，沿着大运河南下，回老家住几天吧。中国的士大夫大抵都把衣锦还乡作为一种很风光的事，但王氏父子只不过是为了寻找一处宁静的后院。事实上，他们有相当一段人生是徜徉在这后院里的。在中国文化史上，高邮西后街的这座庭院其实比京师堂皇的王氏官邸更具光彩。今天我们漫步其间，仍能感到200多年前那种流溢着书香的宁定和超逸。这中间，虽然世事沧桑，故居的大宅深院只留下了几处破壁苍苔，但那种气韵却一直深潜在庭院的每个角落。在这里，你会想到淡淡的月色，树影婆娑生姿，秋风轻轻拂动着主人背后的辫梢，他踏着沙沙的落叶向前走去。

这是闲散的时刻，他把京城的呵斥和哄闹扔在一边，把那汗牛充栋的典籍扔在一边，独自享受着这片刻的优游。于是他来到了这口古井旁，此地甚好！如果说后院是宁静的，那么这里则体现着宁静的深刻和理性。他或许要在井栏四周盘桓少顷，或许会留下一些关于人生的思考。是的，就这么一口古井，它深潜不显，平朴无争，自觉地收敛了突兀的外部张扬。它生命的价值在于地层的深处，在于深处那千年不枯的水脉和一方安闲静谧的小天地。那是一方深邃而充满活力的天地，但任何人也不会觉得它碍手碍脚，也不会招致那些猜忌和防范的目光；那又是一方同样可以领略天光云影的天地，但外界的凄风苦雨却离它很远，或者说，它相当乖巧地避开了凄风苦雨的侵凌。你看，这该多好。

这口古井，至今仍然悄悄地藏匿在故居的一角。王氏纪念馆本来就门庭冷落，到这里来的游人就更少了。虽然是早春的下午，斜阳也有了些许暖意，但景况却很萧索。我抚着井栏向下看去，冥冥深处的一汪清泉泠然无声，仿佛一只幽怨的眼睛正怅望苍天，那是一种压抑已久喷薄欲出的幽怨，真令人不寒而栗。在这一瞬间，我突然想起了现代物理学中的一个名词：黑洞。黑洞不是空洞无物，那是一个超级星体在抵达演化末态时的畸形坍缩，坍缩的引力凝聚了巨大的物质和能量，甚至连光线也不能逃逸。那么，这口百年古井中究竟凝聚着什么呢？难道是那穿透世纪的幽怨么？

三

王氏父子的一生都在京城的官邸和高邮的故居之间奔波徘徊，往往是官运相当畅达时，却急流勇退，回到故居的书斋里做学问；学问做得很投入时，又不得不打点行装去京城做官。在有些人看来，这或许相当不错。但对于两个纯正的文人，这毋宁说是一种尴尬。不难想象，官场人格和文化人格的冲突，是如何铸就了他们终身性的困顿。正是在那悄然归来的帆影和匆匆赴任的车轮背后，隐潜着中国文人的大悲哀。

乾隆四十年（1775年），王念孙考中二甲第七名进士，被选为翰林院庶吉士。"春风得意马蹄疾，一日看尽长安花"，这种万人期羡的风光历来被渲染得十分张扬。这一年，王念孙才三十岁出头，在翰林院堂皇的仪门下出入时，他有理由自负而潇洒。然而几个月后，这位新科进士却突然乞假归里，回到了高邮西后街的这座庭院。

为了探究当事人的心灵历程，我们不妨先走出这座庭院，稍稍巡视一下那个云蒸霞蔚和昏天黑地的乾隆四十年（1775年）。

乾隆是中国历史上福气最好的太平天子，但太平天子当腻了便要寻开心。乾隆一生最起劲的是两件事：一是做文人，一是杀文人。做文人的是他自己。就数量而言，这位皇上无疑是中国历史上最了不起的诗人，以他名义发表的诗词总数超过四万二千首，这是个相当惊人的数字，就算他生下来一落地就会写诗，平均每年也有五百多首。这中间究竟有多少出自圣躬我们且不论，单就这一点，便足以证明他是很推崇文人的，不然自己何苦硬要往那里面挤呢？杀文人虽然是从顺治四年（1647年）的函可《变记》案便开始了，其后历经康熙、雍正两代雄主，文字狱愈演愈烈，但真正杀得深入持久史无前例的还是乾隆。乾隆一朝，全国大小文字狱一百三十余起，真可谓砍头只当风吹帽，横扫千军如卷席。而从乾隆四十年（1775年）开始的那几年又恰逢杀得兴起，现在有案可查的文祸达五十余起。这是清代文字狱乃至中国古代文字狱的空前高峰，也是最后一个高峰。其中最具轰动效应的当数栟茶徐述夔《一柱楼诗集》案。

栟茶这个地名，人们肯定会相当陌生，但若是提起"清风不识字，何故乱翻书"，稍有历史知识的人立即会毛骨悚然地想到那场血雨腥风的文字狱。那场由微不足道的小事缘起，最后以一大堆人头和浩浩荡荡的流放者作结的文坛巨祸，就发生在这座小镇上。

栟茶和高邮同属扬州府，相去大致不远。案件发生时，王念孙已回到高邮，当他在书斋里疏证《广雅》时，外面的驿道上，成群结队的案犯正押解北去。冤鬼呼号，牵衣顿足，想来他是很难潜心入定的。

我们先来说说这个《一柱楼诗集》案。

事情的起因很简单，有一个姓蔡的无赖想讹诈徐家的田产，便以徐家曾私刻禁书相要挟，在当时的政治气候下，这种要挟是相当厉害的。徐家因确实藏有先祖徐述夔的《一柱楼诗集》，胆气便不足，只得赶紧把诗集包扎好送到东台县衙门，先占一个自缴的主动。又通过官府出面调停，让出有蔡氏墓地的十亩田产，以求息事宁人。徐氏本是官宦之家，又是栟茶首富，这样割地求和已经相当不容易了。岂知对方的目的原在于狠敲一把，哪里看得上区区十亩墓地？当下又跑到江宁布政使衙门投递控状。为了浑水摸鱼，他索性把东台县吏也作为徐家的庇护人一并打进去。这样，事情就闹大了。

这个徐述夔原是一方名士，乾隆初年中过举人，也当过七品知县。像好多读书人那样，官场不很得意，便将才气和情怀倾注于诗文。到了晚年，他把自己的苦吟所得编为《一柱楼诗集》雕版付印。一般来说，这是很风光的事。他根本不会想到，在他死后多年，这本诗集会惹出一场塌天大祸。

其实他应该想到的，早在康熙元年（1662 年），因庄氏《明史》案而被问罪的钱塘才子陆圻就对子女说过：终身不必读书。这样的忠告既令人心碎，也足以令人警醒。但中国的文人都是天生的贱骨头，你叫他不读书、不吟诗，真比杀了他还难受。徐述夔大小也算是个官场人物，偏偏就一点不识时务。

事情闹大了，那就查办吧。

查办并不困难。其一，徐家缴书在前，蔡氏告发在后，根据乾隆三十九年（1774年）下达的查办禁书的谕旨，只要主动呈书到官，即可免予追究。其二，诗集中有没有"悖逆言词"，也就是有没有辫子可抓，这是关键。一个失意文人的情怀小唱，无非吟风弄月，感时伤事，有些则纯粹是无病呻吟，似乎找不出什么违碍之处。

以上是江苏巡抚的奏报，基本上是实事求是的。但皇上并不需要实事求是，他需要的是一颗具有轰动效应的"政治卫星"。自乾隆三十九年（1774年）他通谕全国查办禁书以来，人虽然杀得不少，但那些首级大都不够分量，不足以震慑士子人心。很好，来了个《一柱楼诗集》案，作者是个举人；事情又恰恰发生在人文荟萃的江苏，拿来开刀，且杀他个桃红柳绿杏花春雨，给江南的才子们一点颜色看看。此案中又有官吏包庇的问题，这更合朕意，一并杀将过去，让封疆大吏们清醒清醒，看他们以后还敢空言塞责！

来人哪，刀斧伺候！

且慢，不是说徐家缴书在先，蔡氏告发在后吗？鸟用！谁先谁后，那只是枝节问题，无须纠缠。乾隆问道：为什么早不自首晚不自首，在知道人家要告发时才去自首？可见是存心匿书不报。于是，徐家自首无效。

不是说几首吟风弄月的情怀小唱，无关大碍吗？屁话！吟风弄月中难道没有政治？且看这两句："明朝期振翮，一举去清都。"这"明朝"就不消说了，自然是指朱明故国（果真不消说吗？）。至于"去清都"，乾隆又问道：为什么用"去"，而不用"上"清都，"到"清都呢？"去"就是除去，就是反清复明，用心何其险恶！

还有，诗集的校对者叫徐首发、沈成濯。首发，头发也；成濯，语出《孟子》，"牛山之木，若彼濯濯"，凋落也。首发，成濯，孤立地看并无深意，但若把两人的名字连起来，便成了"首发成濯"，自然是"诋毁本朝剃发之制"。乾隆再问道：为什么徐首发不同别人合校，偏偏要找这个"成濯"联手，这中间大有文章，两人显系逆党无疑。

这个乾隆，真不愧是诗词产量达洋洋四万余首的"文章巨擘"，能把中国的语言文字玩得这样随心所欲，造化无穷；也不愧是人海之中取书生首级如探囊取物的超级杀手，能问出这样具有政治杀伤力的"为什么"。毋庸置疑，在我们文明古国的历史上，能问出这样高水平"为什么"的，乾隆大帝即使不是千古一人，也是千古几人之一。

可以想见，在这一连串泰山压顶般的"为什么"之下，那些卑微羸弱的文人是何等诚惶诚恐、噤若寒蝉。要知道，当乾隆在问这些"为什么"时，也许那御案上还放着他墨迹未干的诗稿，一个自己也在苦吟"平平仄仄仄平平"，以至不惜遣人捉刀代笔往文学圈子里钻的人，怎么会这样恶作剧地作践文字、作践文人呢？若笼统归结于一种近乎神经质的政治敏感，这固然是不错的。但在我看来，深层次的心理动机恰恰是一种铭心刻骨的自卑，以及由这种自卑而生发的嫉妒，感到自己这方面不行，才猜忌和作践比自己行的人。试问，唐明皇会猜忌文人吗？他文采风流，诗书琴棋无所不通，和当时第一流的文学艺术大师们坐在一起，也照样可以进行层次不低的对话，他自信得很，用不着去暗算人家。正是在这种宽松的气氛下，李白才能笔下生辉，流出那样文采瑰丽的《清平调》。你看诗人在皇上面前何等放浪形骸，一会儿要这个脱靴，一会儿又要那个磨墨，架子搭得够可以的了。平心而论，那三首《清平调》在满目辉煌的《李太白全集》中，虽算不得上乘之作，但其中的"借问汉宫谁得似，可怜飞燕倚新装"倒是很有点讽喻意味的。以玄宗的文学素养，不可能看不出。但他只是一笑置之，照样给他官做，给他酒喝，可见当时的文人不仅自由，甚至有点"自由化"了。应该感谢大唐天子那宽容而温煦的一笑,因为,正是那种相当"自由化"的宏观环境,孕育了恢宏瑰丽、气象万千的盛唐文化,让中华民族的子孙能够千秋万代地为之神采飞扬。

就文化心态而言,清初的爱新觉罗家族显然比不上李唐王朝那样洒脱放达。他们是从白山黑水的蛮荒之地走出来的,入关以后,虽然也把汉文化奉为正统,潜心研习,但正如胡适所说,那只是"一个征服民族迅速屈服于被征服民族的文化"。既然是"屈服",便带有相当程度的不得已。例如,多尔衮一介武夫,又不通晓汉文,却和当时颇富文名的桐城派诗人李舒章过从甚密,因为李曾替他"捉刀"写过著名的致史可法的劝降书(李舒章把那封劝降书玩得相当不坏,几乎可以作为诡辩术的范本)。而多尔衮的侄子顺治刚开始执掌朝政时,竟看不懂向他呈递的汉文奏折,因此,他不得不以极大的毅力学习汉文化,这位少年天子后来甚至对中国的小说、戏剧和禅宗佛教文化也有相当的兴趣。这样,到他二十四岁病故时,居然留下了十五部以汉文撰写的著作。但"屈服"是一回事,真正做到同化却不那么简单。和从小就泡在章句小楷中的汉族士大夫相比,乾隆及其先人们终究只能算是半吊子。"皇帝挥毫不值钱,献诗杜诏赐绫笺。千家诗句从头起,云淡风轻近午天。"这是雍正初年文人汪景祺的几句诗,他显然很看不起这种"半吊子"。皇帝的诗文"不值钱"怎么办?杀人!你比我行,杀了你,我不就是天下第一吗?拿破仑的个子有点委屈,面对一位身材比自己高得多的将领,他说得很干脆:"我和你的差距只有一个脑袋,但是你如果不服从我的指挥,我可以马上取消这种差距。"砍掉人家的脑袋,以求得平等,甚至让自己超出,就这么一种心态。

《一柱楼诗集》案的结局是可以想见的。徐家满门被祸,杀头的杀头,流放的流放,那年头此类事太多了,操作起来相当熟练。跟着倒霉的还有一大批官吏和与诗集有关的人。徐述夔及其儿子已死去多年，仍按大逆凌迟律，锉碎其尸，只留下首级挂在城门上示众。当年，那个讥讪皇上诗文"不值钱"的汪景祺被杀后，其头颅在北京宣武门外的菜市口整整挂了十年，直到雍正驾崩，才得以取下来归葬。徐述夔父子的头颅究竟挂到什么时候，史无记载，但大概总要有些时日的。两颗书生的骷髅就这样高悬在城门上，日日夜夜地昭示着圣明天子的文治武功。

这是乾隆四十三年（1778 年）的十一月，王念孙回到高邮已经三个年头了。高邮是古运河畔的重要驿站，由江南北上进京的必经之路。江南文风腾蔚，那里的文人也因此格外被皇上所猜忌。这几年，江南的文人犯了事，从这里押解北去的络绎不绝，王念孙实在看得太多了。时令已是深秋，芦荻萧萧，有如祭烛千丛；水天苍苍，恰似惨白的尸布。王念孙长叹一声，更加深深地埋进后院的书斋里。

四

遗憾的是，在关于《一柱楼诗集》案的材料中，我一直没有见到那两句人们广为流传的"清风不识字，何故乱翻书"，这大抵由于我无法看到全本的《一柱楼诗集》，全本早已被作为"防扩散材料"而付之一炬了。我只能从封疆大吏们小心翼翼的奏报和皇上雷霆震怒的朱批中有所窥测，而那些"违悖"词句，无论是在奏报或朱批中都不可能透露得太多。当然，也可能根本就没有这两句诗，只是人们的一种误传。误传自有它深刻的历史必然性，当时的统治者对"清""明"这样的字眼，其敏感几乎到了神经质的程度，而文人又喜欢吟风弄月，一下笔，风则"清"风，月则"明"月，都是千百年来写熟了的套路，这样，在"清风明月"下无意丢了脑袋的文人自然不少。金圣叹临刑前感慨道："杀头，至痛也，而圣叹于无意中得之，亦奇。"那么，无意中因一句"清风明月"而得之，则大概可以说得上风雅了。

乾隆四十六年（1781年）发生的《忆鸣诗集》案，是"清风明月"的一种变奏。"忆鸣"不就是"忆明"吗？这还了得！光凭这两个字，就足够杀个落花流水的，何况诗集中还有"明汝得备始欣然"这样的句子。其实只要看看诗的题目《题扇头美人》，便可以知道属于所谓的香奁诗，是文人的一种艳情趣味。但香奁艳情怎样写都可以，写得玉体横陈也无妨，像韩偓笔下那样"扑粉更添香体滑，解衣微见下裳红"，直可以写出那种"滑"的抚摸感和"红"的色彩感都无妨，为什么偏偏要触犯那个"明"字呢？这种咎由自取也许太残酷了，本来只是有点小无聊，对着团扇上的美人怜香惜玉，结果却把自己的妻妾女儿都一并推进了火坑。那时候，一旦抄家问罪，男人们倒也罢了，无非是杀头流放，至多也不过凌迟。最痛苦的还是女人。顾炎武诗中的"北去三百舸，舸舸好红颜"，大概就是罪臣的妻女。通常的发落是"给披甲人为奴"，对于这些千娇百媚的大家闺秀来说，其屈辱和痛苦是可以想见的。在这里，我又得说到那个汪景祺了，汪被"立斩枭示"以后，其妻亦连坐发往黑龙江。这位贵妇人据说是大学士徐本的妹妹，"遣发时家人设危楼，欲其清波自尽，乃盘蹙匍匐而渡，见者份之"。凄惨之状令人目不忍睹。我们无须责怪家人的残忍，因为这种残忍实在浸渍了太多的无奈和悲怆，一个弱不禁风的名门淑女，与其让她远流朔北，去承受那永无尽头的蹂躏和凌辱，还不如让她一死了之，落得个干干净净的名媛之身。因此，清波一跃无疑是一种诗化的解脱。在这里，黑色的残忍演化为相当真诚的超度，而搭建在江边的那座危楼，倒反而辐射着人性和人情的温煦。我们也无须责怪女人的苟且偷生，她或许只是想在北去的途中，有机会再看一眼丈夫挂在京师的头颅，日丽风和，天阴雨湿，那头颅仍然是旧日容颜么？

写到这里，我不得不停下笔来，稍稍抚慰一下战栗的心灵。这就是文字狱，一种极富于中国情调的文化现象。当一个弱女子在江边的危楼上"盘矍匍匐"，走向漫天风雪中的屈辱和苦难时，这是多么惊心动魄的悲哀。我至今不能理解"见者份之"的"份"该做何解释，查阅了《辞源》也仍然不得要领，只能想当然地理解为"岔"的通假字。如果容忍这样解释，那么，这些围观者是不是太残酷了一点呢？至少他们是应该有几分哀怜的。而且，在我看来，那些"见者"中，肯定会有相当一部分是文人，目睹了这样的场景，他们还能狂傲得"天子呼来不上船"吗？还能执著得"语不惊人死不休"吗？还能豪放得"淡妆浓抹总相宜"吗？还能婉约得"衣带渐宽终不悔"吗？还能闲适得"采菊东篱下，悠然见南山"吗？统统不能，他们只能战战兢兢地交出自己的文化人格，猪狗般蜷曲在专制罗网的一角。

做出这样的结论，绝不是我的主观臆断，而是对一代又一代文化菁萃和士人风骨无可奈何的祭奠。上面说到的那桩《忆鸣诗集》案，在一大堆杀头流放者后面，还跟着一个为诗集写序的查慎行，但案发时，其人已死去多年。说来可怜，查慎行后半生一直谨小慎微，但死后仍脱不了一个"倒霉鬼"的下场。想当初，这位宁海查家的贵公子何等风光，他受学于名满海内的大学者黄宗羲，诗文和人品都相当奇崛。康熙二十三年（1684 年），当时还叫查嗣琏的他，便"钦赐"进士出身，入南书房行走，相当于皇帝身边的机要秘书。南书房历来是个万人瞩目的干部学院，在这里韬晦几年便可以飞黄腾达的。却不料无意之中触了霉头，他的一位朋友为庆贺自己的生日在家里设宴，并演出自编的《长生殿》传奇。酒也喝了，戏也看了，这一班文人都有点头脑发热，没想到当时正值皇太后去世的"国丧"期间。结果，查嗣琏和在场的观剧友好全被革职拿问，担任编剧的主人和那一班演员的下场就更不消说了。

这是中国戏剧史上的一次大事件。那位做生日的主人，即清代剧坛上被称为"南洪北孔"之一的大戏剧家洪昇。查嗣琏虽然是个配角，他的悔恨却是可想而知的。他从此退隐故里，并改名慎行，字悔余，寓有"痛悔之余，谨言慎行"的意思，有人写诗揶揄道：

> 竽木逢场一笑成，
> 酒徒作计太憨生。
> 荆高市上重相见，
> 摇手休呼旧姓名。

仅仅是"摇手休呼旧姓名"么？更重要的是，昔日那个傲骨棱棱、风采熠熠的传统士人的影子已荡然无存。这以后，作为"过来人"的查慎行便有如初进贾府的林黛玉一样，处处存着小心。但小心也没用，到了雍正四年（1726年），他弟弟查嗣庭典试江西，因试题涉嫌谤讪被拿问（这件事后来被人们演绎成相当离奇的"维民所止"案，与事实相去甚远）。慎行一支亦阖门被逮，锁押解京，后因得到鞫审大臣回护，才幸免于难。当时的人们深有感慨，认为查慎行之所以能脱身奇祸，皆因为能适时掉首于要津，但他们哪里会想到，若干年以后，冥冥黄泉之下的查慎行，却因为又一桩文字狱而成了名副其实的"倒霉鬼"呢？

我们无法知道查慎行在退隐期间是如何打发时日的，但肯定不会写诗著文（偶尔给人家的诗集写一篇小序大概是例外），即使像别人揶揄他的那种打油诗也不会去凑热闹的。"避席畏闻文字狱，著书只为稻粱谋"。到了龚自珍那个时代，文字狱已经基本结束了，他的这两句诗应当带有痛定思痛的结论色彩。但是像查慎行这样的书香门第，似乎还用不着自己去做稻粱之谋。一个文人，总期望能有所建树，在青史上留下点什么。经过短暂的消沉以后，所谓的文化意识便悄悄地苏醒过来，这种文化意识植根于读书人冥顽不化的优越感：我们在精神上最高贵的一群，总不能就这样无所事事地混日子吧。既然不敢从事敏感的经世致用之学，不敢吟诗著文，甚至不敢研究历史，不敢读书，那就只有远离现实的文网，钻进泥古、考据的象牙之塔，用死人的磷火来照亮活人的精神世界。起初，这只是一种无可奈何的个体性追求，但几代人的无可奈何渐次演化为一种历史的自觉，络绎不绝的个体性追求，终于汇聚成一个时代的整体性功业。于是，万马齐喑中崛起了一座奇峰秀挺的文化景观，这就是中国文化史上的乾嘉之学。只要看看这一串熠熠生辉的名字，后代的任何一位文化人都会肃然起敬的：惠栋、戴震、段玉裁、龚自珍、魏源……

当然，还有高邮西后街的王氏父子。

五

面对着乾嘉大师们超拔卓绝的建树，后代的文化人心情比较复杂。

在高邮的王氏纪念馆里，陈列着诸家名流的题咏，其中有这样一首：

> 平生讲话喜夸张，
> 到此锋芒尽收藏。
> 莫道如今拘促甚，
> 此是乾嘉大师乡。

一位生性狂傲的老教授，到了这里居然连话也不敢讲了，那是怎样一种震慑心灵的崇拜！他是河南大学的于安澜教授，年过八旬，是由人搀扶着来到高邮瞻仰王氏故居的。从中州风尘仆仆地南下，对于老教授来说，这恐怕是他有生之年最后一次远足。他是用自己生命全部的意志力来朝圣的。

同样是朝圣，另一位老教授的题咏似乎更耐人寻味：

为仰大师行万里，
白头俯作小门生。

这似乎是一幅古意翩然的水墨画，气韵相当不错。但真正有意思的是题咏上的一枚闲章，曰："我与阿 Q 同乡。"作为著名的园林建筑专家，陈从周教授的闲章大抵不会少，为什么单单选中了这一颗呢？难道仅仅为了标明自己的籍贯？或仅仅是一种幽默的噱头？恐怕不像。站在这里，他的心境可能比上面的那位要复杂一些，在仰慕和崇敬中是不是蕴含着某种苦涩和酸楚，我不敢妄加揣测。

这种苦涩和酸楚，至少我是体验过的。

那一年我在鲁迅文学院进修时，听北京大学吴小如先生的古典文学。吴是名教授，讲课如行云流水，毫无学究气，却于平白晓畅中见韵味，让在下等听得如痴如迷，可见真正有大学问的其实用不着卖弄辞色。在讲《战国策》中的《触龙说赵太后》时，顺便提及一桩文字公案，即清代乾嘉年间的大学者王念孙用大量确凿的证据考定，原文中的"左师触詟愿见太后"应为"左师触龙言愿见太后"，原因很简单，人们把"龙言二字误合为詟耳"。王念孙的考证纠正了沿袭两千多年的一个错误，但在当时由于缺少权威性的证据，只能作为一家之言。1973 年，在马王堆三号汉墓出土的帛书中，人们发现果然是"触龙"，不是"触詟"，这才想起两百多年前王念孙父子的考证。讲到这里，一向不假辞色的老教授突然做出了一个相当强烈的姿态，喟然感叹道："把学问做到这种地步，王念孙父子不简单！"

吴小如教授的感叹，我至今历历在目，那神色和语调中流溢着史诗般的激情和高山仰止的崇拜。这种崇拜不仅是面对着一种超拔卓绝的建树，更是面对着一种人生风范。恕我浅薄，在此以前，我还从未听说过王念孙和王引之这两个名字。但自那之后，尽管岁月蹉跎，风尘垢面，宠辱无常的人生际遇使人很容易健忘，这两个名字却很难从我的记忆中消失了。课后，同学中有人曾感慨地提到另外两个名字，这两个名字维系着一段全世界中学以上文化程度的人差不多都知道的科学史话。19世纪中期，法国的勒维耶和英国的亚当斯根据天体力学的理论进行推算，肯定了太阳系中另一个行星的存在。若干年以后，借助于望远镜的进步，人们果然在轨道上发现了那颗行星，它被命名为海王星。王氏父子和这两个外国人大体上生活于同一时代，他们的科学发现客观上似乎缺乏可比性，但是就其在各自的领域所达到的超越性高度，就治学的精深严谨而言，都同样令人叹为观止。然而悲哀的是，除去在中国，除去搞古典文学中训诂专业的少数人而外，还有多少人知道王念孙和王引之这两个名字呢？

这种同代人的类比随口还可以说出一些。例如，当乾隆大帝祭起一连串攻无不克的"为什么"，罗织《一柱楼诗集》案时，当一群书生的后代身受凌迟哀号震天时，在遥远的欧罗巴洲，一个叫瓦特的青年刚刚捣鼓出了一种叫蒸汽机的玩意，给这个世界带来了一种不同寻常的喧闹。例如，当王念孙钻进书斋，开始著述《广雅疏证》时，他绝对没有听到法兰西人攻占巴士底狱的欢呼和宣读《人权宣言》的朗朗之音。还有……

这样的类比给人太多的感慨，人们有理由提出这样的设想：以乾嘉学派中那一群文化精英的智商和治学精神，如果让他们去捣鼓蒸汽机和轮船，发明电灯，研究《人权宣言》，中国将会是什么样子呢？

在这里，我丝毫没有对乾嘉大师们不恭敬的意思，他们中的不少人，即使放在中国文化史的长轴画卷中，也堪称第一流人才；他们所达到的某些高度，后人几乎无法企及，因为从个体上讲，他们有着后人无法企及的学养和毅力，在这种学养和毅力面前，我们永远只能诚惶诚恐，顶礼膜拜。我只是觉得，从宏观上看，他们的色彩似乎过于单调，因为他们毕竟生活在那个色彩相当繁复亦相当辉煌的 18 世纪和 19 世纪。这种单调当然不能由他们自己负责，更何况，他们中已经有人在大声疾呼了：

> 九州生气恃风雷，
> 万马齐喑究可哀。
> 我劝天公重抖擞，
> 不拘一格降人才。

龚自珍是很有历史眼光的，只可惜他死得太早了一点。在我看来，如果让他再活上二十年，中国近代的思想史和洋务运动史都不会是现在这个样子。

王引之卒于道光十四年（1834 年），谥号文简。给谥号并不是因为他文化上的建树，而在于他当过几任中央的部长，是一种政治待遇。那时儒臣的谥号大都用这个"文"字，皇上只是信手拈来，并没有什么深意。

王氏生前交谊落落，相知多在文人的小圈子里。早在嘉庆二十三年（1818 年），当时的浙江和云南乡试都以"清榜"而闻名全国。两位主考官亦声誉鹊起，他们一个是王引之，一个叫林则徐。两人同在翰林院任过事，又都是干练而清廉的文人，自然声息相通，算是比较谈得来的。

王引之死后不久，林则徐领钦差大臣衔去广东禁烟。这位以饱学睿智著称的清廷干员，此时对西方世界也几乎一无所知。为了通晓

126

"夷情"，他到达广州越华书院钦差行辕的第一桩事，就是尽可能地搜集外国人用中文编的每一种出版物，摘录其中有关外国情况的点滴资料，然后整理成"内参"附在奏章中送给道光皇帝御览。这些鸡零狗碎的资料竟荣幸地成为中国人真正用功夫研究世界的最早文献。而就在道光皇帝一边呷着香茶，一边漫不经心地翻阅这些从传教小册子、商务指南和中文日报中摘录的"内参"时，大英帝国的三桅战舰正耀武扬威地鼓帆东来，鸦片战争的阴云已经笼罩在南中国海的上空……

时在1840年，距乾隆皇帝发问那些"为什么"大约七十年，距王引之去世才六年。

百年孤独

一

　　我现在寓居的这座小城历史上是隶属于常州府的。但说来可怜，常州于我的印象，似乎只有火车站周围那一圈逼仄的天地，以及从车窗里所能领略的远近参差的屋脊。那几年，我在南京进修，来去都在这里换车，火车和汽车交接的时间一般都衔接得很精确，上下匆匆，狼奔豕突，很少有驻足观光的闲暇。常常是星期天的晚上，我背着只马桶包，在苍茫的暮色中闪下公共汽车，又轧上开往南京的夜行列车，刚刚喘过气来，常州已成了灯火迷蒙的远景。有时遇到不巧的事，也会在车站上给常州的朋友打个电话什么的，却从未进入这座城市的深处探访过，更不会想到自己脚下的铁路和手中的电话曾经与一个常州人有过什么关系。

　　但近年来，这个常州人却总是来撩拨我。翻开中国近代史，他的名字一次又一次地在我的面前停留，渐次化为翩翩的形象，那大抵是拖着一条长辫子，在天津、上海和汉口的租界里和洋人彬彬有礼地握手寒暄；或顶戴花翎，朝仪整肃，袖子里藏着大宗的银票，在京城的官场中趋前避后地打躬作揖。在他的身后，出现了中国最早的铁路、轮船、矿山、电报、银行和大学，中国的近代史也因此增添了几分别样的喧闹和色彩。人们也许没有注意到，无论是在租界里和洋人讨价还价，还是在官场上钻门子通关节，他都操着一口浓重的常州方言。

这个常州人叫盛宣怀。

现在，我终于走进了常州城，来探访盛宣怀的遗迹。我觉得这应该不困难，特别是在当今这个"名人大战"风起云涌的年代，这种探访简直无异于一趟如登春台的旅游，肯定会相当潇洒。更何况我还有好几个祖籍常州的作家朋友。

"叫盛什么？"

"盛宣怀，宣传的宣，关怀的怀。"作为常州人，而且是文化圈子里的。他居然不知道盛宣怀其人，这很使我惊讶。

"没听说过。"他摇摇头，仿佛面对着一个蓦然闯入而又神经兮兮的问路者。

也许是出于一种相当微妙的考虑吧，例如他也盯上了这个盛某人，想写本人物传记之类的畅销书，担心我捷足先登，在如堕烟海的茫然背后，其实隐潜着不便言说的封锁和垄断，这种心理在文人之间并不鲜见，也是完全可以理解的。我只得告诉他："我只是想写一篇小东西，其中涉及这个人物，并不想在他身上做什么大文章。"

"没听说过。"他又摇摇头，看得出，他的迷惑相当真诚。

他当然不能提供什么有价值的资料，只是帮我从新编地方志的"人物卷"中找出了这个名字，下面有几百字的生平简介，这种一般性的常识我肯定不需要。

对盛宣怀莫名陌生的人，我的这位作家朋友远不是最后一个。我步履艰难地穿行在常州的大街小巷中，那景况便如同走进了一座原始部落去探寻火星人的遗迹。面对我不屈不挠的打听，不同身份的人都表现了几乎同样的迷惑："叫盛什么——没听说过。"

没听说过。一个从常州走出去的，中国近代史上三井、三菱式的经济巨擘，常州人没听说过。

可能是因为常州出的名人太多了，光是清代以后，这里就走出了恽南田、赵翼、段玉裁、刘海粟、华罗庚等一批巨匠。历史上的常州学派、常州画派、常州词派和阳湖文派都曾经"各领风骚数百年"。这里的文章和书画档次相当高，无疑称得上是中华文化的瑰宝。"天下名士有部落，东南无与常匹俦"，龚自珍本身不是常州人，他对常州的这两句赞语应当是由衷的。但显而易见，这些人大都是文化圈子里的。吴地文风腾蔚，走出几个文化巨子并不奇怪，就连一个杂货店里的跛脚学徒也曾进行过名震世界的数学运算。像瞿秋白、恽代英这样以政治活动载入青史的常州人，也都带着很重的文人气质，他们逐历史大潮而出，挥手风雷，落笔华章，即使在中国现代文学史上，他们的名下也该有一段令人钦羡的书记。

常州大井头一带是繁华的闹市区，中联商厦、百货大楼、文化宫都集中在这里，近旁三十二层的购物中心正在打桩，彩色施工图上赫然画着海外某国的国旗，自然是中外合资的了。就在附近一条古朴的小巷里，我幸运地遇到了一位老人，他沉吟少顷，比画了个手势问道："盛家，是不是这个翘脚盛？"

我大喜过望，预感到曙光就在前头，连忙重复着他那个手势："正是这个翘脚盛，你记得在哪里？"

"在中联商厦的旁边，鲜鱼巷对过，原先是一座很深的院子，前后总共八进。大门前——就是周线巷头上那一片——旧时叫盛家场，拴马桩都是石头的。铺地的方砖哟，这么大——我领你去看看。"

我终于找到了盛宣怀的故居，但眼前只有一片废墟。幸运的是，那一圈围墙里，居然嵌砌着两块汉白玉石础。老人告诉我，这石础就是当年盛家门柱下的，而对面那片偌大的空地，就是称为盛家场的了。

我用步子量了一下，两块柱础间的距离为九步，大约二丈有余。

"都没有了，早就拆光了。"老人连连摇头，唏嘘不已。

但有了这两块柱础，再加上一个盛家场的旧名，当年盛家的排场已经可以想见。那时候，盛宣怀还乡时，绿呢大轿就是从这里抬进去的，他掀起轿帘，望着老家残缺的照壁，该会想些什么呢？是衣锦还乡的荣耀，人世沧桑的感慨，还是旅途见闻的反思，或者干脆什么都不是，只是在心底里疲惫地叹息一声：唉，终于到家了！在那个时代，沪宁铁路还没有修，他从北京、天津或上海回来，大抵都是乘船的。官船沿着古运河迤逦而下，扬帆操棹，桨声欸乃，构成一幅中世纪相当典型的远行图。但船舱里的主人却并不悠闲，在浪拍船舷的絮响中，他踌躇满志地构想着关于铁路、轮船和电报的大事情。官船走走停停，终于拐进了常州的水巷。在盛家故居的对面，至今仍有一条叫老北岸的小街，想必当年是有河道的。官船靠岸了，盛宣怀沿着河埠头拾级而上，坐进绿呢大轿。官轿沿着小巷，在暮色中拐弯抹角地穿行，小巷的石板刚刚用水冲洗过，透出湿漉漉的冷色。今天我站在这里，似乎仍能听到一个多世纪以前，那轿夫的脚步敲在石板上的回响。

据说盛宣怀很少回常州老家，即使回来也来去匆匆，大概他觉得把那么多时间扔在官船里实在不值得。

该走进围墙去看看了。

其实真没有什么可看的，旧日的大宅深院早已荡然无存。一队建筑工人正在瓦砾堆中钻探地基，从已经挖开的几处缺口，可以看到地层深处老墙的基石，大块大块的条石垒得很深，石缝口悠悠地渗出三合土的灰浆，条条缕缕犹如化石一般，那是当初用桐油、糯米汁与洋灰搅拌的混合物。一般来说，旧式的庭院并没有什么高层建筑，这样坚固的地基足以承载大院内森严的高墙和精致的屋宇，承载如山的粮仓和充栋的诗书，承载一个大家族内每个成员的喜怒哀乐和生生死死，承载鲜花着锦般的兴盛和无可奈何的没落。令人惊异的是，在地层以下，条石的夹缝中，竟顽强地盘踞着一棵老树根，树干估计在建房以前就砍去了，但历经百年，地底下的根蔓却并未朽没，用指甲一掐，里层还露出生命的质感。

面对着这样深厚的墙基和盘根错节的老树根，我好一阵发呆。

二

19世纪60年代末期，充斥于中国历史年表的不外乎两桩大事，一为洋务，一为教案。一方面是士大夫们痛感于中国积弱积贫，大声疾呼"师夷长技以自强"，连清政府也不得不放下"天朝上国"的架子，把对西方国家带有蔑视意味的"夷务"一词悄悄地改作"洋务"；一方面却是民众的排洋情绪日益高涨，烧教堂、杀洋人，此伏彼起，每一次事件，清政府都得向列强赔礼赔钱赔人头，伤透了脑筋。请看：

1868年4月，台湾教案；8月，扬州教案。

1869年1月，酉阳教案；6月，遵义教案；11月，安庆教案。

1870年6月，天津教案。

单说最近的这次天津教案，事情也实在闹得太大了，一举打死了二十名外国人，烧了法、英、美等国的教堂和育婴堂，连法国领事馆也被付之一炬。事情发生后，列强以炮舰云集津门，向清政府提出最后通牒。清政府慌了手脚，急令在保定养病的直隶总督曾国藩赴津查办，旋又派李鸿章会同办理。这种"查办"的结局是可想而知的，天津知府、知县被莫名其妙地革职充军，又向洋人送上二十颗平民百姓的头颅，外加白银五十万两。曾国藩的这种处置引起了朝野不少人的非议，正巧这时南京发生了"张文祥刺马"事件，清廷便把曾国藩挪了个位子——到南京去当两江总督，让李鸿章接任直隶总督兼北洋大臣，驻节天津。

这本来只是清代官场中一次由一系列偶然因素促成的人事变动，但对于中国近代史上的许多大事和一些人物的命运来说，这次人事变动却至关重要。

李鸿章来到天津是 1870 年（同治九年）9 月间，在这以后不久，一个常州人走进了天津直督衙署。他叫盛宣怀，这一年他二十六岁，来投奔中堂大人谋差事。

这情景会使人想起一些潦倒落拓的文士，为生计所迫，走投无路，便怀揣着什么人的荐举信来叩门子，期待着能在权贵帐下当个师爷什么的，好歹混碗饭吃。但眼下的这个常州人似乎不属于这种情况。

他本来可以走向科场，去博取鲜花着锦般的功名。虽然两年前乡试落第，但这不要紧，他才二十六岁，来日方长，十年寒窗，一朝显达，这是不屈不挠的生命搏击，因为一个没有科举功名的白衣秀才，在官场上大抵很难有所作为，特别是盛氏这样的官宦之家，总是把由科举进入仕途作为人生最高构建的。

他本来也可以走向文场，做一个潇洒自在的名士。延陵古邑，有的是文人学子，交几个文友，每日里诗酒往来，就像大观园里的太太小姐那样，今天做个菊花会，明天填首柳絮词，曲水流觞，把酒投壶，何等风雅惬意。时间长了，把平日里唱和酬酢的诗文拢在一起，刻一本诗钞或文集，也不算辱没了先人。

他本来还可以走向妓院赌场，像好多世家子弟那样，领略人生的另一种风光。他有这样的条件，父亲做过多年的湖北督粮道，这是个肥得冒油的差事，这些年聚敛的财富实在可观，守着这么一份大家业，足够他挥霍的。"人间万事何须问，且向樽前听艳歌。"狎妓则倚红偎翠，豪赌则一掷千金，做一个及时行乐的大家阔少。

但这个常州人走进了直隶总督的衙署，他怀里揣着一份《上李中堂书》，洋洋洒洒地提出了关于兴办路矿、电线、轮船等应时问题。

这时候，大抵天津教案刚刚平息，事情虽然过去了，人杀了，银子也赔了，但作为"会同办理"的李鸿章，心头恐怕别有一番滋味。杀几个不明事理的小民百姓固然无所谓，但总是向洋人赔银子终究不是办法。"十赔九不足"，人家的胃口越来越大，长此以往，还不把大清国都赔光了？李鸿章的这种心态，在当时的士大夫中具有相当的代表性，连残暴昏聩的西太后也感觉到这一点。请听听她与曾纪泽（曾国藩之子）的一段对话。

曾纪泽："中国臣民恨洋人，不消说了。但需徐图自强，乃能为济，断非毁一教堂，杀一洋人，便算报仇雪恨。"

慈禧："可不是么！我们此仇何能一日忘记！但是要慢慢自强起来。你方才的话，说得很明白，断非杀一人烧一屋就算报了仇的。"

上上下下都在呼吁"自强"，作为中枢权臣的李鸿章更是忧危积心。但要自强就得办实业，而在当时的知识界中，真正热衷于实业的委实不多，他们热衷的仍旧是章句小楷，是做官。

这下好了，来了个叫盛宣怀的年轻人，又是自己的老朋友盛康的儿子。外间传说，李鸿章当年在南京参加乡试时考不出策论，是盛康抛了纸团给他才得以中举的。这虽然是无稽之谈，但通家之好却是事实。更重要的是，这个年轻人对办实业很热衷。

那就让他办实业吧，眼下就有一桩要紧的差事，创办轮船招商局。

若干年后，李鸿章曾用两句相当精当的话来评论盛宣怀，说他"欲办大事，兼作高官"，这确是触及了盛氏灵魂的底蕴。生活于那样的时代，那样的家庭，盛宣怀不可能挣脱儒家"治国平天下"的人生框范。而所谓"治国平天下"，不过是"做高官"的一种堂而皇之的说法。但他深知自己没有科举功名，不是正途出身，因此，沿着常规的官场升迁程序很难出头，便选择了先办"大事"，以"大事"谋"高官"的道路。现在看来，盛宣怀一生的全部悲喜剧，其根源盖出于此。

但不管怎么说，在盛宣怀出道之初，他是以一个办实业的商人，而不是旧式官僚的眼光来处事的。首先，他力主招商局商本商办，因为既为商人，便不能不注重经济规律，经济规律是一组咬契得相当精密而残酷的齿轮，一旦运转，便绝对排斥封建腐朽的官僚意志；若两相冲突，其结局不是规律被废弃就是官僚被吞噬消化。在这一点上，作为"会办"的盛宣怀一开始便与督办朱其昂发生了冲突，盛宣怀在给李鸿章的信中说得很清楚："朱守意在领官项，而职道意在集商本，其稍有异同之处。"他是说得委婉了些，因为"官本官办"与"商本商办"绝不仅仅是"稍有"不同。但朱其昂是他的顶头上司，他越级打小报告，措辞过分激烈就不聪明了，只能点到为止。反正他同时还附呈了一份"清折"，把"集商本"的见解阐述得很充分，这就够了。

果然，李鸿章毕竟是有头脑的，他肯定了盛宣怀的商本商办。不仅如此，在这以后不久，当一批湖南乡绅和旧式官僚弹劾盛宣怀时，李鸿章又用"不了了之"的官场故技保护了盛宣怀。而当时，李鸿章本人也正遭到来自各方面的非难，有一个叫梁鼎芬的翰林院编修奏他有"六可杀"之罪，指责李办洋务是劳民伤财，连带上对老母不孝也是弥天大罪之一。他请朝廷将李鸿章的罪状昭布中外，以明正典刑。这个梁鼎芬，就是那个辛亥革命后为了剪辫子让黎元洪很费了一番脑筋的腐儒，但那是后话，且搁下不说。好在李鸿章眼下圣恩正隆，一个翰林还参不倒他。

官方代表朱其昂很快就从招商局消失了，换上了盛宣怀力荐的唐景星和徐润，这两位都是买办出身的粤籍商人，而且都在香港厮混过，喝过洋墨水。在这次人事变动的背后，盛宣怀的商业人格体现得相当充分。在当时的中国，有实力登上工商舞台的无非是三种人：大地主、老牌商人和正规官僚，但这些人大抵具有根深蒂固的重农轻商思想，他们的出发点和归宿都是乡村中的一处庄园。地主老财自不必说，即使是商人和官僚，其终极目标仍然是广置田产，而经商和做官只不过是一种敛财的手段，一种人生的阶段性过程，最多也不过是一种使自己的理想境界社会化的努力。这些人的眼界极其有限，很难超越封建庄园的高墙。而买办商人则不同，他们是中国殖民化过程中新崛起的特殊群体，也可以说是列强入侵中国的一个私生子。他们不但在资本积累方面比传统商人有办法，而且通晓洋情，富于开拓和冒险精神，这无疑都是他们得天独厚的优势。

　　轮船招商局一时如日中天，业务范围从国内各港口陆续延伸到横滨、神户、吕宋、新加坡等地，并且在与洋商争利时打了几次很漂亮的大仗。甚至在送往大不列颠的《商务报告》中，英国驻华领事也失去了传统的绅士风度，惊慌失措于轮船招商局成了他们"贸易上的唯一劲敌"。但盛宣怀的人格悲剧也由此初见端倪。因为从一开始进入天津，他的双脚就踩在两条船上，而这两条船实际上是向不同方向行驶的。在官僚面前，他是精明练达的商人；在商人面前，他又是手握权柄的官僚，这是盛宣怀自己设计的理想模式。显而易见，这种模式中融入了大量中国式的封建色彩，吹牛拍马、钱权交易、朝秦暮楚、倚势凌人，凡此种种，都是健全的商业人格所绝对排斥的。他力荐唐景星和徐润，很大程度上是出于那种"第二梯队"的特殊心态，因为朱其昂毕竟是一个有背景的正牌官僚，而唐、徐二位只是纯粹的商人。除去纯粹的政客而外，干其他任何一行的"纯粹人"大都是不通权术的。果然，当中法战争爆发，招商局陷入困境时，盛宣怀从背后轻轻捅了一刀，唐景星和徐润便落荒而走，盛宣怀当上了总揽全局的督办。与此同时，他的官运也相当畅达，接连升任天津兵备道、山东登莱青兵备道兼东海关（芝罘税关）监督，后来又担任了天津海关道这一北洋关键性的职位，参与对外交涉和关税等重要政策的拟定与执行，离京师的殿阙只有一步之遥了。

离京师越来越近，但离中国最大的通商贸易都市上海却越来越远了，而轮船招商局的总部在上海。京师的官场喧闹而富于诱惑力，盛宣怀实在没有更多的精力去处理那些瞬息万变的商务行情。满腹的生意经在车轮和马蹄声中变得黯晦而疏淡。他把督理招商局的职责交由会办马建忠代行，自己则一门心思在天津当他的海关道，一边觊觎着京师的官场。停在天津北运河桃花口的盛记豪华官船三天两头便解缆西去，驶向皇城东侧煤渣胡同的贤良寺，那是李鸿章经常下榻的地方；驶向一座座王公贵族的朱门。对于马建忠来说，这本来是千载难逢的绝好机会，独揽大权，更待何时？但他偏偏不领情。事实上，马建忠并不是单靠招商局会办的头衔而在中国近代史上留下印记的，作为一名改良派的经世思想家和语言学者，他的名字都相当响亮，他的著作《适可斋记言记行》一书，可以作为分析他思想的重要依据。但奇怪的是，在这部记述一生行迹的著作中，他竟然只字未提招商局的事，这是否可以理解为他对盛氏招商局的评价有什么保留，就不得而知了。我们知道的只是马建忠一次又一次地电催盛宣怀南下，口气中甚至透出某种不耐烦。在他看来，盛宣怀根本不应该待在北方做官，而应该到上海来主持商务，这才是真正有意义的大事业，也是他的生命价值所在。中国需要的不是官僚，而是叱咤风云的一代巨贾。

但盛宣怀自己也没有办法，既然脚下的两条船加快了航速，又是朝着不同方向的，他只得暂时把一只脚稍稍抬起来。

三

但盛宣怀终于到上海来了，时在 1896 年（光绪二十二年）5 月。甲午中日战争的烟云已经飘散，随着北洋海军的定远号铁甲舰在刘公岛附近的海面上缓缓沉没，李鸿章的政治光芒也逐渐黯淡，作为李鸿章一手提拔的淮系干员，盛宣怀理所当然地面临着一场政治危机。

但命运给了他一次机遇，他抓住了。他和张之洞做成了一笔交易。关于这次交易的详情，我们不妨听听梁启超的介绍：

> 当时张所创湖北铁政局，经开销公项六百万两而无成效，部门切责。张正在无措之时，于是盛来见，张乃出两折以示盛，其一则劾之者，其一则保举之者。盛阅毕乃曰："大人意欲何为？"张曰："汝能为我接办铁政局，则保汝；否则劾汝！"盛不得已，乃诺之。

盛宣怀的这种"不得已"完全是故作姿态，既然官场这条船开始搁浅，甚至有倾覆的危险，那么，把脚重新踩到实业这条船上来，便成了他现实而明智的选择。张之洞让他接办汉阳铁厂，他何乐而不为呢？但半推半就的表演还是必要的，那是为了和对方讨价还价。果然，他来了：

> （盛）进而请曰："铁政局每岁既须垫赔巨款，而所出铁复无销处，则负担太难矣。若大人能保举盛宣怀办铁路，则此事尚可勉承也。"张亦不得已而诺之。

这下也轮到张之洞"不得已"了。

梁任公真是大手笔，寥寥数句，便把两个官场人物的心态勾画得惟妙惟肖，我们甚至可以体味到细瓷盖碗里袅袅飘逸的茶香和当事人那勉为其难的叹息。但读过这段文字，我们似乎没有更多的心绪去欣赏文笔的精当，因为一种博大的历史感悟在召唤着你，中国近代实业史上一桩意义深远的大事，竟如此平淡地发端于北京一家旧式公馆茶香氤氲的客厅里，发端于由威逼和利诱促成的"不得已"之中，发端于两个旧式官僚的讨价还价利益交换之后，这种发端毫无历史主动性可言，甚至缺少起码的神秘色彩。也许有好多在很大程度上影响历史进程的大举动，其发轫之初并不一定那样惊天动地，它也许只是一种由当事人的性格碰撞而偶然迸发的冲动，一种人生历程中的被动性退却，一种掺和着私利和卑劣的小小交易。该怎样评价1896年5月的这个日子呢？前些时看到一篇相当不错的文章，题目是《略论旧中国近代化过程中的三代核心人物》，其中的第一代即李鸿章和盛宣怀。青油轿车驶出了张之洞公馆前的深巷，轿帘挡住了燠热的夕阳，也挡住了京都的街谈巷议，中国近代民族工业蹒跚起步的最初情节，就隐藏在这辆渐去渐远的马车里。马蹄嗒嗒，车声辚辚，今天我们已经无法揣测盛宣怀当时的心态，但有一点是肯定的：李鸿章及其淮系集团的失势，无疑给盛宣怀的前程投上了浓重的阴影。中国的士大夫历来有一种规律性的心态，官场失势，或情场失意，或战场失败，都喜欢去做文章发牢骚，这时候的文章也往往写得格外出色。盛宣怀毕竟不是正途出身的官僚，他没有那么多的闲情逸致。官场失意，摘下顶戴花翎，掸一掸身上的晦气，跳槽到上海干别的去。历史将证明，常州城里的盛家阔少之所以成为中国近代史上的实业巨子，主要是在1896年以后，这是盛宣怀事业最为辉煌的时期，中国近代民族工业的奠基亦在这段时间，而这一切的直接起因，则是由于李鸿章的失势。对李鸿章这个人物的评价也许要复杂一些，他在19世纪末期的倒台，无论如何是晚清政治的悲剧。但如果不是这次政坛变故，盛宣怀大抵仍旧钻营于京师的官场之中，顺着官僚阶梯一级级往上爬。那么，中国只不过多了一个旧式官僚，却少了一个卓有建树的大实业家。祸兮福所倚，历史和人生的辩证法就是这样奇诡无常。

盛宣怀到上海来了。北京是一个闭塞的官场，虽说是冠盖如云，摩肩接踵，但一举一动都有规矩框范着，连李鸿章那样的一品大员，每次进京陛见前也要在家里练习跪拜叩头。上海却没有这许多规矩，上海只是个花哨而喧嚣的自由市场，这里有通宵不灭的洋灯和穿梭奔忙的蒸汽火轮；有西装革履的冒险家和长袍马褂的掮客；有医院、邮局、拍卖行、跑马厅、文明戏、新闻纸；有令外地人莫名费解的"康白度""拿摩温""咸水妹""水门汀"之类的洋泾浜英语。在这里，盛宣怀的商业人格得到了最充分的张扬，他创办和经营了中国规模最大的煤铁钢联合企业——汉冶萍煤铁厂矿公司；中国最大的纺织企业——华盛纺织厂；中国第一家自办的，也是唯一的电报局；中国第一家银行——通商银行和中国最主要的铁路干线。他还兴办了中国最早的天津北洋大学和上海南洋公学（这所学校即后来闻名中外的上海交通大学），再加上他先前经营的中国第一家自办的、也是最大的近代航运公司——轮船招商局，这些"最早""最大"和"第一家"，任何人只要能够沾上其中的一条，就宠誉非凡，足以称为奠基者或先驱了，而盛宣怀却当之无愧地统领风骚，这无疑是中国民族工业发展史上的一个奇迹。

　　坐落在跑马厅附近的盛氏寓所修葺一新，盛宣怀定一定心绪，在上海长住下来。北京的声音已经变得相当遥远，耳边只有喧嚣不息的生意行情。他很快就被十里洋场的景观同化了，怀里揣着瑞士钻石表，金丝眼镜是道地的法兰西产品，和洋人打交道时，也能用英语寒暄几句。当然，有时也免不了要到北京去走走，但他现在完全是站在商人的立场上讲话。有过官场经历的商人毕竟与纯粹的商人不同，他更善于利用权力的杠杆来达到自己的目的，更善于把经济活动融于政治交易之中。在关于汉阳铁厂的体制问题上，他的商股商办又遭到张之洞的反对，他就把意见直接捅到庆亲王奕劻那里。奕劻本是个颟顸庸碌的老官僚，但他贪财好货，在北京有"庆纪公司"之称，盛宣怀有的是银票，这样话就好说了。他还怕奕劻也说不通张之洞，又从旁献上一计："可否求钧署（即奕劻把持的总理衙门）托为西洋熟习矿务者之言以讽之，或尚及挽回。"也就是借洋人的力量来改变张之洞的不合理的做法。后来的论者往往据此抨击盛宣怀的买办嘴脸，恐怕很难令人信服。

作为企业家的盛宣怀在京城长袖善舞，周旋得相当潇洒。为了争取卢汉铁路的修筑权，他特地从国外订购了一部发电机孝敬慈禧，为她在颐和园内安装电灯，全部费用是白银十四万两。昆明湖畔，身穿燕尾服的洋技师指挥着一群小太监装机架线，忙得颠儿颠儿的，这情景很使人想起一些往事。这座即将华灯大放的皇家园林，不正是李鸿章当年从北洋海军的经费中抽出六十万两银子修建的吗？如今，北洋海军早已销声匿迹，而湖光山色中的园林却更有一番风光。另一件人们知之不多的往事是，与北洋海军差不多同时建立的广东海军中有一艘"广甲"舰，在甲午战争前执行的是中堂大人亲自下达的公差：负责由南方向朝廷运送"岁贡荔枝"。历史上送荔枝的故事往往没有好结局，"一骑红尘"的尾声是魂断马嵬。这样的联想或许令人警醒，或许令人颓丧，但盛宣怀不在乎，中国的事情就吃这一套，要干成一桩事，不放血能行？反正羊毛出在羊身上，不送白不送。他频繁出没于王公贵族的朱门，手面之阔绰，大有海派风度。

但商业人格却不允许盛宣怀介入政治纷争，商人的本质是实用，不管你帝党也好，后党也好，我统统不介入。因此，当康有为等人一次又一次地上书清帝、鼓吹变法时；当光绪在西花厅召见维新派头面人物，并"诏定国是"时；当各地督抚闻风而动，"朝野之条陈新政者，日数十起"时，盛宣怀却高卧沪上，做着他自己设计的强国梦，始终未就政体问题公开表露过任何看法。在他的奏折、电稿、函牍中，所涉及的尽是些经济和技术方面的政策性问题。他虽然偶尔也提一提"立宪"这个字眼，但其所说的不过是"立宪最重理财"。他考察日本归来，总结明治以后日本成功的经验，认为关键"全在理财得其要领"。盛宣怀只是个企业家，他脑子里只有资本和利润之类，或许在他看来，那些激动人心的变法纲领只是书生之论，在中国根本行不通，与其空谈新政，还不如实实在在修几条铁路管用；或许由于他有过多年的官场经历，对政治的险恶有某种预感。

盛宣怀的预感果然不差，1898 年 7 月 20 日上午，光绪帝在勤政殿召见来访的前日本首相伊藤博文，这位连做梦也在想着康乾盛世的皇帝也太天真了，居然要这位刚刚在战场上打败了自己的日本人献策改革中国，使中国尽快自强（就在前一天，同样天真的康有为也曾走访这位日本人，恳请他出面赞助新政）。但伊藤一点也不天真，他并不认为一个患软骨病的中国有治愈的必要，对于变法图强，只是闪烁其词，顾左右而言他。就在这时，有太监闯进来传旨，说太后召皇上速去颐和园。这一去，光绪就没有能再回到勤政殿来，慈禧把他囚禁起来了，热闹了一百零三天的新政悄然收场。

热闹也好，收场也好，盛宣怀还是一门心思忙他的实业。就在帝党沸沸扬扬地变法，以及后来后党血雨腥风地杀人时，盛宣怀与比利时银行代表团在上海签订了《卢汉铁路借款合同》，借款总额为四百五十万英镑，以本铁路及其所属一切产业为担保。差不多在同一时期，他又着手筹建"萍乡煤矿局"，开采江西萍乡安源煤矿，产煤主要供应汉阳铁厂，而铁厂生产的钢轨则用于修筑铁路。北京的好戏密锣紧鼓，从西花厅、勤政殿出西直门到颐和园，最后在菜市口扔下几颗血淋淋的人头，画了一个沉重的句号。上海的盛氏公馆也并不冷落，雄心勃勃的擘画，如履薄冰的谈判，既浪漫又实在，商务电报日日夜夜地在长空徘徊，最后凝聚在数千里以外的铁路和矿山上。两台戏各唱各的，互不相干。盛宣怀庆幸自己没有搅进政治纷争中去，管他是这一帮人乘着火车宣扬变法，还是另一帮人利用电报追捕新党，干我鸟事！

四

在常州，我后来还打听到盛家的另一处故居，地址在老城区的大马园巷一带。从巷口望去，两旁尽是简陋的木板门，并未发现那张扬着富贵气的骑马墙及紫铜门钉雕花窗棂之类。有竹竿挑出小院的围墙，上面穿晒着小儿衣裤，一看便知是寻常居家。正值晌午，几个老人在小巷里悠闲地漫步，据说这一带原先是盛家的祖宅，到了盛宣怀的父亲中举显达以后，才搬到大井头去的，这里便成为义庄，用于安置盛氏旁系的贫家子弟读书和生活。推算下来，盛家迁居时，盛宣怀还很小，零落在这里的大抵只有童稚的足迹。

出马园巷口，眼前是常州市中级人民法院。我在那大门前徘徊了好一阵，不是为了怀古，也不是留连景观，隐隐只觉得心头有一种压抑已久的呼吁：过去的盛家旧宅，如今的人民法院，很好！那么，就请你对这段百余年的历史，对从这里走出去的一个叫盛宣怀的人物，做一个庄严而公正的评判吧。

假如不是中国历史上那个 1908 年（光绪三十四年），这种评判或许会相对容易得多，但历史毕竟绕不开那个风雨飘摇的多事之秋。这一年的 11 月，北京的天气格外阴冷，而紫禁城内更是笼罩着一派黯郁不安的气氛，光绪和慈禧在两天之内先后死去，大清国的权力中枢顿时像失去了定海神针一般，政潮起伏，波诡云谲。

来自北京的邸报每天按时送进上海的盛氏公馆，送到盛宣怀的红木案桌上。盛宣怀随意翻看着，一边想象着京师的一幕幕连台好戏，嘴角上露出一丝隔岸观火的冷笑。他仍然乐此不疲地向洋人借钱，兴办路矿。不料有一天，送进盛氏公馆的却是一道来自北京的上谕，朝廷任命他为邮传部右侍郎，并"帮办度支部币制事宜"，实际上就是给朝廷搞钱。不久，又擢升他为邮传部尚书，跻身内阁。

盛宣怀说不清是喜是忧，他只得打点行装，到北京去做官。

把一些"知识化"的专门人才选提为管家婆式的行政官僚，这是中国官场中的一个误区，其主观意图或许不坏，但结果却往往大打折扣。因为官场自有官场的一套思维模式和道德规范。苏东坡应该说是个正派人，也是做过大官的，自然深切地体味过被官场人格浸淫的痛苦，他甚至"惟愿吾儿愚且鲁，无灾无难到公卿"。这无疑说的是反话，因为呆子是不会有人格分裂的痛苦，能够心安理得地遵循官场人格的一套去操作。即使是那些原先品格不错的人，一入其中也往往不由自主，逐渐沾染上做官特有的那种优越感，长此以往，自然是丢了专长，学了一套官腔官调和官派。

盛宣怀是做过官的人，心底深处是很有几分官瘾的，因为做官有做官的权威，苏东坡那种人格分裂的痛苦他大抵不会有，而张之洞的官场遭遇更是记忆犹新，这个少年时代就被称为"司马相如"的才子，外任数十年却一直不能内召入阁。像他这样政绩昭著的主儿，当官不能入中枢，真不如回家种红薯了。为此，张之洞很有些牢骚：

南人不相宋家传，
自诩津桥警杜鹃。
辛苦李虞文陆辈，
追随寒日到虞渊。

宋代的君王不用南方人为相，但屈指数数，南宋的几个大忠臣李

144

纲、虞允文、文天祥、陆秀夫不都是南方人吗？张之洞以宋代南北之别，喻清廷满汉畛域之分，其怨愤之情是显而易见的。如今盛宣怀轻飘飘地就进入了中枢，他着实应该庆幸。

但庆幸之余又多少有点遗憾。他是在十里洋场泡过的，那种潇洒和滋润也挺值得眷恋，因为干实业有干实业的实惠。当官的用钱得到别人的口袋里去掏，虽然掏起来不很费劲，而且一般都是送上门的，但终究不及办实业的那般流畅自然，因为那钱就在自己的口袋里，想怎样花就怎样花，兴之所至，破财只当风吹帽。况且还有个心态问题，你别看那些"冰敬""炭敬"来得容易，其实心里也不那么安分。朝廷又养了那么多风闻言事的御史，弄得不好，参你一本，把吃进去的吐出来不算，还得丢乌纱帽。

遗憾尽管遗憾，官还是要当的，因为盛宣怀找到了一个结合点："目下有此一官，内可以条陈时事，外可以维护实业。"说得很冠冕堂皇，实际上就是既当官又抓住实业不放，把权威和实惠集于一身。

盛宣怀在喜忧参半中完成了向官场人格的倾斜。他原先督办轮船招商局时，是极力抵制官办的；但自己一旦当官，就立即下令把招商局收归邮传部管辖。他的汉冶萍公司开张以后，即奏请"不准另立煤矿公司"，企图利用官权，独揽专利，这不是武大郎开店是什么？

但这样的评判又似乎失之偏颇，因为盛宣怀毕竟不是一般的庸常之辈，这些年来，他办了那么多的大事情，神州大地上那些傲然崛起的巍巍巨物和雷霆万钧的轰鸣声，唤醒了一个古老民族中世纪的梦魇，也为病恹恹的中华文明争得了几分自信。因此，即使如今身在魏阙，也不能不感到一种民族责任感和事业心的召唤，这种召唤无论是面对儒家传统的人生框范，还是面对当今最为紧迫的强国救亡之现实，都是那样悲壮而执著。然而悲剧也正是从这里开始的，一个旧式官僚，本钱既不足，又好大喜功，便只能冒天下之大不韪。于是，那场把盛宣怀钉在历史耻辱柱上的大革命终于发生了。

这是真正的悲剧。盛宣怀为中国的铁路事业真可谓夙兴夜寐，不论是经营汉阳铁厂或筹建通商银行，其出发点都是为了铁路，前者是为修筑铁路炼制钢轨，后者是为兴办铁路筹集资本。而创办大学则是为了培养铁路事业的专门人才。他是个道道地地的铁路至上主义者。然而，辛亥革命的发起恰恰是从声讨他的"铁路国有"开始的。先是武昌的革命党人握着汉阳铁厂生产的新式步枪呼啸而起，而后是八方的响应者电报串联，火车驰援。他苦心经营的那些近代化的玩意，恰恰为这场大革命准备了最为快捷、也最具威慑力的物质力量。到了这种地步，盛宣怀别无选择，他只能到日本去避避风头。更加伤心的是，在逃亡日本神户途中，他乘的是德国人的一艘旧货轮，而自己一手创办并控制的招商局的那些艨艟巨轮已没有他的立足之地了。

从天津到神户的旅程是漫长而寂寞的，每天看日出日落，听潮涨潮息，正可以静静地反思人生的许多大问题。他或许有满腔的怨愤和不平。自强之道，首在铁路，中国这么大一块地方，单靠马车和驿道，富国强兵永远只能是痴人呓语。但筑铁路不是修长城或挖运河，靠皇上的一道谕旨和老百姓的血肉之躯就可以成就的。筑铁路得有钱，那玩意说穿了是银子铺出来的，而经过了甲午和辛丑，中国最缺的偏偏是银子。国人皆骂我"卖国"，可我盛某人从来可曾卖过铁路？我一向主张"宁借洋债，不卖洋股"，因为卖了洋股，铁路就不在中国人自己手里了。那么就只有借洋债了，但借债得有东西抵押，把原先允归商办的铁路收归国有，作为借洋债的抵押，实在是一种没有办法的办法，其目的还不是为中国多造几条铁路吗？"借鸡生蛋"，这是连目不识丁的乡下老妪也懂得的资本积累模式，国人为什么偏偏不理解呢？

盛宣怀无法理解国人对他的不理解，他只有怨愤和不平。

就在盛宣怀钻进德国货轮前往日本时，孙中山恰恰由日本启程回国。云水苍茫，海阔天空，两人的航向正好相反，这是不是浓缩着某种政治和时代的含义，我们不必过多地去牵强。而就在盛宣怀到达日本的当晚，他从当地的华文报纸上看到了孙中山在南京就任中华民国临时大总统的新闻，在该报一个不显眼的角落里，还刊登着民国政府宣布没收盛宣怀财产的消息。盛宣怀放下报纸，颓然倒在卧榻上。他太疲惫了。

耐人寻味的是，一年以后，两人又在同一条航线上擦肩而过。由于"二次革命"失败，孙中山再一次亡命日本，在这以前，他的身份恰恰是盛宣怀曾经担任过的全国铁路总监。而盛宣怀则踌躇满志地启程回国。中国早期的两位铁路总监，都不约而同地把一段宝贵的时间抛滞在海轮上，不是为了出洋考察，而是由于政治的驱避，这就够有意思的了。民国初期中国政治舞台上那一段你方唱罢我登场的好戏，最后就归结在西太平洋这条航线上几声呜咽的汽笛声中，给人们留下了无尽的思索。

五

盛宣怀的晚年大都盘桓在上海的公馆里，有时也到汉口去走走，因为他仍然是汉冶萍公司的董事长和轮船招商局的副董事长。那几年，中国的政坛上朝云暮雨，他既没有资格，也实在懒得去掺和什么。一个经历过宦海风涛的人，该会从中悟出不少东西的，他已经垂垂老矣，先前的意气所剩无多，冒天下之大不韪的事更不会干了。临死前一年，日本政府在向袁世凯提出的"二十一条"中，曾要求把汉冶萍公司改为中日合办。当时，日本方面已派人来到上海，但遭到了盛宣怀的婉拒。他并不糊涂。

1916 年，盛宣怀死于上海。大概因为平生听腻了官场的喧闹和钢铁的轰鸣声，死后想找一个清静的所在，于是他把墓地选择在苏州。

人死了，也就没有什么可说的了。盖棺论定是政治家和学者们的事，我们不去管它。但有一段尾声却颇有意思，说说无妨。

盛宣怀死后不久，一个在美国哥伦比亚大学获得博士学位学成归来的青年来到汉口，担任了汉冶萍公司的英文秘书，他叫宋子文。

宋子文风华正茂，很为当局器重。因为汉冶萍公司为盛宣怀所创办，宋子文亦得以和盛家有所往来，不久便认识了盛宣怀的第七女公子，双方郎才女貌，很快罗曼蒂克起来。

这似乎是一则才子佳人的旧式爱情故事。

当时，盛家的一切均由盛宣怀的大太太庄氏主持，但庄老太太偏偏反对这桩婚事，理由很简单："别的不讲，太保的女儿，嫁给吹鼓手的儿子，才叫人笑话呢。"所谓吹鼓手，是指宋子文的父亲宋耀如当过传教士，以前在盛宣怀的老家常州、无锡一带传教，背着手风琴边走边拉，吸引听众。

这位庄老太太也真是顽固得可以，其实，即使从门阀观点来看，她的女儿嫁给宋子文也算不上委屈。当时宋家的大女儿已经嫁给了孔祥熙博士，二女儿更是大名鼎鼎的孙中山夫人。但老太太不理会这些，她眼里只有一尊前清太保的灵牌。

一个没落的封建公爵，看不起生气勃勃的资产阶级新贵，根深蒂固的偏见扼杀了一对年轻人的情爱，这使人想起狄更斯和莎士比亚作品中的某些情节。

但坠入情网中的年轻人并不死心。当时，宋子文已接到孙中山从广州发来的电邀，便和七小姐策划了一同私奔的计划：晚上由宋子文驾小船停泊在盛家后门附近，看见后门边有一盏红灯笼出现，就把船靠上去，把七小姐接走。

宋子文在小船上整整等了三夜，那盏幸福的红灯笼始终没有出现。

带着失恋的痛苦，宋子文只身往广州去了。

盛家失去了最后一次在中国历史上显姓扬名的机遇。至此，关于盛宣怀的故事也可以画上句号了。

后来的情节大家都是熟知的。几年以后，北伐成功时，当年小小的英文秘书已是国民政府的财政部部长了。宋氏家族的显赫更不是盛家所能望其项背的。盛七小姐追悔莫及，曾企图再续前情，但理所当然地遭到了宋子文的拒绝。

这似乎又不是一则简单俗套的爱情故事。

我在上文中曾提到一篇题为《略论旧中国近代化过程中的三代核心人物》的文章，其中第三代核心人物即为蒋介石和宋子文。对于宋子文与盛七小姐的爱情悲剧，我是由衷惋惜的，如果不是因为庄老太太的势利眼，人们在回顾中国近代实业史时，将可以发现一条相当醒目的家族关系线索，从十九世纪七十年代到二十世纪三四十年代，从封建官僚中的有识之士到新兴资产阶级中的自觉人物，承接在一个家族的链环上，这将是相当有意思的。可惜盛家后门口的那盏红灯笼始终没有点燃，盛宣怀也始终没有能走出那个旧式的营垒。从这个意义上说，盛七小姐天生就没有成为宋家贵妇的缘分。

于是，我又想起了常州盛家故宅下面那深厚的墙基和盘根错节的老树根。据说，规划在那一带的新建筑相当堂皇，但在我看来，光是那地基，就足够清理一阵子的。

瓜洲寻梦

一

我对瓜洲的印象，是由于那两句民谣：人到扬州老，船到瓜洲小。前一句极富于色调和情韵，杜牧诗中的"楚腰纤细掌中轻"就是说的扬州人；后一句则张扬着气势和动感，令人想见那帆樯云集、艨艟连翩的景观。瓜洲是个渡口，有好多好大的船，这是儿时的幻影，相当久远的了。

家乡离瓜洲不算远，但在老辈子人的眼里，瓜洲似乎是一个遥远而缥缈的梦。那时候，在一个闭塞的乡村里，敢于走出去闯世界的男人本来就凤毛麟角，他们的第一站大都在泰州，干些引车卖浆的营生，能当个小老板算是相当出息了。但终于有人又由泰州向西，去了扬州，那无疑都是些膀子上能跑马的角色。若干年后，那个男人离家时红着眼睛送到村头的小媳妇已日见憔悴，孩子也已经满地里摸爬滚打了，有当初同去的汉子衣锦还乡，说起那一位时，语气中便流露出些许嫉妒和迷茫："他呀，开春以后就过了瓜洲。"

女人一阵黯然，男人心气高，又闯上海的大码头去了。

在这里，瓜洲已成为一种地理上的极限，"过了瓜洲"，便意味着一种人生的跨越，一个男子汉强劲的风采。而在那个乡村女人的心头，远方的瓜洲将从此演绎为温馨而苦涩的等待，每每潜入长夜的梦境。

到了瓜洲我才知道，原先的瓜洲，那个曾经维系着多少迁客骚人的情怀和深闺丽人梦境的瓜洲，早在清光绪年间就已经沉入了江底。一座古城的湮没，不仅会引起后人无尽的凭吊和感慨，还会留下一连串关于文化的思考。一千九百多年前意大利的庞贝古城，柏拉图笔下那个金碧辉煌的神秘岛国亚特兰蒂斯，都仿佛是在一夜之间遁入了虚无。千百年来，关于它们的追踪论文用汗牛充栋来形容恐怕一点也不过分，有人甚至怀疑那个大西洋中的繁华都市是天外来客的杰作，这种追踪带着无可奈何的沉重和悲凉。瓜洲是坍没，不像庞贝古城和亚特兰蒂斯的消失那样裹挟着骤然而至的巨大恐怖。但渐进的坍没过程无疑充满了人与自然的拼死搏击，特别是那种心理上的对峙和相持，却呈现出异乎寻常的悲剧美。随着一块又一块的江堤和城垣轰然坍塌，人类的抗争也愈发坚韧峻厉。这是一场前仆后继的拉锯战，生存状态的严酷和生命力的坚挺粗豪在这场拉锯战中体现得淋漓尽致。大江东去，波涛接天，一座弹丸小城的坚守和退却，当会有多少惊心动魄的故事？可惜一切都已经深深地埋沉在江底，留给后人的只有无言的祭奠，还有地方志上这么两行冰凉的记载：

乾隆元年（1736年），城东护城堤开始坍卸。

光绪二十一年（1895年），瓜洲全城沦于大江之中。

大略算一算，整个过程经历了一百六十余年。

地方志上的记载是如此简略，简略得令人惆怅。五万多个昼夜人与自然的较量，无数次江涛裂岸的惊险和疏解，多少转瞬幻灭的生存和繁华之梦，全都化成了这两行冷峻的文字。瓜洲终于坍没了。这种坍没透出人类面对自然的脆弱和无奈，眼前只有无语东流的江水，西风残照，逝者如斯，还有什么可看的呢？

那就只有想象了。

二

是的，瓜洲似乎更适宜出现于人们的想象之中，近看反倒没有多大意思了。

"汴水流，泗水流，流到瓜洲古渡头，吴山点点愁。"这是来自北国深闺的想象。凄凉的月色，独倚高楼的少妇，望穿秋水的凝眸，以及思极而恨的情绪转换，这是一幅古典诗词中相当常见的闺怨图。主人公无疑是一位贵族妇女，她倚楼怀人的地方当在汴水上游的洛阳开封一带，最近也应该在"汴泗交流郡城角"的徐州，离瓜洲自然是很远的。丈夫的身份大抵是远在江南的游子或商人，他们的远行无非是为了觅取功名和富贵。在这里，我们无须搜寻诗外的本事，也无须窥探瓜洲的外部神貌，这并不重要，因为它只是妇人心底的一种意象，这意象维系着一片漂泊不定的归帆，今夜朗月清风，丈夫会不会被渡口的船娘羁绊了归来的脚步？一般来说，远方的游子并不像闺中人这样一味地儿女情长，外面有的是镂金错彩和倚红偎翠，相对于女人逼仄的朱楼和深院，男人的世界要广阔得多。因此，不管妇人有着多么优越的物质生活，也不管丈夫的成功曾引起她多么旖旎的憧憬，她也难以祛除虚度青春的苦恼。"思悠悠，恨悠悠，恨到归时方始休，月明人倚楼。"这样的情感定格会令人联想到一种含义更深广的人生境遇，正是在无数次没有回应的凝眸远望之后，远方的那个瓜洲触发了思妇心中埋藏已久的情结，潜在的失落感一下子明朗起来，现在她才后悔不该让丈夫去觅取那些身外的浮华和虚荣，因为经过了长期的离别，一种不同于传统教义、也不同于男性的价值观正在悄悄地苏醒，丈夫身上的任何光环也抵偿不了她在爱情上的损失，而瓜洲古渡的那一片归帆，则成了妇人心中无与伦比的辉煌。

"楼船夜雪瓜洲渡，铁马秋风大散关"，这是来自浙东山阴的想象，比北方的思妇离瓜洲稍稍挪近了一点，形象也更加明晰。如果说思妇想象中的瓜洲云鬓不整，面带愁容，那么，这里的瓜洲则笼罩着肃杀的兵气和战云。陆游一生与瓜洲的缘分不算浅，早年随张浚巡视江淮，瓜洲是必经之地；后来去四川当夔州通判，也是从瓜洲解缆西行的，这次行踪还被载入了《嘉庆瓜洲志》：

乾道六年六月二十八日，诗人陆游午间过瓜洲，江平如镜。

但这几次瓜洲之渡，陆游竟然都没有写诗，这或许是由于戎马倥偬，来不及把眼底风涛梳理成诗句；或许是因为那令人扫兴的"江平如镜"，碧波轻舟的浪漫很难触发他那沉雄慷慨的情怀。但不可否认，诗人和瓜洲贴得太近，缺少必要的疏离感也是窒息诗情的重要因素。果然，若干年以后，他在远离瓜洲的山阴老家却写出了有关瓜洲的不朽名句。江流天际，孤帆远影，诗人早已离瓜洲远去了，但他却真正占了瓜洲，这是一种灵性的占有，一种超越了时空、弘扬着艺术想象力的审美观照。

记得我上中学的时候，语文教师对这两句诗赞叹不已。认为诗中全用名词，没有一个动词，却通体充满了动感。作为中学语文教师，能讲到这个程度已经相当不错了。平心而论，我是很喜欢这两句诗的，不是因为其中精彩的名词组接，那只是一种匠心独运的技法，而是由于诗人选择了一个表现瓜洲的最佳视角，这就是"楼船夜雪"。夜的幽深冷冽加上雪的空蒙，渲染了古战场盘马弯弓的氛围感，我们甚至可以看到夜色中朦胧巨舰那高大的阴影，还有巡夜兵士的灯笼在飞舞的雪花中摇曳闪现。设想一下，如果不是夜雪，而是光天化日，或"月落乌啼霜满天"那样的情境，这种森严冷冽的氛围感绝对要逊色得多。时在淳熙十三年（1186 年）春天，诗人赋闲多年，刚刚接到了权知严州军州事的任命，照例要去临安等待陛见。陛见只是一种程式，没有多大意思；临安歌舞升平，他也看不大惯，他的思绪早已飞到了曾作为宋金主战场的瓜洲和大散关，心头充满了跃跃欲试的冲动。陆游是中国文学史上屈指可数的大诗人，但谁能相信，这位大诗人一生却不愿做诗人，他向往的只是一身战士的戎装。皇上偏又吝啬得很，陛辞的时候，孝宗对他说："严陵，山水胜处，职事之暇，可以赋咏自适。"话说得很有人情味，却不怎么中听，人家还是把他作为一个诗人，只是给他一个可以"赋咏自适"的闲差，一份俸禄而已。陆游已经六十二岁了，步履已显出蹒跚踉跄，只能躺在临安的驿馆里听着窗外紧一阵慢一阵的春雨，瓜洲一下子变得那样遥远。连"楼船夜雪"的想象都太奢侈了。"小楼一夜听春雨，深巷明朝卖杏花。"诗句很清丽，却透出难耐的落寞和悲凉。还是回山阴老家去吧，在卖花女嫩嫩的呼叫声中解缆放舟，连北望瓜洲的勇气也没有了。

在此之前，倒是有人走近了瓜洲，他是诗人张祜。但也仅仅走近而已，并没有贴上来泊岸，而是站在江对面，朦朦胧胧地打量：

金陵津渡小山楼，
一宿行人自可愁。
潮落夜江斜月里，
两三星火是瓜洲。

这首《题金陵渡》确实不错，寥寥四句，便写尽了夜色下的浸肤冷丽和隔江打量的朦胧美。诗人的情绪似乎不怎么好，他刚从杭州来，带着一肚子怨气和牢骚。在杭州，他本想得到大诗人白居易的赏识，摘取乡试第一名的花环，为赴京应试制造先声夺人的情势。他自负得很，觉得凭自己的才情和名声，区区解元应不成问题。不料钱塘士子徐凝也找到了白居易门下，两个走后门的碰到了一起，又都是自视甚高的青年才子，只得在州府官邸里演出了一幕"擅场之争"。结果白居易青睐于徐凝，张祜郁郁北返，住在镇江的小旅馆里喝闷酒。

　　白居易没有想到他这次保荐解元，却在中国文学史上触发了一场没完没了的争讼，卷入其中的除几位当事人外，还有杜牧、元稹、皮日休等诗坛大腕，连后世的苏东坡也站出来为张祜打抱不平，认为白居易有失公允。文坛上的这种纠纷从来就是一笔糊涂账，公说公有理，婆说婆有理，莫衷一是。但白居易这次扬徐抑张，看来确实有点问题。张祜的才情胜于徐凝，这几乎可以肯定，就说这一首《题金陵渡》，实在高妙得无可匹敌，不光同代人，即使后人也很难超越。其实张祜并不是着意要写瓜洲，他只是有点失意，有点苦凄凄的冷落，甚至有点心灰意懒，但正是这凄凉落寞中极随意的临窗一望，瓜洲的神韵喷薄而出，沉寂的诗情又在心头澎湃起来，由不得他不写了，而且这一写就成了千古绝唱。诗的性情就是这般乖张，太刻意地追求，往往并不讨好，只落得几分匠气，偏是这有意无意中自然流出来的最见神采。

　　当然，也有刻意认真写出来的好诗，例如王安石的这首《泊船瓜洲》，其中的"春风又绿江南岸"历来被奉作炼字炼句的经典。据说这个"绿"字原先用过"到""过""入""满"等十几个字，最后才定为"绿"。一般认为，这是王安石第一次罢相后，回金陵故居路过瓜洲时所作，且认为"春风"一句暗喻新法实施后，给国家带来的蓬勃生机，而"明月"则表达了盼望东山再起的热切心情。这种解释似乎太牵强，也太政治化了。其实，《泊船瓜洲》只是一首情韵深婉的小品，从情绪上讲，也不像是从京城罢相归来，倒更像第二次起用从金陵北上赴任。一个经历过宦海风涛的人被重新起用，其心情大概会比较复杂，中国的士大夫们有一种颇值得玩味的心态：久居林下便朝思暮想着过过官瘾；可一旦权柄在握，却又感到不如归去。当王安石站在瓜洲渡口回望江南时，其心境大致如此。

可惜的是，这首诗题为《泊船瓜洲》，其实写的并不是瓜洲。站在瓜洲写瓜洲，从来就没有写得好的。历代的许多诗人，包括李白、苏轼这样第一流的大诗人，都在瓜洲泊过船，写过诗，却没有一首超过张祜的那首《题金陵渡》。王安石是聪明人，他知道贴得太近了写不好，干脆来个长焦距，站在瓜洲遥望江南，这一望果然望出点意思来了。

三

但在更多的人眼里，瓜洲并不仅仅是一种诗意的存在。

中国历代的七大古都，其中有两座在江南：南京和杭州，在相当程度上，它们的生命线就维系在瓜洲渡口的樯桅上。北兵南下，长江天堑是一道冷峻的休止符，瓜洲是长江下游的战守要地，瓜洲一失守，京城里的君臣就要打算肉袒出降，要不就收拾细软及早开溜。东晋的事不去说它，南朝兴衰也不去说它，光是赵宋南渡以后，瓜洲的警号曾多少次闯入西子湖畔的舞榭歌台！绍兴三十一年（1161 年）冬天，金主完颜亮的大军刚刚到了瓜洲，赵构就准备"乘桴浮于海"了，多亏了人家搞窝里斗、完颜亮被部下砍了脑袋，赵记龙舟才不曾驶出杭州湾。但在金兵饮马长江的那些日子里，杭州城里的君臣一边往龙舟上搬运坛坛罐罐，一边遥望瓜洲时，那种仓皇凄苦大概不难想见：

> 初报边烽照石头，
> 旋闻胡马集瓜洲。
> 诸公谁听刍荛策，

吾辈空怀畎亩忧。

急雪打窗心共碎，

危楼望远涕俱流。

……

陆游的这首诗写于完颜亮死后的第二年，但想起来还觉得后怕。

定鼎北方的统治者似乎要坦然些，这里的鼟鼟金鼓大抵不会惊扰他们高枕锦衾间的春梦。瓜洲离他们很远，再往北去，大野漠漠，关山重重，仗还有得打的。但瓜洲离他们又很近，近得可以一伸手就把京师的饭碗敲碎。对于长江运河交汇处的瓜洲来说，最浩大的景观莫过于插着漕运火牌和牙旗的运粮船。在李唐王朝的那个时期，江浙和湖广的米粮，就是从这里北上进入关中的。漕运能否畅通，直接关系到金殿朱楼里的食用。如一时运送不上，皇室和满朝文武便只得"就食东都"——跑到洛阳去。这时候，一切高深的政治权谋和军事韬略都变得毫无意义，剩下的只有人类最原始的一种欲望驱动——找饭吃。"衰兰送客咸阳道，天若有情天亦老。"当沿途的官吏子民诚惶诚恐地瞻仰逶迤东去的仪仗时，他们大抵不会想到这堂皇的背后其实简单不过的道理。但达官贵人们掀起车帘遥望南方时，那眼光中便不能不流泻出相当真诚的无奈和关切。

瓜洲所具有的这种生死攸关的利害关系，稍微有点政治眼光的角色都是拎得清的。因此，当郑成功从崇明誓师入江，直捣金陵时，却先要把江北的瓜洲拿在手里，并踌躇满志地横槊赋诗："缟素临江誓灭胡，雄师十万气吞吴，试看天堑投鞭渡，不信中原不姓朱。"诗写得不算好，但口气相当大。其实，从军事上讲，瓜洲当时对于他并不很重要，进占瓜洲，很大程度上是为了给清廷一种心理上的震慑。同样，后来的太平天国在江北的据点尽数失手以后，仍不惜代价坚守瓜洲。在这里，林凤祥的残部与李鸿章的淮军展开了惨烈的争夺，血流漂杵，尸骸横陈，从咸丰三年（1853年）开始，攻守战历时五年。应该说，太平军在瓜洲取得了相当的成功，自咸丰初年以后，清政府的漕粮便不得不改由海运。当京城的满汉大员吃着略带海水腥味的江南大米时，一道不吉利的符咒便像梦魇般压在心头：唉，瓜洲！

瓜洲是不幸的，每当南北失和、兵戎相见，这里大抵总免不了一场血与火的劫难。《瓜洲镇志》的编年大事记中，每隔几行就透出战乱的刀剑声；瓜洲又是幸运的，有那么多温煦或惊悸的目光关注着它，上自皇室豪门，下至艄公船娘。春花秋月何时了，这里永远是帆樯云集的闹猛，官僚、文士、商贾、妓女熙来攘往，摩肩接踵。于是，一幕幕有别于锋矢交加的争夺，也在这里堂而皇之地摆开了战场。

明代万历年间，一艘从京师南下的官船在瓜洲泊岸，窗帘掀开，露出一对男女的倩影，男的叫李甲，是浙江布政使的大公子；女的是京师名妓杜媺，不过眼下已经脱籍从良，这一趟是随官人回浙江老家去的。

一个风流倜傥的贵公子携着绝色佳人衣锦还乡，古往今来，这样的情节在瓜洲既司空见惯又相当浪漫。

但接下来的情节就不太妙了。

偏偏对面船上的主儿推窗看雪，把这边的丽人看了个仔细，当下便"魂摇心荡，迎眸送目"。此人姓孙名富，是个盐商，自然也是风月场中的高手。于是一场关于女人的争夺战开始了。

这是一场"贵"与"富"的较量：一方是布政使的贵公子，布政使俗称藩司，大约相当于今天的省长，省长的儿子算得上高干子弟了吧；一方是腰缠万贯的盐商，盐商实际上是一种"半扇门"的官倒，因为他们是揣着两淮盐运使的指标和批条的，这样的款爷摆起派头来几乎无可匹敌。在男性中心的社会里，占有女人的多少常常是力量强

158

弱的标志（皇帝无疑是天下最有力量的男人），因此，瓜洲渡口的这场争夺，便带有相当程度的社会典型性。

令人遗憾的是，大款以其咄咄逼人的气势战胜了高干子弟，杜十娘被李甲以千金之价让给了孙富。偏偏这女人又拎不清，她要追求人格的高洁和人性的自由，竟全然不知道这是一种多么不切实际的奢侈。最后终于演出了那一幕怒沉百宝箱、举身赴江涛的大悲剧。

在今天的瓜洲渡头，"沉箱亭"犹在，芳草萋萋，花木葱茏，四处繁茂静谧得令人压抑，据说这里就是杜十娘投江的地方。伫立在石碑前，我忽然觉得这个"沉箱亭"不仅不恰当，甚至透出一股冷漠的市侩气，为什么不用"沉香亭"呢？这里埋沉的难道仅仅是一箱价值万金的珠宝么？不！一个鲜活明丽的生命在这里汇入了江涛。当一个风尘女子面带轻蔑的微笑，走上船头纵身一跃时，那是怎样一种惊心动魄的大悲哀。她的死不是为了殉情，李甲在酒席上把她让给了孙富，已经情绝义尽，她无须为他去死；更不是为了殉节，一个京师的六院名姝，十三岁就已破瓜，七年之内不知历过了多少纨绔子弟，自不会把一个"节"字看得性命交关。她的死，是源于一种深沉的绝望。江流千古，香消玉殒，留给后人的只有无尽的凭吊和俊男靓女们矫情的感慨……

在这里，我们无须对当事人进行道德层面上的评判。平心而论，李甲对杜十娘还是爱的，正因为爱，他才表现得那样优柔寡断，首鼠两端，甚至表现得相当痛苦。但道德的召唤毕竟是很微弱的，它只会激起几丝有如清晨闲梦般的惆怅，几许苦涩的温情。这是一场真正惨烈的"瓜洲之战"，在孙富那一掼千金的大款派头面前，李甲显得那样羸弱委顿。本来，像李甲这样的世家子弟，一个满身铜臭的商人是不放在眼里的。但这位公子哥儿大概不会倒卖批文什么的捞钱，自然囊中羞涩。更要命的是，他那种家庭偏又讲究所谓的"帷幕之嫌"：

搞女人是可以的，大红灯笼高高挂，三妻四妾尽管往里抬；睡婊子也是可以的，但只能在外面睡，不能领进家门、登堂入室。相比之下，孙富就潇洒得多了，他不仅有钱，而且用不着考虑那么多的礼法。在他看来，这只是一场买卖，以千金之价买一个绝色佳人，这公平合理，符合市场规律，用不着瞻前顾后。因此，在李甲捏捏掐掐地点数着腰包里仅剩的几两碎银子，一边想象着父亲的冷面孔时，孙富已相当气派地把一千两白花花的银子掼到了他面前。

"瓜洲之战"的结局标志着商人阶层对封建门阀一次历史性的胜利。人们看到，孙富那一干人已经咄咄逼人地走上了历史舞台，而他们手中的金钱也并非银样镴枪头的玩意。当杜十娘浓妆艳抹地走出李甲的船舱时，这无疑是商人阶层的一次庆典。尽管由于冯梦龙的酸葡萄心理作怪，最后的结局令人扫兴，但毋庸讳言，在现实生活中，杜嫒的那些小姊妹们正纷纷把傍大款作为时尚，争先恐后地爬上了商人的船舷。

这就不仅仅是杜十娘个人的悲剧了。

四

瓜洲的夜晚显得有点苍老。江流无语，汽笛呜咽，传送着大江的浩茫和空寂。这是一种产生诗情和哲理，产生"逝者如斯夫"之类千古浩叹的大境界。极远的江面上有一盏桅灯，冥冥有如惺忪的睡眼，亦不知是在驶近还是远去。那么就暂时将目光移向别处，等一会儿再给它一个凝眸，才能在更远或更近的定位上坐实它的趋向。在这里，"等一会"是必要的。

对一些历史事件的评判也大致如此吧。

杜十娘的故事发生在明代万历年间，那是一个商风大渐、市民阶层开始崭露头角的时代。因此，瓜洲渡口的这场关于女人的争夺，其结局有着深刻的历史必然性。为了这场胜利，中国的富商大贾们几乎苦苦等待了一千多个春秋。

杜十娘钟情于李甲，并不在于他家老头子是个部省级。作为京师名妓，这些年她结识的公子王孙恐怕不会少，冠盖满京华，自不会太稀罕一个布政使的儿子。她的情感投入在于李甲是个读书人，也就是所谓的"士"。士是中国封建社会中一个相当特殊的群体，从落拓潦倒的白衣秀士到金榜题名的天子门生，都堂而皇之地麇集在这面杏黄旗下。尽管大部分的士人也许永远没有发达的机会，只能以平民身份终了一生，但"满朝朱紫贵"，毕竟是以读书人为主色调的。因此，在中国传统的社会各阶层的序列中，儒服方巾的士人总是风度傲岸地走在最前列。然而，"士农工商"的阶级路线只是一种原则上的界定，一旦进入实际的社会生活，事情就不那么简单了。商人虽然位居"四民"之末，但由于他们能够挣到更多的钱，从而能够活得更滋润，便往往能够僭越原则的界定而享有更高的地位，有时甚至还会向"士"的地位挑战。中国文化历来对"士农工商"序列的强调，对"重农抑商"政策的三令五申，其实也从另一个侧面说明了这种僭越和挑战的存在，强调和三令五申得越厉害的时候，也往往是僭越和挑战越激烈的时候。这样，到了明代万历年间的某一天，瓜洲便成了"士"与"商"决战的奥斯特里茨，而青楼女子杜十娘的人生悲剧，则为士人阶层的溃败画上了一个沉重的感叹号。

在这里，我想起了另一个青楼女子的人生悲剧。也是在江畔的船头，也是士人、商人和妓女三者间的关系，时间却上溯了差不多一千年。唐元和十一年（816年）秋天，大诗人白居易在九江湓浦口邂逅了一个弹琵琶的女子，从而产生了传颂千古的《琵琶行》。"浔阳江头夜送客，枫叶荻花秋瑟瑟。"在萧索的深秋冷月下，琵琶女那充满了

161

感伤和浪漫情调的身世倾诉令江州司马泪湿青衫。该女子的命运之所以值得同情，就在于她原是长安妓女，年轻时曾以色艺名倾京师，占尽了风月场中的虚荣。但随着年老色衰，韶华不再，等待着她的却是"门前冷落车马稀，老大嫁作商人妇"。也就是说，她的悲剧就在于最后嫁了一个商人。一般来说，嫁给商人并不算太亏，至少物质生活有相当的保证。白居易在另一首题为《盐商妇》的诗中，曾描写过商人妇的生活，那种奢华足以令人心驰神往。且看，"绿鬟富去金钗多，皓腕肥来银钏窄"，这是穿金戴银；"饱食浓妆倚柁楼，两朵红腮花欲绽"，这是锦衣玉食。再看，"前呼苍头后叱婢"，这是少奶奶的威风；"不事田农与蚕绩"，这是贵妇人的闲适。我的天！真是武装到牙齿了。在当今的女孩子看来，这样的日子简直美气死了，简直比"托福""绿卡""洋插队""傍老外"之类的总和还要美气。一个女人拥有了这些，难道还不该满足吗？但一千多年前的那位琵琶女偏偏不满足，非但不满足，甚至还从每个毛孔里都渗出嫌鄙。她只是把商人妇的归宿作为一种不得已的选择，一颗终身难咽的苦果。"梦啼妆泪红阑干"，这过的什么日子？几乎是以泪洗面了。那么，也许是因为"商人重利轻别离"吧？也不尽然。试问，如果她的官人不是出去经商，而是去赶考、做官、升迁钦差大臣八府巡按，她会有这种情绪吗？恐怕不会有。

问题的症结是，在唐代中叶那个时候，商人的社会地位还相当低下（至少比士人低下得多），尽管他们很有钱。不难想象，当年琵琶女正值走红时，长安"五陵年少"中的某一位看中了她，要娶回去做小，那位茶叶商是断然不敢掼出银子来竞争的，他只能等着佳人迟暮，将就着到"人肉市场"买一个处理品。不要以为这是白居易笔下生花，有意作践商人，须知香山居士本人就是一个不小的官僚，他的观点在统治阶层中具有相当的代表性。《太平广记》中记载的《商丘子》

的故事也很能说明问题：一个巨商之子因为在宴席上谢绝了一个士人（同时也是他的朋友，而且经常接受他的资助）的酒，当场被那士人臭骂了一顿，该巨商之子竟"羞且甚，俯而退……经数月而病卒"。这很使人想起契诃夫笔下的那个因打了个喷嚏而惊惧至死的小公务员。可见唐代士人的傲慢及商人的自卑到了什么程度。

《琵琶行》中并没有出现士人和商人的竞争情节，因为当时的士人底气还比较足，甚至可以说商人还没有取得参与竞争的资格。琵琶女之嫁给商人，是由于年老色衰，士人看不上眼。尽管如此，该女士仍旧人在曹营心在汉，虽然名分上属于商人，但情感却绝对在士人一边。在浔阳江头的那个晚上，诗人也无意充当自作多情的"第三者"，他根本不会看上一个徐娘半老的茶商外室。他的几滴感伤之泪，只是因为商人妇的身世勾起了他的"迁谪意"和不胜今昔的情怀，对于中国的士大夫来说，这是相当廉价的。

但事情似乎正在悄悄地发生变化。到了元代马致远的杂剧《江州司马青衫泪》中，白居易和琵琶女已经正儿八经地相爱起来，而浮梁茶商刘一郎则挥起金钱的大棒在竞争中一度得手，不过最终却是诗人和妓女的联军，打败了以金钱作为后盾的商人。这个杂剧的情节相当荒唐，但在荒唐的背后却折射出明白无误的信息：商人阶层已经摆开架势，明火执仗地和士人展开了争夺。耐人寻味的是，这桩关于"谁是第三者"的纠纷居然一直闹到皇帝那儿，士人的最后胜利也是借助于皇上的"红头文件"才得到的。这种"大团圆"实在太艰辛，因而也太虚幻了，一个古典式的诗意的世界正在走向崩溃。

于是场景又回到瓜洲。李甲与孙富的交易是令人寒心的，在情场的角逐中，这是士人第一次出卖了自己的同盟者。《聊斋》的作者蒲松龄与冯梦龙相去不远，大概有感于此，在《聊斋·霍女》中，他杜撰了一则与《杜十娘怒沉百宝箱》相似的人物关系，事情也发生在瓜洲，前面的情节大致差不多，最后是妓女设计把商人捉弄了一顿，让他人财两空。这种幻想的喜剧色彩几近滑稽，士人不仅渴望从商人那儿夺过女人，而且渴望从他们那儿夺过金钱。但幻想的升级似乎只能透露出相反的世情，即在现实生活中，士人已变得越来越疲软无力，他们从商人那儿既得不到女人，又得不到金钱，而且还不得不像《儒林外史》里的沈大年那样，把女儿送上门去给商人做小老婆。瓜洲渡口涛声依旧，但中世纪士人阶层的浪漫情场已难以寻觅，当大款们搂着千娇百媚的"三陪"女郎嬉笑调情时，附近船上的士人只能悄悄地放下窗帘，用一杯浊酒伴着自己孤独的无眠。

情场上是争不过人家了，那就埋头写自己的文章吧。刘大櫆是桐城派的散文大家，才气和影响自然是不用说的，向他约稿的想必也不会少。但刘文也并非满目光华，其中有相当一部分为商人写的传记就不敢恭维。这玩意有点类似于当今风行的"企业家报告文学"，无非阿谀奉承，歌功颂德，没有多大意思，有点骨气的文人一般是不屑于此的，但润笔却相当可观。大量为盐商大贾们所写的传记碑文，夹杂在沉博宏丽的"纯文学"佳作之间，并存于一代散文大家的文集中，显得十分不和谐，今天读来，仍令人不胜唏嘘。

差不多就在刘大櫆乐此不疲地撰写"企业家报告文学"的同时，中国文学史上的超级巨星曹雪芹凄凄惶惶地路过瓜洲前往金陵："乾隆二十四年（1759年）冬，曹雪芹路过瓜洲，大雪封江，留住瓜洲江口沈家。"这是《瓜洲镇志·大事记》中的一段记载。

瓜洲有幸，风雪多情，稍稍牵羁了这位巨星的脚步。但其时的曹君实在算不上气宇轩昂，落魄潦倒的生活已消磨了他的峥嵘意气，关于曹雪芹这次南游的目的，红学界一直争论不休。有的认为是寻觅"秦淮旧梦"，为进一步修改《红楼梦》补充材料；有的则认为是寻访当年织造府里的"旧人"，因为在这以前，雪芹的原配夫人在西山病逝了。事实上，这次在南京，曹雪芹确实找到了一位叫芳卿的曹府丫鬟，如今正沦落在秦淮市井之间，她后来成了曹君的续弦夫人。我却比较倾向于这么一种说法，即曹的江南之行，是为《红楼梦》的出版寻求经济上的赞助。其时，《红楼梦》经"批阅十载，增删五次"，已基本定稿。这部呕心沥血的鸿篇巨著，无疑称得上是这位文学天才的生命的工程。如果说著书是心灵的宣泄和才情的挥洒，那么出版便完全是一种经济运作。出版需要钱，一个"举家食粥酒常赊"的穷文人自然拿不出这笔钱，他圈子里的那些朋友也爱莫能助，于是他来到了江南。这位傲骨嶙峋，一向信守"残杯冷炙有德色，不如著书黄叶村"的西山高士，如今书成之后，却不得不小心翼翼地收敛起清高和自尊，到两江总督尹继善门下当幕宾。

尹继善是个不坏的官僚，他和曹家是世交，平时也常和文人在一起喝喝酒、赋赋诗，甚至在酬酢中称兄道弟。据说他最喜欢与文友玩和韵的游戏，而且玩的档次还不低，每得佳句即令人骑马飞送。诗人袁枚曾在和诗中称赞他"倚马才高不让先"。但这种附庸风雅是一回事，资助出版《红楼梦》这样的勾当他是绝对不干的。不光是舍不得钱，恐怕还出于政治上的忌讳。这样，曹雪芹待在两江总督府里就没有什么意思了。

刊刻一本《红楼梦》才要几个钱呢？我查找了一下乾隆年间的物价指数，大约有一百两银子足够了，相对于两江总督府里那流水般的开销，相对于大款倒爷们"千金散去还复来"的磅礴气概，这个数字绝对只是一点毛毛雨。可怜泱泱大国，金山银海，朱门豪宅，酒池肉林，却谁也不愿从手指缝里漏出少许来布施这点毛毛雨。一本小说的出版与否，干我何事？一百两银子，还不如送给上司的门人做个见面礼，或买个小老婆自己受用受用呢。

那就只有让它凋零散佚了。

这是文明的悲剧。贫困未能扼杀一个文学巨匠流溢的天才，却使一部天才流溢的巨著半部零落，从而在中国乃至世界文学史上留下了一个永远的缺憾，也留下了一门永远的学问。当一代又一代的读者为前八十回的传神文笔泪湿罗巾时；当各种糟糕而疲软的续书充斥坊间，令人黯然神伤掩卷痛惜时；当满腹经纶的学者们根据书中的"草蛇灰线"艰难地揣测后几十回的情节走向时，那种出自心底的呼喊便会喷薄而出：还我一本完整的《红楼梦》！当年因为一百两银子失去的，今天我们愿用堆成金字塔那样高的银子赎回，我们绝不吝啬，绝不赊欠，用我们民族的名义，担保！

曹雪芹在南京待了不到一年，到了乾隆二十五年（1760 年）夏秋之交，便带着芳卿郁郁北返。他当然还要经过瓜洲的，在达官贵人和巨商富贾们纵情声色的喧闹中，一个囊中羞涩的文人抱着他的手稿悄然北去。橹声欸乃，帆影飘零，瓜洲羞愧地低头饮泣，它也许有一种预感，由于贫困的浸淫，这位文学天才生命的火花已濒临熄灭……

五

我在这里丝毫没有鄙薄商人的意思，相反，商人阶层的崛起，是中国步入近代社会的一个必要条件。悠悠千载，兴亡百代，瓜洲对于中国的意义，更多的是作为一个商业码头而出现的。它面对长江，左右逢源，洋洋洒洒地吞吐着南国的稻米、丝绸、食盐、茶叶，还有白如凝脂的苏杭美女。背靠着北方的千里沃野和京师巍峨的宫阙，它有如贵妇一般端庄自足。

当然，长久地朝着一个方向总难免困顿，偶尔，它也会稍稍转过身来，向着远方的大海投以新奇的一瞥。这不经意的瞬间回眸也许会令它心旌摇荡。

公元 8 世纪中期的一个晚上，一艘吃水很深的双桅船悄悄地从古运河驶出瓜洲，人们谁也没有注意到，这艘夜航船既没有沿江上溯，转棹安徽湖广；也没有剪江而渡，进入烟水如梦的江南运河，而是扬帆东去，直下风涛万里的南黄海。

这就是历史上"鉴真东渡"的初始画面，时在唐天宝二年（743年）十二月。

唐天宝二年（743年）的中国是一种怎样的景观呢？"忆昔开元全盛日，小邑犹藏万家室。稻米流脂粟米白，公私仓廪俱丰足。"杜甫这里说的虽然是开元年间，但天宝初年的景象也大致差不多，中国历史上蔚为壮观的"盛唐气象"，所指也就是这一时期。天宝二年（743年），大诗人李白来到了长安，用"云想衣裳花想容"那样的华丽词章为唐明皇点缀升平，而大美人杨玉环则站在华清宫的楼台上，望着送荔枝的一骑红尘笑得很开心。宫廷内外歌舞正浓，其排场之大，可谓空前绝后，连吹笛伴舞的小角色都是中国艺术史上的第一流人才。这是一个辉煌灿烂与纸醉金迷共存共荣，闹哄哄的歌舞与静悄悄的阴谋双向渗透的时代。再往远处望去，西出阳关的"丝绸之路"上，驼铃声声，羌笛如诉，伴着波斯商人在沙原上的足迹渐去渐远。而从扬州经洛阳到长安的驿道上，一队队面容憔悴、衣衫褴褛的"遣唐使"正行色匆匆。这些来自东瀛岛国的朝圣者相当虔诚，那时候，他们还不懂得秋季比夏季更便于航行，乘坐着落后的平底船，他们一次次被卷入夏日的狂涛恶浪，少数忘身衔命的余生者进入了长江口，经瓜洲在扬州登陆。嗬，果然是天朝风物，连月亮也比日本的圆哩。他们贪婪地吮吸这里的文明：汉字、佛教、绘画、棋道、医术，乃至阴阳八卦和百官朝拜时的"舞步"。到了后来，朝圣者开始不满足于前赴后继往中国跑，他们想直接邀请一位宏博睿智的高僧前往日本授戒讲学。于是便有了鉴真的东渡之举。

当时唐帝国的对外政策还是很开明的，"万国衣冠拜冕旒"，很好，欢迎！即使人家礼节上有什么不周到，也能待以宽宏大度的一笑。这种自信而自负的心态中，支撑着天朝上国居高临下的优越感，你要学什么自己来，我们敞开大门，来者不拒。但我们不走出国门搞自我推销，那既没有必要，也有失身份。因此，鉴真一行的东渡只能悄悄地进行。这中间，他们得到了一位权贵的帮助，此人是当朝宰相李林甫的哥哥李林宗。李林甫这个人在历史上的口碑不大好，"口蜜腹剑"这个成语就是因为他而来的。但他哥哥却做了一桩好事。当时鉴真等人在扬州既济寺为东渡打造船只，寺庙里造船干什么？一旦被官方察觉了很麻烦。李林宗给扬州仓曹写了一封信，造船就变成合法的了。中国的事情就是这样既复杂又简单，李林宗或许没有意识到，他在袅袅茶香中信手写下的几句人情话，却成就了中日文化史上一件流泽深远的大事。

这次艰难卓绝的远航经历了十一个年头，其间六次出发，五次失败，为之献出生命的就有三十六人。天灾、海难、疾病、匪盗，还有内部的人事纠纷，官府的通牒追阻，使这次远航充满了惊险离奇的情节。最后一次东渡时，随同回国的日本大使藤原和晁衡等人乘坐的一号船遇险触礁，后来讹传沉海了。消息传到中国，和晁衡很有交往的大诗人李白特地作诗哭悼：

日本晁卿辞帝都，
征帆一片绕蓬壶。
明月不归沉碧海，
白云愁色满苍梧。

李白的诗中喜欢用"明月"的意象。他对"明月"寄托了那么多的理想和深情。但在我看来，这首《哭晁卿衡》中的明月，情味苍茫深挚，可谓精彩至极。

天宝十二载（753年）十二月，鉴真等人踏上了日本九州岛，此时，这位大唐高僧已是六十六岁的老人，而且早已双目失明。

那是个暮春的傍晚，落霞带着阴郁的冷色，我站在瓜洲渡口，望着轮渡上鱼贯而下的车流发呆。丰田、皇冠、三菱、佐川急便，还有那种负重若轻的超长平板车，一听那中气很足的引擎声，就知道它的籍贯有多高贵。我问轮渡上的工作人员，有没有统计过，这过往的汽车中，日本产的占多少？他摇摇头，过了一会儿，似乎明白了我的意思，苦涩地一笑：没办法，人家那东西就是好，连司机都跟着精神了几分。然后，撩起袖口瞄了瞄，忙他的去了。我看见，那手腕上是一只日本产的石英电子表。

我忽然想起了一千多年前的那些"遣唐使"，那被风涛撕扯得缕缕挂挂的篷帆，风尘垢面的朝圣者吃力地扳动舵柄，"吱——嘎"一声，滞涩而悠长，落后的平底船在江心划出一道弧形的水迹，进入了古运河。难道，大和民族一千多年的历史，就浓缩在长江下游的这个小小渡口么？

也许，一切都是从奈良兴福寺讲堂的那场大辩论开始的。

这场关于弘法传律的争论，表面看来是宗教界的事，其实包含着深刻的政治内容。争论的起因说起来会很复杂，也无须细说。这里要说的是，这场在很大程度上决定日本文明走向的大辩论，唇枪舌战中始终高扬着真理的旗帜。这里没有强词夺理和恼羞成怒，没有粗暴的人身攻击和政治谩骂，也没有低级的噱头和故作高深的炫耀。当鉴真的信徒普照揭示了旧戒的种种弊端，并向对方提出了一连串不容辩驳的质问后，原先态度骄横的贤璟等人一时无言以对。接着，一个惊心动魄的场面出现了：在众目睽睽之下，贤璟等人恭恭敬敬地起身俯首，表示从此弃绝旧戒，接受鉴真授予的新戒。

对于日本民族来说，这也许是一个历史性的时刻，从某种意义上说，鉴真及其信徒们坚持真理的精神固然值得颂扬，但贤璟等人在真理面前敢于"起身俯首"的勇气是不是更值得钦佩呢？正是由于这种敢于"起身俯首"的勇气，日本精神文化的航船才最终摆脱了奴隶制的漫漫长夜，驶入了"大化革新"所开辟的封建制的河床，从此，先进的唐文化在日本得到了迅速而广泛的传播，也正是由于这种敢于"起身俯首"的勇气，日本民族才有一千多年后的"明治维新"，在以坚船利炮为前驱的西方文明面前，他们不像中国那样端着天朝上国的架子而步履艰难。当满汉大员们在为西方使臣觐见皇上要不要行跪拜礼而踌躇不决时；当硕学通儒们在为"中体西用"还是"师夷制夷"的口号而争论不休时；当西太后下诏拆毁中国的第一条铁路而不惜甩出几十万两白银时，日本人已经悄悄地剪去了武士发髻，仿佛一夜之间从中世纪超越文艺复兴的壮举而进入了近代。同样，也正是由于这种敢于"起身俯首"的勇气，日本才有了二战以后在一片废墟上的崛起，有了"丰田""三菱""东芝""松下"在当今世界潮水般的泛滥。

今天，当我们仍然在为那个东瀛岛国的崛起而惶惑时，回顾一下当年兴福寺讲堂的那场大辩论或许不无裨益，因为，这里显现着一个民族精神最强劲的底蕴。

六

离开瓜洲那天，旅社看门的老人送我去车站，一路上，我又问起了关于瓜洲城历史上坍没的情况，他却讲了一则笑话，说早些时候瓜洲没有坍塌时，这里的江面是很窄的，瓜洲南门正对镇江的金山寺，金山寺的老和尚想吃豆腐，就站在寺门口喊一声：老板娘哎，送一盘豆腐来。老人讲的是扬州话，水色很重的。

我问：为什么不喊老板而喊老板娘呢？

他一笑，笑得很有味道。

汽车开动了，一路上的地名会勾起好多历史大事件的记忆，宋将刘锜大破金兵的皂角林，文天祥亡命时路过并记入《指南录后序》的扬子桥，还有中国宗教史上赫赫有名的高旻寺。但远古沧桑百代烟云都渐次变得模糊，只剩下了老人讲的那则很有人情味的笑话。

四月的清晨还很有点凉意，车窗外曙色熹微，碧草寒烟，我不由得想起了张祜的另一首关于瓜洲的诗：

寒耿稀星照碧霄，
月楼吹角夜江遥。
五更人起烟霞静，
一曲残声遍落潮。

江面上汽笛呜咽，带着湿漉漉的水汽，这几天该是大潮吧。

童　谣

一

执拗地写下这个题目，是由于一种相当奇诡的文学现象强烈地诱惑着我。一种本来浅显不过的文学小品，在穿越了漫漫的历史时空后，却变得最为艰深晦涩。这有点类似于古董，由于年深日久的沉埋和诸多的附会传说，使得原先的寻常器物笼罩着一层神秘的灵光，后代的学者们一边小心翼翼地剔去深黑色的尘垢，一边为之争论得面红耳赤。

其实那些满腹经纶的学者只要稍稍温习一下儿时的记忆，就不至于那样偏激固执；或者稍稍把目光移向书斋外面的草地和天空，也不至于把学问做得那样艰深。童谣，从老祖母那苍槁的皱纹间流出来，晃入摇篮中玫瑰色的梦境；童谣，在春日的原野上嫩嫩地飘荡，随着金黄色的风筝在蓝天下愉快地飞升；童谣，和村路上的铁环一起滚动，和深巷里的空竹一起鸣响，和芦笛、积木、雪人、蒲公英共同撑起了一片童真无邪的天地。

这就是童谣，一种具有相当通俗性和随意性的乡音俚调，今天，当我们重新审视它时，为什么竟会产生浩瀚的疏离感，令书斋里的学者们如同捉摸镜花水月一般呢？

二

这实在是中国文化史上一种十分有趣的现象：越是下里巴人的"低幼文学"，越是浸淫着浓重的政治色彩；倒是在上流社会施政弄权的殿堂里，飘散着纯艺术的笙歌舞影。即使在朝廷发布的皇皇文告中，也会出现几句非政治性的温言软语。纵观中国古代的童谣，在明代以前，几乎全是硬邦邦的政治宣言，与儿童生活简直毫不相干。这些宣言大都气可吞天，或昭示王朝盛衰、天下兴亡；或预言五行灾变、宦海沉浮，无不具有先验的精确性。丽日蓝天下黄口稚儿的烂漫吟唱，变成了神神鬼鬼的政治预言，有如巫师阴森森的谶语一般。《国语》中记载的这首童谣，一般被认为是中国童谣的滥觞之作，在中国文学史上，能够与它比"老资格"的，恐怕只有《诗经》中的少数篇章。当然，它也是一则政治宣言：

> 𪠿弧箕服，
> 实亡周国。

稍微翻译一下，就知道不大妙了，那卖桑木弓和箕箭袋的人，就是将来使周国灭亡的人。这据说是周宣王时的童谣，周宣王在位凡46年，而西周的灭亡则是在周幽王十一年（前771年），自然是这十几年以至几十年以后的事了。这样的预言实在令人不寒而栗，难怪周宣王听了以后十分害怕，马上下令把卖弓箭的夫妇抓来杀了，但他忽视了夫妇俩收养的一个小女孩，这女孩叫褒姒，长大以后出落得很漂亮，被进贡给周幽王，大得宠幸。后来的情节大家都是知道的，特别是"烽火戏诸侯"的故事几乎成了一则意蕴宏远的寓言。西周王朝灭亡了，灭亡在宠妃的展颜一笑之中，灭亡在失信的烽火台下，灭亡在一场堪称旷世奇闻的玩笑之后。而那个带着神秘色彩的叫褒姒的女人，则成了中国历史上"女人祸水论"的典型例证。"历史上亡国败家的原因，每每归咎女子，糊糊涂涂地代担全体的罪恶，已经三千多年了。"鲁迅的这段考证大致不差，作为一个古老的母题，"女祸论"一直被演绎了数千年。封建时代的史家大抵不敢骂男人——因为男人是手掌杀伐、独断乾纲的皇帝，故只有诋谤女人的胆量。一座座王宫圣殿在妖姬美后的石榴裙下轰然崩塌，这是他们笔下相当习见的画面。在那种义愤填膺的鞭挞背后，其实是很有几分势利味的。

对于那首判词般的童谣和"烽火戏诸侯"的寓言，历代的帝王大抵各有各的想法，比较清醒的雄主会悟出只能自己玩女人而不能被女人所玩的警世哲学，于是在掖庭竖一块"后妃不得干政"的铁牌，嗜杀者则不屑于当初周宣王的妇人之仁，以致留下了亡国的祸根，于是动辄株连灭族，一人得罪，鸡犬遭殃；有的或许还会从军事角度反思烽火报警的弊端之类，把宫城的围墙一再加高。但不管是谁，有一点感受却是共同的：既然一个王朝最后的结局，竟如此精确地传唱于若干年前的儿童之口，可见这童谣传递的是不可抗拒的天命，既然童性是一种天真，那么童谣就是一种天籁，童心无邪，童言无忌，清风朗月般撩开冥冥上苍的面纱，透露出其中极神秘的一颦一嚬，这就是天机。于是，在黄口稚儿们信腔野调的传唱背后，往往是血雨腥风的战乱和天崩地坼的政治更迭。一顶顶皇冠落地，一座座朱门坍塌，昔日人上人的权贵顿成刀下之鬼，"王侯第宅皆新主，文武衣冠异昔时"，这不能不令历代的统治者为之胆战心惊，即使是那些不可一世的暴君，在一首童谣面前也会失却强悍的心理支撑，终日彷徨在不绝如缕的末世悲音之中。

隋大业九年（613年），隋炀帝杨广下扬州时，听到迷楼宫人夜唱歌谣。那天晚上的月色大概不错，宫女的吟唱凄清婉转，缥缈于冷月清辉之间，仿佛来自高远的天宇。炀帝心头一惊，不由得披衣起听：

> 河南杨花谢，
>
> 河北李花荣，
>
> 杨花飞去落何处，
>
> 李花结果自然成。

杨广觉得歌词很蹊跷，特别是"杨花谢"和"李花荣"似乎有所影射，当即召问宫女，宫女答道："我有个弟弟在民间，听路上儿童会唱此谣。"也就是说，这是一首广泛流传的童谣。

炀帝听了，黯然无语，挥挥手让宫女出去了。

隋炀帝的荒淫残暴早已成为历史的定论，有关他下扬州看琼花的传说人们也肯定相当熟悉，那完全是一个末代暴君穷极奢华的大游行。但我一直认为这中间有不少附会的成分。举一个例子，扬州北面有个叫枯河头的地方，传说隋炀帝下扬州经过这里时，适逢河道干涸，只得用稷子拌了香油铺在河底，两岸以童男童女拉着龙舟划过去，所以当地至今流传着"隋炀帝下扬州，稷子拌香油"的民谣。又说，1951年治淮时，曾于枯河头两岸挖出数石稷子，可谓言之凿凿。但这种传说的真实性实在大可怀疑，稍微有点物理常识的都知道，仅凭稷子拌香油和几队仪仗似的童男童女，是绝对不能陆地行舟的。更何况是那种高敞豪华、有如水上行宫似的御用龙舟。这完全是一种相当浪漫的夸张，但夸张也有它极强的选择性，之所以选择了隋炀帝，自然是由于他作恶太多、名声太坏的缘故。其实杨广这个人倒并不是一无是处，即使在女人问题上，他也还是有原则的，例如，尽管他后宫里秀色如云，但对自己的老婆萧后一直很不错。这个萧后即南梁昭明太子的孙女，后来她和丈夫被同一根练巾缢死了，这种终结性的造型颇有点比翼连理的意味。又例如，杨广带兵消灭了陈，把陈叔宝和他的宠妃张丽华从台城后面的枯井里吊上来（这口井即后来称之为胭脂井的）。这个张丽华无疑是只超级花瓶，不然陈后主也不会迷得那样神魂颠倒的，把江山都丢掉了。但杨广并不曾为美色所动，照样把那颗倾国倾城的头颅砍了下来。晚唐诗人李商隐有一首题为《隋宫》的七律，自然是谴责炀帝的，末两句讥讽道："地下若逢陈后主，岂宜重问后庭花？"其实，同是亡国之君，两人谈谈《玉树后庭花》倒也无妨，杨广并没有把别人的老婆夺过来自己消受，他的心态会比较坦然。杨广的败亡，很大程度上应归咎于好大喜功。他这个人喜欢耍派头，而且思想方法相当主观，是个典型的唯意志论者。几次征高丽，动辄发兵数十万，耗费无数，又死了那么多人，完全是意气用事，没有多大意思。也许在他看来，耀武扬威地发动一场战争和浩浩荡荡地下扬州游玩一样，都是一种排场。史载的有关他淫乐的轶事，可以说大多与排场有关，与其说他玩女人，倒不如说是玩排场，玩阔气，玩万物皆备于我的帝王派头。在铺张无度赫赫扬扬的背后，恰恰隐潜着一种暴发户的畸形心态和宵小人格。

但就是这样一个自大狂，在那个清风明月的晚上，在一个宫女清音袅袅的吟唱面前，却显得那样孱弱委顿。一首童谣，便摧垮了他那由传国玉玺和 10 万狻猊环护的精神圣殿，摧垮了那个曾率领 50 万大军踏平南朝的威风八面的英武杨广，那个在喧天鼓乐和蔽日仪仗下潇洒南游的风流杨广，那个在中国历史上以残暴著称的嗜血杨广。这童谣无疑也是一首谶诗，暗示着杨隋当灭，李唐当兴。大概也就在那天晚上，杨广和老婆揽镜自照，抚着自己还相当丰润饱满的脖颈，说了那句被传为千古笑谈的伤心话："好头颅，谁当斫之？"他已经预感到大厦将倾，脚下是断头台的基石了。

三

写到这里，我们不能不惊叹童谣那种天人合一的预示性，这种预示宏大得有如宗教。但毋庸讳言，我们也难以掩饰某种失望，因为我们很少体味到那份本应有的童趣和天真，映入耳鼓的，似乎不是黄口稚儿嫩嫩的吟唱，倒更像历史老人深沉的警喻。须知天真是不能仿效的，那是一种混沌而澄澈的境界，它只存在于儿童和原始人类之中。天真是什么呢？天真是一种无拘无束的娇憨，有如幼儿在母亲膝下随心所欲的嬉戏；天真是一种毫不做作的神韵，有如袅袅炊烟穿过夕阳的余晖，交织成令人心醉的瞬间辉煌；天真是一种自然吐露的芳艳，有如花苞在潇洒的春雨中懒懒地开翕；天真是一种神游八极的宁谧，有如农夫在田头垅间打盹时，悄然闯入的一个有关收获的梦。在这里，无论是幼儿、炊烟、花苞还是梦中的农夫，都是绝对自由的，而一旦表层环境迫使他们趋附于种种实利性的时候，天真也就渐渐走向黯淡。

很遗憾，我们从这些童谣中恰恰看到了客观环境的巨大阴影，这就是政治功利对童谣的粗暴浸淫。

在隋炀帝缢死迷楼之后大约 300 年，五代时的吴国又流传着一首似曾相识的童谣：

> 江北杨花作雪飞，
> 江南李花玉团枝。
> 李花结子可怜在，
> 不似杨花没了朝。

现在可以肯定，这童谣是一场政治阴谋的组成部分，阴谋的策划者即南唐的开国之君李昪。

对于一般于中国历史涉猎不广的读者来说，李昪的知名度恐怕远不及他那个孙子李煜。李煜虽然治国无方，却文采瑰丽，特别是词写得相当漂亮，简直玩绝了，仅一句"问君能有几多愁"，便足以雄视千载，让那些向来傲气十足的文人不敢轻狂，打心眼里折服。他又命途多舛，历经了国破家亡的剧痛，最后被赵光义用牵机药毒死了。一个在漫天风雪中仓皇辞庙的薄命君王，一个在降王官邸里终日以泪洗面的末代国主，一个在牵机药的折磨下如猪狗般满地翻滚的卑微之躯，却当之无愧地维系着一顶"开山词宗"的辉煌桂冠，这不能不激起人们深沉的同情。而作为南唐的开国之君，李昪的作为则要轰轰烈烈得多，当然，他不像乃孙那样书卷气。一般来说，中国历史上的开国帝王都不是什么大知识分子，有大学问的倒往往不能得天下，因为他们太理性，缺乏那种必不可少的强梁霸气。相当多的开国帝王都是初级文化水平，他们书也读了一点，虽然不多，却很管用。《史记》中的一句"王侯将相宁有种乎"或"彼可取而代之"，便足够用一辈子的。他们有着绝对的心计和谋略，必要时还会装孙子。对于书读得比自己多的人，他们也很看重，尽量搜罗到自己帐下，或帮闲，或帮忙，或帮凶，暂时什么也帮不上的就先养起来，逢年过节请他们来喝喝酒，赋赋诗，自己也胡诌几句口气很大的顺口溜，这叫礼贤下士。当然，宴会一散，少不得要派密探去，打听这些文人回家后有没有发什么牢骚。

李昪是小和尚出身，读书不多，当然算不上文人。这种人要么就当奴才，要么就野心大得很。李昪向往的是当皇帝。在他篡国夺位的过程中，充满了神神鬼鬼的怪异现象，大抵都是那些帮忙的文人捣鼓的结果。一时大江南北鬼事不断、鬼话连天，无非作为上天垂示的符瑞，以证明李代杨政是符合天意的。上文所引的童谣就是在这样的背景下出笼的。乡风熏人，市声杂沓，童谣抑抑扬扬地隐现于其中，显得相当和谐。上朝或出巡归来的李昇听在耳里，或许会受到一种跃跃欲试的鼓舞，他踌躇满志地握了握腰间的宝剑。策马前行时，思路却变得晦涩幽深：这些舞文弄墨的文人，鬼点子真多，日后自己当了皇帝，可要防着他们点呢。而对于天真无邪的儿童来说，他们肯定会觉得这歌谣唱起来不那么有劲，不如"小老鼠上灯台，偷油吃下不来"那样有滋有味，因此，唱过一阵之后也就淡忘了。政治功利性太强的文学，命运大致如此，实用的轰动效应一过，便成了明日黄花。过了若干年，一个满脸皱纹的史官坐在书案前，对着这首曾流行过一阵子的孺子歌沉吟少顷，濡濡笔把它录进了《艺文志》。

史官之所以要沉吟一番，大概是对童谣进行了某些修改。这不是我的主观臆断，因为仔细看看，这种修改的痕迹依稀可寻。童谣的后两句"李花结子可怜在，不似杨花没了朝"，说的是杨、李两家后代子孙的命运，语气中似乎流露出某种对杨家的同情。作为一首由李昇授意炮制的"遵命文学"，这样的倾向性是不可思议的，而且炮制者当初也不可能预见到日后两家子孙的命运。在这里，后人以相当隐蔽的曲笔，塞进了对李昇的道德批判。李昇从一个流浪的孤儿到权倾朝野的统兵辅臣，很大程度上得力于杨行密的栽培。后来他权位日隆，有了取而代之的意思，又是杨家主动禅让的，双方并不曾伤和气。但李昇登基以后，却毫不手软地对杨家举起了屠刀，连已经成了自己女婿的杨涟也不肯放过。第一轮屠杀过后，又迁杨氏"子孙于海陵，号永宁宫，严兵守之，绝不通人，久而男女自为匹偶，吴人多哀怜之"，这种迫害简直到了毫无人性的程度。显德二年（955 年），到了他儿子中主李璟手中，又把这一群活得如猪狗一般的杨氏余脉全杀了。平心而论，在当时大分裂的中华版图上，南唐帝国的"三千里地山河"是治理得相当不错的，因此，发生在公元 10 世纪中期的李代杨政，无疑是一次历史的进步。但李昇对杨家的处置是不是过分残酷了点呢？说到底，在政治斗争的祭坛上，道德只是一盘不很起眼的牺牲而已。

现在我们终于看到了，原来在好多童谣的背后，隐潜着历朝历代的杜撰、篡改、附会和张冠李戴，在这里，真正的大手笔是政治斗争。因此，如果我们想到这中间去寻找天真，结果只能是缘木求鱼。这样的童谣可能写得相当精巧、流畅，并不缺乏节奏感和音乐美，却绝对找不到那种心灵自由勃发的天真。翻开一本《中国古代童谣史》，那感觉便如同抚着历史老人脸上的皱纹，上下数千年，中华大地上一幕幕连台好戏翩翩而来。

且看，"苦饥寒，逐弹丸"。一幅多么令人惊心动魄的游猎场面！背景是如日中天的汉王朝，卫青和霍去病的大军正横扫漠北，令骄横的匈奴退避三舍；司马迁正值壮年，拖着残缺的男儿之身在陋室里编撰《史记》；宫廷里歌舞正浓，赵飞燕的掌上舞令皇上如痴如醉；而被冷落在一旁的陈皇后则以千金贿请大才子司马相如为她代写《长门赋》。汉武帝确实雄才大略，文治武功都极一时之盛。也唯其雄才大略，才会头脑发热，干出许多荒唐事来，于是有了他手下的那些人用金弹丸打鸟的奢华，而千百万子民百姓则在饥寒交迫中挣扎。

且看，"犁牛耕御路，白门种小麦"。这是历史上的南朝，色调是柔靡的，四百八十寺的禅味和野花的香气扑面而来。昭明太子一边在山寺里编撰《文选》，一边和红豆院里的小尼姑演绎一幕幽怨的爱情故事。陶渊明田园诗的墨迹未干，谢朓和谢灵运又用山水诗开创了一代风气。而陈后主和宠妃们则在深宫里点着节拍唱《玉树后庭花》。南朝文风腾蔚，但统治者亦大多庸懦无为，只会做些雕琢文辞的勾当，王朝的更替便如走马灯一般，权势和荣华转瞬即逝，无可奈何的挽歌中透析出黄钟大吕般的历史辩证法。

且看，"红绿复裙长，千里万里犹香"。中国历史上唯一的女皇帝武则天出场了，她一手高举铁鞭，无情地镇压自己的政敌，一边却忘不了把自己装扮得更富于女人味。这件"女皇服"大约相当于今天的百褶裙，只是更长，所用的香料也很值得研究，在当时肯定是领导新潮流的。这是一个铁血专制的时代，又是一个思想相当解放的时代，女皇的所作所为无不显示着反传统的魄力。在她的身后，陈子昂正登幽州台而泫然高歌，而云蒸霞蔚的盛唐气象已经喷薄欲出了。

终于有了"石人一只眼，挑动黄河天下反""早早开门迎闯王，闯王来了不纳粮"。中国可以说是农民战争最频繁的国家，一部"二十四史"，关于"流寇"和"乱民"的记载处处可见。起初是由于苦难，忍无可忍而奋起反抗，光脚不怕穿鞋的，仗看来打得相当顺手。待开辟了一片天地以后，便盘算着自己当皇帝了。他们中大多数人自然都没有当上皇帝，只是成了人家走向金銮殿的垫脚石。于是，新的一轮王朝又在农民战争的废墟上建立起来，中国历史在周而复始的磨道上重新开始。

接下来该到清代了，这是一个令现代的中国人不堪回首的朝代，不看也罢。

四

如果我们以一种更深邃的目光去凝视，或许还能发现点别的什么。《南史·陈武帝纪》中有这样一首童谣：

虏万矢，
入五湖，
城南酒家使虏奴。

这个陈武帝即陈霸先，童谣记载了他作为梁国司空时的一段战功。公元556年6月，陈霸先率梁军大破北齐，战后，梁军挟得胜之威把齐国的百姓也当作战俘抓来，连同被俘的齐国官兵卖给有钱人家为奴。因此，在太湖流域一带的酒家，当奴隶的北方俘虏特别多，店老板用吴侬软语呼斥着粗黑高大的齐鲁汉子，这在当时的江南地区大概是相当习见的社会风俗画。

人们由此可以得出战争给人民带来巨大灾难的结论，也可以从中窥觅陈霸先的发迹史，这都不失为一种研究方法。但，是不是还有别的视角呢？

至少，研究中国社会史分期的学者们应当对这首童谣投以多情的一瞥，例如一直在这个领域中寂寞地坚守的周谷城先生。

中国封建社会开始于春秋战国之交，这已是史学界的一种定论，主要代表是郭沫若。这种论断得到了毛泽东的推崇。毛泽东本身就是学者，他的浪漫气质决定了他不会因政治信仰而压抑自我，也不会让个性消溶于革命原则之中，对学术问题发表自己的观点本来是他无可非议的自由。但中国的国情似乎不允许一个政治巨擘有这种自由，因为他一讲话，论争只得就此打住，一切都成板上钉钉的了。这恐怕不仅仅是中国学术界的悲剧，也是政治家们个人的悲剧。就像一个无敌的拳师站在擂台上，形单影只，四顾茫然，该是何等寂寞！失去了参与学术论争的自由，这不能不是一种人格的残缺。按照毛泽东的分期说，中国的封建社会从公元前11世纪到鸦片战争的1840年，差不多有3000年时间，这在世界史上相当罕见，当然也足够学者们作文章的。

但周谷城作的文章却与众不同，他不认为中国封建社会特别长。老先生大笔一挥，把中国封建社会的开端推到东汉后半期，这样，封建时代到1840年一共只有1600年左右；而中国奴隶制时代的种种特征，也可以同世界古代史上其他文明古国大致吻合。否则，奴隶制变得既短促又空虚，在世界古代史上就成了一种反常现象。老先生的推论相当有意思：

"中国奴隶制时代约 2400 年，比 1600 年的封建时代长，这样比例就相称了。因为社会发展史上各阶段的长短，有一定的比例，前一段必比后一段长，后一段必比前一段短，这大概是生产进步的迟速决定的。"

一部纷纭繁复的人类文明史，数千载惊心动魄、生生死死的活剧，二十四史中林林总总的战争与和平，阴谋与爱情，文治与武功，竟化作了比例尺下一截被量度的标本，你不能不惊叹这种气魄。这种气魄固然来自一个学者的自信和良知，恐怕也与他和毛泽东的私人交谊不无关系。他们是几十年的老朋友了，青年时代在长沙第一师范时就经常抵足而眠，如今在学术观点上有点抵牾，想必老朋友不至于"龙颜震怒"的。

周谷城在比例尺下量度中国社会史时，有没有注意到流行于南朝的这首童谣呢？到了公元 6 世纪中叶，奴隶市场仍然如此兴盛，这恐怕不能不引起一个历史学家的关注。须知这不是在某个闭塞的世外桃源，而是在经济发达、文化昌明、领全国风气之先的江南地区；也不是少数人的偶尔行为，而是得到最高统帅部首肯的一场有组织的劫掠和买卖。周谷城把中国奴隶社会的下限定在公元 2 世纪中叶，而梁军大规模的奴隶交易则发生在公元 6 世纪，相去不算很远。一种社会制度消亡以后，在相当长的一个历史时期内阴魂不散以至于沉渣泛起，这是不难理解的历史现象。

那么，中国的封建田园又是怎样一番景观呢？

这是一个闭塞的小农世界，历史的车轮在泥泞的田埂上消消停停地碾过，周围是恬静平和的乡村牧歌，男耕女织，乡音媚好，日出而作，日落而息，这是一首令人安贫乐道、知足常乐的田园诗。怨言尽管有，但不到饿死人的时候，是绝不会造反的。人们似乎也不想出去看看外面的世界。"在家千日好，出门一时难"，出去干什么呢？普天之下，莫非王土，到哪里也不会有什么两样的。

但外面的世界就是不一样，终于有了这样一首童谣：

> 风车戓戓转，
> 番鬼扒龙船，
> 龙船扒得快，
> 好世界……

这是一幅相当惊险的偷渡画面：一群东南沿海的农民冲破朝廷的海禁，到南洋去寻找理想中的"好世界"。时代已经到了清朝中期，无论是根据郭沫若还是周谷城的分期说，这时候中国的封建社会都已经日薄西山了。背负着古老的中华文明，偷渡者走向海洋，他们的脚下不再是祖祖辈辈赖以安身立命的黄土地，而是大海，那浩瀚恣肆、风波奇诡的大海。大海不像土地那样安稳坚实，却充满了令人憧憬、令人心旌摇荡、令人跃跃欲试的动感。这是一则关于漂泊和远航的传奇，基调似乎有点悲怆，极目天涯，云水苍茫，何处才是生命的支点？这里没有怯懦者的方寸之地，风险无边，回头无岸，深渊就在脚下，你只能使出浑身解数去拼搏。这里的景观又是那样瑰丽而辉煌，波诡云谲，风涛接天，连日出日落也不像在村头看到的那样单调乏味。这群扒龙船的"番鬼"是一批冲出传统心理框范的叛逆者，他们脑后拖着一条长辫子，用粗犷的呐喊唤醒了那片陌生的处女地，用固有的精明和八方商贾应酬周旋。他们不是从经济学的辞典上，而是从日积月累的实际操作中熟谙了这些新鲜的概念：投资、开发、剩余价值、再

184

生产，虽然这种熟谙不一定表现在口头上。终于有一天，他们或许觉得脑后的那根长辫子太碍手碍脚，便操起割胶刀或裁制账册用的剪刀一把斫将去。这在国内是要犯天条的，但这里是南洋，中国的皇帝管不着。望着眼前无际无涯的大海，朝廷那土黄色的龙旗已变得相当遥远而淡漠，有如一个依稀的旧梦。当然，也有人不肯斫去，他们还想着攒了一笔钱回国，买几顷好田，讨几个小老婆，用围墙圈起一块庄园，过悠游自在的小日子。到那时，没有辫子可是要砍脑袋的。

毋庸置疑，在这批远涉重洋的拓荒者及其后裔中间，将走出一批眼界高远的杰出人物。正因为有了这一批扒龙船的"番鬼"，才有了后来的洪仁玕、康有为、陈嘉庚、宋耀如（以及他那三个在很大程度上影响了整个中国现代史的女儿），甚至还有当今鼎鼎大名的工商巨子霍英东和包玉刚。诚然，他们大多是因为生计所迫而出走他乡的，他们在南洋的境遇也并非一帆风顺，但他们毕竟走出了这个闭关自守的农业王朝的围墙，呼吸到了海洋文明澎湃的气息。其中有些人，则以那里为中转站继续漂泊，去了西欧、北美，去了世界的每个角落。你可以说他们走向了风险和苦难的深渊，也可以说他们迈进了一个新世纪的门槛。我们应该感谢这首童谣，它记载着中国近代文明的一批拓荒者——这群勇敢的"番鬼"。

当中国南方乡村的稚童们相当投入地高唱"好世界"时，在北京的一座座王府里，官员们正一边斯文地品茶，一边摇头晃脑地欣赏着徽班名角的清唱。他们无疑都是此中内行，这一点只要从他们拊掌击节的韵律中便可以看出来。偶尔谈到中国以外的地方，则一律从鼻孔里哼出一个"夷"字，毫不掩饰心底的鄙薄。差不多与此同时，在广东乡间的某个地方，一个叫洪秀全的青年正在悄悄地组织"拜上帝会"，用不着细读纲领，仅从这个名称就可以体味到那种浓重的西方文明色彩。洪秀全本人并不是"番鬼"或者其后裔，但是在广东一带的城乡，南风大渐，新思潮排闼而入，作为青年知识分子且有志于改革现实的洪秀全不能不心驰神往。若干年后，孙逸仙博士鼓吹革命，一次又一次地在黄土地上碰得鼻青脸肿，只得一次又一次地亡命南洋。但正是这一次又一次的亡命，使得他眼界大开，信念也更为执著。南洋，有如一座庄严的宗教殿堂，一代伟人从这里走出来，每一次洗礼，都在中华古国激起血与火的回声。

一个天崩地坼的日子已经为期不远了。

除朱元璋而外，中国历史上的造反者都是从北方挥戈南下而成就一统的。但翻开现代史，情况不同了。"乱党"几乎全都起事于南方，这恐怕绝非偶然。八面来风正是通过南方的窗口呼啸而入的，这里的椰林和草泽自然比其他地方苏醒得更早。早先的一些革命党人，从孙中山、黄兴到汪精卫、胡汉民，无不与南洋有着千丝万缕的联系。但有意思的是，恰恰是两个与南洋无关的人，后来成了大气候。这两个人，一个叫蒋介石，一个叫毛泽东。

看来，中国的事情太复杂了，从来没有一条简单的公式可以套用。

五

要一点小小的机智，发挥汉文字特有的比兴、谐音、隐喻之类的技巧，把政治性的微言大义隐入其中，这样的童谣，大人们听得腻了，孩子们大概也唱得腻了。

那么，就没有真正的童谣么？

有。皇天后土，白云苍狗，在逶迤绵长的中华文明史上，孩子们传唱得最多的恰恰是这样的童谣。但今天我们寻找和辨认它时，却不得不仔细地擦去历朝历代人为的涂抹，还其童稚无邪的笑靥。例如这一首：

的的确，买羊角，

秋风转，脱蛇壳。

一看便知道，这是一首标准的低幼童谣，一首极富于儿童情趣的趁韵歌。应和着"的的确"的节奏，你那深潜在心底的关于童年的记忆，便有如淡淡的晨雾弥漫开来。那是在某个炎夏的夜晚，玉盘一般的月亮从树梢升起，泻下一片清辉，村里的大人们在纳凉聊天，孩子们则三五成群围成一圈，奶声奶气地唱起"的的确"。或是在初春的屋檐下，艳阳温煦，树影婆娑，年轻的母亲握着怀里宝宝的小手，一字一句地领唱"的的确"，这情景会令人想起"牙牙学语""蹒跚学步"之类体现生命历程的词语。"的的确"是母亲的爱心在跳荡，"的的确"是童心自由烂漫的天地。在"的的确"和谐悦耳的节奏中，多少稚嫩的生命跟跟跄跄地走出了混沌。童谣采用了顶真续麻的手法，这样的文字游戏，对刚刚开始学习语言的幼儿，可以起一种发音和语言训练的作用。你无须深究每一句歌词的实际意义，也不必寻找歌词之间内容上的联系，因为这完全是一种趁韵的需要。例如"秋风起，脱蛇壳"，你若看成有实际意义的传授知识当然未尝不可，但当成一种并无相关意义的词语教育也是讲得通的。这就是童谣，黄口小儿顺口诌出的东西，不必太认真。

偏偏太认真的大有人在。就是这首区区 12 个字的儿歌，却让历代的不少文人学士大伤脑筋，他们搜肠刮肚，咬文嚼字，整天拿着放大镜在每一个笔画间寻找微言大义。功夫不负苦心人，终于有一个叫史梦兰的清代学者考证出这是一首祝颂举子的歌谣。据他在《古今风谣拾遗》中讲："'的确'，不易也；'羊角'，解也。"意思说，一个举子要中解元，的确不容易，就像秋天的蛇一样，要脱一层皮才好。多亏了我们的汉字有这样神奇的造化之功，能让你像玩积木一样地分解组合。也多亏了这位老先生学富五车，竟然把一首浅显的儿歌附会得这样熨帖圆通，很像那么回事。此公很可能是位范进式的人物，所以才有这样铭心刻骨的科场体验，并能在做学问时融会贯通。

比较而言，这种考证也许不算太牵强，下面这首童谣的遭遇就更复杂一些了。

> 张打铁，李打铁，
> 打把剪刀送姐姐，
> 姐姐要我歇，我不歇，
> 我要回去学打铁。

不难理解，这里的"张打铁，李打铁"，只是为了传唱的方便而顺口诌出的，犹如人们口语中的"张三李四"一样，并非实指姓张、姓李的铁匠。这四句是"起兴"，正文从"打铁一，苏州羊毛好做笔"开始，一直唱到"打铁十，十个癞子戴斗笠"。最后又唱道：

> 打铁十一年，拾个破铜钱，
> 娘要打酒吃，仔要还船钱。

纯粹是一种文字游戏，但玩得极富于情趣，其作用在于对幼儿进行从一到十的计数教育，并联系幼儿熟悉的日常生活材料进行语词训练及简单的知识灌输。但"打铁十一年"以下四句，却不经意地展示了基层劳动群众的生存状态。打铁十一年，只"拾"到一只铜钱还是"破"的，这是多么惊心动魄的悲哀！而就是这个破铜钱，娘儿俩还在如何使用的问题上发生了争论，这种争论是一种贫困的窘迫和申诉，最终没有结果的争论透出一股苦涩而悲怆的余韵，着实令人心酸。如果一定要说童谣有什么政治或社会的深文大义，那么，这种真切而自然的流露难道不比那些箴言式的说教更加震撼人心？

同样是文字游戏，文人学者们却要玩得艰深冷拗得多，他们神游八极，穷极才思，一定要把一首小儿歌谣和浩浩茫茫的中国历史对应起来。他们竟然得出了这样的结论，从"打铁一"到"打铁十"，"均暗兆顺治以后年号"，理由是自顺治以始，到清朝灭亡正好经历了10个皇帝。我曾经为这种想象好一阵惊叹，但一查，不对了，早在明人李介元的《天香阁随笔》中，便已经有了关于"张打铁"的记载。李介元是天启年间人，这几首儿歌的诞生年代或许更早，以明代以前的童谣讲清代的历史，只能是痴人说梦。如果说这是一种预示，一种天人感应，那么，清朝总共只有10个皇帝，"打铁十一年"又将何以解释？

于是又想到起兴的"张打铁，李打铁"，民间普遍认为，这是暗指明末起义领袖张献忠和李自成，这种附会可能有别于士大夫文人的繁琐考证，而是寄托着人民群众的某种情绪。"自古英雄多袖手，留将恨事与千秋"，对敢于反抗而牺牲了的英雄，人们怀念他们，所以总要杜撰出几首诗或几则传奇来显示他们的存在。甚至连毛泽东这样坚定的唯物主义者也难免感情用事，他在《明史纪事本末·平河北盗》一文的最后批注道："吾疑赵风子、刘七远走，并未死也。天津桥上无人识，闲依栏杆看落晖，得毋像黄巢吗？"赵风子、刘七和黄巢都是历史上的农民起义领袖，失败后或被杀，或自杀。《毛泽东读史》的作者张贻玖认为："'天津桥上无人识，闲依栏杆看落晖'的诗句，蕴含着毛泽东对这几位农民起义领袖失败后的几多同情。"其实，以毛泽东的博学强记，不可能不知道"天津"诗的来龙去脉。这是元微之《智度师》中的句子，被后人窜易磔裂，合二而一。既然一代伟人可以容忍这种一厢情愿的"张冠李戴"，那么普通民众把一首儿歌中打铁的"张三李四"附会成自己怀念的"张三李四"，也就是可以理解的了……

但无论如何，启蒙的影响是巨大而久远的，那是一张白纸上最原始的一笔，是浩浩长天上最绚丽的彩虹，是黎明的静谧中第一声启程的足音。笔者早已过了"不惑"之年，孩提时代的好多记忆已经淡忘了不少，但有一首童谣，却至今烂熟于心。更令人感慨的是，前些时回乡，听到村头的儿童围在一起鼓掌高唱的，仍旧是这首熟悉的童谣，而且竟然一字不差：

一二三，摇机关，
机关响，到英港，
英港英，到南京，
南京住的和平军，
和平军，狗日的，
大鱼大肉吃不够。

现在看来，这也是一首政治色彩相当浓的作品，当初我们唱着时，对中国现代史上这段苦难而悲壮的历程几乎一无所知，但大家仍旧唱得很投入，不是由于政治热情，而是觉得挺顺口，挺有劲的。

既然挺顺口，又挺有劲的，那么就唱吧。站在故乡的村头，我真忍不住要和着那烂漫的童音也高唱起来。这不是为了猎奇和怀旧，而是蕴含着一种真诚的崇敬，我们都从那种天籁之音中走来，而在心灵的历程上，我们又生生不息地追求那个融洽谐美的自由天地——这就是童谣。

文章太守

一

每座城市都自诩为文化古城，都有几处古董、准古董或伪古董。翻开地方志，言之凿凿的文明史都可以追溯得相当久远。我徜徉在城市的陋巷和郊外的石级小道上，身边是荒寺古木，塔影斜阳，石碑已漫漶难辨，粉墙洇蚀，有如老妇脸上的寿斑。我知道，在这些残碑、古塔和地方志之间，应该隐潜着几个青衫飘然的身影，寻找他们，是为了寻找一种远古的浪漫，一个关于漂泊、诗情和文化个性的话题。

终于来到了扬州，听到了欧阳修吟诵《朝中措》的声音，那声音凝固在平山堂前的石碑上。平山堂是欧阳修任扬州太守时所建，但这首词却是他离任多年后在开封写的，当时他已经升任翰林学士，又勾当三班院。"勾当"是宋代的流行用语，并没有贬义，用现在的话说叫"主管"。勾当三班院大致相当于中央办公厅主任，实权是很大的。这位欧阳公在京师的殿阙里"勾当"之余，忆及当年在扬州的外放生涯，却相当留恋，特别是词中的"文章太守，挥毫万字，一饮千钟"几句，很有点洋洋自得的意味。这自得不仅因为他的诗酒风流，而且因为他是一方的最高长官，因此，他那"挥毫万字，一饮千钟"的放达就不光是一种个体性的生命呈示，而且定格为流韵千古的文化风景。

191

在和自然山水的秋波对接中，他超越了时空，也超越了自我，成了一座城市的代表性诗人。在这里，欧阳修笔尖轻轻一点，触及了中国历史上一个很有意思的文化现象：文章太守。①

"文章太守"无疑是一顶相当风雅的桂冠，可是当我们在浩浩人海中进行资格认定时，目光却渐至迷茫。因为在大部分的升平时代，官吏总是由文人承担的，而选拔官吏的途径是科举，也就是考诗赋文章，那么可以想见，能当到一方太守的大概文章都写得不错，就像现在提拔一个市长，起码是"大专以上"，至少也是"相当于"。这样一推论，所谓"文章太守"就没有多大意思了，因为大家都可以堂而皇之地列入其中。但事实上，绝大多数的官吏虽然也有文化，但他们的人生价值主要不是因为文章写得好，而是因为官场行为。能称得上"文章太守"的，起码应该是一些在中国文化史上有相当影响的人物，他们生命的辉煌在于文化呈示和文化定位，当官则带有"反串"的性质。例如，同样是高级官僚，而且也有过相当不错的政绩，人们总习惯于把屈原、白居易、苏东坡、辛弃疾、郭沫若归入文化人一类；而同样是文坛高手、风骚教主，人们又习惯于把曹孟德、李隆基、明代的"三杨"（杨士奇、杨荣、杨溥）以及毛泽东归入政治家的行列。至于像李后主那样的角色，虽贵为国主，恐怕还是算他一个"开山词宗"较为合适。

问题还不仅仅于此。有些官员的诗文确实也不错，照理也可以称为"文章太守"的，但是再看看他们的文化人格，我们只能不无遗憾地让目光跳过他们的身影。例如唐代有一个叫李远的人，据说"为诗多逸气"，似乎有点名士风流的派头。唐宣宗时，宰相令狐绹要任命

---

① 太守大体上是汉代的称呼，自唐宋以后已非正式官名，但习惯上仍用作刺史或知府的别称。为行文方便，本文不拘泥于具体朝代和称谓，将州郡的最高行政长官一律称作太守。

他当杭州太守，宣宗说："此人作诗，有'青山不厌一杯酒，白日惟销一局棋'的话，能做地方官吗？"皇帝怕他文人气太重，管不好政务，但还是答应让他试试。从皇帝都知道他的诗这一点来看，他在当时的文名是不小的。李远上任后，倒也清廉能干，很得人心。却又不改名士派头，作诗喝酒是不用说的了，而且喜欢收藏文物，特别注意天宝遗物。他曾在关中一个和尚处访得一双杨贵妃的袜子，从此奉为至宝，常常取出来给朋友玩赏，并说："我自从得到这双又软又轻、既香且窄的妙物以后，每见一次，就好像身在马嵬坡下，与贵妃相会。"他有不少诗都是以此为题材的，宣泄了一种色情狂的心理。这种人，虽然"文章"和"太守"两方面都说得过去，却不能称为"文章太守"——他们的文化人格过于猥琐。

我们还是走进历史的长廊去做一番巡礼。起初我以为西汉的贾谊当之无愧，因为他有"贾长沙"的别称，想必是当过长沙太守的了。但一查，不对，他的头衔是长沙王太傅，也就是家庭教师。"可怜夜半虚前席，不问苍生问鬼神。"他一生不得志，很可惜。接下来轮到被曹操杀头的孔融，他是"建安七子"之一，也确实当过北海令。但北海弹丸小郡，是个不起眼的县级市，孔融在那里的身影亦缥缈难觅。南朝的谢朓是宣城太守，人称"谢宣城"，"蓬莱文章建安骨，中间小谢又清发"，李白对他的诗是很欣赏的，且算他一个。再往下就是风华绝代的唐宋了，这两朝都崇尚文治，文章太守出得最多，也最为典型。从京师到各州郡的官道上，外放的翰林学士络绎不绝，衣带当风，卷帙琳琅，这是一幅令后人多么期羡的风景！山川和美人，历史和诗情，英雄梦和寂寞感，生命意志和浪漫情韵，这一切都在车轮和马蹄声中梳理得那样熨帖——我们毕竟有过一个云蒸霞蔚的盛唐，也有过一个虽不算强盛、却风情万种的两宋。

二

既然"文章太守"的称号首先出自欧阳修之口,我们就先从他谈起。

欧阳修是北宋人,北宋是一个高薪养廉的时代,当时的文人都想在中央做官,那里有更多的晋升机遇,生活也更加风流旖旎,外放到州郡去的都是因为官场失意。庆历六年九月,欧阳修出任滁州知州,他自然也是很失意的。官船沿汴水入淮河迤逦而行,两岸柳黄霜白,满眼秋色,长空中传来几声雁鸣,凄清而悠长,一种莫名的惆怅感袭上他的心头。迁徙之路本来就是孤独而荒凉的,偏又逢上这萧索的秋景。

失意的原因就不去说他了,政治这东西很复杂,三言两语很难说清楚,反正就这么回事,一个正直而书生气的文人在官场中被同僚踹了一脚,落荒而走,到下面来当太守。官场失意,情绪自然不会好,才40出头的人,便自号"醉翁"。醉眼蒙眬看世界,天地一片混沌。但他渐渐发觉当一个地方官也挺不错,首先是自由,特别是心灵的自由。这里远离政治斗争的中心,官场的吵闹声被千里荒原和长风豪雨阻断,微弱得几乎可以忽略不计,于是便用不着整天揣摩上司和同僚的眼色,也省去了许多站班叩头和繁文缛节。这里虽没有京师那样高档次的勾栏红楼,却有一派充满了生机和野趣的自然山水。文人本来就对自然有一种天性的向往,那么,就扑进大自然的怀抱,展示出一个更纯真更健全的自我吧。

他走进了滁州西南的琅琊山,山光水色中流出了中国散文史上的灿烂名篇《醉翁亭记》。这是一篇赏心悦目的游记,更是一曲心灵的咏叹和吟唱。500多字的散文以10个"乐"字一以贯之,那令现代人读来颇有点拗口的"之乐""而乐""其乐"和"之乐其乐"中，似乎透出作者压抑不住的朗笑。其实作者的内心深潜着巨大的悲愁，究竟是山壑林泉之美暂时掩盖了他心灵深处的痛苦，还是原生态的自然山水升华了他的人生境界，使他以一种更为高远旷达的眼光来审视生命呢？似乎很难说清楚。反正《醉翁亭记》诞生了，诞生在一个失意官僚的踉跄醉步之下，诞生在夕阳和山影的多情顾盼之中，诞生在心灵的困顿和再生之后。它那摇曳多姿的情韵，不仅让无数后人为之心折，而且当时就产生了轰动效应。且看《滁州志》中的这一段记载：

> 欧阳公记成，远近争传，疲于摹打。山僧云：寺库有毡，打碑用尽，至取僧室卧毡给用。凡商贾来，亦多求所本，所遇关征，以赠监官，可以免税。

读了这一段记载，我真是感慨万千。在那个崇尚文化的宋代，为了拓取石碑上的一篇文章（而且是当代人写的，并非古董），竟把寺庙库房里的毡子用尽了。从拓碑者那络绎不绝的身影和朝圣般的虔诚中，我们看到了一种文化精神的闪光。可惜今天我们已无缘遭逢这样的景观了。今天各地的名胜古迹中，名人碑刻自然并不鲜见，游人中有识趣的，站在面前吟读几句，赞叹一番，优哉游哉地转向别处。而大多数的俊男倩女恐怕看也未必看的，这有什么好看的呢？既没有炫目撩人的色彩，也没有争奇斗艳的形制，更不宜于相依相偎着谈情说爱。他们从前面走过时，目光中透出游离和浮躁，或偶尔趋近，只不过是为了磕去鞋跟上的泥污，然后哼着流行歌曲翩然而去。

当然，我们或许可以批评当初那些拓碑者中某些人的动机，例如那几个做生意的款爷，他们寻求拓片的目的，只不过是为了行贿沿途的税官，以求得对方高抬贵手。但透过这种相当功利性的举动，我们仍然感到了一种浸润着文化色调的温煦。税官以他职业性的贪婪审视着一件当代碑刻的拓片，他的眼睛或许一亮，然后相当满足但又不动声色地笑纳——他掂出了这卷宣纸的分量。税官自然是可恶的，但我却固执地认为，这个收受拓片的税官却少许有几分亲切。也许，他只是想用这件小玩意装点一下自己的客厅，但比之于镶金嵌银富丽堂皇，用拓片装点似乎更令人顺眼。或者，他只是想用这卷宣纸转手行贿自己的上司，以谋取更好的前程，但我们却宁愿看到权贵们笑纳一件拓片而不是红包彩电金项链和"三陪女郎"。在这里，税官及其上司可能并不具备一个鉴赏者的文化品位，他们的动机可能纯粹是为了附庸风雅。但我仍然固执地认为，附庸总比不附庸好，因为附庸本身就是一种认定——对附庸对象的价值认定。试问，谁曾听说有人附庸粗俗、附庸浅薄的？附庸风雅，至少说明他们还把风雅当回事，还认为是值得仰慕可以炫耀的，甚至还有一点小小的崇拜。如果大家都来附庸，蔚成风习，对提高全社会的文化品位大概没有坏处。真正可悲的倒是没有人来附庸，人家眼中的文化只是那种快餐式的歌厅舞厅卡拉 OK 或美容桑拿之类，而家中本来可以放几本书的地方却显摆着人头马和路易十四。因此，我由衷地感慨我们曾有过一个宋代，那时一件小小的拓片竟那样风靡，让贪得无厌的税官也为之开颜。

《醉翁亭记》之所以能流韵千古，与当初的那些拓片大概不无关系。滁州是淮北小城，欧阳修那期间的情绪也不好，寂寥烦闷之中，可以散散心的地方大抵也只有那座醉翁亭。与之相比，苏东坡在杭州的太守生涯，色彩就丰富多了。

苏东坡一生中颠颠簸簸地做过好几任太守，他那光华夺目的诗文有相当一部分产生于州府的庭院里。"我独不愿万户侯，惟愿一识苏徐州"，这是秦观早年写给苏东坡的诗。当时苏东坡在徐州当太守，政绩和文名都令人倾慕。他从翰林学士调任杭州太守是元祐四年

（1089 年）的春天，对于这位大诗人来说，杭州曾是一段充满了审美体验的浪漫人生，15 年前他在那里当过通判，他吟诵的那些诗句至今仍在杭州的楼馆和街巷里传唱，他当然很乐意到那里去。离开京师前，83 岁的老臣文彦博特地来送他，劝他不要乱写诗，苏东坡已经跨在马上，他很理解老前辈的一番好心，也知道有一帮小人用阴险的目光盯着他，时刻准备为他的诗下注解（这种注解可不是什么好事）。他仰天一笑，向文彦博拱拱手，策马往杭州去了。这次他走的是旱路，旱路比水路多了几番颠沛，却比水路快疾。杭州有山水，有诗歌，也有美人，那里是一个新鲜活泼的生命世界，他渴望着尽快走进那个世界。

文彦博的忠告他是记在心里的。到杭州后，苏东坡确实有一段时间没有写诗。但不写诗不等于没有诗化的生活，杭州本身就是一首诗，在这里，他尽情地享受生活的美，用自己的灵性去拥抱和体验生活中的诗情。这是一种人生的大放达，一种与自然和谐共处坦诚对话的大自在。人在诗中，诗在胸中，是不是见诸笔墨传唱闾巷并不重要。他住不惯市中心的太守官署，那里不仅远离了西子湖风姿绰约的情韵，而且森严的照壁也隔断了柔婉的市声和鲜活灵动的江南烟水。因此，他常常"走出彼得堡"，住在葛岭寿星院的一栋小房子里办公。那里有一处雨奇轩，一听这名字便会想到当年他写的那首赞美诗：

> 水光潋滟晴方好，
> 山色空蒙雨亦奇。
> 若把西湖比西子，
> 淡妆浓抹总相宜。

这首绝句后来成了抒写杭州和西湖的代表性诗篇。

有时，他会独自一人走进某座寺院，脱下纱帽和官服，四仰八叉地躺在竹林里。清风徐来，竹影婆娑，这是真正销魂的时刻。庙里的小和尚用敬畏的目光偷看这位大文豪，他们看到苏东坡背上有七颗黑痣——这无疑是一项相当了不起的发现，足够他们日后津津乐道的了。中国古代的诗人似乎与和尚和妓女有某种不解之缘，苏东坡在杭州也少不了和这两种人打交道。和尚往往是哲人兼俗人，妓女中则不乏灵气和悟性很好的奇女子。对于诗人来说，和他们的交往是灵性生活与感观生活的统一，诗情与哲理的升华。据说，有一次他泛舟西湖，曾和一个叫琴操的妓女互斗禅机，这实际上是一次关于人生哲学的对话。苏东坡自扮佛门长老，请琴操装成参禅弟子。按照佛规，自然是徒弟问，师父答。围绕着眼前景、心中事，这场师徒间的对话很有意思：

琴操问："何谓湖中景？"

东坡答："落霞与孤鹜齐飞，秋水共长天一色。"

琴操又问："何谓景中人？"

东坡答："裙拖六幅湘江水，髻耸巫山一段云。"

琴操再问："何谓心中意？"

东坡答："随他杨学士，憋杀鲍参军。"

琴操是个极聪颖的女孩子，她显然听出了苏东坡的答辩弦外有音，又径直问道："长老所言，究竟意当如何？"

苏东坡又赠一句："门前冷落车马稀，老大嫁作商人妇。"

琴操当即恍然大悟，知道太守是规劝自己及早脱却风尘。想起往昔供人戏弄和蹂躏的辛酸生涯，念及日后凄凉的晚景，琴操万念俱灰，当天就削发为尼了。

我一直怀疑这段传说的可靠性。苏东坡是个天性温厚的人道主义者，按理说他不会用这样的方法把一个弱女子导入生活的误区。因为从青楼而遁入佛门，并不能说是真正的解脱。但这样的传说却道出了苏东坡的另一种无奈，无论是绮丽的山光水色，还是诗情与哲理，都回避不了冷酷的人生现实。当琴操最后走向青灯黄卷的佛堂时，诗人的目光中当会流泻出相当真诚的忧伤，而且也肯定会想到一些更深远的命题的。

三

苏东坡所想到的命题，也是中国的文人士大夫们终身为之魂牵梦萦的，这个命题叫作济苍生。中国的文人士大夫有一个很不错的传统，即把儒家的用世之志与道家的旷达精神结合得较好。事实上，苏东坡在杭州不仅仅是优游山水，他是个有相当建树的行政官员，他留下的那些业绩，有几桩甚至称得上是开天辟地的创举。例如，他建立了中国历史上最早的孤儿院和公立医院，这中间影响最大的无疑是他为杭州城建立了良好的供水系统，此举因为与治理西湖有关，历来被传扬得十分风雅，似乎那只是为了人们日后泛舟赏荷的便利。一个大文豪，他的一举一动——哪怕是最普通最实际的举措——也会被渲染成一种诗意化的浪漫，反而忽视了为百姓排忧解难的耿耿初衷。

苏东坡在杭州当太守是北宋元祐年间。他当时没有想到，几十年以后，杭州会成为宋王朝新的都城，而他殚精竭虑所兴建的那些工程，恰恰是为那一班仓皇南渡的君臣准备的。西湖整治好了，可以夕阳箫鼓，也可以曲院风荷。城市基本设施一应俱全，市民们既具有南方人热情的天性，又极富于文化素养，"暖风熏得游人醉，直把杭州作汴州"，一切都美轮美奂。难怪宋孝宗赵昚坐在杭州的宫城里阅读苏东坡的作品，尤其是他的那些奏议表状时，竟钦佩得感激涕零。于是谥给他"文忠公"的荣衔，又追赠太师的官位。在皇帝亲自起草的圣旨中，有"王佐之才可大用，恨不同时"的句子，可见他对苏东坡的推崇了。在人们的记忆中，赵昚上台后，被重新评价且给予极高荣誉的只有两个人，除去苏东坡外，另一个就是因大破金兵而屈死在风波亭的岳飞。

孝宗皇帝在新宫城里翻阅的那些奏章中，大概就有苏东坡为整治西湖而写给太后的报告。这份报告很有意思，从中我们可以看出苏东坡政治上的机敏，并不是通常想象的那种书呆子。他列举了整治西湖刻不容缓的五条理由，其中第一条竟是佛家的说法，怕西湖淤塞，鱼儿遭殃。因为太后是女人，女人的心一般都是水做的。而且太后又信佛，佛家以慈悲为怀，视杀生为大忌。这一条理由恐怕苏东坡本人也未必相信，他虽然经常与和尚讨论佛法，但那是把佛法作为一种哲学来研究的。他的诗中充满了那么大胆的"天问"，每一次"把酒问青天"都是对科学殿堂的叩击，都闪烁着朴素唯物主义的思辨之光。例如，他曾设想月亮上的黑点是山脉的影子，这种大胆的设想直到近代才被科学发现所证实。因此，对佛家那些因果报应六道轮回的鬼话，他未必相信。但这不要紧，只要太后相信，就应该堂而皇之地排在第一位。接下来的理由是西湖关系到造酒的水源，这一条也很重要，因为酒税是国家财政收入的大宗，而财政问题历来都是很敏感的，不能不引起中央的高度重视。有了这两条，就从意识形态到经济基础两方面把太后征服了，再接下去才是城市供水、农田灌溉、运河流水。这样的报告送到京师，太后马上就批复同意，并且给了一万七千贯钱。苏东坡算算这笔钱还不够，便在用足政策上做文章，卖了100道僧人"度牒"——这颇类似于现在有些地方卖户口的做法——又得到一万七千贯钱。他用这两笔钱把事情办得很圆满，最后还用修湖废弃的葑泥筑了一条长堤，这就是与白居易的"白堤"齐名的"苏堤"。

苏东坡是幸运的，他一生曾先后得到三位太后的赏识。但对于绝大多数的文人士大夫来说，这样的幸运毕竟可遇而不可求，在他们身上，兼济天下的使命感常常消磨在壮志难酬的扼腕之中。他们的一生总是在"忧"字上作文章，一个梦魇般的"忧"字，成了中国文人千古不绝的浩叹。从屈原到后来一代又一代的文人士大夫，几乎概莫能外。看看汨罗江畔那幽怨的足迹吧，徘徊复徘徊，凝聚着的正是"政治失恋"的巨大痛苦。这就难怪另一位"文章太守"范仲淹站在岳阳楼上，发出"进亦忧，退亦忧"的感慨，并把这归结为一种"古仁人之心"。生死以之的忧患意识，构成了中国文人普遍而独特的精神图谱，从某种意义上说，他们从来就不曾真正潇洒过。

白居易也在杭州当过太守。一般认为，这位香山居士是很会享受的，所谓"樱桃樊素口，杨柳小蛮腰"是他生活的一大乐趣。在杭州这种地方，他自然不会冷落了自己，不信，有诗为证："玲珑箜篌谢好筝，陈宠觱篥沈平笙，清弦脆管纤纤手，教得霓裳一曲成。"商玲珑、谢好、陈宠、沈平，是他在杭州物色到的四位擅长吹弹管弦的姑娘，白居易都为她们写了诗，还把她们组织起来教练演奏《霓裳羽衣曲》。练成之后，就在西湖边的虚白堂前演出，那排场是可以想见的。白居易后来在洛阳写的那几首《忆江南》，同样成为抒写杭州的代表性诗篇。江南好，江南忆，一唱三叹，写尽了杭州的风华旖旎和声色娇媚。但这只是太守生活的一个侧面。十一月的大寒天，太守在官邸里围炉拥裘时，想到的却是老百姓连粗布袄裤都穿不上身的困窘，两种生活境遇的反差，使他陷入深深的愧疚之中。只要看看白居易写过的另外一些诗篇（例如《观刈麦》《杜陵叟》《卖炭翁》等），就可以知道这并非诗人无病呻吟的矫情，而是发自心灵深处的人道主义呼唤，不然他不会有如此奇特的想象：

> 我有大裘君未见，
> 宽广和暖乃阳春。
> 此裘非缯亦非纩，

裁以法度絮以仁。
若令在郡得五考，
与君展覆杭州人。

在成都草堂那个秋风肆虐的早晨，我们曾见过诗人杜甫设计的一座广厦，其宽敞与温煦曾令无数读者仰之弥高、心情激荡。现在，我们又在杭州冬日的漫天风雪中，见到了另一位大诗人设计的一件足可展覆全城的大裘。以我的孤陋寡闻，这大概是古今中外文学作品中出现的最磅礴的衣衫。白居易的诗好多写得相当通俗，有些几乎坠入打油的格调，这一点苏东坡颇不以为然，鄙之为"元轻白俗"，认为白诗过于浅俗，没有多大意思。平心而论，就艺术张力而言，上面所引的这首诗与杜甫的《茅屋为秋风所破歌》确实不在一个档次上，但从中我们却看到了什么叫源远流长的人道主义，什么叫中国知识分子的人格、情怀和永恒的焦虑，什么叫"为时而著"与"为事而作"的现实主义文学传统。白居易在杭州不到三年，却为人民办了不少好事、实事。当他离任的时候，杭州的老百姓纷纷饯送，甚至有遮拦归路，号哭相阻的。我想，作为一个地方官，这滂沱泪雨和牵衣顿足的送别即使不是一种最高荣誉，也是比晋升的调令以及上司的赏识之类更权威，也更值得珍惜的了。

现在我们该回到扬州，去看看欧阳修建造的平山堂了。关于平山堂，至今仍有一副写景摹胜的楹联，联语云：

衔远山，吞长江，其西南诸峰林壑尤美，
送夕阳，迎素月，当春夏之际草木际天。

不难看出，这是集《岳阳楼记》《醉翁亭记》《黄冈竹楼记》《放鹤亭记》中的名句而成的。中国的文人历来喜欢玩这种掉书袋的文字游戏，但这一次却玩得相当精当。

史料中有不少关于欧阳修在平山堂观光宴乐的记载，有些场面是很出格的，像"坐花载月"那样的玩法就相当排场。后人在评论宋代词坛时，有"同叔温馨永叔狂"的说法，同叔是婉约派词人晏殊，永叔即欧阳修。在这里，欧阳修的"狂"恐怕不仅仅是指诗酒风流，还应包括人的品性及政治抱负之类。欧阳修是在中央做过大官的，人称有宰相之才，他到扬州来，自然要干一番利国惠民的事业。这样，他就陷入了一种深深的困惑之中。扬州太出名了，现在又有了一处平山堂，过往的官吏文士，不管相干的还是不相干的，都要来拢一拢。来人了，太守都得陪，平山堂自然是要去的，酒也非喝不可，于是"革命的小酒天天喝"，时间长了，他感到很累，也感到实在没有意思，便自己要求调到颍州去。颍州是个偏僻的小城，大概不会有这么多的送往迎来吧。

欧阳修是庆历八年（1048年）二月到扬州的，第二年正月迁知颍州，时间不到一年。史料中没有留下多少他在扬州的政绩，只有一座平山堂。他走得很匆忙，不是因为政务的辛劳，而是因为诗酒太繁盛，山水太迷人，宾客太多情。也许有些人认为这是一桩挺不错的美差，自己既很风雅惬意，送往迎来又是公关的绝好机会，宴客旅游，钱是公家的，却可以用来巩固和发展自己的人际关系，这对于日后仕途上的腾达无疑相当重要。但是欧阳修却对这样的美差不领情，一种健全的文化人格驱使着他尽快离开这里。欧阳修走了，从烟柳繁华的扬州走向颍州小城，回望古城的二分明月和平山堂的烟雨楼台，一直纠缠着中国文人的那个"忧"字当会又浮上心头的。

四

我翻阅过几座城市的地方志，发现其中似乎有一种规律性的遇合：凡是文化昌明的历史名城，其山水街衢间总飘动着几位文章太守的身影。在这里，诗人的抱负、情怀以及"与物有情"的缠绵锐感和城市的性格联结在一起；城市的风情、美姿以及社会生活的各个侧面和诗人的魅力互相得到了最好的展示。"我见青山多妩媚，料青山见我应如是"，辛弃疾的体验虽然很真切，但毕竟说得过于斯文。我觉得若用"两情缱绻""以身相许""风尘知己"或"情人眼里出西施"之类形容男女情爱的说法，可能会更有意思。于是，诗人塑造了城市，以他深婉或高迈的文化品格蔚成了一座城市的文化风习；城市成就了诗人，让他的才情挥洒得淋漓尽致，并且成为一座城市的代表性诗人。面对城市的诗人和面对诗人的城市，是一种灵性的双向对接，他们互相依存，有如一座丰碑两面的浮雕。就像一提起奥斯特里茨或滑铁卢，人们就会想到拿破仑一样，一提起杭州，人们自然会想到白居易忧时的苦吟和苏东坡豪迈的长歌；而一提起诗人杜牧，人们也会想到扬州的青楼艳歌和二十四桥的丽人倩影。

扬州历史上出过多名文章太守，这中间，杜牧的祖父杜佑大概是著述最丰的一个，他的代表作是史书巨著《通典》。值得一提的是，《通典》中本着"教化之本，在乎足衣食"的宗旨，把《食货》列为八门之首，在中国古代的史学著作中第一个高扬起"以经济建设为中心"的旗帜，这是很有见地的。杜佑的官衔是淮南节度使，驻节扬州，唐代的节度使兼管地方政务，因此，实际上也就是扬州的最高行政长官。他对青年才子刘禹锡很欣赏，但刘禹锡当时担任太子校书，是东宫属官，他无缘延揽。贞元十六年（800年），徐州军乱，朝廷令淮南节度使领兵讨伐，杜佑乘机表请刘禹锡为掌书记。戎马倥偬中，刘禹锡"恒磨墨于盾鼻，或寝止群书中"，干得很出色。这次军事行动只有几个月，而且以失败告终。此后杜佑回到扬州，他当然不会放刘禹锡再回去了。刘禹锡因此有机会进入了扬州的文化圈子，经常和文友们一起拈花赋诗、对酒联句，逐渐形成了他那废巧尚直而情致不遗的诗风。杜佑从扬州调到中央后，刘禹锡亦随同入京，担任监察御史，开始在政界和文坛崭露头角。因此可以说，扬州是他人生旅程中至关重要的一站，而正是文章太守杜佑给了他同样至关重要的机遇。

杜佑离开扬州大约30年以后，到了唐大和年间，当时的淮南节度使是牛僧孺。对于中唐政治史上的"牛李党争"，我不去评说是非，但牛僧孺肯定是一个文人，而且有一定的文化品格。当时他帐下有一个叫杜牧的年轻人。当年杜佑在扬州时，曾提掖过不少文学后进，现在他的孙子在扬州，又得到另一位文章太守的关顾。这绝不仅仅是一种巧合，而是唐代那种文化氛围下相当必然的际遇。对于一个文人来说，不管他后来的成就多高，名气多大，在其人生的某个关键时刻，大抵都曾得到过别人的慧眼赏识和提携，对于这种赏识和提携，他们会铭记终生的。因此，当他们以文坛高手的身份到一个地方当太守时，对当地的文人总会流泻出更多的热情，而一方的文风，也就在这种热情的流泻中兴盛起来。杜牧是个天才型的诗人，却放浪形骸，并且喜欢发牢骚，有时候还喜欢说大话，动不动就论列国家大事。一般来说，当官的不大喜欢这样的文人，往往敬而远之，等到你出了什么问题再一并收拾。扬州是个风月繁华的温柔之乡，这里有的是女人和歌舞。杜牧在牛僧孺手下当掌书记，白天办公，夜间便溜出去狎妓饮宴，过他的风流生活。牛僧孺卸任时，取出一个大盒子交给杜牧。杜牧打开一看，里面都是牛僧孺手下秘密警察的报告，一条一条写着："某月某日，杜书记在某处宴饮""某月某日，杜书记在某妓院歇宿""某月

205

某日，杜书记与某人在某处游览，有某某妓女陪同"……这样的小报告，看了真叫人心里寒颤颤的。不过别担心，牛僧孺动用秘密警察，其目的并不是为了打探部下的隐私，好日后算账，而是让他们暗中保护杜牧，怕他风流太过，惹出事端来。杜牧看了这些，大为惭愧，同时也深深地感到太守对他的宽容。牛僧孺稍稍教训了他一顿，劝他检点品德，不要太浪漫了，也只是点到为止，对方脸红了便打住，并不上纲上线。对于牛僧孺这样的做法，用现在的眼光看似乎过分姑息了，但正是在这种姑息之下，杜牧写出了一批风华掩映的好诗，为纤巧疲软的晚唐诗坛吹进了一股清新峭健之风。如果让我们面对一场选择，那么，我们宁愿选择一个在姑息宽容下风流放荡、词采勃发的青年才俊，而不要一个在严格管束下道貌岸然、四平八稳的传统士大夫。

这样的议论仅仅是浅层次的。其实，牛僧孺的姑息，是建立在深切了解基础上的信任。他知道醇酒妇人只是杜牧生活的一个侧面，甚至只是一种表象。除此而外，还有一个更真实的杜牧，即说剑谈兵、有经纶天下之志的杜牧。受祖父杜佑的影响，杜牧从小就不乐于攻读群经，而好言兵甲财赋之事。有谁相信，这位风流浪子曾注释过《孙子兵法》，并针对危机四伏的晚唐政局，写出了《战论》《守论》《原十六卫》等充满血光之气的文章呢？他是很想在经国大业中有一番作为的，只是由于壮志难酬，才苦中作乐，在脂香粉艳之中寻求解脱。舞低杨柳楼心月，歌尽桃花扇底风，可诗人的心在流血，这种意欲解脱而不能的深愁剧痛谁能理解呢？牛僧孺能理解，这是杜牧的幸运，也是中国文化的幸运。

杜牧对牛僧孺是非常感恩的。牛僧孺死后，墓志铭就是杜牧写的，这可以作为一个明证。杜牧后来也当过几任州郡太守，留下了不少风流佳话，且提掖过不少青年士子，这些都是情理之中的了。

一般来说，那些被称为文章太守的人物在调任州郡之前，都在中央做过官，而且已经有了相当大的文名。京城的文化圈子很热闹，天子脚下，人文荟萃，摩肩接踵，星光灿烂，大家总认为那里是步入文坛，再由此进入政界的捷径。一首诗写得好，说不定就可以直达天听，名扬天下。于是各路高手争奇斗异，都想打出自己的旗号，人们通常所说的"长安居，大不易"大概就是这个原因。但总的说来，那里是一个贵族化的文化圈子。现在，有几位高手从那个圈子里走出来，走进了远离京城的山野乡风之中。他们听到了民众的歌声，歌声抑扬而俚俗，直往人的心里去。这里没有僻字险韵、奇崛幽深，也没有精警诡谲、秾丽凄清，有的只是缠绵深宛的情致、行云流水般的清新和那股野性的穿透力。刘禹锡在夔州当太守时，就深深地被这种"四方之歌"陶醉过，且看这位大诗人是何等欣喜：

聆其音，中黄钟之羽，卒章激讦如吴声。虽伧伫不可分，而含思宛转，有淇濮之艳。

听得多了，自己的诗风也自觉不自觉地发生了变化，文人诗和民歌在这里找到了流溢着生活质感的契合点，一股不同于京城贵族文化圈内的新的诗风悄然崛起。刘禹锡在夔州创作的《竹枝词》，就是向民歌学习的结果。在《竹枝词九首引》中，他以不经意的语调，道出了一个极富于文学史价值的创作宏旨："后之聆巴歈，知变风之自焉。"很显然，《竹枝词》不是诗人一时的游戏之作，而是有意识地追求一种新的诗风，并以此来影响文坛。刘禹锡是有文化使命感的诗人。《竹枝词》很快便从巴山蜀水流传到长安、洛阳，成为相当风靡的新歌词，以至京城里的高雅诗人发出了"能诗不如歌，怅望三百篇"和"自悲风雅老，恐被巴竹嗔"的叹息。泱泱京都，偌大一个贵族文化圈子，竟然在几首《竹枝词》的冲击下颠荡不安，这实在是很令人深思的。

白居易在苏州当太守时，他的好友元稹正好在越州当太守，两地相隔不远。白居易是不甘寂寞的人，他曾想仿效在杭州的豪举，再现《霓裳羽衣曲》的辉煌。可是苏州不比杭州，宫廷文化的影响在这里很淡薄，根本没有这方面的人才。他又写信给元稹，问那边有没有会表演《霓裳》的妓人。越州自然更没有，元稹只给他寄来了《霓裳》的曲谱，此事只好作罢。《霓裳》已经式微，当地的吴歌却随处可闻。白居易极喜爱音乐，每到一处，必有记录当地歌儿舞女的诗，这些诗他都寄给了好友元稹。在苏州的那几年里，他和元稹经常用五言和七言排律互相唱和酬答，像写信一样。白居易有一首《代书诗一百韵寄微之》，题目就说明是代替书信的诗，这首诗竟然长达百韵，有1000多字。代书诗叙事抒情，通俗平易，显然是受了吴歌的影响。在苏州和越州之间的官道上，驿马扬蹄疾驰，负载着两位大诗人的生命呈示和绝代才华，负载着挚友之间生死以之的情谊和魂牵梦萦的思念，也负载着华夏历史上一幅流韵千古的文化景观。在驿马的前方，青山隐隐，绿水迢迢，回荡着悠远清丽的吴歌……

五

文人士大夫的晚年一般总是在怀旧中度过的，也因此写出了不少好诗。这时候，他们的思考往往格外理性化，甚至可以上升到哲理的高度，感情也格外敏锐细密，浸润于诗中的那种感伤和惆怅就格外显示出生命的无奈和沉重。是的，他们曾经辉煌过，科场及第的风光，文坛大腕的荣名，建功立业的自负，当然，还有情场上的种种风流韵事。但对不少人来说，最能牵动情怀的还是在州郡当太守的那段生涯，一首首怀旧诗也往往围绕着那个遥远而温馨的旧梦而生发。"十五年前似梦游，曾将诗句结风流"，在这里，诗人把过往的岁月称之为恍如隔世的"梦游"，旧日的风流当然与艳情有关，但也不仅仅是艳情，还有与此联结在一起的青春、事业和仕途上的荣辱沉浮。正因为如此，"太守情结"才那样生生死死地纠缠着他们的晚年。

欧阳修一生的太守生涯大体分为两个阶段。第一阶段是庆历五年（1045 年）到皇祐元年（1049 年），先后知滁州、扬州、颍州，当时他正值壮年，文学上也处于鼎盛时期，诗、酒、美人和积极入世的成就感集于"文章太守"一身。第二阶段是治平四年（1067 年）到熙宁四年（1071 年），先后知亳州、青州、蔡州，这是他政治生涯的终结时期，60 多岁的老人，身体又多病、仕途的险恶更使他心灰意懒，在任上大抵没有干什么事情。欧阳修晚年写了不少"思颍诗"，就是对第一阶段太守生涯的回忆。诗中体现出一种历尽沧桑后的悲慨和解悟，"富贵浮云，俯仰流年二十春"，不论是繁华宴赏还是治平功业都已成为过去，在晚年的孤寂中以静观平和的心态去反思，当会悟出好多人生意味的，这是"太守情结"中相当典型的心态。但不管怎么说，生活给了他一次机遇，让他从喧闹的京城走向了山村水郭和寻常巷陌，从逼仄的文学圈子走向了更广阔的社会空间，接纳了乡野的呼唤和民众的歌哭，他们的视野更高远，胸襟更舒朗，情感底蕴也更博大深挚，文学和人生的境界都呈示出更大的格局。那是他一生中最为华彩丰富的乐章。当初离开京城的时候，不是苦凄凄的很委屈吗？现在看来，那实在是一次幸运的放逐和人生的大造化。

有人认为，欧阳修之所以对颍州那么多情，是因为在颍州有过一段风流债，说欧阳公早年到过颍州，"眷二妓甚颍，筵上戏约，他年当来作守"。几年后，他果然由扬州徙颍，可是那两位丽人已杳无踪影，于是在撷芳亭怅然题诗，有句云："柳絮已将春去远，海棠应恨我来迟。"我怀疑这是后人附会出来的故事。虽然在蓄妓成风的宋代上流社会里，这类艳闻司空见惯，但作为一个抱负宏远的政治家和文学家，绝不会把两个萍水相逢的妓女看得那么重。说他当年因此而要求从扬州调任颍州，到了晚年仍一再以情思脉脉的眼波打量颍州，似乎不大合理。在这类风流事上，他们会玩得很洒脱。其实欧阳修题在撷芳亭上的那几句只是一首很普通的伤春诗，士大夫们总喜欢把一首诗的解释艳情化，给其中塞进庸俗而浅薄的奇谈趣闻，中国文学史上的许多所谓"本事"，就是这样编排出来的。所幸像白居易的《忆江南》那样的好诗没有与这类"本事"接轨。白居易大概预先知道有许多这样的好事者，因而在与友人的唱和诗中特别谈及《忆江南》的写作动机。有位姓殷的友人只是当年在江南走马看花地游玩过，后来便写了不少忆旧诗，于是白居易说："君是旅人犹可忆，我为刺史更难忘。""难忘"什么？下文还有，当然不是欠下了什么风流债。白居易晚年也写过不少怀旧的香艳诗，那是回忆早年在长安平康里的冶游生活，有些诗写得很昵俗，但《忆江南》却没有一点香艳气息，那里清丽的山水人情和自己那一段庄严的人生不允许生出那样的趣味。在《忆江南》中，诗人的怀旧充盈着崇高的审美情致。

和文人士大夫的"太守情结"互为对应的是，那些遥远的州郡也一往情深地怀念着当年的太守。苏州有一座"三贤堂"，供奉的是曾在这里做过太守的大诗人韦应物、白居易和刘禹锡。可以想见，历任的苏州太守加起来肯定是个不小的数字，如果单就政绩而言，这三位大概算不上很显赫，就我所知，干得比他们出色的大有人在，但悠悠千载，衮衮诸公，苏州人为什么独独钟情于他们三位呢？答案在于，他们同时又是各领风骚的大文豪，他们具有一流的文化品格，因此他们的所作所为便成为一种溢彩流光的文化现象，他们的名字叫——文章太守。

在这篇文章中，关于欧阳修的话题已经说得够多的了，但临近结束时还得谈到他。欧阳公当年离开扬州后，在平山堂留下了一株自己手植的柳树，也就是那首《朝中措》词中"手植堂前垂柳，别来几度春风"的由来。欧阳修走了，人们怀念他，便称那棵柳树为"欧公柳"，过往的文人墨客也为之写了不少诗。"欧公柳"无疑是太守的一座纪功碑，但更是他人格的象征。若干年以后，有一个叫薛嗣昌的人也到扬州来当太守，此公倒也颇有才干，而且仕途又很不得意，前后六七次遭到贬谪，他认为自己与欧阳修的心是相通的，属于同一个档次的人物，便在"欧公柳"对面也栽了一棵柳树，自称为"薛公柳"。他在任的时候，自然没有人说什么，但待他调任刚走，人们就把"薛公柳"砍倒了，而且成为千古笑柄。

"薛公柳"砍倒了，"欧公柳"千秋常在，这中间的意思，恐怕不仅值得姓薛的太守去深思。

遥祭赵家城

一

明洪武十八年（1385年），福建漳州府受理了一桩诉讼案，原告和被告都姓黄，案由是同姓近族通婚。这是一件很普通的官司，照例只要大老爷惊堂木一拍，判它个劳燕分飞就是了，至多也不过把被告打几板子以示惩戒。但审理此案的御史朱鉴是个细心人，他查了一下被告黄文官的族谱，这一查却查出点名堂来了。原来这个黄文官并不姓黄，他身上带着赵宋皇族的血统，其曾祖父是南宋闽冲郡王赵若和。理宗景定年间，因皇上赵昀无子，赵若和曾被作为"第三梯队"接进宫中，差一点以亲王身份继承大统。南宋灭亡后，赵若和一族即隐去赵氏宗族身份，改称黄姓，在漳州附近筑城堡以匿居。世事如棋，江山易代，算起来，这一脉天潢贵胄在斜阳草树中已整整隐居了一百一十个年头。

漳州附近这座神秘的城堡，后人称之为赵家城。

一个王朝走到了尽头，其收场的一幕总少不了一些可怜兮兮的悲剧情节。最常见的景观是血溅宫城、尸横御道。也有识时务的，赶紧献上一份降表，于是，接下来的场面是面缚舆榇、仓皇辞庙。虽然好歹保住了一条性命，但新王朝的主子终究是容不得这班凤子龙孙的，常常是，你这边在降王官邸里还没吟完"问君能有几多愁"，那边已经把牵机药送来了。用不了几个回合，前朝王族便被收拾得差不多了，只留下郊外的几方青冢，荒草萋萋，西风残照，那措辞暧昧的墓志铭亦在风雨中漫漶难辨，一个王朝的余脉到此终于了无痕迹。而像赵家城那样，灭国王族在某个小天地里悄然聚居、优游生息，且能传之百载的，委实相当罕见。罕见伴随着巨大的疏离感，那究竟是一个怎样的生存空间，植根其间的金枝玉叶又经历了一种怎样的心路历程呢？从一般意义上说，那里固然有亡国的剧痛和天上人间的失落感；但作为一个鲜活灵动的生命群体，那里也应有婚恋的花烛，有温暖的炊烟，有新生儿嘹亮的啼哭，有春种秋收和引车卖浆的艰辛生计。当然，作为封建宗法制度的一个缩影，在其繁衍过程中，大抵还少不了家族内部乌眼鸡似的争斗。所有这些，都给那座孤独的小城堡笼罩着一层诡谲的灵光。

于是，我把目光投向了闽南漳州，投向了那座隐映在夕阳和山影下的赵家城，透过那倾颓的石楼和错落的庭院，去窥探一个王朝陨落的轨迹和悠远的残梦。

二

回顾宋代的历史总有一种压抑感，那是个委顿羸弱的时代。一般来说，一个王朝在其定鼎初期总是生龙活虎的，但宋王朝却是个例外，它几乎从一开始就病恹恹地打不起精神。小时候看演义小说，最让人掩卷垂泪的是《杨家将》和《岳传》；而最让人扬眉吐气的则是《水浒》和《七侠五义》。这几部小说的背景都是宋代，前者以民族纷争为背景，歌颂的是悲剧英雄；后者以社会世相为经纬，褒扬的是侠义英雄。遍地"英雄"下夕烟，虽然很热闹，却不是什么盛世气象。现在想起来，一个专门用悲剧英雄和侠义英雄来表现的时代，实在是因为本身没有喜剧，也没有正义的缘故。

在中国历史上，宋室是国祚较长的，前后凡三百一十九年，除去刘汉王朝，就数得上它了。但宋代其实从未有过大一统，而且老是受人家的欺负，忍气吞声地看人家的眼色。在强邻的虎视下，先是称弟，而后是称侄，最后干脆伏地称臣，卷起铺盖跟着元兵到大都去了。"乱点连声杀六更，荧荧燎庭待天明。侍臣已写归降表，臣妾签名谢道清。"这个最后在降表上签名的"臣妾"就是当时主持朝政的谢太后，她是六岁幼主赵㬎的祖母，全称应该是太皇太后。诗人汪元量是谢太后的旧臣，他显然亲历了宋王朝收场的最后一幕，诗写得很沉痛，也有点刻薄，特别是最后一句，不仅用了"臣妾"，还对太后直斥其名，这就很不恭敬了。后人对谢太后主降一直颇多非难，甚至说她北上后有失节之事。其实，当时的情况明摆在那里，面对元兵的汹汹进逼，一群孤儿寡妇有什么办法呢？德祐之降时，谢太后已是年近七十的老太婆，所谓和元主的"刘曜羊后之嫌"显然是无稽之谈。一个女人，不幸身逢末世，而且又过分珍惜自己的生存权利，自然就该多受一重糟践的。三百多年前的那个清晨，赵匡胤带着一干人马从陈桥南下京师，把周室的孤儿寡妇赶出了金銮殿；今天则是赵家的孤儿寡妇被人家解押着仓皇北去。古道逶迤，衰草披离，在杂沓的马蹄和滞重的车轮声中，宋王朝尘埃落定。

漳州附近的那座赵家城，大抵就是这以后不久悄然崛起的。临安城头降幡出墙时，赵若和正在他的福建封地，他既不愿随谢太后一起北上——自古降王多无善果，这他是知道的；也不愿以王族身份揭竿而起、号令四方，那是提着脑袋的勾当，他没有那份胆量——那么就找一块僻静的地方筑城隐居、以待时日吧。

一座方圆二里许的城垣，圈出了赵宋王朝的最后一块领地。就军事功能而言，区区石城是微不足道的，在剽悍的蒙古骑兵面前，所谓坚城汤池只不过是矫饰的陈词豪语，整个欧亚大陆都在他们的铁蹄下颤抖，包括那遥远的伏尔加要塞和巴比伦古堡。因此，赵家城体现的主要是一种心理功能。一群羽仪世胄，若一下子沦入寻常巷陌之中，这种心理落差是无法承受的，他们需要一道屏障，把天下汹汹的世道和平民生态的庸常阻隔在墙外，也把惊惧和无奈阻隔在墙外。他们将在城内营造一方塌台贵族的精神领地，在这里，郡王仍旧是郡王，大宋的王法和家法也仍旧是至高无上的。这从赵家城的布局亦可以看出来。城内有大宅五座，各有其尊卑次序；大宅之东有一座巨型石楼，名"完璧楼"；另有佛塔、石枋、庭院、小河；河上有桥，曰"汴泒桥"。这究竟是一座微缩的闽冲郡王府，还是写意的北宋都城汴梁？都有点像。"完璧楼"寓"归赵"之意，这毋庸置疑；"汴泒桥"似乎也与汴梁有关。于是，寓居其中的这一脉赵家子孙便找到了繁华旧梦的某种感觉。

繁华旧梦毕竟只是梦，梦总是要醒来的，一旦出了城门，梦中的一切便不复存在了，他们不仅不再是徽猷华衮的金枝玉叶，而且连自己的老祖宗也不敢认。他们只是一群黄姓子民，瑟缩在腥膻的异族衣冠之下。外面的世界很无奈，蒙古人似乎并没有遇到太大的麻烦，在福州起兵抗元的亲王赵昰只知道抢在蒙古人前面往南跑，一直跑到中国大陆的最南端，又跑到海船上颠簸了一段日子，实在吃不消了，只得让大忠臣陆秀夫抱着跳海。这样的结局早在赵若和预料之中，他庆幸自己没有跟着去凑热闹。又过了两年，宋王朝的最后一位忠臣文天祥在大都殉国，他留下了几首正气磅礴的好诗，让后人千秋万代地传颂。但脑袋都没有了，气节还有什么用呢？赵若和觉得这也太奢侈了些。

那么就关上城门吧，躲进小楼成一统，至少还能寻求几分清静。

日子长了，城里的一切成了寻常生态，悲剧意识也渐渐淡化。想想谢太后一行紫盖入洛、青衣行酒的屈辱；想想赵昺那帮人被元兵追杀葬身伶仃洋的结局，心理上便获得了某种平衡。连皇上和太后也是这般下场，自己还有什么委屈的呢？食有鱼，出有车，内有婢，外有仆；而且千秋名节也不曾玷污，这就很不错了。宋室倾覆，这是天命所归，作为赵家子孙，自己也算对得起列祖列宗了。

赵若和在精神上仍然是高贵的一族，这种优越感亦自有其道理，因为在这期间，新王朝的统治者已经擦去了刀刃上的血迹，向宋室遗民摇起了橄榄枝。而且居然有人耐不住寂寞，堂而皇之地出山做官去了，例如那个同为皇室成员的赵孟頫。

在中国文化史上，赵孟頫这个名字相当有分量，他是诗、书、画三绝的奇才，可以当之无愧地称得上大师一级的人物。南宋灭亡时，他二十五岁，和赵若和一样，也在乡间隐居静观。但他做得比较大气，行不改名，坐不改姓。他是赵宋的宗室，又是名满江南的大才子，自然很招摇。从隐居而不隐姓埋名来看，他是不是从一开始就有待价而沽的意思呢？我不敢妄加推断，但至少说明他对新王朝并不那么恐惧，甚至还存有某种希望。他比较自信，蒙古人来了，照样安车驷马，吟诗作画，很无所谓的。这样到了三十二岁，人家来动员他入朝时，他似乎没有经历太多的思想斗争，潇洒地拂拂衣袖便跟着去了。

去了，而且很快就进入了角色。他前后共伺候过五代君王，官运都相当不错，这种"荣际五朝"的恩宠有元一代绝无仅有。但他是聪明人，知道自己充其量只是个佐贰之臣，因此处处存着小心，得志的时候并不张狂，见好就收，仕而优则学，以一个文化人的疏淡鸿博来消解别人的猜忌。这样，和主子就取得了某种默契，彼此都很客气。作为臣子，他会不时提几条不痛不痒的意见，偶尔也显示一下自己的才干，但分寸感掌握得极好。这些都是官场中的游戏规则。作为主子，人家也知道你只是这个舞台上的客串角色，翻不了天的，便乐得拿来装点门面。见面了，大老远的呼其字而不称其名，以示亲密，人前人后夸奖几句，有时还送几锭银子、赐几件衣服。于是这边赶紧谢主隆恩、山呼万岁。

万岁呼过了，掸去膝盖上的灰尘，阵阵隐痛却袭上心头。他是旷世奇才，诗文和书画都堪称大家。特别是书法，更是名冠有元一代。但想起来实在不是滋味，他那颜筋柳骨、铁画银钩的好字，除去书写歌功颂德的表章外，更多的却是奉旨抄写那些没完没了的经书。他是远追"二王"、崇尚魏晋风度的，但寄人篱下、有口难言的悲剧生涯，无论如何也表现不出真正的魏晋风度，他缺乏那种傲世的狂啸和人生的大放达。元代统治者来自北方的荒漠和草原，他们无疑是世界上最优秀的骑士和杀手，但文化修养实在不敢恭维。因此，赵孟頫在落笔时不得不考虑一下"接受美学"。他总是力求用笔的简洁，行笔和收笔明快流畅、干脆利落。特别是他的楷书，端庄而流走，沉稳而轻松。他实际上做了简化和通俗晋人笔法的工作，使高雅的书法大众化。平心而论，他的字是很漂亮的，但后人往往因为"薄其人，遂恶其书"，说他的字有甜媚之弊。这种以人格否定书法的观点固然不可取，但一个有着执著追求的艺术天才和生存智慧过分丰富的新朝显贵，这种复杂的生命状态亦不能不渗进他的笔底风光。

身后名，就不去想了，身前的种种冷眼已难以卒读。"故乡兄弟应相忆，同看溪南柳外山。"身在北国的金丝笼中，"故乡兄弟"的亲情每每令他魂牵梦萦。但一俟回到江南，他的从兄赵孟坚闭门拒绝他的探访，旧日的好友亦鄙薄他的行为（例如那个在江南名声很大的遗民郑思肖），这些都很让他伤心。南归期间，他看了不少地方，"新亭举目山河异，故国神伤梦寝俱"，他并没有忘记自己是赵家的子孙。当然，在杭州的岳飞墓前，他更加感慨万千：

......

英雄已死嗟何及，

天下中分遂不支，

莫向西湖歌此曲，

水光山色不胜悲。

后世有论者认为，岳王墓诗不下数十百篇，其脍炙人口者，莫过于赵子昂的这一首。这样的评价不是没有道理的，因为诸多诗人大抵不会有赵孟頫这样强烈的生命冲撞；而同是故国之思、黍离之痛，别人也大抵不会有赵孟頫这样铭心刻骨的悲剧感悟。

赵孟頫在岳飞墓前踯躅徘徊时，福建漳州赵家城中的赵若和是不会知道的。但赵孟頫降志辱身、受宠于新朝，他应该早有所闻。面对着这位族侄的大红大紫，他都想了些什么，后人无法揣测。鄙薄当然会有的，但会不会有一点羡慕，有一点"悔不该"呢？难说。恢复宋室是没有指望的了，最初的惊惧和失落也渐渐消磨在寻常生态之中。暮云春树，逝者如斯，生命的适应性是势利而残酷的，高华雅逸的贵族气派已蜕变为平易而坚韧的世俗风度。往事已然苍老，只有在祭祖的纸船明烛中才会想起自己身上的高贵血统。城堡的大门悄悄打开了，农夫的足音和樵者的歌声缓缓渗透进来，冲淡了地老天荒式的寂寞和哀愁。

赵若和到底活到什么时候，史无记载，但那出殡的灵幡上书写着一个黄姓草民的名字，这大概可以肯定。

三

在赵家城宅区的一间密室里，悬挂着有宋以来历代帝王的画像，作为灭国王族，这是情理中的事。但列祖列宗，一一看去，却单单少了度宗赵禥。此中隐情，史学家们一直视为疑案而颇多猜测。其实，只要稍稍探测一下赵若和心理底层的"储君情结"，所谓疑案便不难破译。赵若和一生中最为辉煌的时期在理宗景定年间，当时他被作为"第三梯队"养育宫中，预备着接班当皇上。正是基于这种"储君情结"，后来他缅怀故国时便多了一层滋味。理宗死后，在皇室内部复杂的权力纷争中，另一支宗室福王赵以芮占了上风，由他的儿子赵禥坐上了龙廷，而赵若和只得又回到福建的郡王府去坐冷板凳。对此，赵若和自然耿耿于怀，他有理由认为这个度宗皇帝是不合法的，当然也有理由不在密室里悬挂他的画像。这位郡王实在有点拎不清，到了理宗年间，南宋小朝廷已岌岌可危，亡国的气象遍于朝野，争这个皇位还有什么意思呢？果然，过了十几年，蒙古人来了，谢太后派能言善辩的文天祥去和元兵谈判，愿降为属国。元军主帅伯颜倨傲得很，他对这位南宋的大忠臣说："汝国得天下于小儿，亦失于小儿。其道如此，尚何多言？"话说得很刻薄，不仅刻薄了末代的孤儿寡妇，而且连整个赵宋王朝的列祖列宗都刻薄了。

更刻薄的还在后头。南宋投降后不久，元主派一个叫杨琏真迦的江南释教都总统前来江南宣慰。这位"总统"实际上是个盗墓贼，在他的"宣慰"之下，南宋的所有皇陵被一一掘开，殉葬的金银珍宝亦被搜劫一空。但他仍不满足，当他掘开理宗赵昀的梓宫时，竟取出这位皇爷的骷髅，老实不客气地在其中撒了一泡尿，然后又把骷髅带回家中，用金银八宝镶嵌起来，当作自己的尿壶。

用人头骨制成的尿壶与其他尿壶在审美或应用功能上有什么更优越之处呢？大概没有。在这个细节的背后，大抵隐潜着一种征服狂的变态心理和巫师式的诅咒与作践，但不容忽略的是，在这里，元代统治者还不经意地显示了一种蔑视——对被征服的宋王朝，特别是对遗传基因中带着软骨病的赵家皇帝的极端蔑视。并不是所有的征服者在对手面前都会有这种蔑视的，有的失败者会给对手以悲壮的震慑和崇高的洗礼；有的会让对手产生一种苍凉的诀别和人生幻灭感；有的则能让对手在自己的遗骸面前惊惧、战栗，甚至肃然起敬。因为他们是真正的战士，他们那惨烈的搏杀和凄绝的长啸充满了生命的张力和质感，足以惊天地而动鬼神。而这一切都与赵家皇帝无缘，他们的生命符号过于微弱，不值得让征服者回眸一顾，更不足以引起征服者心灵的悸动。因而，他们的骷髅只配给人家做尿壶。

　　也许因为他们过于"文化"了吧。

　　今天，当我把目光注视我们民族的那一段历史时，感情是颇为复杂的。那是一个文风腾蔚的时代，也是一个弱不禁风的时代；那是一个才华倜傥的时代，也是一个抱残守旧的时代；那是一个辉煌灿烂的时代，也是一个风雨飘摇的时代。在中国历史上，没有哪一个王朝对文化人像宋王朝那样优容宽厚的——包括人们一直津津乐道的李唐盛世——这种优容宽厚不仅铸就了中国文化史上一座巍峨壮丽的丰碑，也铸就了一种过于文质彬彬、阴柔羸弱的时代性格，这个庞大的王朝也就一直在文采风流中苟且偷安，步履蹒跚地走向它的末路。直到最后，还得由状元宰相文天祥用几句好诗来为它画上一个句号。

　　据说，宋太祖赵匡胤开国第三年，即"密镌一碑，立于太庙寝殿之夹室，谓之誓碑"，凡新天子即位，都得到碑前跪拜默诵。臣子们远远地站在阶下，自然不知道誓碑的内容，猜想不外乎是经邦济国的总路线吧。直到靖康之变（金兵攻陷开封），宫门大开，人们才有幸目睹了那座神秘的誓碑，原来所谓的"总路线"竟是："不得杀士大夫及上书言事人。子孙有渝此誓者，天必殛之。"以誓碑这样绝对神圣而庄严的形式大书"优容文士"，且作为一个王朝的立国方针，这在中国历史上绝无仅有。从史实看，宋代三百多年的帝王大体上也是遵守的。今天，当我们在谈论宋代高度繁荣的文学艺术时，亦不得不向当初密室里的那座誓碑投以欣赏的一瞥。

有意思的是，既然誓碑上书写的是如此大得人心的好政策，为什么却要藏之密室、秘不示人呢？可见这中间还有一层更深的心机：政策尽管好，也只能让赵家的子孙自己掌握，不宜张扬。若张扬出去了，文化人都有恃无恐，一个个头翘尾翘的，轻狂得不知斤两，岂不是太"自由化"了？这样甚好，政策捏在我手里，我对你客气，是深仁厚泽，皇恩浩荡，你得对我五体投地、感激涕零才是。这样的用心，足够中国的文化人玩味好几个世纪的。

但尽管如此，宋代的文人还是相当"自由化"的。诗、酒、美人，构成了他们生活的主体色调，一切与文化有关的职业都备受青睐。这在今天看来简直不可想象，在当时却演绎得相当自然。门阀世家的特权消失了，"白衣卿相"遍及宫廷。入仕自然要通过考试，科举这一文官考试制度产生于唐代，但到了宋代才具有了真正的开放性，唐王朝那种浪漫的充满戏剧性的场外交易渐渐绝迹。于是，大批寒门士子堂而皇之地进入了官场。当进士及第的高级知识分子结队朝见皇帝、通过街衢时，首都开封就像着了魔一般万人空巷。当时便有人感慨说："纵使一位大将于万里之外，立功灭国、胜利归来，所受的欢迎也不及此。"事实上，一个靠宫廷政变而上台的帝王，对武将理所当然地怀有一种本能的猜忌，特别是对功高威重的武将，那猜忌的目光会更加阴冷。因此，重文轻武便成为有宋一代三百余年的基本国策。

考中了固然风光，考不中也照样可以活得很潇洒。词人柳永是个风流浪子，整天出没于青楼妓馆，属于那种无行文人。但他的词写得好，知名度亦相当高。他也曾到汴京应试，有人在仁宗面前举荐他，仁宗自然早闻其名，知道他作风不怎么的，似不宜做官，还是做个专业作家的好，便批了四个字说："且去填词。"从此以后，柳永便自称"奉旨填词"，作风亦越发风流放荡。后人在评论这段轶事时，往往着眼于君王的偏颇专横及词人的命途多舛之类，但在我看来，这恰恰从一个侧面反映了当时的文化氛围相当宽松。柳永这个宣言式的"奉旨填词"完全是反唇相讥，带着相当大的牢骚。在一般的语言环境下，反唇相讥是可以的，发牢骚也是文人的一种天性。但如果对方的身份是皇帝那就很成问题了。幸运的是，柳永非但没有因"大不敬"而坐牢杀头，而且还能在花前月下把他的艳词继续"填"下去。在专制社会里，这一点很不容易。试问，同样是牢骚满腹，汉宫史官司马迁敢这样反唇相讥吗？彭泽县令陶渊明敢这样轻狂放肆吗？柳子厚、刘梦得敢这样嬉皮士地接过君王的话茬吗？他们都不敢。但生活在宋王朝的这个叫柳三变的词人就敢。不仅敢，而且这"奉旨填词"者竟名扬天下，据说凡有水井的地方就有他的词。汴梁的深宫里自然也有水井的，皇帝自然也会听到词人这调侃式的"创作宣言"，并毫不费力地体味出对自己的不恭敬。但他只是宽容地一笑，且相当欣赏地拿出柳永的一首新词让宫女们去排练。

这是宋代帝王的浪漫，也是宋代文人的浪漫。

面对着那一派镂金错彩的文化景观，真叫人不知说什么才好。在那个时代，无论边关武夫还是中枢宰辅，也不论是昏君乱臣还是国贼巨奸，其笔下往往都呈现出相当不俗的艺术品位。宋徽宗赵佶自不必说，就连那个口碑很坏的高宗赵构也大致可以归入书法家的行列，而蔡京和秦桧则当之无愧地算得上书坛高手。有一则流传颇广的说法是，柳永写过一首著名的《望海潮》，对杭州的繁华和承平香艳极尽铺陈，后来金主完颜亮因此"起投鞭渡江之志"。一首风华旖旎的好词引来了一场战争，这种说法虽不大可信，但其中的讽刺和象征意味却是相当深刻的。在新声巧笑、浅斟低唱的背后，刀剑的磕击声已隐约可闻。丧失了阳刚之气和尚武精神的宋帝国的版图，只是歌女的一块任人撕扯的衣袖，最多也只能为主人拭一拭感伤的泪水而已。

后来的结局大家都是知道的，赵佶父子被金兵俘虏北去（南宋的御用文人称之为徽钦北"狩"，又玩了一回堂皇的文字游戏），在五国城的土炕上，赵佶写了一百多首诗词。诗词不是赵佶的特长，他的特长是工笔画和瘦金体的书法。但金人不会给他那么好的创作条件，他只能赋诗填词。一个半跪着苟延残喘的羸弱之躯，其人格精神和审美光芒都相当黯淡，也失去了把悲剧体验上升为历史感悟和艺术至境的博大底蕴，于是，剩下的只有那一点充满了技巧感的哀叹和低泣。

赵佶在五国城活了八年。说来可怜，他死后，他的儿子赵构以称臣、岁贡，再加上抗金英雄岳飞的头颅为代价，换取了和敌人的一纸和议，金人方才同意归还死鬼赵佶的棺材。其实，赵佶死在远塞，骨骸早已散失，金人连另外找一副死人骨头来代替也懒得做，他们知道这口棺材不可能打开，只在里面胡乱地放了一架破灯擎。棺材运到临安时，赵构蹒跚号哭，很表演了一番。这个哑谜后来也是那个盗墓的杨琏真迦揭开的，当他挖开赵佶的祐陵，撬开棺木时，不禁惊呼："南朝皇帝根底浅薄，尸骨全无，已化为一架灯擎，把金银珍宝都吞噬了。"这个盗墓贼恼怒之下，一跺脚把灯擎踩得粉碎。

把盗墓失手归咎于南朝皇帝"根底浅薄"，这固然是无稽之谈。但我想，金人当初单单选择了一架破灯擎而不拿别的什么作替代物，大概也受着某种潜意识的指使吧，作为一个马背上的军事帝国，可供选择的寻常器物很多，例如悬在每个人腰间和墙壁上的刀鞘，例如骑手们须臾不可或缺的鞍蹬，在伸手可及的范围内，这些东西的概率都要比灯擎大得多。或许他们也认为死鬼"根底浅薄",配不上这些吧。是的,刀鞘裹挟的是强梁锐气,青锋出鞘,漫出一抹寒光、一股雄风、一缕金属的铮鸣。用它裁剪出来的语境也不同寻常,例如弹铗而歌、闻鸡起舞、剑拔弩张路见不平、拔刀相助,怨来吹箫、狂来说剑,等等,这些都是属于壮士的。而鞍蹬则是骑士的爱侣,它伴着奔撒的马蹄追风掣电,随着骑手每一个英武的身姿欢呼跳跃;它从不畏惧杀戮、强悍、冒险和拼搏,它的属性中充满了征服欲和一往无前的动感。这些,可怜的赵佶显然都配不上。就生命质量而言,他只配一只破灯擎,上面是淋漓的烛泪——污浊而丑陋。

和赵佶一同被虏北去的钦宗赵桓却在金国活了三十年。在最后的几年里,他有幸和被俘的辽国皇帝耶律延禧囚禁于同一座寺庙里。这两位亡国之君最后又恰恰死于同一场面,但生命的造型却迥然不同。一天,金帝国的将领们比赛马球(骑射和征战是女真人的天性,在和平年代里,马球这样的竞技活动便成为这种天性的宣泄),金主完颜亮命这两位倒霉鬼也去凑热闹。赵桓文弱,不大会骑马,竟从马上跌下来,被飞奔的马蹄践踏而死。那位八十一岁的耶律延禧却体格十分健壮,他企图乘乱逃出重围,结果死于乱箭之下。

两个亡国之君,很难说谁比谁死得更有价值。但有一点却可以肯定,文化素养远远高于辽帝的赵桓,在生命强度上却远远逊于对方。他从马背上摔下来,轻飘得有如一片落叶,马蹄急雨般地捣碎了他的身躯,他连呼喊——不,连呻吟也没有,一个孱弱的生命就这样消失了,在游戏者飞扬的旌旗和雷动的欢呼中零落为泥,无声无息。而游戏者甚至还不知道发生在自己马蹄下的那一幕小小的悲剧,死者太窝囊,也太吝啬,他绝不施舍一丝抵抗、一丝挣扎,或者一丝怨愤,以激励你的神经,让你稍稍感到一点杀戮的快感。这样的结局,于受难者和肇事者双方都是乏味至极的。

八十一岁的耶律延禧也是从奔驰的烈马上倒下的，但那是在一场围绕着他进行的追杀途中，在一场意志的较量之后。一个年迈的囚徒，却能以自己的奋力一搏调动起那么多威猛的将士，让他们为之惊诧、慌乱、愤怒（但绝对没有鄙夷），进而鸣鼓号呼、扬旗奔逐。他以抗拒死的姿态死去，那马背上的身影亦堪称一尊力的雕塑。同样是飞扬的旗帜和雷动的欢呼，这时候统统成了死者的浩浩仪仗。乱箭如蝗，热血如注，那遗骸也是相当卓越的。他或许要长啸一声，那声音也应该归入诗的范畴吧，在这样的诗句面前，他强悍的对手也禁不住要为之喝彩。而赵佶父子的那点才华便显得过分纤巧柔弱了。耶律延禧在当政时不是一个好皇帝，但作为一具生命个体，他却是健全而生气勃勃的，这是契丹民族之所以能在中国的北方称雄数百年的底蕴所在：征服的意志、搏杀的欲望、永不驯服的野性、冒天下之大不韪的胆略，即使是死，也要山一般地倒下。在这里，我想起了辽帝国覆亡后，皇族后裔耶律大石的壮举。耶律大石不仅是中国 12 世纪卓越的军事天才，而且是一具非凡意志的化身。辽亡后，他集结残部奔突西行，越过中亚细亚广袤的荒漠，沿途击败了众多部落的拼死反抗，一直抵达伊朗北部的起尔漫城，在漫天风沙和潇潇血雨中建立了新的辽帝国。这个西迁的辽帝国延续了将近一个世纪。可以想见，这需要怎样一种倚天仗剑的气魄和万丈峰刃般的峻厉。柏杨先生在《中国人史纲》中认为，耶律大石的辽帝国西迁后，其踪迹便杳然难寻，以他们那原本就很低的文化水准，经过天翻地覆般的转战逃亡，连他们自己的契丹文字恐怕记得的人都不多了，因此，他们对人类文化没有什么贡献。这样的结论实在有失偏颇，至少，在耶律大石仗剑西征的背影下，偏安江南的赵家小子们虽然活得相当惬意，亦相当风流儒雅，"吴山依旧酒旗风，两度江南梦"，但他们充其量只是一群"有文化"的阉物和侏儒而已。

225

是的，这是一群蝇营狗苟、毫无生命光彩的阉物和侏儒，而这样的王朝居然能偏安一百五十多年，简直是我们民族的羞耻。你还能指望他们伟岸雄起吗？还能指望他们在灭亡的瞬间爆发出悲壮的一搏吗？还能指望他们的后裔中走出耶律大石——哪怕是耶律大石那样的一道目光、一声呐喊、一串扣人心弦的马蹄声吗？这些统统都是不切实际的奢望。因此，我怀疑赵若和之所以在赵家城内隐姓埋名，并不是为了躲避蒙古人——蒙古人对宋室后裔一般还比较客气，不会太难为他的——而是为了躲避那些心怀故国的宋室子民。作为赵家的近支宗室，又是曾被内定为"第三梯队"的龙种，一旦暴露了身份，其号召力是不言而喻的，极有可能成为遗民们的精神领袖。说不定哪一天早上，百姓们会扯出一块"宋"字大旗，将他拥戴而去，加上一副冠冕，让他带头造反。而这种勾当，赵若和是断然不干的。

那么，就让他隐姓埋名，对着密室里列祖列宗的画像做新王朝的顺民吧。

四

赵家城里是平静的，平静剥蚀了一切外在的活力，只留下悠远而畏怯的感怀，这里没有面对明天的憧憬，只有一遍遍地咀嚼昨天的体味。轻轻拭去列祖列宗画像上的尘埃，三百余年的青史在一页页地掀开，辉煌与衰落，令人唏嘘感喟。这时候，指点江山是没有多大意义的了，但不会没有对人物的臧否评判，特别是对那几位很大程度上影响过历史进程的大人物，这时候的评判会较少功利色彩。

常常会被某个问题纠缠不清，乃至困惑不解。例如，有宋一代，出过大文学家、大艺术家、大思想家、大教育家，他们在各自领域里的成就都足以影响以后的整整一代文化史；也出过中国历史上首屈一指的大汉奸，但偏偏没有出过大军事家。

杰出的军事人才是有的，但他们大多功名未显，壮志未酬，还没来得及把自己的名字写上那座风光无限的万仞奇峰，便过早地陨落了。例如岳飞。

本来，这是一个呼唤军事巨人、也应该产生军事巨人的时代。一名军事巨人的诞生，除去他自身的天赋才能而外，至少需要三个方面的条件：大动乱、大剧痛的时代，石破天惊的功业以及能够在战场上与之对话的大体上处于同一层次的对手。与宋王朝先后"过招"的三个主要对手辽、金、元，都是来自北方荒原上的天之骄子，这样强悍的对手使战争的品格相当不俗，在东起淮泗，西到大散关的千里战线上，双方数以百万计的大军互相对峙，这样壮阔的舞台亦堪称战争史上的奇观（顺便说一下，北宋帝国的人口是一亿，南渡以后，即使打一个对折也相当可观，兵源是不成问题的）。史学家们在总结前人的一场战争时，往往着眼于地图上几根纤细的线条，把胜负的因果关系演绎成一道无懈可击的方程式，这种学究气的研究与战场上的实际相距甚远。其实，一场大战的胜负往往系于纤毫，其间充满了各种偶然、逆转、失误、相持，以至于绝望。真正的军事家应是在绝望中诞生的强者，是善于扼住命运咽喉的伟丈夫，摧枯拉朽不是真正的战争；稳操胜券也不是真正的军事家。像周瑜那样，"羽扇纶巾，谈笑间樯橹灰飞烟灭"；像谢安那样，一边和友人对弈，一边轻描淡写地通报"小儿辈大破贼"，这样的大手笔自然高妙得令人惊叹，但又总觉得过于轻巧流畅，如果不是后人的有意神化，就是他们的对手太软蛋。因为这里缺却了焦躁、痛苦、惊惧和疯狂；也缺却了瞬息万变的动感和审时度势的即兴创造，仿佛战争只是一尊任君摆布的雕塑，任何一笔微小的刻画都早已完成，只等着一个优哉游哉的揭幕仪式。战争是生命与生命最直接的搏击，亦是人类智慧最辉煌的闪光，特别是在冷兵器时代，这种搏击和闪光更为惊心动魄。马蹄击溅，金属碰撞，喷射的热血蔚成漫天虹彩，这是何等惨烈、又是何等壮丽的景观！战争呼唤谋略，呼唤兵不血刃地战胜对手，但短兵相接作为战争最原始的形式，却集中体现了它的终结魅力——力和美毫不雕饰的呈示。请仔细体味这两个字的生命质感：肉搏。因此，现代战争那种在千里之外戴着白手套操纵计算机的作战方式便显得过于精致文弱了。战争鼓励杀戮，鼓励"在百万军中取上将之首如探囊取物"的超级杀手，在相当长的人类战争史上，斩获的首级常常被作为论功行赏的依据。但对方一旦放弃了抵抗，杀戮便成为野蛮和丑陋。正是在这种种悖论中，战争精神闪耀着不世之光。从根本上讲，战争精神就是民族精神，当边关将士们在腥风血雨中追求和捍卫战争精神时，他们也在重塑和弘扬自己的民族精神。也正是在这种种悖论中，一代又一代的战争之神纵横捭阖、脱颖而出，一步步登上那座风光无限的万仞奇峰。

岳飞本来是有希望登上这座奇峰的，他出身行伍，从前军小校、敢死队员开始打过不少仗（当然也有败仗），在刀锋箭矢间逐步成长为方面军的统帅。对于一位抱负宏远的铁血男儿来说，这样的经历至关重要。他的军事才能是没有问题的，站在他对面的完颜兀术也是完全可以与之匹敌的马上枭雄。请看看郾城之战中岳家军大破拐子马是何等精彩！完颜兀术的拐子马实际上是现代坦克的雏形，而岳家军的短刀手则是抱着集束手榴弹冲击坦克群的无畏勇士。再看看漫天风雪中的小商河之战是何等惨烈！岳家军五百壮士全部捐躯，杀敌三千余人，先锋杨再兴阵亡后，身上拔下的箭矢竟有两斗之多。毋庸置疑，这是一场真正的勇者之间的决斗。这样，当岳飞在朱仙镇附近大破金兵时，他离那座风光无限的奇峰实际上只有半步之遥了。但岳飞有一个致命的弱点，就是政治上过于天真。更确切地说，就是不善于揣摩君王的心理，特别是揣摩那种隐藏在堂而皇之背后的阴暗心理。他口口声声要"直捣黄龙，迎还二圣"，殊不知这正是赵构最忌讳的，"二圣"回来了，他还能坐在龙廷上吗？这样，岳飞忠心耿耿的抗敌宣言，反倒是和皇上过不去了。（金帝国正是抓住了这一点，暗示赵构如果不杀岳飞，他们就把赵桓放回来。）在收复失地和保住皇位之间，赵构理所当然地选择了后者。一个军事天才陨落了，因为宋王朝不需要真正的军事家，他们需要的只是几百年以后一个叫马克思的外国人所痛斥的那种"龟奴"，而宋王朝本身便是一座不折不扣的"龟奴的政府"。

岳飞死了，和议成了，赵佶的棺材送回来了，很好！赵构涕泪滂沱地表演了一番，然后在绍兴选了一块风水宝地安葬下来。陵寝营造得比较简单，当然不是舍不得花钱，因为这只是"权殡"，也叫"攒宫"，北宋的皇陵在河南巩县（今巩义市），等日后收复了失地还要送回祖坟上去的。赵构这一个回合玩得很圆满，既张扬了自己的孝道，又表示了收复失地的决心，可以向天下人交代了，更重要的是保住了自己的皇位。很好，很好！

金人除去送还赵佶的棺柩外，还承诺继续囚禁赵桓和其他所有亲王，这对双方都是皆大欢喜的事。

就在赵佶的棺柩翠华摇摇地送往绍兴安葬时，岳飞的尸骸被一个部下从风波亭的冤狱里背出来，偷偷掩埋在临安附近的一处山旯旮里。愁云惨淡，祭烛飘零，在这里，一代军事英才静静地看着宋王朝蹒跚地走向末路。令人悲哀的是，在小朝廷剩下的一百多年中，将再也不会出现这样叱咤风云的统兵将帅了。

一个容不得奇男子伟丈夫的时代，必然是一个小人泛滥、鼠窃狗偷盛行的时代。岳飞被杀后，有一个岳州知州为了拍秦桧的马屁，居然上奏朝廷称：臣所知之州耻与逆臣同姓，乞改岳州为纯州，使州为纯忠之州，臣为纯忠之臣。这个马屁拍得很及时，朝廷当然准奏，于是岳州改名为纯州，相应地岳州名胜岳阳楼也改名为纯阳楼。这个打小报告的知州本是个无耻之徒，就不需去说他了，连他的名字我也懒得去查对。但作为江南三大名楼之一的岳阳楼却因此蒙受了奇耻大辱，实在令人愤慨。前些时看到一本关于岳阳楼的出版物，洋洋十万余言，详细论及岳阳楼的历代沧桑，却没有提到以上这一段秽闻。我想，这大概不是作者的疏漏，而是一种深挚执著的情感使然。是的，岳阳楼，这座风姿绰约的巴陵胜迹，这座凝聚着多少迁客骚人的足迹和多少文化大师辛酸缱绻的巍巍丰碑，这座以范仲淹的"忧乐"胸怀而名世，折射着浓烈的理性精神和人格光辉的文化瑰宝，怎么能容忍这样粗暴的玷污呢？那么就让笔下"疏漏"，永远永远地把这段耻辱埋在历史的底层吧。

宋王朝没有能走出一名真正的军事家，却走出了秦桧这样第一流的汉奸。

秦桧的罪恶不在于主和，主和者未必卖国，主战者也未必就名垂青史。事实上，对于绍兴年间的宋金和议，史学界是一直有争议的，肯定和议者也不乏其人，其中甚至有一些相当响亮的名字，例如朱熹、钱大昕、赵翼、胡适等。从浅层意义上说，战与和只是一个对敌策略问题，完全可以放到桌面上来辩论。倘若能这样做，那么秦桧也就不成其为中国历史上的秦桧了。敢不敢光明正大地把自己的观点写在旗帜上，是政治家和政客的分野所在。辩论是一种政治艺术（军事家在战场上用刀剑辩论），在这里，艺术水平的高低并不重要，重要的是敢不敢使用这种艺术。一切政客都是与艺术无缘的，他们只有伎俩，而且只算得上是袖珍伎俩。秦桧对中国文化的唯一贡献，在于他创造了一个奇特的新词：莫须有。这个词从文法上是解释不通的，若仔细体味，则不难感受到其中的那股含混、暧昧、诡谲、机巧，以及流里流气、挤眉弄眼的小人气息；也不难感受其中的蛮横和凶残，完全是一种心地险恶而又不负责任的市井无赖的腔调，而所有这些，恰恰构成了一代巨奸的人格特征。他们擅长的是幕后的小动作，是躲在阴暗角落里的揣摩和窥测，在这方面，他们是当之无愧的行家。宋人笔记中记载了一段有关秦桧的故事，看后真令人不寒而栗：

秦桧的私人办事密室"一德阁"落成之日，广州守臣送来一卷地毯，大小尺寸竟分毫不差。这个地方官可算是马屁拍到家了，但后来的结果却不大妙。秦桧的思维逻辑是：他既然能如此精确地刺探到自己密室的尺寸，也就有本事刺探到自己的其他秘密，可见是个危险分子。没过多久，此人就被秦桧整掉了。

一个小政客的功夫毕竟还欠火候，在一个大政客面前触了霉头，当是咎由自取。但这些人的心机之阴暗幽深，相信不仅会让善良的人们惊栗，也不仅会受到政治学家和社会学家的关注，而且还会成为心理学家们感兴趣的材料。

秦桧弄权二十余年，死后赠"申王"，谥"忠献"，但这些大红大紫的荣誉称号后人记得的不多，因为赵构死后，很快就被追夺了。倒是一位秦氏后裔在岳坟前题的一副对联相当流传，他是这样写的：

人从宋后羞言桧
我到坟前愧姓秦

之所以"愧姓秦"，大抵是一种道德自我谴责吧。这样的历史反思还是真诚的，但也不能排除株连的因素，由于秦桧作恶太多，名声太臭，致使后世诸多姓秦的读书人仕进无门。这样，终于有一位秦氏后裔站出来辩冤，这是在一次朝廷组织的殿试中，皇上问一个姓秦的进士道："你是南秦还是北秦？"言下之意，北秦距秦桧的祖籍江宁较远，而南秦则必定是秦桧的后代，不可重用。那位姓秦的进士自然猜到了皇上的心思，当下答道："别管南秦与北秦，一朝天子一朝臣，历代忠奸相应出，如今淮河也姓秦。"皇上听了，解颐一笑，遂开恩点了他一个状元郎。

这位进士的对答看似强词夺理，其实是对"秦桧现象"在更深层次上的反思。什么叫"相应出"？宋朝出了秦桧，自然有出秦桧的文化背景和社会基础，特别是赵构这样的"一朝天子"罪无可宥。如果这样看，那么这位秦某人就不仅是在为自己的姓氏辩解，而且是很有一点历史眼光的了。

五

上面的故事发生在明代洪武年间，因此，当这位进士在金殿上为秦氏辩解时，在福建漳州府，御史朱鉴大抵正在为审理那件同姓近族通婚案而查阅被告的家谱。这种巧合很有意思，宋王朝已经灭亡一百多年了，奸臣秦桧的阴影仍然死死笼罩着他的后辈子孙，而隐居在赵家城的赵氏传人却连自己的老祖宗都已淡忘了，因而闹出了近族通婚、对簿公堂的丑闻，到头来，还得要这个朱御史来为他们验明正身。一个多世纪的风雨漫漶了原先的血统意识，世道沧桑早已把他们推入了社会底层的生存竞争，市声攘攘、人海茫茫，谁能想象，那石板街上布衣草鞋的引车卖浆者，那屋檐下和顾客锱铢必较的小店掌柜，那织机旁茧花满手的白发老妪，竟是当初大宋王朝的金枝玉叶呢？生命的适应力真令人喟叹。

这一脉天潢贵胄就这样默默无闻地消融在寻常生态之中，他们中间似乎没有走出什么像样的人物。这是很正常的。同是王室后裔，他们中间不可能走出赵孟頫，因为赵若和没有那种清朗安闲的心境和气质。赵孟頫祖上世代赐第吴兴，作为外封的亲王，一般来说在政治上是无所谓沉浮的，他们既没有向上爬的野心，也不必担心官场的倾轧排挤，有如一泓安恬宁静的秋水，那色调有点凄清，也有点百无聊赖，是闲云野鹤的世界。在这里，他们只能寄情于文学艺术，这是一种闲适中的追求，更确切地说是一种"玩"。真正的大家并非产生于培养，而是"玩"出来的，例如曹雪芹，例如马拉多纳。培养只能收获技法和规则之类，这些东西的总和称之为匠气；而"玩"出来的则是个性和神韵。赵孟頫就是在这种环境中"玩"出来的大家。按理说，赵若和的身世本该和这差不多的，但他不幸多了一段作为"第三梯队"的历史。对于某些人来说，政治是一种相当危险的诱惑，一旦身入其中，便有如贞女之陷入娼门，明丽纯真既不可寻，只落得一股骚情和总想做阔太太的单相思。我这里所说的"某些人"，是指不具备政治素质和才能的人，至于政治家则是另一回事，他们会如鱼得水，从中获取癫狂的快感和美境。即使失败了，也能处之泰然，相当投入地玩点别的什么。例如英国前首相、保守党领袖希思下台后，又操起了交响乐团的指挥棒，潇洒至极！"某些人"则不行，对于政治，他们既拿不起，又放不下，留下的只有缠绵不绝的憧憬、躁动、失落和凄惶，再也找不到一块精神的栖息地。当然，赵孟頫后来也介入了政治，但那时他在艺术上已成大器，而且从他能够"荣际五朝"来看，他也确有政治才能。在这两方面，赵若和都缺乏底气。那么，他就只能待在漳州附近的那座小城堡里，庸庸碌碌地终了一生。

同是王室后裔，赵家城里也走不出朱耷，因为赵若和不具备那种超拔脱尘的孤傲。什么叫孤傲？孤傲不是自大，不是寂寞，更不是故作清高的矫情。孤傲是一种划破人类苍穹的思想闪电；一种有着金属般质感的坚挺品格；一种天马行空般的精神自由和义无反顾的理性力量；一种具有高贵排他性的、无法模仿的大家风度；一种一览众山小的自信和从容；一种对浮华虚荣的冷漠和对世俗人生的审视。孤傲是孤傲者的私有财产，它具有非常强烈的韧性和单向性，即使是超越，也只能由孤傲者自己才能完成。朱耷拥有孤傲，这种孤傲来源于巨大的悲剧感悟。朱耷是朱元璋第十七子宁王朱权的后裔，但早在永乐初年，朱权就因见忌于朱棣（永乐帝）而失势。他是聪明人，知道皇上注视自己的目光相当阴冷，便营造了一所孤独的精神小天地——精庐，鼓琴读书其间。正德年间，又发生了宁王朱宸濠谋反的大事，此后的宁王府实际上成了秘密警察监管的目标，越发门庭冷落。但精庐仍在，那种孤独而执著的艺术氛围仍然飘逸其间。到了朱耷的时代，恰逢明王朝覆亡，天崩地坼的时代悲剧，把这位"八大山人"的精神世界冲撞成绝望的碎片，又重新组合成一尊孤傲的雕像，他在署名时常常写成"哭之""笑之"的字样，确实，如此深刻的家世变故和人生际遇真让他哭也不是，笑也不是。那么，就白眼向人，化作笔下的残山剩水和那些孤独的鸟、怪异的鱼吧。赵家城里的主人也是经历了大悲剧的，但在他那里，悲剧没有升华为孤傲，如果完成了这种升华，他就不会用那么森严的高墙把自己护卫起来，也不会用那么繁复的深宅大院和楼台亭阁把自己装点起来。需要护卫和装点，正说明了他灵魂的怯懦，缺乏直面现实的勇气。事实上，一个在官场里厮混了一阵的政客，亦不可能具有真正的悲剧感悟。即使是国破家亡，最多也只是悲天悯人，自暴自弃。至于指望他们把悲剧感悟蔚成一种艺术气象，那更是缘木求鱼了。

现在我们仍然回到福建漳州府。这位叫朱鉴的御史合上被告黄文官的家谱时，大概双手是有点发抖的，一脉前朝皇族的后裔，竟然在这里优游了一百多年。他不敢怠慢，连忙派八百里快马把案卷呈送朝廷定夺。时在明洪武十八年（1385年），朱元璋正忙着杀人，上年杀曹国公李文忠，当年又杀魏国公徐达，酿成数万颗人头落地的空印案和郭桓案也发生在这一年。泱泱京都弥漫着一股血腥气。但朱元璋却并不看重这几颗黄姓草民的脑袋，他觉得南宋灭亡已一百多年，中间又隔了一个元代，这几个赵氏子孙已成不了什么气候，自己何妨做个顺水人情，也好向天下人昭示自己的仁德呢？不久，朝廷的批示下来了，赐赵家城里的黄氏复赵姓，并在其中封了几个荣誉性的官衔，大约相当于政协委员之类。圣旨宣罢，赵家城里一片喜气，朱鉴且赠诗祝贺，很风光了一番。

于是，埋没了一百余年的赵（黄）氏对着京都山呼万岁，收拾行装准备赴任。虽然那只是个装点门面的闲差，但有官当就不错，管它呢。

泗州钩沉

一

上了淮河大桥，风便直往脸上扑，虽是阳春三月，却仍有几分凛冽的意味。桥很长，北望是无垠的旷野，点缀着青砖灰瓦的平房，隐隐传来几声鸡鸣狗吠，渲染出一派牧歌情调。东去的河面愈显开阔，不远处就是洪泽湖了。此刻我却不忍去看，这里的水啊，太浩茫，浩茫得亘古无边，天涯无际，让人心里发冷。

那么，就走进桥北的那片旷野吧。

旷野的南沿是莽莽苍苍的淮河大堤，村民大都沿堤而居，往北便很寥廓，似乎有意要留下一片供人凭吊的空间。我走在村里的机耕道上，脚步轻轻的，仿佛怕惊醒了什么，因为我知道，在我的脚下，沉睡着一座千年古城。

这座古城叫泗州，在从后周到清初七百余年的中国政治文化史上，这个名字出现的频率相当高，特别是在南宋和金帝国隔淮对峙的百余年间，这个名字常常和兵连祸结的征伐以及由此而引起的政治大事件维系在一起。但泗州的沉沦并不是由于铁血和马蹄的蹂躏，而是由于一场天灾。清康熙十九年（1680 年）夏天的某个夜里，泗州被溢出淮河大堤的洪波所吞没，从此深深地埋沉在地下，算起来，已经又是三百多年了。

脚步轻轻的，带着祭奠的虔诚和庄严，走过茅草丛生的阡陌，走过缀满野花的河坡，走过春苗的新绿和牧童的笛音，在我的脚下，沉睡着一座三百年前的古城。就人类历史而言，三百年算不上很长的历程，但也绝对不能算短。三百年中，多少一代天骄灰飞烟灭，多少倾国红颜成了腐骨一堆，多少悲欢荣辱被洗刷得了无痕迹，那么我脚下的这座古城呢？它被静静地定格在地层深处，年复一年地看江山易代、淮水东流，仍旧是旧日容颜么？

在这以前，我已经从地方志上见过古泗州的地图，对这座古城的大体格局了然于胸。因此，在这初春的艳阳下，我在旷野上的每一步都超越了时空的框范，在古城的石板街上激起悠远的回声。据地方志记载，泗州城的周长为九里三十步，依此推算，则直径当为三里左右。下淮河大桥往北一箭之地，当是旧日的东门吧。从东门入城，沿着通衢大街西去，不久便是州衙公署了。都说八字衙门朝南开，可这里的衙门却是向东的，正对着淮河的流向。这座宏敞堂皇的建筑是古城的神经中枢，门前的旗杆石大抵还在的，每年的封印仪式、迎春典礼以及判案、排衙和送往迎来之类在这里演绎得很热闹。但这些都是虚应文章，没有多大意思。真正有意思的故事发生在州衙前面的商业街和平民区。寻常百姓的喜怒哀乐是最生动的社会生活情节，所谓"淮上风情"更多地潜藏在这里锱铢必较的市声俚语中，潜藏在幽静陌僻的小巷深处。当然，这中间也少不了爱情——小家碧玉的婚恋是充分世俗化的，虽不那么浪漫，却更加缠绵深挚。

从州府衙门往南，通过市招掩映的商业街，脚下该是古泗州的南门了，据说这里当年是一片自由市场，很繁华的。此刻我看到的却只有几座恬静的农家小院，一个女人坐在门前纳鞋底，春晖慵倦，树影婆娑，那动作和神采，安闲得令人心折。门前的小河边，一个穿花格衫的女孩子在用门闩捶衣，声音贴着水面传得很远。阳光懒懒的，映着墙头上的宣传标语，再看看那落款，心头不由得一阵激灵：城根村。难道说，这农妇和女孩正坐在当年的城堞上？她们当然不会想到，在自己身下的这块土地上，曾发生过多少惊心动魄的故事，那报警的锣声，曾撕裂了多少战栗的心灵……

二

　　领略古泗州的繁华，最初是在苏东坡的一首《行香子》词中。时值东坡居士生命的秋天，政治上很不得意，那桩在中国文化史上有名的"乌台诗案"把他从京师赶到了黄州。几年以后，皇上开恩，又转徙汝州，因为那里离京师较近。但诗人看中了山清水秀的宜兴，想在那里置几间房子打发晚年。"十年归梦寄西风，此去真为田舍翁"，他已经心灰意懒了。于是一边带着家小向汝州进发，一边向皇帝上表陈情。他走得很慢，希望自己的请求得到皇帝的批准，也就不必再到汝州去了。当时的景况实在凄惶，全家人连饭都吃不饱，他给朋友的诗至少有三首提到饥饿，有一首甚至自比饥鼠，整夜啃咬东西。这样，一路磨磨蹭蹭地到了淮河边上的泗州，一家人实在走不动了，苏东坡决定在泗州小住，并向皇帝发出了第二封哀告信。泗州太守是个简朴诚实的山东学者，对这位名满天下的大文豪心仪已久，晚上陪苏东坡渡过淮水到南山去玩。淮水上有一座长桥，泗州扼淮上咽喉，是战略要地，天黑以后是不准过桥的，违者将处以很重的刑罚。为了陪苏东坡，太守不惜违规过桥。两人玩得很尽兴，苏东坡自然要作诗填词的，于是有了一首《行香子》，其最后两句为："望长桥上灯火乱，使君还。"

　　想不到这几句小诗却让太守受了一场大惊吓。第二天，太守读到这首词，连忙找到苏东坡，说："你闻名全国，这首词一定会传到朝

238

中。普通老百姓晚上过桥要罚两年的苦役，太守犯法，一定会更重。我求你不要把这首词拿给别人看。"

这位太守是老实人，他的惧怕是有道理的。苏东坡笑道："老天爷，我一开口便是罪过，岂在苦役两年以下？"

不知苏东坡采取了怎样的防扩散措施，反正这首词还是流传下来了。从词中看，当时的泗州是很繁华的。诗人很幸运，他在泗州的时候正值早春二月，离汛期还远，这时的淮河是温柔而恬静的，泗州一片升平景象，太守也才有心思陪他游山玩水。而且，就在这期间，苏东坡接到了朝廷的旨意，批准他定居江南，不必再到汝州去了。在饥饿、颠沛和困顿中，泗州成了他生命的绿洲，虽只是旅途小憩，顾盼匆匆，但泗州长桥上迷离的灯火，将长存在诗人晚年的记忆中。

这是在宋代，当时的淮河还比较文静，洪水扑城的惊险只是在开宝七年（974年）和隆兴二年（1164年）各发生过一次，相对于三百余年的宋王朝来说，这样的频率不算高。当泗州太守陪同苏东坡指点江山时，淮河大抵只是一道静物化的风景，苏东坡因此也才能写出那样意态闲适的词章。但是到了明代的正统年间，这道风景突然幻化出恣肆暴戾的冷色，自此以后，《泗州志》便浸淫在一片水患连绵的阴影之中。

终于到了清康熙十九年（1680年）。

毁灭是在瞬间完成的。在汹涌的洪峰面前，一座方圆数里的古城有如砂器一般脆弱。可以想见，这天倾地陷的瞬间将会引发出多少可歌可泣的情节，死别和生离，崇高和卑劣，人情和兽性，在这一瞬间都凸现无遗。但这些不是我关注的内容。走在古泗州的遗址上，我的心头涌动着一股巨大的惊悸。事实上，泗州并不是一下子就消失了的，在其后的岁月里，人们与洪水曾进行了长达数十年的反复争夺，这中间有力和美的呈示，有生命智慧和意志力的张扬，还有一个独特的精神世界：在不可抗拒的灾难面前，一种交织着不屈不挠和无可奈何的心理积淀，随着一层又一层的泥沙把泗州埋入地层深处，一代又一代的淮上儿女也埋下了他们面对苍天的诘问和沉重悠长的叹息。

且看《泗州志》上的这一段记载：

> 康熙十九年庚申六月，淮大溢，外水灌注如建瓴，城内水深数丈，樯帆往来可手援堞口。嘻，甚矣哉，官若浮鸥，民皆抱木而逃，自是城中为具区矣……

寥寥数语中，竟用了这么一连串沉重的感叹词，修志者的悲哀和无奈可以想见。关于这个"具区"，《辞海》上的解释是，"古泽薮名"，一说为扬州薮，一说为太湖。反正泗州毁灭了，毁灭在一片汪洋大波之中。但与此同时，泗州人也山一样地站立起来了，在与灾难和命运义无反顾的抗争中，一种生生不息、坚韧执著的地域性格完成了悲壮的奠基。

这是一段关于生存的传奇，更是一段关于生命意志和文化性格的阐释。聚集在残破的淮河大堤上，远眺着浩浩汪洋中的家园，泗州人本来可以选择外出流亡的道路，日暮乡关何处是，唯有浊流滔滔，烟雨茫茫。但他们没有离去，传统的乡土意识拴系着他们。这里有他们的祖宗陵寝，有他们世世代代的奋斗和追求，也有他们剪不断理还乱的是非恩怨。农业文明形成的民族性格中，更多的是脚踏实地的坚守和耕耘，而不是漂泊天涯的狂放和浪漫。他们不惯于驾着"诺亚方舟"驶向遥远的新岸；也不惯于率引着畜群唱着牧歌去寻找生命的芳草地。他们留恋脚下的一方乡土，哪怕是一派汪洋、一片荒漠、一座废墟。就在泗州东南不远，有一座圣人山，山下有一条禹王河。圣人即禹王，禹王即圣人，都是有关大禹治水的传说。这样的传说不是没有根据的,《孟子·滕文公》中所说的大禹"排淮泗而注之江",大抵就在这里。面对着洪水的进袭,中华民族的传统对策是"阻",是"导",而不是扬起风帆一走了之。大禹当年是走得很远的,以至于"手足胼胝",且三过家门而不入,最后死在离家老远的会稽。从泗州溯淮河上行,有一处叫怀远的地方,还留下了大禹与涂山女美丽而忧伤的爱情故事,说的是大禹外出治水,涂山女经常在涂山之阳等候夫君归来(我怀疑"怀远"的地名即由此而来),等候的结果当然总是失望。于是,心怀焦虑的女人唱道:

　　候人兮猗!

　　《吕氏春秋》的作者认为,这首"咏叹调"即《南音》的起源,也是中国上古诗歌的滥觞之作。在这里,涂山女一句直抒胸臆的吟唱,不仅唱出了一个最原始而永恒的文学主题,也唱出了中国妇女性格底层的一个重要情结:等待。丈夫外出了,她们能做到的只有等待,在织机上,在耒耜旁,在月下的捣衣声中,在村头、路口和潮涨潮落的海滨,中国的女人就这样世世代代地等待着。多少民间故事中,她们甚至化成了永远的情感雕像——望夫石。

　　现在,聚在淮河大堤上的泗州人当然也不愿远走他乡,那么就别走吧,留下来,像大禹那样"手足胼胝"地苦斗,像涂山女那样年复一年地等待吧。

　　为了脚下的一方乡土,他们必须苦斗和等待;但为了苦斗和等待,他们又不得不伸出枯骨嶙峋的求生之手,去撕扯乡土上鲜血淋漓的创伤。

　　首先出发的是州府的官船,为了在淮堤上搭建临时办公用房,这几艘原先让州官老爷们赖以逃生的官船,又驶向了浩浩汪洋中的州城。州城,隐现在秋水和长天的孤寂之中,只剩下了一圈灰褐色的轮廓,那是露出水面的城堞，其间点缀着几处塔尖、屋脊和校场上的旗杆，有如航标一般。官船由城墙的缺口鼓帆而入，倒是比原先的轿子在石板街上拐弯抹角顺畅了许多。转眼间已到了州衙的大堂前。那么就动手吧。把这些露出水面的建筑先行拆毁，运到大堤上去。在工匠们沉重的呐喊和叮叮咚咚的斧斤声中，一座座带着鸱吻的建筑在大水中被肢解，只留下了水下的墙基和柱础，昭示着劫难和历史。这时候，州府衙门的种种威严和整肃都失去了意义，只有赤裸裸的生存驱动在起作用。浪花中翻动着殿堂解体的竹头木屑，昨日的权威和秩序也在浑黄的浊流中一任飘零。

接下来轮到寻常巷陌的拆迁了。对于这些小民百姓来说，他们的感情负载自然要比州官们沉重得多，虽然拆毁的只是数楹老屋、一方庭院，但其间的一木一石往往凝聚着祖辈几代人的艰辛和希冀，甚至还有一个小民百姓毕生的成就感。因此，要求他们义无反顾是不切实际的。可以想见，当他们驾着小舟驶向自家的老屋时，那一段心理历程该是多么悲壮。但小舟还是驶过来了，船舷轻吻着老屋的檐角，主人抹去眼角的泪水，小心翼翼地拆卸，用心细细地整理，他们几乎是在整理一部家族的经济史和感情史。此刻，邻里之间不再为方寸地基的归属而明争暗斗，也不会再为门楣高低风水冲克而耿耿于怀，漫天的洪水冲洗了小巷胡同里的琐碎和狭隘，只留下了患难与共的浓浓乡情。是的，灾难的巨掌把他们捏到了一块，他们现在所面临的生存空间同样逼仄而严酷。在悲壮的拆迁中，他们也许会哼上几句粗犷的淮上歌谣，在苍凉无奈中透出他们心底的憧憬：洪水总有一天要退去，他们总有一天要回来的，为了明天的回来，那么今天就拆吧。

洪水当然是要退去的。洪水退去了，人们又回来了。那大抵是在冬天或春天，泗州又升起了温暖的炊烟，又有了男人粗重的吆喝和女人匆忙的脚步。锈蚀的城门打开了，生命的色彩流动在断垣残壁的街巷里。说什么饿殍遍野、疮痍满目，反正人们回来了，回到了乡土的怀抱，过去的一幕只是一场梦魇，噩梦醒来是早晨，生活的阳光会重新照临他们的。

但梦魇却死死地纠缠着泗州人，自康熙十九年（1680年）以后，淮河像一个有恃无恐的浪荡子，偶然得手后便越发放荡无羁，洪水灌城的悲剧被一再重复，人们的退却和归来也成了一再演绎的情节。在强大的自然力面前，人类原始的意志力是有极限的。泗州，在最后一次悲壮的填城运动失败后，终于沦为一片汪洋。

今天的城根村正值一片繁茂的春景，村头的鱼塘畔草绿花红，天光云影折射着长天和春水的律动。据村民们介绍，1980年代初开挖鱼塘时，曾在深处的瓦砾下挖到一层黏土，厚度可达一米，这是当年泗州人从数里之外的高岗上运来的。康熙五十六年（1717年）冬天到第二年春天，泗州曾掀起一场撼天动地的填城运动，半年之内，城外的数座高岗被削为平地，泗州城的标高则上升了三尺多。一座方圆九里许的州城，平地垫高三尺，这中间的土方量是大致可以算出来的。在当时的运输条件下，这是一项多么巨大的工程！但对于动辄"水深数丈"的洪峰来说，三尺黑土又能抵挡什么？可以说，这是泗州人在万般无奈下的最后一次抗争，是一幕明知不可为而为之的悲剧演出。楚天高，淮水长，遥望着他们蠕动在莽莽荒原上枯槁的身影，我们谁也没有资格批评先人"愚公式"的蛮干，而只能在他们执著的生命意志面前肃然起敬。

泗州人的最后一次抢救，是驾着舟船拆除城墙，把那巨大的城砖运到淮堤上去建造一座流亡州府。从此，这座淮上名城真正成了一座不设防的城市。水天苍苍，荒草萋萋，只有淮水年复一年地拍打着死寂的空城。差不多半个世纪的人与自然的对峙，终于奏响了悲怆的最后一个音符。这是康熙末年的事。

三

我在写这篇文章时，材料大多取自一本雕版印刷的《泗州志》，这是康熙二十七年由一个叫莫之翰的州守主持编撰的。康熙二十七年（1688年）离泗州第一次沦于大水才八个年头，当时的州衙设在淮河大堤上的临时办公棚内，这位州官是在组织治水赈灾时，用他那泥汗淋漓的手来完成这项文化工程的。因此，今天当我翻阅这本残破发黄的《泗州志》时，亦不得不对这位地方官的文化人格投以赞赏的一瞥。

平心而论，在泗州这种地方当官并不是什么美差，虽然也是个正六品的厅局级，但治下仅一方灾土、数万饥民而已，实在是很清苦的。可以想见，被打发到这里来的，大多是些在官场上玩不转的老实人。但对泗州的民众来说，一个玩不转官场的老实人并没有什么不好。这个莫之翰就任于康熙二十年（1681年），当时正值泗州的灾难之秋，哀鸿遍野，疮痍满目，父母官的日子自然也不好过。若是个有门路的钻营趋附之徒，不用多久就会打通关节开溜。但莫之翰没有走，至少到他修成《泗州志》的康熙二十七年（1688年）他还没有走。栖身在风雨飘摇的临时办公棚里，他不仅带领民众进行了一场撼天动地最后以失败告终的泗州保卫战，还修成了一部相当不错的《泗州志》，仅就这两点，这位太守就很不简单。

在莫之翰看来，清苦也有清苦的好处，人家根本就看不上你屁股下的这把交椅，避之唯恐不及，也就不会挖空心思来排挤倾轧，因此，你可以尽心尽力地做自己应该做的事。当务之急自然是两件事：一是赈灾，一是治水。莫之翰上任后，在淮河大堤上设了六处粥厂，亲自操勺为老弱饥民放粥；又开河筑堤，置牛车以戽内水。但最要紧的还是向中央政府报告灾情，请求救济。这样的呈文，莫之翰的前任们已经写得不少，现在他又接下去写。一个小小的州官是没有资格直接向中央反映灾情的，他只能把报告送给巡抚，由巡抚签署意见后向上转送，这叫"题奉"。有时为了显示问题的紧要，巡抚还要会同漕运总督一起"题奉"，这样，报告才能送往京城，等候皇帝发落。其实皇帝这时往往不在京城，因为大水一般都发生在夏秋，而每年的这个时候皇帝是要到承德的山庄避暑的，还要进行声势浩大的"木兰秋狩"。对于这些从京城辗转送来的文件，大概也懒得细看，只是皱皱眉头，大略睃巡一下地方督抚的"题奉"，便提笔画了一个圈，草草打发如是："旨蠲灾三分。"

我数了一下，从顺治初年到康熙二十七年（1688年），这样一字不差的批示就在《泗州志》中出现了十数次之多。大概皇上已经习惯了这几个字，写来相当顺手。至于这个"蠲灾三分"对于颗粒无收、嗷嗷待哺的灾民究竟有多少赈济作用，那不是他操心的问题。

当然也有例外的情况。偶尔，皇上因为和嫔妃们看戏看得高兴了，或者因为白天围猎中的斩获而志得意满、龙心舒畅，笔下的头寸便放松些："旨蠲免本年丁粮，以苏民困。"

谢天谢地，总算有了这么一次"蠲免本年丁粮"，而且还顺便提到了"以苏民困"，显得很有人情味。子民遭灾，朕深为体谅，今年不向你们伸手，明年再说。

但皇恩浩荡仅此一次而已。以后，皇帝仍然是要和嫔妃们一起看戏、在塞外的围场上打猎的，龙心舒畅的时候想必也不会少，御批中的这种人情味却再也不曾有过，有时甚至连写得相当顺手的"蠲灾三分"也有所保留了，例如这一次的批示就打了折扣："旨蠲灾一二分有差。"

那么，是不是这次的灾情一般，不足以牵动圣忧呢？我们看看：

乙丑六月淮大溢，东南堤溃，水灌泗城，深丈余，男妇猝无所备，溺死者数百人。至十月始渐消，自是官廨民居十圮四五矣，乡鄙田畴一望晶淼，禾稼俱尽。州守寄居南城楼，详报巡抚上官，会同漕抚吴具题奉。

我不知道皇帝笔下的这个"蠲灾一二分有差"的根据是什么，难道说堤溃城破，溺死数百人，禾稼俱尽还不算大灾？而且这报告是由巡按和漕台共同"题奉"的，你不相信州官在南城楼上起草的灾情报告，总该相信这两位大员的"题奉"吧。可能皇上对泗州年复一年的灾情报告有些烦了，年年治水，年年赈灾，已成了例行故事。有的言官甚至建议，让灾区的妇女每人腰间系一根黄带子，因为从五行上讲，黄属土，而土能克水。康熙是个有科学头脑的帝王，当然不会听信这种左道旁门的胡说；而且即使听了，颁诏施行，像泗州淹成那种样子，恐怕每个妇女腰间的一根黄带子也很难保证。康熙又是个气魄宏伟的帝王，他绝对相信子民百姓的生存能力，不管遭了多大的灾，人总是要想方设法活下去的，吃山珍海味是活，吃树皮草根观音土也是活。再不济，千古艰难唯一死，大不了多死几个人罢了，中国这么大，死人的事是经常发生的，多死几个谅也无碍国本。因此，"蠲灾三分"与"蠲灾一二分有差"并没有多少实际价值，重要的是一种姿态，意思到了就行。

领受这样的"姿态"和"意思"，不知我们这位莫之翰莫大人做何感想，也许正是一次又一次在这样的御批下叩头谢恩之后，他感到了惊心动魄的悲哀。泗州看来是没有希望的了，自己很可能是最后一任州守。任何职务一旦与"末代"联系在一起，况味便难免辛酸沉重。他除了勉力赈灾，尽量少饿死人而外，作为一个文人出身的官僚，他不能没有一种紧迫的文化使命感：应该修撰一部《泗州志》，既然不能留下泗州的楼台城阙、市井街衢，那么，就留下几页盛衰兴亡的书记，留下一座泗州城永远的雕像吧。

这是一项悲怆的文化工程。说什么盛世修志，承平雅事，面对着行将覆灭的州城，泗州人现在是要作一篇祭文，唱一曲挽歌，在凄风冷雨中与自己的家园仓皇诀别。

在淮河大堤上的临时办公棚内，在那盏摇曳飘忽的小油灯下，莫之翰带着一天公务的疲惫，精心梳理着那些水淋淋的寸牍片纸。这里有逝去的辉煌和风化的青史，有铁马金戈和笙歌红袖，但更多的却是关于水的记载。泗州本来就是与水维系在一起的，它的繁华得之于淮水和泗水温情脉脉的滋润，它的劫难和沦亡也是由于这两条母亲河的反目浸淫。那么，就蹚过恣肆奔湍的洪波，穿过苔藓湿漉的街巷，一步步走向泗州的深处吧。在这里，历史显示了它无与伦比的幽深和浩瀚，即使是一座不大的州城，那平静质朴之下，也潜藏着动人心魄的诗情。灾区的夜晚，静得让人恐怖，连狗的吠叫也绝迹了，星月惨淡，万籁俱寂，天地间有如铺展着一块巨大的尸布，裹挟着无边的死亡，而州守莫之翰则在悄悄地走向泗州的深处，走向那远古的诗情。

当然，要完成如此浩繁的工程，必须有一个工作班子。灾后的泗州，生存是压倒一切的主题，当饥饿的灾民在吞食树皮草根观音土时，州守却要组织一批文化人，坐下来慢条斯理地修史编志，这似乎有点不合时宜。但莫之翰还是这样做了，为此，他或许要从极其有限的地方财政中，掂斤拨两地划出一笔不算很小的份额来作为办公开支。为了保证这一群文化精英最基本的热量，有时甚至要从赈灾粥棚前的饥饿走廊里分走最后半桶粥。面对着扶老携幼、满脸菜色的饥民，这无疑需要相当大的心理承受力，也无疑会遭到各种非议：人都饿死了，还谈什么文化？自古仓廪实而后知礼义，这不是太奢侈了吗？顺理成章的推论还有：太守这是慷公家之慨，为自己树碑立传。

莫太守的行动算不算"奢侈"，这似乎是一个很难说清的问题，但他有没有为自己"树碑立传"，只要看看《泗州志》就知道了。我在翻阅这部地方志时，并没有发现多少太守自我标榜的内容，这曾使我对他的人格肃然起敬。莫之翰是一个文人官僚，平时想必也有些情怀小唱或应酬文字的，作为主编，放进几篇自己的诗文也是堂而皇之的。但他没有，在洋洋大观的《泗州志》中，记在太守名下的文章只有一篇，即康熙二十四年（1685年）他写的《请减食盐详文》，这是向中央政府请求减免盐税的报告。因为泗州历经大灾，百姓死的死、逃的逃，原先在册的三万多人丁，仅剩下一万有余，但朝廷每年仍要按原先的三万人征收食盐附加税，这自然是吃不消的。这份报告写得很动情，完全称得上一篇很不错的散文，即使和李密的《陈情表》放在一起，也毫不逊色的。不同的只是李密是站在个人的立场上请求朝廷允许他在家奉母尽孝，而莫之翰是站在一方民众的立场上请求朝廷蠲减盐税。就情怀而言，后者似乎更值得称道。

朝廷有没有批准莫之翰的请求呢？大概没有。《泗州志》中只留下了一篇奏疏，倒是情辞并茂，很值得一读。

四

沉沦于洪水的不仅有泗州的城郭街衢、小民百姓，还有一处皇家墓地——明祖陵。

明祖陵是明太祖朱元璋的祖父、曾祖父和高祖父的衣冠冢。朱元璋祖籍泗州，这三位朱氏先人原先都是葬在这一带的，但到了朱元璋发迹时，却连坟墩也寻不着了，于是便有了这座象征性的陵墓。明代的皇陵，人们一般都知道的有北京十三陵和南京明孝陵，其实另外还有几处，不过这几处的主人生前都不曾有过黄袍加身的福祉，只是因为后代当了皇帝而被追封的，是一种荣誉。享受这种"荣誉"的陵墓有三处：一是安徽凤阳的皇陵，主人是朱元璋的父亲朱五四；一是湖北钟祥的显陵：主人是嘉靖皇帝的父亲朱祐杬。相比之下，泗州的明祖陵人们知道得不多，由于从清朝初年开始，它就一直埋沉在大泽洪波之下，也就渐渐被人们遗忘了。明代的皇陵已经够多的了，淮水滔滔，逝者已矣，有谁还记得水下有一座皇陵呢？

但人们终究还是记起来了。1963 年淮河大旱，人们发现了露出水面的巨型石刻，由此才想起沉沦在水下的朱家祖坟。1976 年国家拨款打坝围滩，将明祖陵从淮河中圈出，经过匡扶、复位和初步修整，人们发现，这些埋沉在水下数百年的石刻竟风采依然。从这个意义上说，真应该感谢康熙十九年（1680 年）的那场洪水，它以不容抗拒的强横保存了这批艺术珍品，使之躲过了历代的兵灾和战乱，躲过了利禄之徒的觊觎，也躲过了自然界的风风雨雨和污染物质的浸淫。数百年来，祖陵石刻就这样在长河的底层深藏不露，默默无闻；而一旦显现，便以其精致绝伦的美征服了世人。我想，这中间是不是蕴含着某种美学辩证法呢？任何一种美，过分招摇了总难保长久，西施、王嫱、貂蝉、绿珠的悲剧都在于美的泄露和张扬。阿房宫毁圮了，凌烟阁湮没了，秦汉的长城也早已坍塌在历史的风尘之中。而兵马俑却保存下来了，汉代编钟保存下来了，连脆弱的竹简帛书也在马王堆的一座坟墓里保存下来了。今天，在古泗州的淮河滩涂上，我们则看到了明祖陵风采依旧的石刻。

走在明祖陵的神道上，我感到了一种灵魂深处的震撼，二十一对石刻，组成了一条气魄恢宏的艺术长廊。谁说这里只是僵硬的石刻呢？这里分明澎湃着生命的激情。祖陵石刻先于南京孝陵而晚于凤阳皇陵，产生于洪武、永乐年间，这时，皇家山陵体制尚未确立。也就是说，"刻什么"和"怎样刻"尚无一定之规。这种题材和风格的相对宽松，稍稍放纵了艺术家的自我意识，这时候，他们不只是按图雕琢的操作工，而是一群富于艺术个性的创作者，他们的气质、才华和时代的精神氛围取得了某种和谐的统一,相当顺畅地流进了石像那雄伟的身姿和栩栩如生的线条之中。当祖陵石刻开工的时候,徐达的大军正横扫漠北,到永乐十一年(1413 年)竣工时,堪称旷世文化工程的《永乐大典》已经修成,而郑和率领的艨艟巨舰正行驶在波涛万顷的南中国海和印度洋上。这是一个沉雄阔大的时代,祖陵石刻亦透出一股粗豪奔脱的大气。但粗豪不是粗糙,你看那衣甲服饰、凤毛麟角,无不流溢着生命的质感,就连马唇上的汗渍也依稀可见。在这匹骏马前,我曾迷惑不解,它那低眉垂首的静态和淋漓的汗水不是很矛盾吗?汗水属于扬蹄疾驰,属于负重粗喘,属于大漠和疆场,怎么会出现在皇陵前这副站班如仪、慵闲得有点忧郁的身躯上呢?要么,就是它刚刚来自那遥远的边关,还未来得及卸去征鞍、平息粗喘?一匹驰骋疆场的骏马被牵到这里来守陵,一举一动都被森严的礼法规范着,再也不能引颈长嘶啸傲关山,更不能腾跃冰河饮长风餐豪雨,其寂寞是可以想见的,难怪它此刻低眉垂首、一副郁郁不得志的幽怨之色。想到这里,我不由得为自己先前浅薄的迷惑而惭愧,更为工匠们对生命的理解以及把这种理解艺术化的鬼斧神工而惊叹。

但相比于石兽的精微传神,那几尊被称为翁仲的人像似乎就显得呆板僵硬。人像有文臣和武将,文臣拱手,武将握剑(剑自然是倒垂着的),照规矩,他们都站立在神道的最前列,也就是最靠近皇祖的眼皮底下。我不知道工匠们在进行艺术创作时,为什么对这些达官贵人如此冷漠,也许因为这些达官贵人离自己太远,对他们的生存状况和心理形态都不甚了了,唯一知道的只有他们的身份:臣子。臣子在君王面前除去毕恭毕敬还有什么呢?那么就让他们毕恭毕敬地站着吧。这种解释似乎勉强说得通,但又总觉得似是而非。工匠们能理解一匹马,一头狮子,以至一只世间根本不存在的麒麟,并赋予它们那样丰富的人格内涵,为什么就不能理解人呢?这中间肯定潜藏着深层次的艺术匠心。明祖陵兴建期间，正值朱元璋和朱棣大兴冤狱、大开杀戒之时，屠刀所向，开国元勋授首了，知识分子噤声了，政治上的反对派销声匿迹了。腥风血雨中，做臣子的都有一种人人自危的恐惧感。是的，恐惧感，这是一种时代病，一种笼罩于满朝朱紫的深层心理。"伴君如伴虎"，他们离君王这样近，几乎可以听到对方衣褶的轻微响动，捕捉到对方眼波和脸色中任何一丝猜忌的阴影，他们不可能不恐惧。而在恐惧的压迫下，他们也不可能有更生动的神态，哪怕是努力做作的矫情。在这里，工匠们正是抓住了人物最具典型意义的心态，以巨大的艺术真实雕塑了他们的形象：呆板、僵硬。

神道的尽头是地宫，也就是老祖宗安息的地方。其实这里并没有半根腐骨，只是一堆衮冕冠服，这么森严的仪仗和崇宏的建筑竟是为了陪伴几套衣帽，实在令人感叹。朱元璋是穷人出身，这从他祖上几代人的名字就可以看出来：他的高祖父叫朱百六，曾祖父叫朱四九，父亲叫朱五四，这一串名字现代人听来颇有点滑稽，其实在当时，正是朱家世代赤贫的阶级烙印。宋元以来，平民百姓常常是不用名字的，只以行辈和父母年龄合算一个数目作为称呼。朱元璋高祖的那个"百六"，大概是一百零六的简称，而祖父的"初一"则可能取自出生的日期，反正有一个吆喝的符号就行了，用不着许多讲究。直到朱元璋谥封父亲为仁祖皇帝的时候，才顺便也追封了一个体面的大号，叫朱世珍，这是朱五四老汉的殊荣。

记得有一天和几个朋友一起吃饭时，发现饭店的女老板长得奇丑，于是便引出一个话题，如果该老板娘一夜之间变成了绝色佳人，她将会怎样生活。一位朋友说，她肯定承受不了这种反差，心理会随之崩溃。这位朋友的推论得到了大家的认同。由此言之，一个穷光蛋当了皇帝，首要的难题恐怕不是治国驭民，而是如何承受那种巨大的心理反差。这种反差甚至会整个地改铸他的人格走向，叱咤风云的伟丈夫变得怯懦宵小；阔大坦荡的胸怀塞进了猜忌、暴戾和险隘；谦和健朗的面孔浮上了贪欲自大的阴影。这是一种心理变态，从先前一无所有到什么都有了，一时反倒手足无措起来，巨大的既得利益令他眼花缭乱、心旌摇荡，却又唯恐受用不及、过期作废，就像民间故事《石门开》的结尾那样，石门突然关闭，满屋子的黄金都变成了石头。那么就抓紧挥霍吧，自己挥霍不算，还要请出祖宗先人来分享，让他们也捞个皇帝当当。给祖宗追加谥号并不是朱元璋的首创，但像朱元璋这样一下子让四代祖宗都黄袍加身的却委实少见。追封便追封，一纸文件诏示天下得了，要那么多精美绝伦的石人石兽干什么？要那么多堆砌谀词的封号干什么？要那么多雕栏玉砌的崇宏巨殿干什么？不就是几根腐骨么？不，这里连腐骨也没有，只有几套衣冠。在甩场面掼派头的背后，恰恰显露出那种"小人得志"的浅薄和自卑。

在这里，我不由得又想起了朱家的另外两处祖陵，即安徽凤阳的皇陵和湖北钟祥的显陵。这两处陵墓在明史上都曾演绎过一些有趣的事。前者在崇祯九年（1636年）被李自成的起义军翻尸倒骨，一把大火烧了个精光，凤阳总督因此被崇祯砍了脑袋。随即，官军也派人到陕西米脂扒了李自成的祖坟，并把其先人的颅骨用快马呈送朝廷处置。明朝末年天崩地坼的政治大搏斗，竟在朱、李两家的祖坟上拼得如此你死我活，这实在是很有深意的。人们不难发现，显现于其中的是那种农民式的复仇情结和天命观。后者则引出了一场朝野震动的"大礼仪"事件，这件事虽然闹得轰轰烈烈，其实说白了就是一句话，即究竟"谁是自己的父亲"。原来正德皇帝没有儿子，死后由他的堂弟朱厚熜继位。当朱厚熜从湖北安陆的封地颠儿颠儿地前往京城登基时，自然是很高兴的。但他不久便遇到了一个难题，按照儒家的礼教，他以小宗入继大宗，应以大宗为主，必须称已故的伯父弘治皇帝朱祐樘为父亲，而自己的父亲兴献王朱祐杬则降格成了叔父。这位嘉靖皇帝后来虽然昏庸透顶，但这点起码的人伦之情还不曾丧失，他很不情愿，于是便引起了一大批朝臣伏阙请愿，上书抗议，甚至以集体辞职相要挟。一时金銮殿前呼天抢地，悲声号啕。在他们看来，这是一场关于"主义"的争议，千秋伦常，在此一举。但臣子终究是拗不过皇上的，皇上决定停止这场关于"主义"的争议，直接诉诸武器的批判。最后的结局是，数百名死脑筋的官员先是被廷杖打烂了屁股（其中有十九人被当场打死），然后下狱、罢官、贬逐。而几个脑筋不那么死的官员则因此飞黄腾达、厕身中枢。朱祐杬不仅仍然是朱厚熜的父亲，而且还被当了皇帝的儿子追谥为恭穆献皇帝，享受了以帝王规格重新修葺的陵墓，这就是湖北钟祥的显陵。

泗州明祖陵的故事比较平淡，因为它过早地沉埋在淮河底下，被人们遗忘了。从这个意义上说，真应该感谢康熙十九年（1680 年）的那场大水。

五

泗州沉沦了，留下了两则关于"水漫泗州城"的传说，倒也颇有意思。

第一个传说完全是世俗化的，情节也相当朴素：张果老骑驴路过泗州，讨水饮驴，谁知小毛驴见水猛喝，水母娘娘担心毛驴把自己的水喝光，急忙上前抢桶，不小心把水桶打翻，结果造成洪水泛滥，淹了泗州城。

张果老是八仙之一，八仙是天上的神仙，却又相当平民化，从里到外充满了人间烟火气。他们是一批个性解放主义者，想怎样潇洒就怎样潇洒，从不让抽象的教条来束缚自己。例如吕洞宾就是个相当风流的登徒子，他自己也并不掩饰这一点，因此惹出了许多桃色事件。

张果老则是个极富于喜剧色彩的小老头，他倒骑毛驴，拐杖上挑着酒葫芦，走到哪里就把恶作剧带到哪里，那些恶作剧大多是很精彩的黑色幽默。但是在这则"水漫泗州城"的故事里，张果老的形象却很模糊，基本上是道具式的，完全可以换成另外的张三李四。倒是那位水母娘娘活灵活现、呼之欲出，她的心态也很值得研究。

水母娘娘是个小官，水是她的权力所在。可不要小看了这座"清水衙门"，精通权术和权力学的人，即使是芝麻绿豆大的权力也照样能玩得有声有色。什么叫权力？权力就是无所不在的控制；就是节骨眼上的拿捏；就是八字衙门朝南开，有理无钱莫进来；就是板着面孔打官腔，一边敲骨吸髓一边接受你的顶礼膜拜。可以想见，平时求这位水母娘娘要指标批条子走后门的肯定不少，她的小日子也肯定过得很滋润。所有这些，都是因为她掌握了水。失去了水，她就失去了一切特权的基石。因此，当饥渴的小毛驴喝水似乎要超指标时，她才会那样手忙脚乱，如同夺了她作威作福的魔杖一般。泗州的悲剧带有深刻的社会必然性，张果老和他的小毛驴是无辜的，悲剧的根源在于水母娘娘的"官本位"和"以水谋私"。在这里，水母娘娘成了一切权势者的化身。正是由于权势者的贪欲和自私，才酿成了泗州天倾地陷的大灾难。民间传说是平易朴素的，却并不浅薄，世俗化的情节中透析出坚挺的哲理品格。我不知道这传说的原始作者是谁，也不知道它是从什么时候开始流传的，但可以肯定，它在长久的流传过程中，充分吸纳了民众的社会体验和感情积淀，因而比许多史书上的阐述更具权威性和终极意义。

第二个传说知道的人更多些，因为有一出叫《虹桥赠珠》的戏文即取材于此。故事袭用了才子佳人的传统套路，把一场洪荒巨祸置于少男少女的青春游戏之中，作为情场纠葛的一段尾声。这样的构思相当奇崛：泗州知州的公子白生赴京赶考途经洪泽湖，与湖中神女凌波仙子邂逅，凌波仙子爱恋白生的聪明俊美，想结为秦晋之好。但书呆子白生偏偏功名要紧，执意不从，神女爱极而恨，一怒之下水漫泗州。

这个传说显然已被文人加工过了，因而也融进了文人士大夫的某种价值取向。对于白生和凌波仙子这两个人物，人们尽可以见仁见智，有各种各样的评价，但我所看到的则是其中关于生命意义的解析。一般来说，人们对公子白生可能会给予更多的肯定，他那种呆头鹅式的苦读和事业心，在相当长的历史时代中曾被奉为一种青春偶像。但我总觉得此人缺乏一种生命本体的合理性，他活得太累、太沉重。因为从传说中（至少从戏文中）看，他对凌波仙子也相当倾心，只是因为功名的诱惑，才不得不斩却情丝，快快北去。他走得其实并不潇洒。中国的戏文总喜欢在赶考途中弄出点风流韵事来，这是文人士大夫的一种艳情趣味。但同样是赶考途中的艳遇，这里的白生远不如《西厢记》里的张生可爱。张生是轰轰烈烈地爱过一场的，为了爱，他甚至装病西厢，想赖着不走了，什么金榜题名、荣宗耀祖，在两性情感的深刻遇合面前都不值得一提。这是张生的人格健全之处，也是《西厢记》的伟大之处。

相比于白生的委顿，凌波仙子则活泼泼地敢爱、敢恨，虽然带着一股贵族少女的任性和乖张，却通体放射着生命的光华。她是神，却不甘于神的寂寞和徒有其表的尊荣，她要做她那个世界的卓文君和茶花女，于是她爱上了白生。为了爱情，她不惜褪去自己神圣的灵光，但这一切偏偏不为白生所理解和接纳，而且这个白生还是个可以称为知识精英的文化人。凌波仙子的失望是可以想见的。这种失望不仅在于一腔真情的抛掷，还在于对白生所在的那个世界的否定。既然这个世界如此不通人性、不近人情，既然这个世界的人如此猥琐卑贱，既然体现了这个世界最高智慧的文化人都是如此德性，那它还有什么存在的合理性呢？从这个意义上说，凌波仙子的水漫泗州完全可以比之于白娘娘的水漫金山。白娘娘的水漫金山是为了拯救自己的心上人，体现了对人的世界的向往；而凌波仙子的水漫泗州则是为了毁灭自己的心上人，体现了对人的世界的否定。否定有时比向往更为惊心动魄，水漫金山只是一场虾兵蟹将的舞台游戏，而水漫泗州则是实实在在的人间悲剧。

也许我扯得太远了，还是回到泗州来吧。前些时我在那里采风时，听到不少呼声，都说应该组织力量挖掘埋在地下的泗州城，说意大利的庞贝古城已挖掘了一多半，成了著名的旅游区；又说有多少名流要人关心这件事，甚至联合国都准备拿出钱来资助。对此，我也很觉得振奋。离开泗州前一天，我拜访了当地一位资历很深的老人，老人退休前曾长期担任该地的水利局局长和副县长，对古泗州的历史亦很有研究。在谈到泗州城的挖掘时，他相当冷漠地说：挖出来有什么好看的呢？无非几处断墙残壁。那么大一座废城，又不是秦始皇墓前的兵马俑，造一间大房子就可以装得下的，还是留在地下让人们想象的好。

老人的冷漠不是没有道理的，冷漠中却透出热切的文化意识。设想一下，如果真的花力气把那座地下城展示于光天化日之下，然后圈上一堵围墙，把门售票，变成一处旅游景点，那又有多大意思呢？我们已经见过了太多散发着铜臭和伪文化气息的旅游景点，也见过了太多的挖掘和雕饰，如果那样的话，泗州城也就真的要消失了，消失在年复一年的风化和修补之后，消失在红男绿女们潇洒的步履之下，消失在人们越来越空洞淡然的目光之中，那将是一种怎样的悲哀！

那么，就还是让它埋在地下吧，给人们留下一点疏离感和关于悲剧美的思考。如今的淮上，不见了滔滔洪峰滚滚浊流，也不闻凄风苦雨中报警的锣声，纵目所及，只有牧歌情调的旷野和远方洪泽湖上的帆影。但走在这片旷野上，你分明感到这里的宁静中蕴藏着一股强劲的历史张力，你会把脚步迈得很轻，很轻……

石头记

一

到开封去，顶着初冬的寒风，踏着衰草披离的小径，在相国寺钟声苍凉的余韵中登吹台、攀铁塔，探幽访胜，六七天的奔波，就是为了带回关于几块石头的记忆么？

开封的脚下，沉淀着一个镂金错彩的北宋王朝，它的名字，该和《东京梦华录》《清明上河图》联系在一起；该和"官家""洒家""客官""勾当""端的""瓦子"这些中国俗文化中的特殊语境联系在一起；该和欧阳修的"庭院深深深几许"、晏几道的"舞低杨柳楼心月"联系在一起；该和李师师高楼卖笑的情影以及鲁智深倒拔垂杨柳的身姿联系在一起，怎么单单只剩下了几块石头呢？

本来，开封是与石头无缘的。它背靠黄河，面南而坐，雍容大度地吐纳着莽莽苍苍的中州沃野。在中国的历代古都中，它是少数几个周遭没有山岳拱卫的城市之一。这于防卫无疑是不利的，北宋年间，天下兵额为一百二十五万九千，而其中禁军就有八十二万六千之众。《水浒传》中的林冲原是八十万禁军教头，可见这头衔并非小说家言。禁军的任务是戍守京师，自然要驻扎在开封附近的，这大概是在京城驻军最多的朝代。开封的特色在于水，所谓"四达之会"是指流经其间的汴河、黄河、惠民河和广济河。四水沧浪，既是开封赖以繁荣的温床，又是赖以防卫的天堑。宋王朝定鼎之初，鉴于开封的地理形势无崇岳名山之险，曾一度发生徙洛的争议，之所以最后定都开封，大概也是考虑了水的因素吧。因此，北宋的国防政策基本上是一部"河防战略"。乾德五年（967年），朝廷即令沿河地方官吏兼本州的河防使。如果留意一下当时军政严格分开、抑制边臣权威的立国方针，不难想象朝廷注视河防的目光是何等殷切。真宗时又规定：沿河官吏在夏秋发洪期间虽任期已满，亦须待水落以后始可移职他任。且严令禁止私渡黄河，"民素具舟济行人者，籍其数毁之"。那注视河防的目光不仅是殷切，而且带着忡忡忧虑了。

"河防战略"还引出了北宋政坛上关于"北流"与"东流"的大论战。因为从庆历八年（1048年）黄河决口到靖康二年（1127年）北宋灭亡的八十年间，黄河河道不时变迁，时而东流，时而北流，如是者往复三次之多。围绕着如何修堤治河，也就是"北流"与"东流"孰优孰劣，上层领导集团内部各有各的高见。当时政坛上的一些风云人物，例如范仲淹、富弼、文彦博、王安石、司马光、苏辙等，都义无反顾地卷入了这场争论。他们之间到底争什么？又为何争得如此旷日持久，弄得仁宗、神宗、哲宗三代帝王寝食难安？本来，东流河道因年久淤积，河床日高，改向北面低处流失，乃自然之势。大略翻翻那些连篇累牍的奏章，原来无论主张北流还是东流的官员，都无一例外地站在黄河大堤上向北瞭望，认为自己的主张更有利于抵御辽兵的进犯。在他们沸沸扬扬的争论声中，每每透出几声低沉的叹息：开封四平，没有一块可以据险以守的石头，他们面对的是一片正好供契丹铁骑驰骋的旷野。

是啊，没有石头的开封，从九重君王到子民百姓，只能把目光注视着那一脉雄浑的黄水。水是一切的生命线，除了这句最原始最质朴的常识用语外，开封人还能说什么呢？

但开封也不是绝对没有石头，我这次就看到了几块，据说都是北宋年间的遗物；不仅看到了，而且一直沉重地压在我的心上。

二

坐落在小西门内的包公祠现在是开封名胜之一，祠内陈列着一块石碑，上面镌刻着北宋王朝历任开封知府的名字，所以也称"知府碑"。

"知府碑"上的名字，有不少人们相当熟悉，例如寇准、范仲淹、蔡襄、蔡京、吕夷简、欧阳修等，无论其忠奸贤愚，都是北宋政坛上有影响的人物。这是很自然的，对于深宫里的帝王来说，首都市长是个既不可须臾或缺，却又相当危险的人物，只有信得过且有一定威望的重臣才能担任。即使如此，皇上也不会让你在这里待得太久，"卧榻之侧，岂容他人酣睡"，当然也容不得有人在这里一直弄权的。北宋一百六十七年间，担任过开封知府的竟有一百八十三人，平均每人不到一年。屁股还没有坐热就请你开路，这是主子控制权臣的一种游戏规则。

这种心态还体现在那两个令一般人莫名费解的题名上。"知府碑"上的一百八十三任知府中，有两个只标着头衔而没有名字的人物：晋王和荆王。原来这二位即宋太宗赵光义和宋真宗赵恒，他们在当皇帝前都曾以亲王身份做过开封府尹。因此，后来的大臣知开封府，前面都得加个"权"字，叫"权知开封府"，含意是不敢僭登先王之位，但实际上都是正式职位，并非临时差遣。但一个"权"字却多少道出了南衙主人那种如履薄冰的拘窘。在皇上的眼皮底下当差，要格外小心哩，弄得不好，随时都可能被撸掉。

"知府碑"上的题名琳琅满目，亲王也有了，大忠巨奸也有了，一些不大不小、来去匆匆的庸常之辈也有了，却偏偏没找到那个本该有的名字。

那个名字叫包拯。

怎么会没有包拯呢？那个天不怕、地不怕，当官敢为民做主的包黑子；那个一手举着乌纱帽，一边喝令"开铡"的包龙图；那个至今仍在电视和舞台上频频亮相，令亿万观众为之击节赞叹的包青天，怎么会没有呢？从某种意义上说，开封府的名字是和包拯联系在一起的，因为有了包拯，开封府才成了平民百姓们心中的圣殿，成了"清正廉明、执法如山"的代名词，也成了让一切贪赃枉法的恶徒们为之胆战心惊的符咒。

包拯的名字是有的，导游小姐指点着石碑中间的一块告诉我："包拯的名字在这里。"千百年来，由于人们敬仰包公的大名，在观赏石碑时经常指指点点，天长日久，竟将包拯的名字磨去了，只留下了一处起明发亮的深坑。

我不禁肃然。是一些什么样的手指，竟将坚硬的石头磨出了这么深的印痕？要知道，那些手指不是戳，更不是抠，只是轻轻地指点。而且可以肯定的是，在所有的指点中，有相当多的指头并没有接触到石碑，但就是这些接触到石碑的手指，在轻轻一点、至多也不过是轻轻一抚之后，竟形成了这样令人惊叹的奇迹。这中间究竟经历了多少人的指点和抚摸，用"千万"当然远远不够。可以想见，在每一次的寻找、指点和抚摸中，都传递着一份景仰和感慨，传递着一份心灵的温煦和沟通，也传递着一种呼唤——对公正、清廉和神圣法律的呼唤。不少人在指点这个名字时，也许对包拯其人并没有多少了解，但这并不重要，因为石碑上的这个名字已超越了具象化的人物和事件，也超越了历史和时代，成了一种人类精神和秩序的化身。那么，就让他们轻轻地指点、轻轻地抚摸吧，但愿在这无数次的指点和抚摸中，人类社会变得有如春水般平和安详，支撑社会的每个灵魂亦变得有如晴空般明净美好。

当然，也有见了"知府碑"上的名字而畏缩不前的，例如，金末元初的文学家王恽在一首《宿开封后署》的诗中感慨道：

拂拭残碑览德辉，
千年包范见留题。
惊乌绕匝中庭柏，
犹畏霜威不敢栖。

包，即包拯；范，指范仲淹，将包、范英名喻为"霜威"，而"惊乌"则是天下的贪官污吏。虽然时隔二百余年（诗中的千年是夸张语），贪官污吏见了石碑仍惶恐惊惧，不敢正视那两个天下争传的名字。因为这对他们是一场灵魂的审判，走近审判台，他们的目光是那样恍惚游移，步履亦是那样踌躇畏怯。包拯和范仲淹真是不简单。

这是一个正直的文人士大夫的感慨。但实际上，平民百姓们在瞻仰"知府碑"时，寻找的只是包拯，对范仲淹却相当陌生，当然也就相当淡漠。这也许不很公平，在冷峻的历史学家那里，包拯的名字远不及范仲淹响亮，范仲淹不仅是身居高位的宰相，不仅是饮誉北宋文坛的散文家和诗人，不仅具有道德的勇气和高迈的情怀，也不仅是名噪一时的政治改革家——他在庆历初年发起的那场改革虽然没有掀起多大波澜，却为后来的王安石变法起了投石问路的先导作用——单凭他面对水光山色的一篇《岳阳楼记》，或者单凭他在《岳阳楼记》中的一句"先天下之忧而忧，后天下之乐而乐"，就足以令同时代的志士豪杰兴高山仰止之叹。正因为如此，后人认为，像范文正公这样的人物，如"求之千百年间，盖示一二见"；而身后不远的朱熹则称他是天地间"第一流人物"，这些恐怕并非谀词。再看包拯。正史上的包拯其实并没有传说的那么神，他的那些为后人所称颂的政绩，例如微服私访、放粮赈灾、弹劾权臣直至皇亲国戚，只能说明他是一个勤勉而刚正的实干家。他任开封知府一共只有一年半，这期间基本上没有什么石破天惊的举动，也没有断什么有广泛影响和震慑力的大案。平心而论，作为一个政治人物，包拯的名字不仅比不上范仲淹响亮，即使和"知府碑"上的其他有些人物相比（例如寇准、蔡襄等），他也不能算是最出色的。

那么，人们为什么只寻找包拯呢？

答案在于，包拯虽然不是挥手起风雷的政治改革家，也不是落笔惊风雨的文章高手——他似乎不长于诗赋，流传后世的诗歌总共只有一首《书端州郡斋壁》，颇有点板着面孔说教的味道，艺术上并不见佳——却以他的峭直清廉和刚正无私而名世。人们寻找的正是这种在现实生活中所渴求的品格。民众的渴求和这种有着金属般质感的坚挺品格的碰撞，激起了黄钟大吕般的共鸣。渴求愈是强烈，共鸣也愈加亢激，中国老百姓心底的"包公情结"亦生生不息，愈演愈烈。

一位西方哲学家说过："产生英雄的民族是不幸的。"我想，膜拜清官的人民大概就更不幸了，因为这种膜拜大抵不会是幸福的舞蹈，而是痛苦中的祈求。在中国，反腐败永远是一个既古老又现实的话题，至少在小民百姓的生活空间里，它的分量要比那些经邦济国的改革纲领重要，也比那些不管产生了多大"轰动效应"的诗文辞章重要。小民百姓们关心的只是自己的衣食温饱，他们的旗帜上只有两个用黑血写成的大字：生存。因此，为官的清廉与贪酷，往往成为他们对政治最朴素的评判，至于更高层次的追求，大抵只是精英伟人们关心的事情。民众对腐败的切肤之痛和切齿之恨，集中反映在舞台上那些以包拯为题材的戏文中，且看看那些剧名：《铡美案》《铡赵王》《铡郭槐》《铡国舅》《铡郭松》。为什么都是"铡"？因为这些当官的太不像话了，不铡不足以解心头之恨。再看看铡刀下的那些头颅，差不多都是炙手可热的皇亲国戚、达官显贵。反腐败就是要敢于动真格的，就是要从这些有分量的头颅铡起。那么就一路铡下去吧，铡他个血溅簪缨、尸横朱门、谈贪色变、大快人心。随着包拯那一声回肠荡气的"开铡"，民众心底的情绪也得到了淋漓酣畅的宣泄和释放。

看罢了包拯在舞台上的最后一个亮相，再到"知府碑"上找出包拯的名字，指点着感慨一番，除此而外，中国的老百姓还能怎么样呢？他们不知道舞台和历史之间的距离是多么遥远，这中间隔着一代又一代人的装点、涂抹、净化和渲染，他们塑造了一个脸谱化的包拯，包拯也成全了他们"清官崇拜"的悲剧心理。

正史上的包拯是个"面目清秀，白脸长须"的儒雅之士，他的性格展示主要不是在开封府的大堂上，而是在担任监察御史和谏官期间。他也没有杀多少人，只是上了不少奏章，弹劾过不少人。其中地位最高的，一个是宰相宋庠，另一个是"国丈"张尧佐。宋庠并没有什么违法乱纪的大罪过，只是平庸无能。这个人很识趣，包拯的弹章一上，他马上请求离职，并且在辞呈还未得到皇帝恩准时，就主动到中书省政事堂去站班了。国丈张尧佐并不是张贵妃的父亲，而是伯父，因此这个"国丈"是带水分的。他的问题也是平庸无能。包拯要把他从三司使（相当于国家计委主任兼财政部部长）的位置上拉下来。弹章上去了，仁宗皇帝想了个变通的办法，叫张到下面去当节度使，这自然引发了包拯等人的谏争。这场谏争倒是很激烈的：

仁宗没好气地说："岂欲论张尧佐乎？节度使粗官，何用争？"

谏官们不客气地顶撞道："节度使，太祖、太宗皆曾为之，恐非粗官。"

仁宗一时张口结舌，无言以对。

于是包拯等人争相上前，与仁宗抗辩不已。包拯言辞激烈，口若悬河，竟将唾沫星子喷了仁宗一脸。

张尧佐的节度使终于没有当成。

包拯和仁宗的关系很微妙。在宋代的帝王中，仁宗还算是比较清醒的，单凭谏官们敢于在金殿上对他反唇相讥，甚至把唾沫星子喷他一脸，就可见他是比较富于民主色彩的。他了解包拯，知道包拯喜欢犯颜直谏。因此，凡能够接受的，他都尽量接受；一时接受不了的，就不理不睬，我行我素，但对提意见的人并不打击，有时还安抚有加。这一点在帝王中相当难得。包拯也了解仁宗，因此，一段时间以后，当仁宗再度起用张尧佐时，包拯见好就收，让仁宗下台。

应该说，包拯和仁宗算得上是君臣际会，他们都有一种大局观，这种大局观不是为了官场中的一团和气，而是为了王朝的长治久安。在那场关于张尧佐的谏争后，仁宗回到后宫，对他所宠爱的张贵妃说了一句很有意思的话："汝只知要宣徽使、宣徽使①，汝岂知包拯为御史乎?"这说明，他对下面的意见还是很在乎的，甚至有点小小的惧怕。

一个对下面的意见很在乎，甚至有点惧怕的王朝，大致不会太惧怕外面的强敌。仁宗一朝，宋帝国的国力还相对强盛，在与契丹的对峙中也不很怯阵，他们能够把目光望着更远的幽燕大地，而不至于只盯着眼皮底下的黄河。

---

① 当时仁宗情急烦躁之下，把节度使说成了"宣徽使"。

三

到了开封不能不看大相国寺，看了大相国寺不能不想到那个倒拔垂杨柳的胖大和尚。鲁智深是在大闹五台山之后来到大相国寺的。五台山也是天下名刹，宏丽堂皇自不必说，鲁智深既从那里来，眼界自然很高，但站在这里的山门前也不由得称赞："端的好一座大刹！"大相国寺之"大"，《燕翼诒谋录》中有一段记载：

> 僧房散处，而中庭两庑可容万人，凡商旅交易皆萃其中。四方趋京师，以货求售，转货他物时，必由于此。

这是北宋时的景观，当时大相国寺大体上已成了自由市场，兼营批发和零售，而香火倒在其次了。我不知道当时寺院方面要不要向这些个体摊贩收取管理费，如果收，那当是一笔相当可观的收入。大凡寺院都喜欢选择在深山静地的，但大相国寺却置身于闹市中心，这里离皇城太近，离人间烟火太近，色货琳琅、红男绿女，礼佛的钟磬声中，弥漫着世俗红尘的铜臭气和功名欲，置身其间，寺僧们恐怕很难入定参禅的。这次我在相国寺，正赶上一个国际佛教界的书画展，其中有一幅草书"难得糊涂"。我想，这大概是寺僧们内心骚动的一种曲折反映吧。不然，为什么要强制自己装"糊涂"呢？所谓"禅心已作沾泥絮，不逐春风上下狂"，说到底是很难的。本来，相国寺的佛，是人世的佛，你看八角琉璃殿里的那尊千手千眼观音，显得多么能干、繁忙，整个一副女强人的架势。

当我一边徜徉，一边胡思乱想时，无意间在大雄宝殿前看到一块石头——一块极普通、极不起眼的石头，上面有填绿楷书的一行小字：

265

艮岳遗石。

我心中一惊，在几乎每一本关于北宋政治史的书中，都会提到这个名字：艮岳，与之相连的还有另外一个奇特的名词：花石纲。中国的山岳可谓不可胜数，但我敢肯定，绝对没有哪一座像艮岳这样短命的，它的存在大致只有十几个春秋，而正是这座短命的艮岳，却成了中国历史上一根永远的耻辱柱，上面钉着一个腐朽得光怪陆离的末代王朝。

这一切都是从那个风流皇帝赵佶开始的。赵佶是个极富于浪漫气质的帝王。对于苏东坡和柳永那样的文人来说，浪漫气质是一种灵魂的燃烧和开掘艺术至境的斧钺；而对于一个拥有无限权力的帝王来说，浪漫气质则很可能导引出令人瞠目的大荒唐来。有人说，开封四面无山，若把京城东北隅增高，可多子多寿、皇图永固。赵佶信奉的是"只怕想不到，不怕做不到"，当即诏令天下献石垒山。当然，艺术家的赵佶并不缺乏审美目光，首先，造山的石头要用江南的太湖石，这种石头玲珑剔透，有如苏杭美女一般婀娜多姿；其次，光有山还成不了景，还得有奇花异卉来装点，这样，皇上用不着出汴京城，就可以受用如诗如梦的江南山水。这座费时十数载，周遭十余里的假山就是艮岳。

一座周遭十余里的艮岳要用多少石头呢？我相信，这中间的每块石头都该有一段值得书写的故事。营造艮岳成了宋帝国建国百余年来最大的暴政，一时间，从中央到地方羽檄交驰，闻风而动，"花石纲"成了压倒一切的大事。官员们一个个都人模狗样地成了皇差，带着士兵到处乱窜，任何人家的寸草片石都可能突然之间被指定为"御前用物"，当即加上标识，令主人小心看护。如果看护的程度稍稍令官员们皱眉，那就是"大不敬"，按律主犯处斩，全家流放。即使看护得很好，运走时的那种排场也实在让人受当不起。因为是御前用物，要把房屋墙垣拆掉，焚香膜拜，恭恭敬敬地抬出来。于是，"花石纲"成了官员们最简单而有效的勒索法宝，他一指手或一皱眉就可以叫你家破人亡——这使我们想到公元4世纪石虎时代"犯兽"的怪事。在从崇宁到宣和的十几年里，千里古运河上舳舻相衔、帆樯连翩，那景观和当年隋炀帝下江南的龙舟相比恐怕毫不逊色。"花石纲"剪江北上，一路迤逦而行，两岸是凋敝的村落和荒芜的田野，饥寒交迫中的乡民也许对这样浩大的船队感到迷茫：皇上要这么多石头干什么呢？他"御前"有普天之下的美女、普天之下的珍玩、普天之下的锦衣玉食，难道还不够受用吗？

　　是啊，皇上要这些石头干什么呢？黑土地上的子民是永远无法理解的。他们只知道普天之下，莫非王土，皇上有受用不尽的好吃的、好玩的、好挥霍的。但他们不知道皇上有着多么奇特的想象力，他不仅要占有"普天之下"所有的好东西，而且还要把这些都集中在自己的围墙里，变成伸手可及的"御前用物"。如果有一天盛传屎壳郎也是一种美物，且以此作为时尚，他肯定要在后宫里营造一座世界上最堂皇的粪坑，并用他那漂亮的瘦金体书写一块"大宋宣和天子御用"的匾牌，那么，天下的屎壳郎也就大致可以"尽入彀中"而渐至绝迹矣。

　　在中国的历代帝王中，赵佶大概算得上艺术素养最高的几个之一。一个帝王而有很高的艺术素养，这是很不幸的，不仅是他本人的不幸，也是民族和历史的不幸（只有曹氏父子是个例外）。这种不幸是从元符三年（1100年）的那场宫廷风波开始的。那一年，宋哲宗赵煦病逝，他没有儿子，继承者将在他的两个弟弟赵佶和赵似之间产生。帝王的宫廷历来是天下是非最多的地方，尤其是事关皇位继承，不闹得你死我活是不会罢休的。宰相章惇首先向赵佶投了不信任票，形势一开始对赵佶不很有利。但这时一个叫向太后的女人发表了决定性的意

267

见。女人的天性似乎和艺术有着某种相通,她欣赏赵佶的才华。我们大致还记得,就是这位向太后,以前对苏东坡也是很不错的。在元符三年(1100 年)的这场风波中,向太后做出了两项具有深远影响的决定,一是把艺术家的赵佶捧上了皇位;一是赦免流放在海南、已经垂老濒死的大文豪苏东坡。把这两件事并列在一起,实在不是滋味,但作为当事人的向太后,却是出于相当真诚的动机,她或许希冀把一种清朗洒脱、带着激情和灵气的文化人格引入政治生活。

赵佶上台后,章惇即被辗转流放,死在距首都千里之外的睦州。这是预想中的事,谁当皇帝本是赵室的家事,你去掺和什么呢?但他对赵佶的评价却不幸被后来的历史所证实,他的评价是:赵佶轻佻。

轻佻是什么意思呢?章惇是官场人物,他口中的"轻佻"自然带着一种政治色彩,大抵是指不负责任、感情用事、缺乏政治头脑和深谋远虑吧。当然,这中间也应包括对文学艺术的过分痴迷。但赵宋是一个崇尚文化的王朝,这话章惇不好说,只能用"轻佻"一言以蔽之。章惇显然意识到,一个整天沉湎于艺术感觉和笔墨趣味的皇帝,对国家未必是幸事。

赵佶是以改革家的面孔出现在政坛的,他觉得王安石实行的那一套很有诱惑力,把天下的财富集中于中央政府和皇室,何乐而不为呢?他上台的第二年,就废除了向太后摄政时定下的"建中靖国"年号,这个年号太沉闷,他要大刀阔斧地干一番改革大业,岂能满足于"靖国"的小安稳?于是改年号为"崇宁"。崇宁者,尊崇王安石的熙宁新法也。旗帜打出来了,很好!那么就着手改革吧。首先是废黜旧党(章惇虽然不是旧党,也照样在被贬黜之列)、起用新党。风流人物蔡京就是这时候脱颖而出的。有了蔡京这样不可多得的人才,赵佶可省心多了,他乐得整天钻在深宫里,今天画一对鸳鸯,明天填一首新词,或心血来潮,出一个别致的题目:"雨过天青云破处,这般颜色做将来"，令汝窑的工匠们烧出一批上好瓷器供自己玩赏。在这些方面，他无疑取得了极大的成功。至于改革的事，让蔡京去干吧。

蔡京的改革就是不择手段地敛财。敛财的目的，一是供皇上挥霍，二是让自己从中贪污。如果说赵佶的挥霍还带着某种艺术色彩的话，蔡京的贪污则完全是一种动物性的占有欲。光是一次征辽，数十万禁军的衣甲由他批给一个姓司马的成衣铺承包，从中拿的回扣就很可观。至于卖官衔、卖批文、卖人情、卖宫闱秘事之类就更不用说了。这样改革了四五年，"改"得蔡京家里的厨师有人只会切葱丝而不会包包子，半碗鹌鹑羹要宰杀数百只鹌鹑，一个蟹黄馒头价值一千三百余缗。皇上便宣布改革取得了洋洋大观的成果，又把年号改为"大观"，公开摆出了一副高消费的架势。因此，可以当之无愧地说，营造艮岳正是"崇宁改革"和"大观消费"的一项标志性工程。

但艮岳修成，北宋王朝也灭亡了，它最大的审美功用就是让赵佶站在上面，检阅金兵如何潇潇洒洒地渡过黄河，直薄开封城下。

后来，在开封保卫战中，那些由江南万里迢迢运来的、有如苏杭美女一般婀娜多姿的太湖石，被开封军民拆下来做了守城的武器。

再后来，赵佶在被虏北去的路上苦凄凄地填了一首《眼儿媚》词，其中有"家山何处"的句子，这"家山"中的"山"想必也应包括艮岳的，因为他差不多以玩掉了一个国家为代价才成就了那样一堆好石头，自己却没来得及受用，想想也太亏了。

离开大相国寺的时候，我一直在想，这块艮岳遗石为什么要放在这里的大雄宝殿前呢？放在曾作为北宋皇宫的龙亭前不是更合理吗？也许人们认为，放在这里更有一种宗教般的祭奠意味吧。

是的，它们是值得祭奠的，在这里，任何一个有良知的炎黄子孙都会感到一种灵魂的战栗——为了那一幕幕关于石头的故事，为了我们民族的历史上确曾发生过的那一段荒唐。

四

这是一条逼仄的小街,从龙亭公园蜿蜒向东,大约数里之遥。两边是未经改造的旧式平房,挤满了挑着青布帘子的小店铺,没有霓虹灯,也没有迪斯科的噪音,清静得有如梦幻一般。偶尔见到一棵孤独的老槐树伫立巷头,令人想到"城古槐根出"的俗语。是啊,体味开封的苍老,并不一定要到博物馆去看那些青铜古瓷,走在这斑驳古朴的小巷里,不是照样可以听到它悠远而蹒跚的足音吗?据说在这类深巷小店里,至今店家还称顾客为"客官",那种淳朴古雅的人情味,真如同走进了宋代东京的瓦子和《水浒传》中的某个场景。

开封人都知道这条小街的名字:棚板街。而我要寻找的,正是这条小街因之得名的那种石头。

这种寻找带着很大的盲目性,我是从一本介绍开封历史文化的出版物中看到棚板街的,连带的是一段相当流行的传说。传说当然与正史相距甚远,但尽管如此,我还是固执地走进了这里,因为我知道,我是在寻找一种感悟,即使传说中的那种石头并不存在,但那种被传说中的石头所压迫的历史氛围却是巨大的真实。

棚板街的一端连着皇城,一端连着镇安坊的青楼,这两处的主人分别是风流皇帝赵佶和艳帜高悬的名妓李师师,因此,这条小街的由来似乎不那么光彩。皇帝玩女人算不上什么新闻,他后宫里佳丽如云,怎样玩都无妨。但一旦走出皇城,而且是到妓院去玩,那就不大好听了。赵佶是崇尚个性解放的,镇安坊的野花他又一定要采,于是便有了这条风流蕴藉的棚板街。据说北宋末年的某一天,御林军突然宣布对临近皇城的这条小街实行戒严,公开理由是开挖下水道。大批民工日夜施工,在街心挖开一条深沟,然后以青砖铺底,玉石砌墙,顶上架设一色的长条青石板。一条阴沟何至于如此豪华？京师的百姓们当然不知底细，只能简单地归结于一种皇家气派。他们不会想到，当街面上市声熙攘，小民们在为生计而匆匆奔走时，在他们脚下的秘密通道里，大宋天子或许正在太监的引导下前往镇安坊，一边盘算着如何讨得那个女人的欢心……

赵佶在镇安坊的艳遇大致是不假的，《宋史》中还特地为李师师立过传，李师师也肯定没有入宫，那么就只有让赵佶往镇安坊跑了。至于跑的途径，有的传说是"夹道"，有的传说是"隧道"，反正得避开公众的目光，不能堂而皇之地去。之所以有这样的种种传说，自然是因为人们对这个风流皇帝太了解了，为了一个可心的女人，他是会不择手段的。而对于赵佶来说，这无疑是一场心劳日拙的远征，其艰辛程度并不亚于征辽、剿寇或经邦济国的冗繁政务。本来，皇帝嫖妓并不是什么新鲜事，在中国历史上，明代的正德和清代的同治都是这方面的行家。但同样是逛妓院，正德和同治完全是赤裸裸的皮肉交易，谈不上有什么感情投入。赵佶则不同，他喜欢玩点情调。情调当然不等于调情，帝王的后宫里有的是调情，用不着跑到镇安坊去。情调是一种可遇而不可求的精神和谐；一种心灵感悟和艺术趣味的双向沟通；一种宛如尘世之外的舒展和愉悦；一种略带点伤感、却相当明亮的生命气息。它是需要时间慢慢地去泡、慢慢地去品的。而李师师恰恰也是个很"情调"的尤物。这样，赵佶只能一趟又一趟地通过悠长的棚板街，去进行一场旷日持久的远征。

关于这场远征，宋人笔记中记载如是：

第一次去镇安坊，赵佶隐瞒了自己的身份，但出手相当阔绰，见面礼有"内府紫茸二匹，霞叠二端，瑟瑟珠二颗，白金二十镒"。尽管如此，李师师还是搭足了架子，她先是迟迟不肯出来，让赵佶在外面坐冷板凳。待到出来了，又一脸冷色，连交谈几句也不屑的。李姥还一再警告赵佶："儿性颇愎，勿怪!""儿性好静坐，勿唐突!"其实赵佶哪里敢责怪，又哪里敢唐突呢？最后看看天色将晓，师师才勉强鼓琴三曲，多少给了一点面子。以帝王之尊屈驾妓家，又花了大把的银子，只领略了三段琴曲和一副冷面孔，不知大宋天子该做何感想。

事实上，大宋天子的感觉并不坏。在深宫里，他每天都被女人包围着，一个个争着向他献媚讨好，他感到腻烦，也感到孤独——尽管身边花枝招展，莺声燕语，他仍然孤独。有时，他甚至觉得自己是世界上最不幸的男人。孤独常常是情爱的催化剂（不在孤独中爆发，就在孤独中灭亡），很好，现在遇到了一个把他不怎么放在眼里的李师师，面对她的高傲和冷艳，这个拥有无限权力的帝王第一次感到了自卑，同时也感到了一种渴望，他渴望走近对方，也渴望得到对方的接纳和理解。他已经很久没有这种渴望了，对于一个男人，这是很悲哀的。一次，一个姓韦的妃子充满醋意地问他："何物李家儿，陛下悦之如此?"

赵佶回答得很坦率："无他，但令尔等百人，改艳装，服玄素，令此娃杂处其中，迥然自别。其一种幽姿逸韵，要在色容之外耳。"

这是一个帝王的"女人观"，也可以说是一个艺术家的"审美宣言"。他欣赏的是一种"幽姿逸韵"，这中间当然还谈不上平等意识，也并未超出猎艳和占有的男性心理，但比之于那些只看到"色容"，甚至只看到一堆肉的嫖客，这种眼光还是值得称道的。

作为青楼名妓，李师师自有一套对付嫖客的心理学。她知道以色事人总难保长久，只有把对方的胃口吊上来，自己才能处于主动地位。吊胃口不能只靠巴结逢迎，在一个男性中心的世界里，一个女人如果只知道"爱的奉献"，其下场大抵不会太妙。"南国新丰酒，东山小妓歌，对君君不乐，花月奈愁何"，这是诗仙李白携妓宴游时的感慨，看来那位"东山小妓"也知道使点小性子来吊男人胃口的。李师师当

272

然要玩得比这大气，她创造了一种冷色调的诗情画意来对付赵佶，让他可望而不可即，只能一直围着她的石榴裙转。

这是一场真正的战争，情感世界里的征服和反征服，令双方精疲力尽而又难解难分。试探、迂回、相持、攻坚、欲擒故纵、积极防御、有节制的退却，所有这些关于战争的用语，在这里都同样适用。应该说，李师师取得了相当大的成功，因为从根本上讲，她无疑是处于劣势的，但她长袖善舞，始终以自己的魅力和清醒控制着局势。她多次拒绝了赵佶要纳她入宫的请求，因为她知道那是一个美丽的陷阱，在镇安坊，是赵佶和其他男人一起来讨好她；而一旦入宫，将是她和其他女人一起去讨好赵佶。这是必须坚守的最后一道防线，只要不越过这道防线，她有时也会作一点局部的退却，让对方有所得手。她希望在镇安坊和皇宫之间有一块战略缓冲地带，这就是棚板街。"冷"是李师师的总体色调，但僵化不变的"冷"是没有持久震慑力的，她有时也会有妩媚地一笑，正是这冷若冰霜中的嫣然一笑，往往使战局急转直下，本来已经无心恋战的赵佶又被挑逗起来，抖擞精神投入新的一轮感情游戏。也不能说李师师在这场游戏中完全没有感情投入。平心而论，作为一个嫖客，赵佶并非凡夫俗子，他是那样风流倜傥，在感情上又很善解人意，这对女人，特别是对一个具有唯美主义倾向的青楼名妓来说，还是很有吸引力的。他对李师师的追求主要不是靠帝王的权杖，而是在心灵的袒露中寻求理解。如果只是一场情感世界里的侵略和被侵略，剃头的挑子一头热，双方都难免倦怠，战争是无论如何不能维持那样长久的。

宋人笔记在记载赵佶第一次去镇安坊入幕的最后，顺便写道："时大观三年八月十六日事也。"这也许是极随意的一笔，却令我心头好一阵惊栗。原来我一直以为，赵佶和李师师的风流韵事只是宣和末年的一段插曲，现在算起来，从大观三年（1109 年）开始，竟整整进行了十七年。在这十七年中，宋王朝内外都发生了一些什么事呢？难道泱泱大国，内政外交，竟一点都不曾稍微干扰一下他的兴致？其实，事情是有的，而且也不能算不大，例如，方腊在睦州揭竿起义，东南半壁为之震动；对辽和西夏的"输款"不断增加，大量绸缎、茶叶和白银从本已枯竭的国库中源源流出；崛起于白山黑水之间的金帝国羽翼渐丰，宋王朝采用古老的"远交近攻"战略，与他们签订"海上之盟"，联手消灭了正在走向衰落的宿敌辽帝国，却把自己丰腴而虚弱的胴体袒露在一个更强大也更贪婪的敌人面前。山雨欲来，胡气氤氲，王朝倾覆已不是遥远的预言。但对于赵佶来说，这些似乎都不屑一顾，只有棚板街尽头的镇安坊才是他心灵的圣殿，他在那里所耗费的才华和心智，比几十年帝王生涯中经纶国事所耗费的总和还要多。在宫城的金殿上，他是个抱残守旧的无为之君；在镇安坊的琴台畔，他的人格却展示得相当充分，他是个具有感情强度和富于魅力的男人。棚板街就这样连接着赵佶生命本体的两个侧面，它成就了一个风流皇帝锲而不舍的风流业绩，也成就了一个让至高无上的帝王围着她的眼波旋转的绝代名妓，而背景则是风雨飘摇中的末代江山。

最后，我们仍不得不把目光移向黄河——那一脉维系着北宋王朝生命线的泱泱之水。当金兵逼近黄河时，北宋的御林军从开封出发前往守卫黄河渡桥。首都万人空巷，市民们以极大的热情欢送自己的将士出征。车辚辚、马萧萧，那景况当是相当悲壮的，但人们却惊骇地看到，这些平日里耀武扬威的御林军竟然窝囊得爬不上马背；有的好不容易爬上去了，却双手紧抱着马鞍不敢放开。这"悲壮"的一幕让热情的市民们实在惨不忍睹。

靖康元年（1126年）正月，金军东路兵团抵达黄河，那些爬不上马背或双手抱着马鞍的宋军将士，刚刚望见金兵的旗帜便一哄而散。南岸的宋军相对勇敢些，他们在纵火烧毁渡桥后才一哄而散。在这里，历史不经意地玩了一出小小的恶作剧，因为北岸宋军溃散的地方，正是宋太祖赵匡胤黄袍加身的发祥之地陈桥驿。赵匡胤当年定鼎宋室的系马槐尤在，如今却只能供女真军人挽缰小憩，盘马弯弓了。

1995年初冬的某个下午，我走进了棚板街深处的一座小院，力图和一位老者探讨他屋檐下那块青石板的历史。老者茫然地望着我，似乎点了点头，又似乎无动于衷。阳光闲闲地照着，青石板上跃动着几个女孩子跳橡皮筋的身影。门外传来小贩沙哑而悠长的吆喝声，是那种韵味很足的中州口音，当年在东京街头卖刀的杨志大概也是这样吆喝的吧？

后来我才知道，老者原来是个聋人。和一个聋人去探讨历史，当然不会有什么结果。其实，历史本身不就像这样一位翕然端坐的老者吗？他心里洞若观火，装满了盛衰兴亡的沧桑往事。但他不屑于理会后人那些寻根究底的打听，宁愿让你由着性子去胡思乱想。

走出棚板街的小院时，正传来大相国寺苍凉的钟声，我心中一惊，这里离大相国寺的艮岳遗石很近，离包公祠的"知府碑"也不远，至于棚板街因之得名的那种石头存在与否，已经不重要了，重要的是，如果把这几块石头——载入史册和见诸传说的——拼接在一起，不是可以读出一部北宋王朝的衰亡史吗？

洛阳记

一 如夫人、继室和孀妇

小时候读李长吉的《金铜仙人辞汉歌》，半懂不懂中，只留下了对洛阳不大好的印象。其实诗写的是铜人离别长安时的情景，色调很悲凉，洛阳还很远，连一抹阴影也说不上的。那么铜人为什么不愿去呢？以至"空将汉月出宫门，忆君清泪如铅水。衰兰送客咸阳道，天若有情天亦老"，苦凄凄的有如弃妇一般，可见洛阳不是什么好地方，连一尊铜像也不肯去——最后它终究没有去，据说因"铜人过重，留于灞垒"。这个灞垒大概就是古人送客时折柳赠别的灞桥吧？如果是，那么铜人才刚刚出了长安东门不远。它是有感情的，宁愿栖身于荒树野草之间，也不愿去洛阳。

后来又看了一些历史小说，诸如《东周列国志》《隋唐演义》之类，才知道洛阳确实不是什么好地方，虽然那里有天下闻名的牡丹和美女，有《二京赋》和《三都赋》中极尽夸饰的铺排，有班固、蔡邕、左思、程颐和白居易，但那里的宫城里充满了凶杀和色情，阴谋麇生，小人谄渎，妖艳的贵妇巧笑争宠，暴君和权臣们恣肆而畏怯，碧瓦红墙之内弥漫着末日的靡废和恐怖气息，真令人有透不过气来的感觉。有时候，我甚至一看到情节进入东都的城阙就跳过去，宁愿去欣赏荒原草泽间的好汉们舞枪弄棒。

久而久之便得出一个印象，洛阳大抵是个命途多舛的如夫人，有时则是个韶华不再的继室，作为京都，虽然她的历史相当悠久，却很少是元配的正室。正室大多是西京长安，只有当西京发生战乱和政变，皇帝在那里待不下去时，才跑到洛阳来。也有因为粮食接济不上而"就食东都"的。我大致算了一下，洛阳作为京都的历史前后达八百余年，但这中间的大多数年头是做如夫人或继室的，例如东周和东汉，她们的前头各有一个赫赫扬扬的西周和西汉，长安那九天阊阖般的气魄与如日中天的王朝盛世恰好般配。只有在走向衰落时，才会迁到洛阳来，在这里演完亡国的最后一幕。像李唐那样给中国带来一个大黄金时代的王朝，其文治武功都是在长安的宫城里擘画成就的，待到气数将尽时，却也要跑到洛阳来收场。当然，也有不少王朝一开始就定都洛阳的，但这些王朝的皇帝大多是心理变态的暴君或庸主，例如那位听说有人饿死，问为什么不吃肉的白痴皇帝司马衷，还有那位以荒淫无度而知名度颇高的杨广。洛阳的深宫似乎隐潜着一位魔法无边的巫师，皇帝一进入其中就会丧失起码的心智和人性，这些王朝也无一例外都是短命的。这时候，洛阳的身份是孀妇。

命途多舛的如夫人，韶华不再的继室，凄凄苦苦的孀妇，洛阳似乎从来就不是一处吉宅。但是，为什么仍有那么多的王朝看中这里，翠华摇摇地驶进这里的宫城呢？

1994 年秋天，我在无锡参加"东林学术研讨会"，会间参观东林书院时，曾就丽泽堂前那一块"洛闽中枢"的门额请教南京大学卞孝萱教授。老先生博学强记，"文化大革命"前曾长期协助范文澜编撰《中国通史》。他从中国历史上的宋学说到洛阳的二程（程颐、程颢），又谈到"程门立雪"的典故。在那块门额前，我记住了老先生的殷殷嘱咐："要了解中国文化，河洛文化是一个相当重要的源头，有机会你应当去那里看看。"

于是我就去了。一年以后，我孑然一身行进在从长安去洛阳的路上。这本该是一次诗的行旅，沿着古驿道迤逦东去，一路上会想到很多气势悲慨的名篇佳句。"西望瑶池降王母，东来紫气满函关"，杜甫当年也在这条路上颠簸过吧，他是高车驷马，追随着銮舆凤辇，还是跟跄于散兵乱民之中流离奔命？岁月的风尘早已湮没了悠悠古道上的辙印，连那座与诸多历史大事件维系在一起的函谷关，也只剩下一座并不雄伟的关门，砖石塌落，荒草萋萋，哪里还能体味杜诗中的盛大气象？出潼关、穿崤谷，遥望北邙山下的十朝故都，一股沉雄苍凉的情感溢满胸襟，真想如陈子昂那样登高一呼：前不见古人，后不见来者……

一个文化人从古驿道上走来，站在洛水之滨，他整一整行囊，梳理好心头的思绪，神态肃然地踏上了东都洛阳的废墟。

二 孔子问礼碑

老子的职务是周王朝的藏室史官，大约相当于今天的国家图书馆管理员。"老子"是后人的称呼，其实他叫李耳，又叫老聃。

洛阳图书馆里灰暗而冷寂，四壁堆满了大捆的竹简，由于年深日久，编联竹简的皮绳已经断了不少，简片悄无声息地散落下来。所谓"韦编三绝"不光是指读书的勤勉，也是时空流转的见证。图书管理员的工作很清苦，也很孤独，这对他很合适，正可以静心静意地思考宇宙和人生的大问题。他一向认为"言者不如知者默"，真正有大智慧大学问的人是不用多讲话的，更无须张扬。但现在他却感到了一种前所未有的冲动，静思冥想中自己仿佛羽化飞升，遨游于昊天广宇，俯视滚滚红尘、芸芸众生，他看到世间万物的机理其实很简单，祸福相倚，盛衰轮回，酒杯太满了必定会溢出来，月亮太圆时必定缺下去，所以一切都应顺其自然，"无为"方可"无不为"。一道思想闪电从洛阳图书馆冲天而起，他面前的竹简上出现了一行古拙的方块字："道可道，非常道；名可名，非常名……"

他一共写了五千字，名曰《道德经》，但后世研究这五千字的著作，至少超过了他原著的一万倍以上，所谓"汗牛充栋"是一点也不夸张的。

那是一个天崩地坼的时代，有如寓言般的"烽火戏诸侯"的故事促成了周王室的东迁，洛阳有史以来第一次承接了天子的车驾和庄严的典礼。但巨变已经开始，王室权威不断贬值，中央政府已成为一块徒有其名的招牌。一切都乱套了，战争和阴谋连绵不断，成者为王，败者为寇，有时只是为了一个长得漂亮一点的女人或一块成色不错的玉璧便闹得干戈相向、王冠落地。周王室中那九座用当时最贵重的青铜铸成的巨鼎，已失去了神圣的震慑作用，一个封国的国君甚至把军队开到洛阳附近，向王室的使节询问九鼎的轻重大小，这就是"问鼎"一词的由来。这位国君狂妄地说："那玩意有什么了不起？仅凭我们国家民间的挂钩，就足够铸成九鼎。"九鼎是至高无上的王权的象征，岂是可以随便铸造的？但人家手里有兵，腰里有钱，你能拿他怎样？事实上，由于王畿不断萎缩，中央财政日绌，周天子自己正在悄悄地把九鼎熔化，零打碎敲地拿出去变卖还账。

在大巨变喷发的火山灰上，中国所有的古哲学思想和文化创造各竞风流，炎黄子孙的思想进入了充满创造力的无涯空间，到处是生气勃勃的灵性，奔腾驰骋的激情，轰轰烈烈的生命意志和令人倾慕的人格力量。这是一幅值得我们千秋万代回首仰视的风景——是的，只能仰视，不管我们站在多少世纪以后的高程上。请看看这支由文化精英们组成的阵容：儒家、道家、墨家、法家、名家、阴阳家、纵横家、杂家、农家、兵家、小说家，诸子百家，云蒸霞蔚，辉映成一条灿烂的星河。你想知道何谓真正的思想解放和文化繁荣吗？请看看这条星河；你想了解中国文化的精髓要义吗？请走进这条星河；你想领略什么叫鲜活博大的人格空间和生命方式吗？请遨游这条星河。这里没有教条的束缚，没有长官意志，也用不着谁来提倡主旋律、多样化什么的。这里只有心灵的自由勃发和个性的恣肆张扬。数千年后的今天，当我的笔尖轻轻触及那个时代时，仍按捺不住心头那股高山仰止的激情。

蜗居在洛阳图书馆里的老聃即是道家的创始人。

今天的洛阳东关大街北侧，耸立着一块"孔子入周问礼碑"。公元前5世纪的某一天，孔子乘着一辆破旧的牛车，颠颠簸簸地从这里进入了洛阳城。老先生此行的目的据说是为了观看"先王之制"，考察"礼乐之源"，学习"道德之规"。这些都是典籍上大书特书的情节，因为孔子在完成这一切后说了一句相当流传的话："郁郁乎文哉，吾从周。"可见他这次观光确实受益匪浅。而且，在此之间，他还到图书馆拜访了王家藏室史官老子。

站在那座高大的石碑前，我想到了很多，这是两位思想巨人的聚会，是儒、道两种哲学世界的大碰撞，这次碰撞产生了怎样绚丽的火花，并将怎样影响中国文化的走向，都是很值得探究的历史大课题。在诸子百家林林总总的学派中，没有哪一种学派比儒家和道家更深刻地楔入了中国文化的底层，再过几个世纪人们将会看到，这两大学派以及后来从印度传入的释家文化，如何支撑了二千余年的中国哲学史。自秦汉以降，历代统治阶级或"废黜百家，独尊儒术"，或"内用黄老，外示儒术"，或儒、释、道三教鼎立，玩来玩去总离不开这几座原始的思想武库。因此，公元前5世纪两位老人在洛阳图书馆里的会晤，实际上是儒、道两大学派第一次面对面的交锋，也为他们后来延宕二千余年的争端和流变拉开了序幕。如此重大的历史事件，即使放到上下五千年的壮阔背景中，恐怕也是可遇而不可求的。

孔子是从鲁国来的，他的知名度要比李耳高得多，其原因是他曾担任过鲁国的司法部部长，并且很干了几桩大事，其中最具轰动效应的是"堕三都"和诛少正卯。但在一次国君主持的祭天典礼中，三桓大夫故意不分给他一块祭肉，这在周礼中是一种最严厉的处分。孔子知道自己在仕途上已经没有什么作为了，便出国流亡讲学。对于政治家的孔丘来说，这无疑是一次失败。但对于思想家的孔子，这却是值得额手称庆的。命运的沉浮遭际促使他更深入地思考历史、现实和理想，并且在这种思考中多了一层人生的况味；乘着牛车周游列国虽然颠出了消化不良的毛病（这是鲁迅考证的），却使他的眼界和胸襟更为开阔。他一共在外面流亡了十三年，最后又回到鲁国。如果说当初从鲁国跑出来的是一个凄凄惶惶的小官僚的话，那么十三年以后，回到鲁国的则是一个学富五车的思想者和坦荡君子。历史应该感谢鲁国的三桓大夫，他们吝啬了一块祭肉，却成就了中华民族的一位文化巨人。

现在，孔子走进了洛阳，走进了灰暗而冷寂的国家图书馆。

关于这次拜访的细节，史书中没有留下记载，但可以想见，这次在当时堪称最高层次的哲学研讨，气氛是认真和坦率的。他们会有雄辩滔滔的驳难，有闪耀着思想光华和智慧机锋的对峙，有推心置腹的切磋，有毫不矫情的朗笑，也会有长时间的默然对坐——这对双方都是一种力量的积蓄。他们都在内心深处为对方的深刻弘博而惊羡，以至相见恨晚；同时又坚信自己的思想更能解释社会、人生和宇宙。我想，他们的会晤肯定不止一次，因为既然是一场顶尖高手之间的较量，这中间肯定会有某一方暂时的退却、调整、相持、反击，然后又在一个新的高度上再度相持。

孔子或许会说：你那个无为而治是行不通的，而今天下汹汹，礼崩乐坏，民众苦到了极点，有智慧的人应该以天下为己任。像你那样整天讲"无为"，不干事、不管事，对社会民生没有任何好处。

老子说：不对，我们讲的"无为"，是要做到从外表不着痕迹，不费周章。譬如盖一栋房子，在最初就把可能发生的各种问题都考虑得很周到，所以盖完以后，看起来似乎轻而易举。这是一种很高的境界。说到底，"无为"就是"无不为"，这叫作不治而治，无为而为。

于是孔子说：无为而治者，其舜也与！恐怕只有上古时代的圣贤明君才能做到吧？

老子说：相反，你大讲特讲的仁义礼智都是一种世俗的造作，一种狭隘的外在功利。本来，宇宙万物都有其自然运行的法则，如果故意去有所作为，那便违背了道与德，必然导致天下大乱。所以说，大道废，有仁义，慧智出，有大伪。

孔子说：仁义礼智的核心是救世济民，为了这一崇高理想，我可以制天命而用之。君子应当自强不息，理想是一面辉煌的旗帜，站在这面旗帜下，有时甚至要知其不可为而为之。这是一种人生的大艺术。

老子说：人生的大艺术在于顺其自然，在于对自然和生命的珍爱……

他们的争辩当然不会有什么结果，但他们肯定都从对方那里得到了新的启悟，从而使自己变得更为充实，也更为自信。

这次会晤以后，孔子飘然东去，回到了鲁国。他洗却了先前的浮躁，对官场的喧闹不再热心。老先生已经六十三岁了，在当时这是一个行将就木的年龄。但衰老的生命却放射出夺目的光华，这种光华不在于官高位显，不在于玉堂金马，不在于一切外在的音响和色彩，而在于人格的强健和思想的高度。他潜心于授徒讲学，编纂典籍，直到九年以后逝世。应该承认，儒学作为一种思想体系的最后形成，主要是在这九年期间。

洛阳图书馆里的老子也坐不住了，他觉得自己必须行动。于是某一天，他骑着一头青牛西出函谷关。他为什么要向西去呢？东方的思想巨人已经和他对过话了，他或许要寻找新的能够与之对话的智者，但当时的秦国还没有产生这样的智者，像韩非那样的人物几百年以后才会来到这里。这位来自东方的老人踯躅于荒原之中，孑然四顾，苍茫无及。这是一幅西风古道的自然画面，更是一幅极富于象征意义的生命图像。没有对话者，这是思想者最大的孤独，这种孤独的摧毁力，肯定比政治迫害和生活困窘之类的总和还要大。孤独是一座祭坛，几乎所有的伟人和思想者都要走上这座祭坛。从某种意义上说，他们的生命造型就是一群力图走出孤独的羁旅者。

老子后来不知所终，在他的身后，洛阳东关留下了一块"孔子入周问礼碑"。

三 可怜金谷坠楼人

洛阳交通图上标着一处"金谷园"，按图索骥却无法坐实，只有火车站前有一条金谷园路，周围有不少以此命名的店铺，至于园子，却连断垣残壁的遗址或石碑也没有。徘徊在附近的小巷里，我很为洛阳人的奢侈而感慨，这就有如一个世家阔少，浑身上下都是价值连城的玩意，也就不那么看重。如果在别的地方，这金谷园是很可以做一番大文章的。

金谷园因晋代石崇和绿珠的故事而闻名，历代诗人在这里的吟咏很多，自然都写得很凄婉，我比较欣赏杜牧的这一首：

　　繁华事散逐香尘，

流水无情草自春。

日暮东风怨啼鸟，

落花犹似坠楼人。

　　一般的诗人都着力赞美绿珠对爱情的忠贞，而杜牧在这里发出的却是"繁华事散"和"流水无情"的感慨。他毕竟是大家，笔尖一点便触及了石崇和绿珠那个时代的精神底蕴。是的，魏晋就是这样一个时代，在经历了一个惨痛的乱世之后，随之出现的是人的觉醒——对生死存亡的哀伤和人生短促的无奈。从社会中下层到皇家贵族，到处飘散着及时行乐的主题音调，这音调是柔靡的，也是健朗的，从建安风骨、正始之音到陶渊明的自挽歌，大致都可以归入其中，且看：

　　"对酒当歌，人生几何。譬如朝露，去日苦多。"这是一代雄才曹操的悲慨。

　　"人生处一世，去若朝露晞。自顾非金石，咄咄令人悲。"这是王家贵胄曹植的感伤。

　　"人生若尘露，天道邈悠悠。孔圣临长川，惜逝忽若浮。"这是社会贤达阮籍的情怀。

　　"悲晨曦之易夕，感人生之长勤。同一尽于百年，何欢寡而愁殷。"这是生活境遇并不优越的陶潜的叹息。

　　他们都唱出了人生的悲调。在他们的笔下，中国的文字似乎太贫乏，挑来拣去，可以拿来比附人生的，除了"朝露"，就是"尘露"。既然人生苦短，去日无多，那么就对酒当歌，潇洒今宵吧。

　　正是这样的时代氛围，造就了金谷园里的石崇。

　　石崇并非簪缨世家，在讲究门阀的晋代本来是很难出人头地的。但是他有钱，他的钱是在当荆州刺史时靠走私和抢劫而聚敛的。有钱，而且是一笔富可敌国的钱，不是门阀也照样风光。他造了一处金谷园，其豪华宏丽，在当时的洛阳城里是数得上的。为了摆阔，他还经常和贵戚王恺、羊秀之流别苗头，闹出了不少夸富斗奢的故事，例如"肉屏风""肉痰盂"之类。其实，用美人的胴体挡风及自己吐痰要女孩子用嘴来接有什么大意思呢？完全是一种暴发户的变态心理，很无聊的。但人家认为有意思，就像今天的大款们比赛着烧钞票摔人头马一样，是一种派头。更无聊的是，为了鼓励他的妻妾们减肥，他竟然用贵重的沉香屑铺在象牙床上，让爱妾们一个个从上面走过去，没有留下足迹的，便赐以真珠百琲，有足迹的就让她们节食，使之体态轻盈，这不由得使人想起"楚王好细腰，宫中多饿死"的典故。

接下来要说到绿珠的悲剧了。这个绿珠是中国古代有名的美人之一，石崇用三斛真珠把她买来，藏娇于金谷园，自然很得宠的。后来，赵王司马伦专政，其党羽孙秀指名要石崇将绿珠让给他，石崇不肯，于是孙秀便假借圣旨来逮捕石崇。缇骑闯门时，绿珠跳楼而死，杜牧的"落花犹似坠楼人"说的就是这一幕。在诗人笔下，美人坠楼自尽的造型也是很美的。

杜牧对绿珠无疑是赞美的，他在另一首《题桃花夫人庙》中，还把绿珠和息夫人做了对比：

细腰宫里露桃新，
脉脉无言几度春。
至竟息亡缘底事，
可怜金谷坠楼人。

桃花夫人即息夫人，息亡于楚后，她被楚文王作为战利品占有。杜牧认为，息夫人国亡不死，夫辱再嫁，比起坠楼殉情的绿珠来要逊色得多。

一个弱女子在楼台上纵身一跃，竟引起了这么多的议论，洛阳的金谷园也因此在青史上有了几行印迹，这中间不仅蕴含着一种社会心理，也是值得研究美学的后人们回眸一顾的。确实，对于美的毁灭，人们总是怀有更多的同情和惋惜，所谓悲剧的定义，一般也是这么界定的。试问，有谁曾关注过东施的命运，又有谁体谅过无盐的辛酸呢？中国历史上的四大美人之所以能在后世有那么大的知名度，也正是由于她们悲剧性的生命历程。在一个男性中心的社会里，天生丽质和红颜薄命总是如影相随的，两者的反差越大，悲剧美也愈是具有长久的震撼力。如果她们平平安安地了此一生，大概早就被人们遗忘了。这中间，王昭君的故事似乎更带有某种象征色彩，清人刘献廷在一首《王昭君》的诗中说，"宫中多少如花女，不嫁单于君不知"，这里的"君"恐怕不光是指汉文帝，也应是指后人的。当王昭君哀怨而从容地走上金殿时，当她怀抱琵琶，在朔风中走向荒凉的塞外时，也就是说，当她将人生中巨大的悲剧遇合凸现无遗时，一尊美的雕像才千秋万代地耸立在世人的心头。

　　但这里有一个问题，即后人对绿珠的这些赞誉究竟多大程度地触及了当事人的心理历程。在金谷园附近的那些街巷里，我曾苦苦地思索过这个问题，我总觉得把绿珠的死与"殉情"勾连在一起心里不是滋味，因为这些赞誉的前提必须是：绿珠对石崇存在着爱情。一个被以三斛真珠买来的玩物，只是因为长得漂亮而得到买主的宠爱，在这种人肉市场抑或是宠物市场里有什么爱情可言呢？如果一定要说这中间存在着爱情，那不仅是对爱情的玷污，也是对美的亵渎。绿珠的死应该是出于对男性世界的绝望。在金谷园里，她目睹了太多的丑陋和罪恶，她面对的石崇不仅是一个徒有其表的花花公子，也不仅是一个品格卑下的无耻小人——例如，他为了巴结权臣贾谧，每遇贾谧的车驾，便望尘而拜，从此"拜尘"便成为谄事权贵的代名词——这些且

286

不去说他，我们不必要求一个家妓有多高的思想境界。就在女人问题上，石崇的表演也足以令人触目惊心的了，史载他曾有"杀妓侑酒"的暴虐，至于上文说到的"肉屏风""肉痰盂"之类的丑行则更是寻常之事。生活在这种环境中的绿珠尽管暂时得到宠爱，也只是一只脆弱的花瓶而已，主人一拂袖就会让她粉身碎骨的。因此，强颜欢笑和戴着脚镣跳舞便成为金谷园里永无尽头的生涯，直到年老色衰，沦入另一种更为悲惨的境地。如今，另一个叫孙秀的男人又要把她夺去了，她相信在那里暂时也会得到宠爱的，但那里肯定又是另一个金谷园。既然世界上的男人都是如此丑恶，既然大大小小的"金谷园"都是一般的暗无天日，既然一个女人只能永远瑟缩在石崇、孙秀之流的淫威之下，那么活下去还有什么意义呢？于是她选择了死。死，对于她是一种解脱，也是一种抗争——向丑恶的男性世界的抗争。可惜这种抗争却被后人善意地曲解了，硬是给她竖了一块"殉情"的贞节牌坊。就凭石崇那德性，值得绿珠以死相殉吗？如果一定要用这个"殉"字，那还不如说"殉葬"的好。试问黄土垄头那些殉葬的女人，有几个是心甘情愿的呢？若仔细体味一下《晋书·石崇传》中的这段记载，我们不难发现这个"殉"字的色彩是如何恐怖狰狞：

> 崇正宴于楼上，介士到门，崇谓绿珠曰："我今为尔得罪。"绿珠泣曰："当效死于官前。"因自投于楼下而死。

这中间自然省略了许多潜台词，但可以想见的是，以石崇的阴鸷凶残，当介士到门知道自己将死时，他肯定不会甘心绿珠为别人所得。因此，他对绿珠说的那句话，其实是一种赤裸裸的威逼。在这种情势下，绿珠还有什么别的选择呢？你不跳，他也会把你扔下去的。面对着这样惊心动魄的悲剧情节，历代诗人的那些赞誉就显得太轻飘，也太浪漫了。

绿珠死了，石崇也被孙秀所杀，临死前，他对刽子手说了一句很有意思的话："奴辈利吾家财。"刽子手反问道："知财致祸，何不早散之?"石崇无话可说。

他当然无话可说，到了这时候他才知道，正是那巨富的家财把他送上了断头台，可是，他明白得太晚了。

石崇和绿珠的故事结束了，金谷园也毁圮无遗，只留下了洛阳火车站前一条以之命名的大街，倒是店铺摩肩，市招争艳，很热闹繁华的。今天，走在这条大街上，大概很少有人会想到石崇临死前与刽子手的那段对话。他们也没工夫去想，天下熙熙，皆为利来；天下攘攘，皆为利往，你听那喧嚣入云的市声中，有几个嗓门不是在为金钱招魂呢? 且紧走几步，看看今天的股市行情去……

四　从奉先寺到香山寺

走过魏晋南北朝的潇潇血雨和绮丽风华，洛阳终于走进了盛唐。

唐代的都城在长安，但在其二百八十余年的统治期间，曾先后有六代帝王移都洛阳。长安的宫殿过于沉闷庄严，一举一动都被礼法规范着，刚刚坐上龙廷的天子自然可以体味什么叫至高无上的权威，但时间长了也难免腻烦。那么就备好车驾到洛阳去吧，那里是一个相对宽松的人的世界，伊水中分，龙门壮伟，有野花的幽香和街衢的清雅，连天空也比长安明净，真是怡情养性的好地方。这中间，第一个跑到洛阳来的则是以超一流的气魄和才华僭登帝位的铁女人武则天。

武则天对洛阳似乎情有独钟，她的喜怒常常牵扯到洛阳。前些时看到刘晓庆主演的电视连续剧，每每看到武氏与高宗闹别扭就跑到洛阳去的情节。有一种流传颇广的说法是，武则天生日时，百花竞相开放，只有牡丹骄矜不发，它是花中之王，自然要拿点身份的，女皇一怒之下，降旨百花齐放而牡丹停开三年，然后又贬牡丹于洛阳。这样的传说虽属不经，却很符合铁女人的性格，她就有这样专横阔大的气魄。前几年在元宵晚会上看到一则灯谜，谜面是：武曌降旨百花开（顺便说一下，这个"曌"字也是女皇自己创造的），打一古典戏曲名。同行中有精于谜道的，略一思索便悟出来了，谜底是汤显祖的《牡丹亭》，这里"亭"是"停"的谐音。点破了其实很浅显，但不知道上面的典故就很难走出迷津。武则天为什么贬牡丹于洛阳，而不是其他什么地方？自然是因为喜欢这里，想经常来逛逛的。牡丹艳甲天下，一个女儿之身的帝王焉能不爱？略示薄惩，只是杀一杀它的傲气，让它懂得恭顺和逢迎。

但传说总是虚幻的，虽然自唐代以后，洛阳确实成了天下闻名的牡丹城。武则天在洛阳留下的更富于立体感的印记则是龙门奉先寺的石像。

奉先寺坐落在龙门西山的最高处，自唐高宗咸亨三年（672年）开凿，到上元二年（675年）十二月完工，历时三年九个月，其中的本尊卢舍那大佛高 17.14 米，头部高 4 米，耳轮长 1.9 米，堪称中国古代雕塑作品中的"阿波罗"。但站在这座巨型佛像前，你绝对没有那种诚惶诚恐的压迫感。这是真正的盛唐风格，她健朗丰满，端庄秀丽，洋溢着温煦可掬的人情味，与北魏石刻中那种超凡绝尘，脱尽人间烟火气的思辨神灵迥然有异。她的微笑亦是自信而从容的生命信号，面对着这样的微笑，你不会跪倒在她面前自舍自弃，而只会产生对美的欣赏和向往，甚至情不自禁地想伸手去摸摸那流畅的衣褶。据说卢舍那大佛是以武则天为模特儿塑造的，我对此颇为怀疑，在那个时代，制作石像的工匠们恐怕不可能目睹皇后的天颜，也不会有画像和照片之类作为参照。但他们塑造了一尊符合武则天本人审美趣味的雕像，这一点可以肯定。从这个意义上说，卢舍那的微笑也就是武则天的微笑。

我很难用几句现成的话来概括那微笑的内涵，我只觉得，那中间洋溢着只有那个时代才有的大自信和大安详。她是个敢想敢干的女人，而且敢于把这些写在自己的旗帜上，连"阴谋"也被她玩得那样嘹亮而堂皇。她不需要犹抱琵琶半遮面式的羞羞答答，精彩绝艳的盛唐文明赋予了她中国历史上罕见的女性的自觉。因此，无论是"垂帘听政"还是"圣衷独断"，她都表现了史无前例的离经叛道。她就这样大度地微笑着，骆宾王在讨伐她的檄文中把她骂得狗血喷头，当读到"入门见嫉，蛾眉不肯让人；掩袖工谗，狐媚偏能惑主"时，她不过冷笑一声，说："那又怎么样呢?"而读完檄文，她居然有心思赞赏作者的才华，说这样的人不用，是宰相的过失。有位叫朱敬则的臣子上疏谏止她选美纵欲，话说得很不恭敬："陛下内宠有薛怀义、张易之、宗昌矣，近又闻尚食柳模自言，其子良宾洁白美须眉，长史候祥云，阳道壮伟，堪充宸内供奉。"直指女皇帷幕之内、床笫之上见不得人的隐私。武则天看后非但不生气，反而淡然一笑，赐上书人锦缎百段，说："非卿不闻此言。"我不知道这句话究竟是赞赏上书人的勇气，还是感谢他提供了"堪充宸内供奉"的美男子的信息，反正她那淡然一笑真够大度的，大度得令人战栗亦令人心折。

奉先寺内还有一块《佛龛记》，也许能帮助我们理解武则天那微笑中更深层次的内涵。这块唐开元十年（722年）补刊的碑文中记载着：

咸亨三年壬申之岁四月一日，皇后武氏助脂粉钱二万贯……

照理说，皇后娘娘有的是私房钱，要赞助禅事用不着从胭脂头油中去克扣的，但这样说显然更能产生宣传效应。不过，从脂粉里竟可以一下子"克扣"出两万贯来，亦可见皇后娘娘的美容消费相当惊人。这些我们不去说她，单就她一出手就是两万贯来看，大抵可以证明她对这尊大佛是很看重的。两万贯是个不小的数字，考虑到当时她正为僭登帝位而殚精竭虑，这笔钱很可能是一笔"政治资金"。因为武则天入侍高宗以前曾经是感业寺里的小尼姑，而李唐王朝以道教为国教，并上溯李耳为自己的老祖宗，道士冠自然在僧尼之上的。这样，到了武则天那个时代，佛道之间的宗教争端便渗透了深刻的政治内容。一个小尼姑而要号令天下，其合理性在儒家经典中肯定无法求解，那就只有假托佛教的符谶了。为了给自己当皇帝制造理论根据，武后将释家的《大云经》颁于全国，这部《大云经》的翻译者就是她的情夫薛怀义。薛怀义是个色情和尚，也是个政治和尚，在翻译《大云经》时，他做了不少手脚，牵强附会地塞进所谓佛的谶文，例如"女身当王国土""诸臣即奉此女以继王嗣"，以及太后武曌是弥勒菩萨降世之类。至于为什么将太后说成是弥勒佛降世，而不是别的什么菩萨，据林语堂推测，大概是薛怀义搂着太后丰腴的肉体时的奇妙联想，这当然是林先生的幽默，不足为凭的。我想，之所以这样附会，可能是因为弥勒佛那大度的笑容更能被天下人接受吧。这样看来，武则天这两万贯脂粉钱的用意显然是为了尊佛法而抑道冠，也就是说，早在奉先寺大佛的微笑中，就已经隐潜着政治上的勃勃野心了。

看过了奉先寺，过伊水之上的龙门桥，便到了香山寺。

香山寺的出名，最早是因为"赋诗夺锦袍"的故事。武则天称帝后，曾登香山寺令群臣赋诗纪胜，诗先成者赐锦袍，由此引出了东方虬和宋之问之间的锦袍之争。东方虬的诗最先赋成，理所当然地得到了御赐的锦袍。但宋之问的诗写成后，武则天觉得比东方虬写得好，竟把锦袍从东方虬手中夺回，改赐宋之问。在唐代诗坛上，东方虬和宋之问都算不上很重要的人物，这种应制诗的游戏说到底也没有多大意思。但在"夺袍改赐"的背后，却折射出帝王们某种共同的审美心态。宋之问恰恰很懂得迎合这种心态。他的诗共二十一韵，近三百字，极尽铺陈之能事，诗中除了龙门景物的描写给人一些美感外，其余都是歌功颂德之辞。也就是说，歌功颂德的"主旋律"再加上大体说得过去的艺术技巧，就可以赢得一时之间的大红大紫，这种沽名钓誉的捷径在文学史上并不鲜见。而东方虹却不识时务，他对女皇导演的一场游戏过于认真，在这种场合下居然想追求作品的思想深度和个性光彩，发出"骨气端翔，音情顿挫"的阮、嵇之音。这样，他的锦袍得而复失，也就是很自然的了。

到香山寺来，是为了看白居易墓。白居易是山西人，早年在苏、杭二州做过太守，他是很怀念南国山水的，特别是南国的佳丽，所谓"吴娘暮雨潇潇曲，自别江南久不闻"，成为他晚年剪不断理还乱的怅恨。那么诗人为什么要葬在洛阳呢？这固然因为他晚年一直生活在洛阳，更重要的则是因为与香山寺有关的一段情缘。

这段情缘的另一位主角是诗人元稹。元白之交，向来被称为文学史上的佳话。崛起于中唐诗坛上的新乐府运动不仅记载着这两位大诗人桴鼓相应的艺术追求，也铭刻着这对挚友之间生死以之的深厚情谊。他们都曾相当自负，白居易曾借用曹操煮酒论英雄的一句话表达过这种自负："天下英雄，唯使君与操尔。"但到了大和三年（829年）九月，元稹拜尚书左丞经过洛阳时，这种意气已消磨得差不多了。元稹写了《过东都别乐天二首》，诗的基调很凄婉，隐隐流露出一种生离死别的悲楚和担忧，读后真令人掩卷垂泪：

> 君应怪我留连久，
> 我欲与君辞别难。

白头徒侣渐稀少，

明日恐君无此欢。

他们都已不再年轻，又加颠沛流离，天各一方，此一别，不知还能不能再有相聚之日？

不想这种担忧竟有如一道不吉的符谶。一年以后，元稹即病逝于武昌。

元稹临终前，曾把写墓志铭一事拜托给白居易。在当时，请名人写墓志铭是一种时尚，这些名人也往往不惜笔下生花，阿谀死者，这叫作谀墓。由于写墓志铭的报酬很高，唐代的谀墓之风亦相当盛行，不少颇负盛名的大家也免不了厕身其中，例如赫赫有名的大文豪韩愈就写过不少谀墓的碑文，获取的报酬自然很可观。刘禹锡在祭韩文中就很不客气地说过："公鼎侯碑，志隧表阡，一字之价，辇如金山。"在这一点上，韩愈的名声不太好。元稹拜托白居易为他写墓志铭，并以家中所积累的车马、丝帛、玉带等价值六七十万的财物做酬劳。以白居易的知名度，这笔钱并不算很多。但在白居易来说，一篇墓志铭无疑是对朋友最永恒的祭奠，哪里还能收取润笔呢？无奈元稹又执意要送，白居易只好把这笔钱拿去修香山寺，并写了一篇《修香山寺记》，在文中把修葺的功德归于元稹。此后，白居易便常住香山，这位大诗人的别称也由白苏州、江州司马而淡入香山居士。香山，成了诗人最后的精神栖息地，也成了中国文学史上一处溢彩流光的风景。孤鹤唳天，荒钟破霜，残漏寒蛩，冷月清辉，在这里，香山居士和微之兄又有过多少次魂牵梦萦的倾诉和酬唱呢？那就让他们悄悄地对话吧——关于人生，关于艺术，关于地老天荒悠远绵长的思念……

唐武宗会昌六年（846年），白居易病故，遗嘱葬于香山寺北侧。

白居易的墓志铭是大诗人李商隐所撰。以白氏一生的辉煌，用不着李义山去刻意阿谀的，只需平铺记来，就是一篇好文章了。我们今天看到的《唐刑部尚书致仕赠尚书右仆射太原白公墓碑铭》就是这样一篇好文章，只是洋洋二十余字的标题中，堆砌的全是官衔，作为文学家的白居易倒反而不见踪影了。为石碑书丹的是一个叫白敏中的人，顺便查了一下，此公当过宰相，字倒也说得过去。

从奉先寺的卢舍那大佛到香山寺的白居易墓，正值唐王朝从鼎盛走向衰落的一百七十余年，为白居易撰写碑铭的李商隐，在文学史上已被归入晚唐诗人的行列，他那些绮丽精工的《无题》诗正染上一层薄薄的孤冷、感伤和忧郁。"向晚意不适，驱车登古原。夕阳无限好，只是近黄昏。"日落黄昏固然有炫人心目的景致，但已无旭日东升的蓬勃朝气，也不见中天灿日的耀眼光华。边塞军功的向往已很遥远，"大道如青天，我独不得出"的呼喊更是杳不可闻，只有仆马词章的较量和"至于贞元末，风流恣绮靡"的华丽舒适。这种色调和气魄的流变不仅是孤立的诗坛景观，也是从盛世走向衰微的王朝气象。

皇家车驾临幸洛阳的机会越来越多了，但大多是被阴险的宦官和骄悍的武将们裹挟着来避风头的，他们同时也把长安的阴谋、残暴和靡废带到了洛阳。洛阳不再是一个相对宽松的人的世界。龙门是没有心思去的了，"赋诗夺锦袍"的游戏俨然神话一般缥缈。他们只是瑟缩在深宫里，胆战心惊地盘算着杀人和被杀。宫城倾圮，鬼魅游走，歌声舞影中透出无可奈何的末日凄惶。公元904年，朱温强迫唐昭宗李晔最后一次迁都洛阳，并裹挟长安市民随驾东迁。百万市民被朱温的汴州兵团押解着踉跄上道，哀号震天，连绵八百余里。长安，这座曾作为京师达一千一百七十一年之久的东方第一巨都，从此丧失了被选为京师的资格。

洛阳的光景也不见佳，唐王朝以后，它虽然也曾做过两任小朝廷的都城，但前后总计不过三十年。936年，后唐被石敬瑭联合契丹所灭，洛阳亦从此王气黯然，一蹶不振，再不曾有帝王的车驾临幸过。只有龙门奉先寺的大佛仍旧那样大度而从容地微笑着，向人们昭示着昔日那气薄云天的盛世风华。

五　洛阳女儿惜颜色

是的，洛阳衰落了，这种衰落是与河洛文化的衰落相同步的。

"洛阳城东桃李花，飞来飞去落谁家。洛阳女儿惜颜色，行逢落花长叹息。"唐朝诗人刘希夷的这几句诗，恰恰可以拿来比附河洛文化的衰落。花落残红，惜春伤感，佳人迟暮，不胜今昔，这是古典诗词中常见的题旨，对青春的惋叹和对人生的悲悯，借助于落花构成了相当典型的哀艳意境。那么，我们何妨把这种情感大而化之，从洛阳女儿的身世遭遇和多情的眼波中，来窥视洛阳盛衰演变的历史轨迹呢？

洛阳女儿惜颜色，论"颜色"，首推曹子建笔下的洛神。

这是一个艳丽华贵的艺术形象，在诗人的生花妙笔下，洛神宓妃的容貌、姿态和装束之美都达到了登峰造极的程度。我从来没见过这么浓墨重彩地描写一个女人的，赋的铺陈和夸饰功能，几乎把女性美的每一个细部都表达得淋漓尽致，可以说应该写的都写了，而且都写得很到位。《洛神赋》的成功，无疑是作者超迈的才华所致，但谁又能否定这正是那个时代洛阳女儿的一幅标准像呢？这是一个懂得美、懂得感情，也很懂得包装的上层贵妇的形象，她悠闲，雍容，风情万种，可以尽情地装扮自己，以充分展示一个女人的天性。虽然她也有"悼良会之永绝兮，哀一逝而异乡"的忧伤，但其心态是健康开朗的，因为没有任何人可以与她媲美，别人只能远远地欣赏她绚烂的光环。如果我们把目光的聚焦点从洛神的个体姿影散射到她所处的文化背景和广阔空间，便不难发现，这位贵妇人的风韵容貌，不过是魏晋时期洛阳文化精神的一种美感体现而已。正是由于洛阳的繁华，洛阳的生活方式和文化风习，洛阳门阀世家那种崇尚个体价值和精神愉悦的审美趣味，才造就了这样明艳逼人的女性形象。因此也可以说，魏晋时期的洛阳，其本身就是一个优雅华丽的贵妇人。

《洛神赋》中对宓妃的描写，不仅展示了一尊超凡脱尘的女性形象，而且由于它的极大成功，在后人心目中被升华为一种美的境界。《世说新语》中在赞美王羲之时就这样说："时人目右军，飘若游龙，矫若惊鸿。"用的几乎全是《洛神赋》中的词句。事实上，右军父子对《洛神赋》也十分推崇，据王世贞《艺苑卮言》记载，王氏父子曾各书《洛神赋》数十本。之所以写这么多，不仅是因为倾心至极，而且必然带有在反复研习中对前面墨迹的否定，这种否定的依据大抵就是洛神那灵动的风姿吧。书圣究竟从曹子建笔下的形象中得到了多少启悟，且融进了自己的笔意之中，我不敢妄论。但我敢肯定，再没有比二王那流丽飘逸的行草更适合表现曹子建这篇美文的了，这种气韵和风神的珠联璧合，真堪称中国文化史上的奇迹，而千载以下，能够勉强可以与之并称的，大概只有唐代公孙大娘的剑舞、张旭的狂草和杜甫的诗篇这"三位一体"了。但令人扼腕的是，王羲之《洛神赋》真迹在唐代就已失传（是否和《兰亭序》一起被太宗皇帝带进了棺材，未可知）。王献之《洛神赋》也飘零散佚，南宋时高宗得其九行，贾似道复得四行，共十三行，故后世有"玉版十三行"之称。宋高宗和贾似道这两个人在历史上的名声都很臭，几乎没有任何值得一提的政绩，但这一次却为中国文化做了一件好事。《洛神赋》全文共一千零十八字，"十三行"共二百五十字，不到全赋四分之一，但能有这二百五十个字，也就不错了。

如果说洛神是仪态万方的贵妇，那么红拂则是在彷徨苦闷中择婿私奔的婢女。

在洛阳女儿中，红拂是算得上很有政治眼光的。她原是隋朝宰相杨素的家妓，当然也很得宠。一天，青年李靖路过洛阳求见杨素，杨素见对方是个布衣，态度便很倨傲。李靖当即拂袖而起，一番长揖雄谈："天下方乱，英雄竞起，公为帝室重臣，须以多收豪杰为心，不宜倨见宾客。"令杨素为之敛容，只得表示歉意。当时杨素身旁站着一个绝色少女，屡屡以欣赏的目光注视李靖，她就是红拂。当天夜里，红拂只身来到驿馆，与李靖一同私奔，出函谷关往长安去了。红拂识李靖于布衣之时，见其风神，听其雄论，便知道他是盖世英雄，于是愿附丝罗。李靖后来亦果然不负洛阳女儿的一双慧眼，在隋末唐初的大舞台上，他辅佐李世民叱咤风云，成为有唐一代的军事奇才，凌烟阁上的元勋重臣。

一个相府家妓，何以会有这样高远的见识呢？我们且听听她和李靖在驿馆里的一段对话：

红拂："妾侍杨司空久，阅天下人多矣，无如公者。丝罗愿附乔木，故来奔尔。"

李靖："杨司空权重京师，如何？"

红拂："彼尸居余气，不足畏也。"

她蔑视洛阳苍白的繁华，如同蔑视杨素那衰老而没有生命活力的身躯一样。她的目光早已越过相府的高墙和洛阳的城堞，投向了外面更为广阔的世界。红拂的私奔，是洛阳女儿自我意识的觉醒，但又不仅仅囿于儿女之情。面对着群雄遍起的天下大势，他们之所以没有走向温柔富贵的江南，而是一路风尘，西去长安，这中间带着深刻的历史必然性。因为红拂不是历史上的卓文君，她的人生目标也不是一座温暖的小酒店。江南固然是不错的，那里有华贵的琼花和明丽的山水，隋炀帝就刚刚乘着龙舟往那里去了。但就全国而言，政治和经济的重心仍然在北方，因此，天下英雄的大角逐也集中在北方。秦中自古帝王州，欲成霸业者，不能不据有关中。那么就往长安去吧，沿着历代英雄豪杰走过无数趟的这条古道悄然西去。在他们的背后，夜色中的洛阳城有如剪纸一般瑟瑟淡远。

具有政治眼光的红拂往关中去了，另一位洛阳女儿却在这之前就已经远嫁江南，她的名字叫莫愁。

关于莫愁女，最早见于南朝萧衍的《河中之水歌》。从诗中看，莫愁是洛阳的农家女，但其所嫁的卢家似乎有点背景，因为寻常百姓的居室不会那样讲究，所谓"卢家兰室桂为梁，中有郁金苏合香"，这是相当贵族化的了。莫愁的小日子也似乎过得很不错，因为后来李商隐在《马嵬》诗中曾以她作为参照系，发出"如何四纪为天子，不及卢家有莫愁"的慨叹，认为当了几十年风流皇帝的李隆基还不如她过得舒心。

莫愁是洛阳人，这一点大致可以肯定的了。

但差不多与此同时，建康的街巷里又有这样的歌谣：

莫愁在何处，
莫愁石城西。

这样就提出了一个莫愁的籍贯问题。有人说，中国历史上有两个莫愁，一为洛阳女，一为石城妇。其实，莫愁本是传说和诗词中的艺术形象，有什么必要一定要为她寻根呢？如果一定要讨个说法，我则认为，这个原本是洛阳女儿的莫愁，后来由于出嫁或迁徙到了建康，定居在石城之西，如此而已。

这样说并不完全是我的主观臆断，因为自永嘉之乱、晋室南迁以后，洛阳的不少门阀世家也随之南渡，这就是中国历史上的南朝。也正是从这时候开始，江南的经济开始崛起，由于水耕农业较之北方的旱作农业有更高的效益，中国的经济重心开始南移，由此也必然带来了文化重心的南移，河洛地区逐渐失去了在文化上的支配地位。因此，洛阳女儿莫愁实际上只是一种美好的意象，而莫愁的南渡则是中国文化重心南移的一种象征性符号。在她的身上，从中原南迁的南朝士大夫们寄托了对洛阳旧梦的怀念和无可奈何的惆怅之情，莫愁的形象愈是"莫愁"，怀念和惆怅便愈是幽深，这大概不难理解。

这种怀旧感有时可以表现得近乎滑稽。东晋谢家原是北方的中朝衣冠，到了谢安时，晋室南渡已经半个多世纪了。谢安虽长在江南，但讲话仍然带着浓重的乡音，再加上他患有鼻炎，声调就更浊了，据说他用这种声调作"洛下书生咏"，听起来有一种特别优雅的风韵。于是士大夫们竞相模仿，说话时甚至捏着鼻子，强使语音产生一种重浊的中州味儿。我想，当谢安的这种生理毛病成为令人效仿的优点，且蔚为时尚时，这恐怕不仅仅是对名士的倾慕使然。大概也就在这时候，一位美丽而安闲的洛阳女儿的形象就在孕育之中了。

南北朝过后，河洛文化在隋唐时期曾一度中兴，达到了更为辉煌的高峰。但随着唐王朝的没落，终至一蹶不振。洛阳女儿颜色不再，只能成为江南佳丽的一种陪衬。这中间颇能说明问题的是清代同治年间，为了莫愁湖一副对联而引发的风波。

这副对联的作者是大才子王湘绮，当然写得很不错的，联云：

莫轻他北地胭脂，看画艇初来，江南儿女无颜色
尽消受六朝金粉，只青山依旧，春来桃李又芳菲

问题就出在这句"江南儿女无颜色"上，一时江南的士大夫抗议蜂起，认为这简直是一种莫大的侮辱。王湘绮这才知道，自己不经意地笔尖一点却犯了众怒，只得把"无颜色"改为"生颜色"，虽然改

得不通，却总算平息了一场风波。一个漂亮的洛阳姑娘渡江南来，反而使江南儿女"生颜色"，这怎么讲？但字面上通不通就不去管了，深层次的意思在于，当时的河洛文化已经失去了和江南文化"比美"的资格。还谈什么"莫轻他北地胭脂"？轻了便又怎样？这时候，江南有足够的底气。

这是关于洛阳女儿莫愁的一段尾声。

我是晚上离开洛阳的，列车在夜色中不紧不慢地悄然东去，听着广播里报出的一个个站名，真有如随手翻动着一本残破的史书，曾作为北宋都城的开封过去了，"牧童拾得旧刀枪"的徐州过去了……不知不觉中已懵然入睡，梦中又重回洛阳，徜徉于西风古道。

一觉醒来，车厢里正飘过播音员嫩嫩的声音："钟山虎踞，石城龙蟠，东吴、东晋、宋、齐、梁、陈以及南唐、朱明等王朝曾先后在这里定都……"

我心中一惊，南京到了！那么，要不要下车去看看莫愁湖，看看王湘绮那副曾引起一场轩然大波的对联呢？

母亲三章

一　云烟旧事

东家的二婶常说："我来的时候，福儿还没这桌子高，老是苦着脸叹气。谁问他，也总是那句话：'我没得老子。'像个小大人似的。"

算起来，二婶嫁过来的时候，我才三岁，依稀记得是坐轿子来的，带着吹打，很风光。远近的人都说，林春讨了个"毛连眼"，盖全村；也凶，比林春大三岁哩。新娘子到底漂亮到什么份上，我已记不清当初的模样了，但直到现在，二婶六十岁出头了，走出来还格铮铮的，可以想见四十年前的"盖全村"并非虚妄。

"福儿"是我的小名，福谐腹，只有遗腹子才用这名字。

遗腹子所感受的是一个母性的世界，至于父亲，只从母亲那里一鳞半爪地听到，说父亲很敦实，不大讲话，乍一看像个"肉头"，但内里却极精到。说得最多的是一次上街卖猪，账房先生把秤砣一抹，手指刚搭上算盘，父亲已脱口说出个数码来了。账房先生那惊诧的目光便从老花镜的下边定定地瞄过来：这个沙包佬，倒看不出……

母亲自说自话的时候，语调中透着落寞与悲凉，一边轻轻地拍打着我的屁股蛋，因为这时我大抵总是钻在她怀里吃奶的。吃奶往往不是由于饥渴，而是一种习惯性的游戏。这游戏一直延续到上学以后，每每放学回来，见母亲正在田间劳作，便迫不及待地扑过去，扑进那散发着温热汗气的怀抱。母亲则停下手里的活儿，极惬意地在田埂上坐下，微微闭上眼睛，任我有滋有味地把乳头吸出响声来，那神态似作小憩，又俨然在静心静意地欣赏一首赞美诗。间或田埂那边有人说："三嫂，你咋这么容着孩子？回去用胡椒往奶头上一揭，看他还叼不叼了？"

母亲便笑着："咱不揭，咱不揭，人家吃奶吃到娶媳妇哩。"

我的母亲，似乎只有这时候才会停下来小憩一会，也只有这时候才会展颜一笑。

母亲那怀里总是汗津津的，乳房也日见干瘪，一家五口，生活的负担太沉、太沉。祖父八十多岁，眼睛已近乎全瞎。我和姐姐都不到十岁。另外还有一个大哥，解放初期，他正读师范二年级的时候，却因病辍学回家。他得的是肺结核，在当时是不治之症。大哥极聪明，文章和字都很出色，心气又高，得了这种病，内心的烦闷是可以想见的，因此，便每每无端地在家里发脾气。母亲总是赔着小心，不声不响地收拾摔碎的碗瓷，间或说一句："你身体不好，歇着点，别发躁。"发完了脾气，大哥便一个人躲进房间里，捶自己的头，偷偷地哭。他是1960年初夏离开这个世界的，母亲把家中的杉木大门脱下来，给他做了一口棺材，葬在父亲身边。大哥是属鸡的，享年二十八岁。

大哥死后，母亲常常会自言自语地反躬自省："如果当初让他娶了冠珍，或许就不会……"

冠珍是邻村的姑娘，在我记忆中是高高的、瘦瘦的，极文弱的样子。有一段时间，大哥和她好上了，但母亲竭力反对，她知道，大哥这种病结了婚会越发加重。记得有一次傍晚时分，我放学回来，见家里的气氛有点异样，朝房里一看，原来是冠珍来了。那阵子大哥正发病，躺在床上，冠珍坐在床边，拉着大哥的手，似乎也不再说什么，只是相互看着。母亲冷着脸，在院子里吆鸡打狗的。不一会，冠珍走了，大哥从房里挣扎着冲出来，雷鸣电闪地发作了一通，当然又摔了东西。不久，冠珍嫁给了本大队的一个军官，随军到广东去了，大哥也日见暴戾颓唐，终至一病不起。

有人看见，大哥死去的那年深秋，冠珍回来探亲，一个人来看望过大哥。寒烟衰草，落叶萧萧，冠珍在大哥的坟上徘徊了许久，走的时候眼睛红红的。

眼下四十岁出头的女人，还可以堂而皇之地称之为少妇的，也不会拒绝各式新潮时装和"霞飞奥丽斯"之类。母亲是三十六岁上生我的，可是在我的记忆中，母亲从来便是个老人。她那样瘦小，脸上那么多的皱纹，眼睛一经风便流泪，那是生我的时候，月子里经历了太多的悲伤。她总是忙，晚上也总是很晚才回来。每天，我站在村头的大路边等她，暮色里走来的每一个身影都会撩起我温馨的希冀，可归来的身影又一个个从我面前过去了，他们都不是母亲。在这种百无聊赖的等待中，有时，我便会倚着什么睡去。醒来的时候，往往是母亲正抱着我，用心细细地替我洗脚。灶门口的火光一闪一闪的，映着她那张疲惫的脸。炊烟在茅檐下缭绕，弥漫着玉米粥清甜的气息。

倘若白天跟着母亲一起下田，便可以躺在田埂上，检阅羊群似的白云和浩浩荡荡的蚂蚁队伍，或赤着脚，吧嗒吧嗒地追逐田间的野趣。有时走得远了，偶一回头，见母亲正直起腰身，撩起衣襟擦汗，天空湛蓝湛蓝的，日头明晃晃地照着，那发丝飘零的身影雕塑一般，令儿子怦然心动，看得发呆。母亲一边劳作，间或便要喊一声："福儿，别走远了。""福儿，妈挖了花生芽，快来吃。"声音甜甜的，暖了儿子的心。但有时，那喊声也会变得粗暴："福儿，要下雨了，快回去。"我一看，果然天边正涌上一堵乌云，太阳也黯淡下来。我不走，

303

要跟她一起回去，母亲便板起脸："一个人回去，妈干活哩。"

雷阵雨，说来就来，追着我的脚步扑到门前，闪电撕开混沌的雨帘，天地间一片惊心动魄的破碎声。在这一瞬间，我突然想到了母亲，想到她会不会被雷打死，我惊恐至极，哭喊着扑向暴风雨……

结果是，母亲抓小鸡似的把我从村头的泥水中捞了回来，铁青着脸问："别嚎丧，这么大的雨，谁让你往外跑的？"

我边"嚎丧"边申述："我怕，外面响大雷哩，我怕妈被雷打死了……"

母亲就如融化了似的向我倒过来，将我搂进怀里："乖，别怕，雷不会打妈的。"她紧紧地搂住我（那怀里冰凉冰凉的），面颊上潸然而下的，不知是雨水还是泪水。

母亲虽然个头不高，但干活很麻利，特别是点种、收割、打场之类，更是全村的"一把手"，人家都喜欢请她帮工（那时候还没实现合作化）。我也喜欢，因为她去了，我可以跟着去"吊桌子"，特别是收种季节，阔气点的人家说不定要买肉的。我去了，妈不让我上桌，只坐在下面的小杌子上，桌上"请"起来了，妈就把她的那块肉撷到我碗里，自己则埋头扒饭。一般"请"过三巡，肉碗就空了，妈便倒几口肉汤泡饭，她说肉汤泡饭实在比肉好吃。有时"请"过三巡，碗里还漂着零星几块，大家都叫母亲吃掉，她却从来不吃，说是肉汤太油，也不肯撷给我吃。

我家也请人帮工，但从来舍不得买肉，即使是过年，也只是除夕晚上才能吃上一回。正月里，别人家的孩子都出去走亲戚拜年，欢天喜地，小皇帝似的。母亲却从不让我出去。我总是埋怨没有七大姑八大姨的，母亲的娘家也绝了，连个舅舅也没有。后来才慢慢悟出来，原来是母亲怕礼尚往来，我们去人家拜年，人家也自然要到我家来的，正月里的头几天，桌上没有肉和鱼不好看。因此姑妈家的几个表哥每年都到正月底才来拜年。表哥来了，母亲便说：咋不早点来？天天都在瞭哩。她把藏在坛子里的炒花生和爆米花捧出来，还有过年留下的拳头大一块咸肉，母亲把它切得很薄，盖在咸菜上炖得油汪汪的，大家吃得很香。

大约在1956年前后，因为一场纠纷，我才知道我有一个很不简单的外公。那一阵家里似乎很亢奋，大哥更是频繁地出门找人。晚上，还关起门来，叫我给磨墨，让他写什么状子。大哥写字很有格局，正襟危坐，腰杆挺得很直，先握着笔屏气凝神，做沉思状，然后抬起肘子，洋洋洒洒地一挥而就，写好后略改几个字，轻轻复念一遍，很自得的样子。母亲则站在一旁，老是说着那句话："当初他可像只乌眼鸡似的，看不得咱家那七亩好水田哩。"或："你外公的消息传回来，他关着大门喝酒，尸也不肯去收。"

后来我渐渐明白了，原来外公是个浑身带着光环的革命烈士，1927年的党员，担任过县委的军事部长，是我们这一方的风云人物。前一年，政府发下来一百二十元抚恤金。那时候，一只鸡蛋才三分钱，一个为人师表的小学教员月工资也只有十二元。可见一百二十元是个不小的数字了。但外公有个弟弟——当然算是我的叔伯外公了——却瞒着我们家，独自把抚恤金吞吃了。大哥听到消息，很是义愤，因为母亲是独养女儿，现在外公外婆都已作古，母亲理所当然地是第一直系亲属。她去找叔伯外公交涉，叔伯外公不认账，说他是烈士的弟弟，和烈士一个娘胎里出来的。"姑娘算什么？嫁出去的女，泼出去的水，何况是个野种，假人假马假到底哩。"所谓"野种"云云，系指母亲是外公抱养的，并非亲生。大哥算是个知识分子，自然懂得一些新社会的政策法规，于是诉诸政府。结果，双方打了个平手，抚恤金利益均沾。最后，当叔伯外公从腰包里抠出六十元钱给母亲时，说了一句很刻薄的话："拿去，回家给那个痨病鬼打药吃。"

母亲回家以后，没有把这话告诉大哥。但那钱确是给大哥打药吃了。

等我上学以后，每年的清明节，学校照例要组织去祭扫烈士墓的，回校写作文时，一个个情不自禁地从笔下流出"心潮澎湃""可歌可泣"之类的形容词。是啊，那一页页鲜红的历史，确实有着惊天地泣鬼神的巨大震撼力，而其中最初的几页上，就记载着我的外公。在我那与生俱来的自卑心理的阴影中，外公是一尊辉煌而圣洁的雕像，时时辐射出生命的暖色。

…………

外公被捕以后，外婆去看望过，当时只要他在自首书上签个字就能不死，外婆劝他认了，好汉不吃眼前亏。外公说了两句话，一句是："我这人，死就死在一边。"一句是："你不要舍不得我……死了没啥抱怨的。"

就在外婆去看望他的第二天（民国十八年即一九二九年农历六月十九日），外公被押往刑场，同去的一共五个人，用铁丝穿着琵琶骨连在一起。通往刑场的路很长，在走过一座桥时，外公突然感到不对头，怀疑是要往周益庄去，一年前他亲手杀了周益庄的地主麻乡约（乡约是旧时乡村中管事的头面人物），麻乡约的儿子后来当了铲共团，这会儿就在后面押着他。他怕今天要被挖出心来祭麻乡约，便大喊一声"横竖是个死！"往桥下一跳，其他五个人当然也一同下去了，桥上一阵乱枪，血水澎湃了半河……

母亲讲述这些的时候，语调平淡而矜持，眼睛定定地望着很远很远的地方，没有激愤，没有悲戚，有的只是那种春蚕吐丝般绵长的思念。我得承认，母亲口中的外公活灵活现，带着虎虎生气和奕奕神采，却又没有烈士墓前介绍的那样辉煌圣洁。我不知道哪一个更真实。

除去一次性的六十元抚恤金，外公的光环对于一个贫寒拮据的农家是黯淡而遥远的。深夜里，我常常会被大哥那喘不过气来的咳嗽和母亲轻轻的叹息惊醒，于是便好一阵不能入睡。大哥的脾气日见暴躁，每当他雷霆震怒时，母亲便对我说："福儿，别在家里惹你哥生气，到社里玩去。"

社在我家西面不远，有办公室、仓库、粉坊、豆腐坊什么的，很大的一个四合院。我从家里出来了，心里空空的，对一切的玩乐都失了兴趣，只呆呆地看一个小老头写标语。标语是用石灰水写在墙上的。社的院墙很长，那标语自然也长，他写的是："发扬武松打虎的勇气，唐僧取经的恒心，大禹治水的毅力，愚公移山的精神，为实现农业机械化、水利化、电气化、化学化而奋斗。"老头很专注，一副旁若无人的样子，很少向我看一眼。只有一次，他似乎无意问了句："你哥这些时有没有发病？"我扭头不答。我这人从小就有一种畸形的自尊，最不喜欢人家问我大哥的病、家中的困难之类，即使那是出自真诚的关怀，我也一概不喜欢。

这老头是本大队的一个地主，很有学问，据说上过大学（也有人说只是高中毕业）。因为有学问，大家便叫他陈先生，1949 年前就这样叫。那时陈先生不仅家里有百十亩好田，在扬州还开着铺子，在政界也小有影响，和国共双方都有交往，还出面营救过共产党方面的几位要人。陈先生对人很客气，对佃户也不很刻薄，因此，在人们眼里，他和其他地主是有区别的。合作化以后，社里有些写写画画的事，就叫他干。围墙上那条标语，就是他自己独出心裁的创造。不过有人说，陈先生学问虽高，字却蹩脚得很，这是实评，连陈先生本人也承认的。但在我眼里，那字是极好的了，单是那么大，就很了不得。

直到母亲在门前软悠悠地喊，我才蔫蔫地往回去，此时大哥已息了火气，正似看非看地捧着那本商务印书馆的《古文观止》。我看看时机极好，便提出那标语问他。大哥好为人师，又不能常为人师，因此，一遇上这种机会便表现出少有的兴奋。他从武松打虎讲到愚公移山，还有大禹三过家门而不入，直讲得头头是道，神采飞扬，苍白的脸上也现出几许红晕。我最初的那点历史文化知识，大概就是从那时候开始的。

大哥也说，陈先生的学问是没说的，但字不行。

大哥是个浪漫色彩很浓的人，他对那墙头标语的解释简直近乎神话："机械化就是什么也不用人动手，庄稼成熟了，联合收割机从田里开过去，前面吃进去的是带秆儿的麦子，后面吐出来的是馒头，还热乎着……"讲到这里，他突然叹了口气，黯然地看着窗外，脸上又渐渐恢复了那没有血色的苍白。

我知道，他大概是想到了自己的命运，自己的病……

一次，我放学回家，陈先生又在村头写标语，我站着看了一会儿，陈先生仍旧旁若无人地专注，我走出不远，有人问我："福儿，你刚才看什么？"

"看陈先生写字。"

那人脸上现出一种诡谲的笑容："你不该叫陈先生，该叫他舅舅。"

"你瞎说，我妈姓李，我没有舅舅。"

"你妈是领来的，这个陈先生才是你的亲舅舅哩。不信，回去问你妈。"

我感到蒙受了莫大的侮辱，这个叫陈先生的地主，怎么可能是我舅舅呢？我狠狠地瞪了那人一眼，扭头便走。

当然，我把那人的话对母亲讲了。她呆了一会，说："挑猪草去！"

于是我便去挑猪草，出村时，远远地躲开了那个写标语的小老头。

此后不久，陈先生迁居扬州。1963年社教运动中又被遣送回原籍改造。1979年再度迁居扬州，据说曾担任扬州某区的政协委员，子女也很出息。初时，村办厂有人去扬州办事，上门看望过他。回来说，陈先生见了家乡人很高兴，自己爬阁楼，硬是把床腾出来给客人睡，几个子女都是高级教师，云云。

后来便再也没听说有谁去看望过他。

二 艰难时世

母亲用家中的那副杉木门板给大哥做了棺材，把原先猪屋里的杨木门卸过来作了大门。杨木很重，开门关门，便"吱儿吱儿"地响，脆生生的很悠扬。每天，那旋律一早便闯入我的梦境，似醒非醒的慵倦中，我闭着眼睛，似看到母亲开了门，一边扣衣服，一边打开鸡窝，让鸡婆争先恐后地挤出来，在晨露湿漉的小院里印下一行行鲜活的"个"字。然后便去河边提水，母亲个子小，提水时必须将身子仄过来，仄过去，头发一直垂到腰际，桶里的水一晃一晃的，把一条裤管溅得精湿。等到她坐在灶门口生火做饭时，我已经揉着睡眼起床了，跟跟跄跄地拎起竹篮走出去。每天早饭前，我得挑满一篮猪草，然后上学。

但有时，那旋律也会失信，等到我醒来时，太阳已照在床头，到上学的时候了。我转了转那杨木门，却悄然无声。母亲一边给我盛早饭，一边说，是她把门窝子里洒了点水，不响了。"这几天考功课，用脑子哩，让你多睡会儿。"

母亲自己不识字，却很看重子女的功课，不管家中多么困窘，她也要让我们读书上进，从低矮的茅檐下走出去，开拓自己的人生之路。

1962年，我小学毕业，姐姐初中毕业。

一天吃晚饭时，姐姐说，要填报考志愿了，老师知道我们家困难，动员她考师范，因为上师范是供给制，用不着家庭负担。如果上高中，要到离家十几里以外的曲塘去，除去学费，还有伙食费、住宿费什么的。这些先不去说它，光是拿着录取通知书去报到，那一笔钱就供不起。母亲沉吟了一下，问："师范出来做先生？""嗯。""做先生不错了，吃国家粮哩。"姐姐却低头吮着筷子。母亲又问："你自己呢？"姐姐迟迟疑疑地说："我想将来考大学，就是……"母亲没有作声，收拾起碗筷到灶上去了，她慢条斯理地洗得很细心，一点响动也没有，洗好了，平静地走过来："你要考曲塘就考吧，只要考得取，拆房子也让你上。"

在后来的那些年里，姐姐常说，如果当初母亲坚持要她考师范，她也就考了，家中那样难，她没有勇气、也没有理由拒绝。那样的话，可能在某一所乡村小学的讲台上就多了一名女教师，而现在这家工厂的总工程师室里则少了一名机械工程师。决定一个人的命运，有时只在反掌之间。

以母亲的见识，她当然不懂得当教师与工程师的区别，反正都是"吃国家粮"的。但是她懂得多读书总是有好处的，更懂得尊重子女的意愿，而在当时，这种"尊重"却要付出多么艰辛的代价。

家中养了一头猪，一年前抓的，那是全家的希望之星。猪也善解人意，虽然没能吃上一口精料，却得之于四时嫩草的精华，长出了百十斤的架子。自留地上的新麦收打以后，母亲咬咬牙，每天从人的口粮里匀半瓢大麦粉给猪吃，一个月下来，那猪屁股的弧线居然出落得圆润且生动了。全家人便每每围着品头品足，心中充满了憧憬。来人了，母亲便请他们估斤两，都说不小了，一百二十斤是笃定，甚至有说一百三、一百四的。母亲满脸喜气，嘴上却总是不信："没那么重，我咋总不见它长呢？""你天天见哩，看惯了。""我看没那么重。"母亲虽这么说，脸上却越发神采明艳。

310

经过不知多少人的估看之后，母亲开始筹划卖猪了。卖猪是欢欣鼓舞的节日，但对于母亲，却毋宁说是一道苦涩难解的方程式。包括原先抓猪娃的本钱在内，一年来林林总总的开支，一笔笔都欠着，欠的时候，都说等猪卖了还。现在，即使按最乐观的估算，这头猪也是远不够还债的。母亲得根据各家的经济景况、拖欠时间特别是亲疏为人，反反复复地排列筛选，以决定哪几家这次非还不可，哪几家再拖一拖，哪几家一次还清，哪几家先还零头。对于拖一拖和还零头的，预先就得和人家打招呼，当然，那是很难堪的事。母亲向来是很重脸面的人，但一分钱逼死英雄汉，在那些日子里，或清晨，或夜晚，我们常常看到母亲那瘦小的身影从村头蹒跚着走过来，直到进了家门，仍旧一声不响，我们知道，那肯定又是受了债主的脸色。而后，全家人便会不约而同地走向猪圈，围着猪一阵好看，心头似乎得到些许安慰。

终于到了卖猪的日子。那时人的口粮每月只有十二斤，对猪的长期"优待"是断然吃不消的。猪没有卖给国家的收购站，因为怕够不上斤两，又得抬回来，折了膘分。谈好了，卖给村里的屠夫去宰杀，饿食一百二十元一担，饱食一百元一担。母亲选择了饱食。那天，我们挑了顶顶鲜嫩的青草，加进去两大瓢精料，煮了一锅好食，一家人围在猪圈前，看着猪吃。猪从来没吃过这么好的食，先是奋不顾身地吞咽，满头满脑的食水点滴淋漓。眼见得那肚子渐渐鼓起来了，便摇头摆尾地撒泡大尿，再回过头来，放慢节奏，优哉游哉地受用。母亲低头加食时，眼眶里似乎有亮晶晶的东西在闪动，我们也心里沉沉的。最后，母亲用手把食槽里的剩食刮到一起，在猪背上把手揩干净，祈祷似的说："猪过千年有一刀，总有这一天的。"便扭头去喊人来过秤。

猪哀嚎着挂上了抬秤，只见那秤杆老是往下戳，撑秤人向里抹了好几把才稳住了。母亲脸上僵得紧紧的，只是说："怎么只有这点，怎么只有这点……"撑秤人把秤打在那儿，对母亲说："三奶奶，你自己看，一百零二斤，还疲疲的。"母亲叹了口气："我不用看，这猪是吃草长大的，架子有，其实没膘分，称不出斤两。"于是那几条汉子便发一声喊，把猪拖到隔壁林春家去了。

那个下午，我们一家三口坐在屋里，听着那边一片忙碌的响动，心头暗淡得很，母亲时不时地就冒出一句："这畜生，怎么只有这点斤两？"傍晚时分，林春家的二婶来了，说："三嫂，猪杀好了，也称点肉给孩子烧烧吧。"见母亲沉吟不语，又加了句，"价钱大，就少称点。"母亲问："卖什么价？""贵是贵，两块半哩。"母亲迟疑地站起来，跟着二婶往外走。这时候，我突然义无反顾地扑上去，拦在母亲面前："妈，我不吃肉！"母亲愣住了，说："乖，咱就称几两，回来和着茄子烧，你们挑猪草挑到现在，该吃的。"我寸步不让地堵在门前："我不想吃肉，真的不想吃。"声音不高，却异常坚决，因为我感到喉头堵着一股热乎乎的东西，我怕抑制不住，要哭出来。母亲只得对二婶说："孩子不想吃，就依他吧。咱摊饼，多放点油。"

二婶走了以后，杀猪的来了，拎着一副猪肠子，挂在我家檐下，说："三奶奶，大肠不贵，只算八毛钱，可以烧两大碗哩。"当母亲用哀求的目光望着我时，我几乎是吼着喊出了一句决定性的话：

"我什么也不要吃，我要上学！"

跟着，我再也抑制不住了，心头的酸楚往上一涌，放声哭了起来。母亲也哭了，我们全家都哭了，泪雨滂沱，不仅仅是因为贫穷……

杀猪的"啧啧"感叹着，拎着猪肠子走了。

不久，我考取了初中，姐姐到曲塘去上高中。

但那次没称肉，母亲总觉得欠着我们什么。夏日的一天，她挑猪草回来，突然兴奋而神秘地把我们叫到面前，从篮子里捧出一团东西来，那是只死羊，而且不小。母亲说是人家扔在路口的，还没变味，去掉内脏和头脚有几斤好肉哩。当下她便起劲地忙活起来，烫洗去毛，开膛破肚，每完成一道工序，她总要凑上去闻闻，然后说："生臭熟香，一下锅就好闻了。"我也凑上去闻过，觉得有一股异味，但这么大一块肉，诱惑力是显而易见的，我们都舍不得丢掉。

最后是下河去洗。母亲把羊放在篮子里，上面盖着青草，这么热的天气，把人家扔在路口的死货捡回来，张扬出去，人家要笑话的。

但河对面的庆芳还是发现了。庆芳的丈夫是部队的军官，三十五十地经常寄钱回来。她不上工，保养得白白胖胖的。此刻她在河对面洗衣服，发现了浮在水上的羊肠子，问母亲洗什么，母亲躲闪不过，说是家里的羊，夜里偷吃蚕豆，胀死了。庆芳连忙捂着鼻子说："死东西不能吃的，有细菌，不卫生。"母亲说："是哩是哩，洗洗看，能吃就吃，不能吃埋下去垩树哩。"

说话间，母亲已经三把两把洗好上岸了，庆芳又在河对面说："三奶奶，孩子少油水，煎几只蛋吃吃，营养也不错。我家就喜欢吃蛋，不大吃肉。"

庆芳确是经常吃鸡蛋的，我们家的鸡蛋都卖给她，一块钱六只，她是现钱，也不大计较个头大小。此刻，她那热情的建议使我们觉得心酸。有一则民间故事中说，富人问穷人："没有饭吃，你们为什么不吃肉呢？"庆芳并没有什么恶意，这人就是少文化，好炫耀，举止言谈有点贵妇人的派头。

羊肉烧了一盆子，母亲先尝了尝，说好吃，叫我们也吃。我和姐姐略略吃了几口，便都不吃了。下午，母亲把那剩下的半盆偷偷倒了。

从那以后，母亲一吃羊肉就反胃。

前年母亲病故，按乡间风俗入殓时，要在嘴里含上米粒和银子。所谓银子，其实只是象征性的，一星半点即可。我一时却束手无策，因为家中实在找不出一件可以称为银器的东西。有辈分高的老人提醒道："三奶奶当初不是有一副绞丝银镯子的吗？"我心头一酸，摇头叹息道："没了，早没了。"于是只得到邻家孩子的长命锁上用刀子刮下少许银屑，好歹让母亲上路时能带上点"硬通货"。

母亲确实有过一副银镯子，那是娘家给她"压箱子"的。在我的印象中，那是母亲拥有的唯一算得上首饰的东西，母亲也很珍惜，平时是不戴的，藏在箱子底层，偶尔开箱子拿东西，套在手上试试，眼睛里便有一种异样的光泽。1965 年夏天，我考取高中，为了筹集开学的费用，家中能想的办法都想尽了，连老屋上的几根杉木桁条也用杂木换下来卖了。到最后，行囊里还差脸盆和热水瓶。学校在邻县，离家有五十多里，这两样东西都是住宿生必不可少的。我不忍心让母亲为难，便提出到学校和别的同学商量着合用，母亲却决然不肯："咱再穷，也不能让你在学校里低三谀四，被人家看轻。"开学前一天，她果然给我买回了新脸盆和热水瓶，但那副"压箱子"的银镯子却从此不见了。

第二天早上，十五岁的我踏上了去异乡求学的道路。九月的田野狼藉而空旷，大片的高粱刚刚收割，散发着苦涩微甜的气息。背着沉重的铺盖卷，想象着远方那个末等都市，心头说不清是兴奋还是迷茫。村路逶迤，雾露凝滞，西风刮起来了，传递着苍凉的秋意，蓦然回首，母亲仍旧一动不动地站在村头的老树下，在她的身后，故乡的茅檐若隐若现，早晨的炊烟乡愁一样地飘荡……

这是我人生道路上第一次孤独的远足。

走进了那所堂皇的省立重点中学，一切的感觉都新鲜得很。第一次跟着同学们去老虎灶冲开水，回来的路上，看着他们平平地提着水瓶，那般的意态偶傥，觉得很有几分惊险：那水瓶在他们手中几乎没有角度地平躺着，且又跟着手臂极随意地前后摆动，里面的开水咋就不会泼出来呢？轮到自己时，却无论如何不敢那样冒险，必定要将水瓶保持垂直状态，当然，那是很吃力的。回到宿舍，当我终于提出水瓶的倾斜度问题时，却引起了一阵不大不小的惊诧："你在家里难道没有用过热水瓶吗？"我只得讷讷地承认："我们家没有热水瓶。"

于是有人窃笑，有人慨叹。我的这些从石板小街和瓦檐下走出来的同榜生员啊……

当然，后来经过操练，我也能把水瓶放到足够的倾斜度，且能卖弄出几分潇洒来了。

再后来，我知道那里面的开水其实根本不会流出来，因为我学了物理，懂得了气体力学及压强之类。

那只和我相濡以沫的热水瓶，后来却在宿舍的石井栏上不幸蒙难。那时候，为了节省菜金，我常常不到食堂吃中饭，从家里带点米，早上淘净、泡胀，灌进热水瓶里，中午回到宿舍冲上开水，闷上一刻钟，倒出来的，就是烫熟了的稀粥，这种方便快餐实在是很香的。但吃过以后，要把热水瓶里面清洗干净却颇费手脚。终于在一个冬天的日子，一失手成千古恨，随着那声钝响，井台上炸开一摊惊心动魄的灿烂。

这事我一直瞒着母亲，当然也就一直没有再买热水瓶。

学校的宿舍是三十多人共住的大通间，夜里每每被窗外的风声或邻近的呓语惊醒，孤独的辗转中，远方的母亲便款款向我走来，是那个穿着水洗得薄漂得发白的旧衣终日操劳的身影。她从田间归来了，一边撩开被汗水沾在前额的头发，一边到灶头的汤罐里舀半瓢温水咕噜咕噜地牛饮。我的心头蓦然揪紧，为自己在井台上的失手而悔恨绵绵……

正是因为这种悔恨，不久，当我的脸盆同样在井台上历险时，我才能那样义无反顾。

母亲给买的那只铝质脸盆，严格地讲只能算是一只饭盆，口面比两拃围起来大不了多少，毛巾朝里面一揿，即使是半盆水也要溢出来，这就是说，它的容积最多相当于两条毛巾。铝制品当时还不很普及，乡下人称作钢种，新买的时候很亮，真正光可鉴人。母亲说，钢种的好，不怕磕碰，身子骨又轻，不坠手哩。但后来的那场惊险，恰恰是由此而酿成的。那是个平淡而慵倦的星期天，在冬晨稀薄的阳光下，我把脸盆放在井台上，然后操起吊桶打水。孰料阵风乍起，那脸盆竟翩翩然飘入井里去了。事情发生得如此突然，以至起初我还在欣赏脸盆随风起舞的轻盈，等到回过神来，便俨然整个世界沉沦了一般，那种惊惶和沮丧，即使是拿破仑在滑铁卢的溃败，抑或是华尔街亿万富翁的破产，也无过于此的。

恹恹了好半日，终于忽发奇想：井再深，总有底，何不把水打干，人站在吊桶上系下去拿？于是茅塞顿开，摩拳擦掌。同学们听了，都认为是天方夜谭。有高年级的大龄生警告说：这种老井，井壁全靠水撑着，一旦打干了，说不定会塌下去的。

但我仍旧一意孤行。打水工程持续了大半天，傍晚时分，井终于见底了，我脱去衣裤，雄赳赳地站在吊桶上，让同学们七手八脚地系下井去。

整整二十年以后，我成了一名所谓的"作家"，曾经写过一篇颇为走红的小说，在那段纯属杜撰的女主人公下井寻找世界地图的情节中，我倾诉了当年潜伏在心底的真实感受：

"就在这瞬间，她惊呆了，老井的幽深与恐怖突然沉重地压迫下来，四壁的每一块井砖都在扭曲、错位、颤抖，发出不堪重负的呻吟。而井口的那一点光亮却越发遥远了，似乎这老井正在向下沉沦，而那高处的光亮随时都可能轰然闭合，成为一座天造地设的墓窟……"

惊险之后是辉煌的凯旋。但这事我一直瞒着母亲——那肯定会引发她久远的后怕——而且从那以后，我不再到井台上去用水了，宁愿多走不少路，到宿舍后面的池塘去。

那座井台注定是个多事之地。两年以后，那位教给我气体力学的物理教师跑出来，把身子挺拔地楔进了井底。听到消息时，我正端着脸盆从池塘边归来，结果脸盆掉在地上，跌瘪了好大一块。

三　白发坟草

造物主也真会捉弄人，那些养尊处优之辈，整日价研究养生之道，却往往从头到脚浑身是病；而一辈子吃辛受苦的乡野小民，栉风沐雨，不忌生冷，却能没病没灾。母亲的身子骨一直还算硬朗，1976 年，她患了舌癌，到肿瘤医院治疗，出院前，我私下问医生预后如何，回答说："情况好，还能活一二年。"但母亲不相信自己会死，在背后大骂医生"嚼蛆"："六十三，有个关，去年得病是该我命中有一坎，既然熬过了年，有得过哩。"她果然否极泰来，越活越滋润。村里分田到户，她坚持要了两块责任田，专心致志地作稻粱之谋。两块田，一高一低，长水稻，高田放不上水，她每天大老早起来煮一锅粥，然后挟着脸盆去刮水，刮一阵子，回来吃碗冷粥，再去刮。一锅粥吃到晚，一只脸盆刮到稻穗垂青。我劝她说这样不值得，横竖我们口粮吃不完，带点粮票回来买就是了。她说自己种的米香，营养好；说粮站的老陈米里面用了药粉，那是化学。"况且，不种田，整天日子也难过哩……"

我知道那"况且"是因为孤独。我一月两月的回来一次，每次回来，她都高兴得孩子似的宣扬："我儿子回来了。"然后喋喋不休地问这问那，但话题总是越来越少。在外面的那个世界里，我有那么多的红尘杂务，人生静面下掩藏着太多的无奈和烦恼：竞争中的失意，人际关系的险恶，生活的周而复始、平淡无味，这些我怎么能向她诉说呢？既透不出信心，也怕她为我担忧，于是便只能问些钱粮油米之类，渐渐地，竟相坐无言。有一次，坐着坐着，母亲默然垂泪了："我一个人在家，成天的没个人说话，嘴都闷臭了，好不容易盼到你像云片儿似的飘回来一次……"

我一时羞愧得无地自容。不错，外面的世界很无奈，凄凄惶惶、耿耿于怀的无非是那点过眼烟云的得失而已，名缰利锁中，我怎么偏偏忽略了母亲那双深情期盼的目光呢？每次回城，母亲总要跟到前面的大路上，抓着我自行车的后架说："有空回来呀。"在那一瞬间，做儿子的心头便况味四起，严正告诫自己以后要经常回来，在家多住几天。可一进入城里的那个世界，却又身不由己了，仍旧是一月两月的才"飘"回来一次。

到了1989年的夏季，四十岁的我却要远离母亲而去了，是母亲动员我走的。因为我们夫妻分居已经十三年，孩子也已经上中学了，长久下去，总不是个办法。每次回来，母子无言枯坐时，母亲便作出很轻松的样子："你去吧，不要挂念家里，再过两年，等我做不动了，也随你们去。"然后便小心翼翼地打听调动的进程，我总是说："早哩，领导勒着不放，年内走不掉。"母亲听了，不知是高兴还是失望，仍旧是那句话："你去吧，不要挂念家里。"一边扭头去做她的那些永远忙不完的家务。

但领导并没有怎么样勒着不放，调动的手续很快就办好了。我先没有告诉母亲，找了一辆车，把坛坛罐罐的运到妻儿那边，到新的工作单位报了到，准予下个月正式上班。然后回到原先的那座小城，像往常那样，骑着自行车"飘"回母亲身边。我想陪母亲在家里住上几天，找个机会把调动的消息告诉她，当然要尽可能轻描淡写些，仿佛不过是出门作一次很普通的旅行。几天以后，再骑着自行车去妻儿那边。大热天，凭两个轮子滚过大江南北几百里行程并不轻松，我为的

318

是让母亲觉得儿子那地方并不遥远，仍旧和往常那样，可以骑着自行车"飘"来"飘"去的。

那几天，母亲情绪很好，总是津津乐道于村里村外的种种趣事，又领我到田头看她种的庄稼，很豁达乐观的样子："再过几年，这田我也不种了，进城跟你们享福去。"我想告诉她调动的事，但一直不忍出口，怕坏了她的兴致。直到临走的前一天，我拿出一点钱，对她说："明天我骑车到江南去，可能要住些日子才能回来。"她轻轻地把钱挡回来："钱我有哩，你去吧，早点去上班，新到一个地方，要有好印象。"

我心头一紧，原来她已经知道了，只得努力地笑笑："反正不远的，骑车来去很方便。"

母亲顿了顿，相当平静地看着我："只要你们一家过得好，我比什么都高兴。给你说实话，城里我是终究不去的，死就死在这老屋里，人是土物，离不开土地哩。只是有一桩心事，下次回来，你给我买点木头，早点把大褂子拢起来，也不必花大钱，能遮遮人眼就行了……"

"大褂子"就是棺材。我不禁戚然，唯有点头而已。

第二天我走的时候，母亲没有跟到前面的大路上，只站在门前的枣树下朝这边看着。

我是从来不善于写信的，特别是给母亲写信，她不识字，有了信必要请人看了再翻译过去，自然只剩下空脱脱的几桩事体，淡了其中的情致。因此，到江南以后，我一直没有给家中写信，只将那些要说的话苦涩而温馨地演绎在心底。在许多落寞失意的时刻，在异乡苍凉的海关钟声的余韵里，母亲那白发飘零的身影便时时浮现在面前，让我独自一遍遍地体验人生的凝重、生命的悲苦欢愉以及至善至美的人间亲情。这期间，有一个堂侄来过，带来了母亲养的小公鸡和树上的枣子，还有包扎得很好的我遗落在家中的几毛钱菜票，母亲不知道那是我在外地学习时多下来的，眼下已无异于几片废纸。来人说母亲还像往常一样，又说稻子收了，折了垒得很高，麦子的基肥下了豆饼之类。我似乎略感宽慰。但深秋的某个傍晚，当我站在萧瑟的西风中，看着几片落叶在台阶上凄惶地飘动时，突然涌上一股强烈的思乡之情，我急切地要回归母亲的怀抱，回归老家那皱纹似的村路和温暖的茅屋。这冲动是如此强烈而不可抑止，以至于一晚上几乎失了魂似的。妻子似乎看出了什么，说："你该回去看看妈了。"我说："明天就回去。"妻踌躇地："只是来不及买东西了——多带点钱吧。"

第二天一早，我就迫不及待地上路了。

当然是骑自行车。

母亲在河边割草，随着呼哧呼哧的喘息，那白发也在芦叶间一高一低地晃动。我轻轻喊了两声，她没听见，只有柴刀砍在芦桩上轻轻的呻吟，到第三声时，她才抬起头来，当下扔了柴刀，定定地看着我，仿佛不认识似的，然而终于笑了："白了，比在家里白些了……"

但母亲却显得苍老多了，眼神的迟滞茫然自不必说，身子也佝偻了不少，脸上的寿斑连成了一片，脖子上那条长长的疤痕是手术后留下的，蚯蚓一般沿着松坠的皮肤向下延伸。当时，本来应该进行舌部手术的，但考虑到这么大年纪了，怕在手术台上下不来，就采取了切除颈部淋巴，防止转移的方案，这很大程度是带安慰色彩的，因为原先的病灶还在，光是防止转移有什么用？如果允许做一次残酷的选择，能转移到别处未始不是好事，因为还有什么肿瘤比生在舌头上更痛苦的呢？我的心陡然沉痛起来，母亲，你能够承载山一样沉重的贫困，能够承载青年丧夫和中年丧子的剧痛，也能够承载癌症病房里那近乎残酷的治疗。但是在你的晚年，却难以承载心灵的孤独。虽然我是骑着自行车走的，虽然我许诺还像以前那样"飘"来"飘"去，但是你却无可奈何地意识到，儿子已经离你而去了。山高水长，天各一方，期盼也从此变得遥远朦胧。而你又不愿离开脚下的那片土地，只能孤寂地苦守着老屋。白天，你努力使自己沉浸于超负荷的劳作中；晚上挑着欲熄还燃的灯芯，暗淡地谛听着旷野里任何一点轻微的响动，心思飞得很远……

这次回家，我整天陪着母亲，尽量找些让她高兴的话题，但说着说着，有时母亲会忽然坐着发呆，只是凝望着枣树上的最后几片树叶，似乎沉浸于某种悠远的思想。有一天夜里，她忽然大呼我的小名，声音惶急得很，待我站到她床边，且让她抓着手时，她才如释重负地松了口气："我以为你走了呢……"

但儿子终究是要离去了。

此一去，又是几个月，直到有一天邮差送来了老家的电报："奶奶生病，速回。"是堂侄打来的。

一直不敢去想却又不得不想的事情终于发生了，母亲旧病复发，还在原来的部位上。其实我上次回来时，她就已经明显感到不适，但她没有说，怕我担心，同时也心存侥幸，希望像以前发生过的那样，只是受了寒凉，偶尔发炎，以后会好起来的。

然而这次没有好。

从肿瘤医院的门诊大厅出来，我让母亲坐在花圃的石级上，自己反身上楼向医生摸底，尽管希望之光微薄得近乎虚无，但由于有过第一次的大难不死，便总想着能再次出现奇迹。

奇迹没有出现。医生以那种职业性的冷漠告诉我："这么大年纪，又是复发，没有任何治疗价值。趁现在还勉强能吃，想吃什么回去弄给她吃。"在我的一再恳求下，他才同意做一次化疗，算是对病人，也是对家属的一种安慰。

看到我从楼梯上下来了，母亲迎上来，问："先生说看得好吗？看不好，咱明天就回去，不要把钱往水里扔。"

我说："看得好，先生给你用好药哩。"

母亲叹了口气："人过千年有一死，我不怕死，只是天底下的病多得很，为什么还要让我死在这种病上？"她知道这种病最后是很痛苦的。

接受化疗前，母亲提出要到琅山去烧香，我陪她去了。在山脚下，个体轿夫蝗虫似的围上来兜揽生意，要价也不很高，可母亲坚持要自己一步步爬上山。我知道，她是要以自己的虔诚感动上苍。在山顶，我替她买了香烛，捐了功德钱，让她到九垄高台之上的菩萨面前叩拜如仪。同时，台下的儿子也在心底默默地祈祷：上苍，睁开你的慧眼，看看芸芸众生中的这个普通女人吧，为了她这辈子经受的苦难，为了她执著而毫不张扬的爱，你无论如何该发一发慈悲。上苍，为了母亲，我这个无神论者的灵魂向你跪下了……

下山了，一步步从远古走向现代，山顶的钟磬声犹自隐约可闻，山脚下激光摄像的招徕已经喧嚣而来。这玩意很有号召力，能当场把人像印在手帕之类的东西上。母亲饶有兴味地看了一会，离开时，有些迟疑地问我："画一张得多少钱？"

我说："四块。"

她于是便越发迟疑，但终于还是说了："我也想画一张。"

我说："画吧。"

"这里不用血照哩，我也不怕它把魂灵摄了去。"老辈子人称底片为"血照"，认为照相会把人的魂灵摄去的。

母亲端坐着，笑得平静而慈祥。"这老太，镜头感特好。"影像出来了，先印在纸上，不光是摄像的个体户，还有四面围观的游客都赞不绝口。个体户又问："老太属什么的？""属虎，七十七岁。"于是便选一块带生肖的手帕，把人像印上去。母亲自己也很满意，举着正正反反地看了一阵，郑重地交给我："我这一世人生从没拍过小照，就这一张，你收好，以后你们也有个想念。"语调相当坦然。

回家的路上，母亲的情绪显得很轻松，似乎应该做的事情都做了。明天，她可以一无牵挂地进入病房，去接受命运的裁决。

一个月后，母亲走出病房时，除去脱落了满头白发外，其他没有任何效果，癌细胞正在野玫瑰一般地扩散，一切的药物都已无能为力，只有镇痛片须臾不可离开（后来是针剂杜冷丁）。曾经死死地眷恋着故土的母亲，现在不得不住入我们拥挤的公寓楼，度过她最后的时光。

然而，城市的景观，终究不如乡村那样鲜活流畅，朝朝暮暮，几乎永远是一种节奏和色调，连天空也被蓬勃向上的楼顶分割得支离破碎的。母亲是离土地很近而离都市很远的农妇，无论被病痛折磨得怎样昏天黑地，每天，她都明白无误地记得农历的日子，以及还有几天该是什么节气。城里人对天气的反应是极淡漠的，至多也不过关系着上班带不带雨具及阳台上的衣服要不要收之类，只有母亲常常会忧心忡忡地抱怨："多少天不曾下雨了，田里干得冒烟了。"某日，半夜里风雨骤至，我们都睡死了，忽听得母亲喊我们关窗子，口中且念念有词："救命雨啊，明天家家筑塥栽山芋……"

有一天，我正闷头写一篇什么小东西，竟没有听到母亲的呼唤，她终于挣扎着跑进我的房间："我喊老半天了，你咋不睬?"我不禁悚然，连忙解释："妈，我有一只耳朵听不见，小时候下河灌了水的，几十年一直不见好，现在基本上废了。"母亲见我有点悲哀的样子，便转而安慰道："废了好，人生在世，总该有一缺，十全十美反倒不好，难得长寿。"

初时，我并不曾介意，后来细细一想，天，母亲这话竟有如禅宗大师的偈语一般，其中意蕴深沉的哲理，令我好一阵战栗不已。是啊，阴晴圆缺，物极必反;盈虚溢损，相克相生，所谓造化大抵不过如此而已。母亲难道是在阐述这宇宙人生的终极真理吗?……但不识字的她却常常闪现出思辨色彩和智慧之光，那是因为积淀了多年的人生体味。这些，亦常常使我这个"有文化"的儿子感悟良多。

又到了一年的深秋，黄昏的光线短促而凄凉，夜色缓缓地流逝，有如姗姗踽行的老人，小雨洒在石板街上，透出一片冷色。母亲的小床靠着窗口，精神好些时，她常常伏在窗台上往外看，随着季节的变迁，母亲的脸上一天天地凝重萧索，叹息也变得悠长："树叶子快落光了""太阳照不过来了，日天越来越短了"。终于有一天，她坚决地提出要我送她回苏北老家。

母亲回来了，回到了故乡的老屋，明知大限迫近，反倒超脱了许多，似乎能在自己的老屋里终了一生，也就无怨无憾了。在镇痛药发挥效应的那点时间内，她平静地吩咐后事中的每个环节，唯恐我在哪一点上不周到。此外的话题就是讲她孩提时代的往事，很温馨陶醉的样子。一次梦中醒来，她兴奋地告诉我，说梦见小时候到外婆家去了："路两边好多好多的菜花，一眼也望不到尽头，我赤着脚走啊，走啊，浑身上下全粘满了花瓣，连太阳也成了金黄金黄的。外婆家远哩，一到她家，我就说：'我累死了，想睡。'外婆揉着我的脚，说：'你睡吧——咋赤着脚来的？好远好远哩。'我爬到外婆床上就睡着了……"母亲讲这些的时候，脸上神采飞扬，灿烂得有如少女一般。我问她后来怎么样了，她摇摇头："后来就什么也没有了，上了外婆的床就睡着了，我累哩……"

是的，母亲太累了。

几天以后，母亲平静地逝去。本来，医生说至少还有一两个月最艰难的日子，但上苍有眼，开脱了这最后一次苦刑。是啊，我亲爱的母亲，你这辈子的劫难难道还不够多吗？为什么最后还要让你承受那么残酷的折磨呢？

丧事的一切都照母亲生前的嘱咐办，简朴而又得体——根据风俗

324

应有的礼仪和作为一个普通村妇所能够享受的规格。开丧之前，一个帮助料理丧事的堂侄提醒我："你要多准备几桌碗哩，到时候百儿八十的也不够人家偷。"我一时大惑不解，竟不知这是乡间的风俗：凡高龄且有福的老人死了，来吊丧的人吃罢饭，往往要把碗偷回去给孩子用，说是可以免灾。根据堂侄的说法，像我母亲这样的身份，子女都是大学生，而且在外面都混得不坏，孙辈也很出息，在乡村里算是有福的了，到时候人家偷碗是免不了的。所谓偷只是个说法，其实就是拿，大大方方地拿，张张扬扬地拿，商量起来大呼隆地拿。而对于主家来说，则是碗被拿得越多越风光。"去年东村万书记的老子死了，那场面啊，一批客人吃过了，桌面上的碗一个也不剩。家里的碗不够了，派拖拉机到供销社去拖，最后连供销社的碗也拖光了。啧，那福气……"

这些我自然不懂。但令我费解的是，以母亲的精细，对后事的方方面面又考虑得那样周到，为什么却遗忘了这桩大事呢？

母亲是凌晨卯时入土的，这是风水先生看定的时刻，农历的月底，这个时刻正好是先升月亮后出太阳，寓意自然很不错。母亲的灵柩出门时，正值一弯残月挂在东南角上。我撒着纸钱在前面领路，把母亲领向那片刚刚拾掇干净的萝卜地。清冽的寒风吹送着女眷们嘤嘤的抽泣，送葬的喇叭声在夜色里走得很远。而我的心头却一片空白，飘飞的纸钱中，似看见一大片乱晃人眼的菜花，母亲赤着脚，在菜花掩映的小路上吧嗒吧嗒地走，浑身上下粘满了金色的花瓣……

一辈子苦恋着土地的母亲，终于又回归土地，永远永远地和土地结合在一起了。斯时，乳白的曙色悄悄地挂上了东方的天际，是一块浩荡澎湃的挽幛么？

母亲人缘好，村里村外来吊丧的很多，流水席，坐了一批又一批，但原先预计的"偷碗风潮"并没有发生。一批客人撤下去了，酒碗饭……碗虽一片狼藉，却并不见少。我心头隐隐约约的期待终于被文席上这种残酷无情的文明所粉碎，化为酸楚和悲哀，为我可怜的母亲，和她那七十七岁的人生……

事后一清点，总共只少了一只碗。

那位曾经担心"百儿八十不够偷"的堂侄，后来又噙着泪水告诉我："少的那只碗，是孩子喝茶打碎的。——奶奶这一世，苦啊……"

呜呼，我真想大哭一场。

暮云春树，逝者如斯，日子又朝朝暮暮地过去。生者仍在凄凄惶惶地忙碌，只是每当静夜或霜晨，尘世的喧闹暂时隐退以后，我便坐在窗前，燃起一支烟，开始和母亲探讨关于爱的含义，关于永远难择而又难弃的人生问题。

母亲到了晚年，喜欢喝本县生产的一种糯米酒，说年纪大了，夜里觉头不好，上床前喝两口，比什么都舒服。一次，我带回去两瓶，是精装的，母亲心疼地说："要这么好的做什么？贵哩。"我显得很气派："不贵，你尽管喝，喝光了我再带回来。"以后问过她几次，都说："还有哩。"母亲过世以后，我收拾房间，却发现床前的柜子里，那两瓶糯米酒还在。

前些时，为了与自己生计有关的事情，我和妻去找一个朋友帮忙，妻拿出那两瓶糯米酒在手里掂掂。我说："这是留给妈喝的……"

妻默默地放下酒，去小店里买了一条中档烟。

哦，母亲，如果你觉得孤寂，就常回来看看吧，你爱喝的糯米酒给你留着……